ハヤカワ文庫 SF
〈SF1389〉

エンディミオン
〔上〕

ダン・シモンズ
酒井昭伸訳

ENDYMION
by
Dan Simmons

Translated by
Akinobu Sakai
Published 2023 in Japan by
HAYAKAWA PUBLISHING, INC.
This book is published in Japan by
direct arrangement with
BAROR INTERNATIONAL, INC.
Armonk, New York, U.S.A.

われわれは忘れてはならない。人間の魂は、
われわれの哲学が示唆しているように
いかに独自の存在として創造されようとも、
その誕生を、その成長を、
産まれ出た先の宇宙から
分離しえないということを。

——テイヤール・ド・シャルダン

われらに神を与えよ。われらに神を！
われらに神を与えよ。
もううんざりだ、人間にも
動力にも。

——D・H・ロレンス

エンディミオン

〔上〕

1

あなたがどんなつもりでこの文章を手にとったにせよ、十中八九、その目的は的はずれだ。救世主との──ぼくらの救世主との──セックスがどんなものかを知りたいのなら、この先を読んではいけない。それではただの覗き屋だ。

老詩人の『詩篇』の愛読者として、ハイペリオン巡礼たちのその後を知りたいのなら、この文章にはきっと失望をいだく。彼らの大半の身になにが起こったかをぼくは知らない。なんといっても、彼らはぼくが生まれる三世紀も前に生まれ、死んでいった人たちなのだから。

〈教える者〉のメッセージに対する洞察をもとめているのなら、やはり失望はまぬがれない。いっておくが、ぼくが興味があるのは、導師や救世主としての彼女よりも、女性としての彼女のほうなのである。

彼女の運命を、そして、ぼくごときの運命を知りたくてこれを読んでいるのなら、やはり期待には応えられない。ぼくたちふたりの運命は、どんな人間の運命にも劣らずはっきりと定まっているが、彼女が自分の役割をまっとうして以来、ぼくたちは離ればなれとなり、ぼくはといえば、この文章を書きながら、死刑執行を待っているありさまだ。

そもそも、これを読んでいる人がいるとしたら、そのこと自体に驚きを禁じえないが――それをいうなら、そういう意外事で驚かされるのは、こんどがはじめてではない。この数年間は、それこそ信じがたいできごとの連続で、しかもそのたびに不可能性の度合いがあがってきた。ぼくがこれを書いているのは、その記憶をだれかと分かちあうためだ。じっさいには、分かちあえるはずもないのだが――ぼくが創りだすこの文章は、ほぼ確実に発見されるはずがない――起きた順に、できごとを心の中で整理する役にはたつだろう。

〝言うべきことが見えないうちは、自分が考えていることもわかるはずはない〟

〈聖遷〉前のある作家が、そんなことを書いている。うまいことをいう。対象について考えるためには、まずその対象を見なくてはならない。じっさいに起こったこと、自分の身に起きたことを信じるためには、さまざまなできごとをインクで記し、想いをしたためなくてはならない。

あなたがこの文章を、ぼくが書いているのと同じ理由で――ここ何年もの混沌になんらかのパターンを見いだすために、そして標準年でここ数十年、ぼくたちの生を司ってきた本質的にランダムなできごとの連鎖にある程度の秩序を見いだすために――読んでいるのだとしたら、その場合、あなたの目的は正しいといえるかもしれない。

　さて、どこからはじめよう？　死刑判決あたりから——が適当かもしれない。しかし、どっちの？　自分のか、彼女のか？　自分のだとしたら、どの自分の？　選ぶべき自分は何人かいる。いちばんいいのは、この最後の自分かもしれない。つまり、終着点からはじめるわけだ。

　ぼくはいま、隔離された惑星アーマガスト上空の、高軌道上をめぐる〈シュレーディンガーの猫《キャット》ボックス〉でこの文章を書いている。箱《ボックス》とはよくいったもので、じっさいこれは、長径六メートル、短径三メートル程度の、表面のつややかな長球体にすぎない。死刑執行の瞬間までを過ごすことになる、この狭い世界に——いまのぼくに与えられた世界のすべてに——収められているものといえば、空気・水再循環用のブラックボックス、寝台、食料合成ユニット、食事テーブル兼書きもの机に使っている幅の狭いカウンター、ぼくには見当もつかない礼儀上の理由でファイバープラスティック製パーティションの裏にセットされているトイレ、シンク、シャワー。それだけだ。ここを訪ねてくる者はだれもいない。ここにいると、プライバシーなどということばは空虚なジョークに思えてくる。

　ほかには、テキスト入力板《スレート》が一枚に、入力ペン《スタイラス》が一本。これらを使って一ページ書きおえるごとに、ぼくはリサイクラーの造りだすマイクロ羊皮紙に出力する。この環境のなかで、日々、目に見えて変化するのは、この極薄のハードコピーの束だけだ。

　毒ガスの容器は、ここからは見えない。容器はキャットボックスの静動殻にとりつけられ、空気濾過《ろか》装置に連動しており、その装置をいじろうとすれば青酸ガスが殻内に噴きだす仕組みになっている。殻を破ろうとしても結果はおなじだ。エネルギーの凍《い》てつく殻には、放射能感知器、そのタイマー、同位元素も組みこまれていて、ランダム・タイマーがいつその感知器を作動させるかはわからない。そのタイマーがいつちっぽけな同位元素をつつむ鉛の遮《しゃ》蔽《へい》ケースを開くかもわからない。その同位元素がいつ粒子を放出するかもわからない。

　だが、同位元素が粒子を放出し、その瞬間に感知器が作動すれば、匂いで確実にそれとわかる。その瞬間、刺激的なアーモンド臭がただよい、ものの一、二秒でぼくは死ぬ。

　せめてそれが、一、二秒ですむことを願うばかりだ。

　理屈のうえでは、量子物理学の太古からの謎にしたがうなら、ぼくはいま、死んでもいないし、生きてもいない。シュレーディンガーの思考実験で猫が置かれていたのとおなじ確率波につつまれて、どっちつかずの状態にある。このキャットボックスの殻は、一触即発のエネルギーの塊そのものであり、ごくかすかなショックを与えただけでも爆発してしまうので、外部の者がなかを覗き、ぼくが死んでいるのか生きているのかを確認することは不可能だ。理論上、何者もぼくの処刑に直接手をくだすことはない。万古《ばんこ》不易《ふえき》の量子論の諸法則は、一マイクロ秒ごとに恩赦と死刑宣告をくりかえす。観察者はどこにもいない。

だが、観察者はぼく自身ともいえる。ここにおける確率波の崩壊を、ぼくは超然とした関心以上のものをもって待っている。ついに噴霧された青酸ガスが、まだぼくの肺にも心臓にも脳にも到達しない一瞬のうちに、ぼくは知るだろう——宇宙がどちらの道を選んだのかを。すくなくとも、自分の身に起こることはわかる。その瞬間が訪れるとき、ぼくたちの大半が唯一関心を持つのは、宇宙がどちらを選んだかだ。

　それまでのあいだ、ぼくはものを食べ、眠り、排泄し、呼吸し、一日の儀式をくりかえす。皮肉な話ではある。いまこのとき、ぼくが生きる目的は——〝生きる〟というのが適切なことばならだが——思いだすことにあるのだから。思いだしたことを書きとめることにあるのだから。

　あなたがこの文章を読んでいるのなら、十中八九、その動機は的はずれだ。しかし、人生では往々にしてそうであるように、なんらかの行為をするにあたって、動機はたいして重要ではない。残るのは行為という事実のみだ。結局のところ重要なのは、ぼくがこれを書き、あなたが読んでいるという動かしがたい事実だけでしかない。

　さあ、どこからはじめよう？　彼女のことか？　あなたが読みたいのは彼女のことだろう。ぼくがだれにも増して——なににも増して——思いだしたい人物もまた、彼女にほかならない。しかし、まずはそのまえに、ぼくが彼女と出会い、この銀河系じゅうを、さらには銀河系の外を経《へ》めぐり、ついにここへ閉じこめられるにいたった経緯から語るべきかもしれない。

ここはやはり、そもそものはじめから——ぼくの最初の死刑判決のくだりからはじめたほうがいいだろう。

2

ぼくの名はロール・エンディミオン。Raul と書いて、ロールと読む。生まれは惑星ハイペリオン、生年は惑星暦で降下船墜落後《ADC》六九三年、前〈聖遷〉暦ではAD三〇九九年、〈平和《パクス》〉の統《す》べる現代の標準的な数えかたでは、〈崩壊《フォール》〉後二四七年。

〈教える者〉の伴《とも》をして旅をしていたころのぼくのことは、保護者《シェパード》とも形容されるが、これはあながちまちがってはいない。ぼくの親は羊飼い《シェパード》で、大陸〈鷲《アクイラ》〉でもとびきり辺鄙《へんぴ》な地域の荒野や牧草地を遊牧して暮らしていたからである。そんな育ちだけに、子供のころはときどき羊の世話もした。ときどき、ハイペリオンの星空のもとの、あのおだやかな夜が懐かしくなる。もちろん、羊飼い以外の仕事の経験がないわけではない。たとえば、（ハイペリオン暦で）十六の齢《とし》には家を飛びだし、パクス傘下《さんか》の自衛軍に入隊した。自衛軍での三年間は、判で押したように退屈な日々だった。もちろん、大陸〈熊《ウルスス》〉での蜂起にさいして、〈鉤爪《クロー》〉半島の氷棚に派遣され、先行入植者の鎮圧にあたった四カ月は、さすがに退屈どころではなく、不愉快な思い出となって残っているが。除隊後は〈九尾列島〉の場末のカジノで用心棒兼ブラックジャックのディーラーに雇われ、カンズ河の上流ではしけの船頭を雨季二季ぶん務めた。〈嘴《ビーク》〉にある私有地で、造園家アヴロル・ヒュームに庭作りの手ほどきを受けた経験もある。とはいえ、〈教える者〉の年代記において、かつて彼女にいちばん近しかった使徒として名を記すには、やはり〝羊飼い〟の呼称がふさわしいにちがいない。〝羊飼い〟ということばは、この年代記にバイブル的な趣《おもむ》きをもたらしてくれるだろう。

この呼び名に異存はない。だが、この物語において、ぼくは羊の群れではなく、かけがえのない大事な大事な一頭の羊だけを守護する羊飼いとして描かれるはずだ。しかも、ちゃんと見張ることより見失うことの多い羊飼いとして。

ぼくの人生が永遠に変わってしまい、この物語が真の始まりを迎えたとき、ぼくは二十七歳で、ハイペリオン生まれにしては背が高く、両手の胼胝《たこ》が厚いことと風変わりなものを好む点を除けば、とくに変わったところのない人間だった。当時のぼくは、トスチャハイ湾に面するポートロマンスから北へ百キロほどの湿原で狩猟ガイドを務めていた。そのころには、セックスの経験もそれなりにあり、武器についてはかなりくわしく、人間の営みにおける権力欲も身をもって経験し、生き延びるうえで必要な拳と分別の使いかたも身につけ、さまざまなことに興味があり、自分の人生には先々ずっと驚天動地のできごとなど起こりえないと思いこみ、安心していたものだ。

なんと愚かだったのだろう。

二十八歳を迎える年の秋は、否定形で記述できることばかりだった。当時のぼくはハイペリオンを離れたこともなく、外世界を旅することなど考えたこともなかった。もちろん、教会の大聖堂を訪ねたことはある。一世紀前、旧都エンディミオンが略奪に遭《あ》ったさい、ぼくの一家が逃げこんだ辺鄙な地域にさえ、パクスは教化の手を伸ばしていたからである。もっともぼくは、教理問答も十字架も受けいれてはいなかった。女性経験はあっても女性を愛したことがないのとおなじだ。婆さまから受けた教育を除けば、ぼくはもっぱら独学で、本から知識を得た。じっさい、本は貪欲に読んだし、二十七歳のときにはなんでも知っているつもりになっていた。

じっさいには、なにも知らなかったのだが。

そうして、二十八歳を迎える年の初秋、みずからの無知ゆえに、そして重要なことはなにも変わらないという愚かな思いこみのゆえに、ぼくはある行為を犯してしまい、死刑を宣告され、その結果、真の人生を歩みだすことになったのである。

トスチャハイ湾北の湿原は、〈崩壊《フォール》〉後ずっと自然のままに放置され、危険きわまりない場所となっていたが、にもかかわらず、毎年何百人もの裕福なハンターたちが——多くは外世界からの旅行者たちだ——鴨を撃ちにやってきた。七世紀前、播種船《はしゅせん》で再生され、解き放たれた原真鴨《げんマガモ》は、ハイペリオンの気候に適応できなかったり原住の捕食動物に食われたりで、大半は早々に死滅してしまったが、ごく一部は〈鷲《アクィラ》〉大陸中央北部の湿原にいまも棲息している。だからハンターがやってくる。だからぼくもガイドを務めた。

湿原とカンズ河支流のあいだには、頁岩《けつがん》と泥土の細長い地域があり、そこにファイバープラスティック・プランテーションの跡地がある。当時、そこを狩りの拠点としていたガイドは、ぼくをいれて四人。ほかの三人は釣りとビッグゲーム・ハンティングが専門だったのに対して、ぼくは鴨猟のシーズンにかぎり、プランテーションと湿原全体のガイドを請け負っていた。湿原は亜熱帯性の沼沢地で、ほぼ全域が密生した鬱金蔦《うこんづた》の茂みと堰木《せきぼく》の森におおいつくされており、氾濫原の北の岩場には温帯性の巨神樹《プロメテウス》の巨木群もそそりたっていたが、初秋を迎えて急激な寒さが訪れ、空気が乾燥してくると、最北の〈羽交《はがい》高原〉にある湖をめざし、南の島々から渡ってきた真鴨たちがこの湿原に舞いおりて、しばし羽を休めていく。

その日、夜明けの一時間半前、ぼくは四人の〝ハンター〟たちを起こした。四人の太ったビジネスマンたちは、ぼくがこしらえておいたハム、トースト、コーヒーの朝食を、文句をいいながらもがつがつ食べた。ぼくは四人に、つねに銃の状態を確認し、手入れを怠らないようにと念を押した。なにしろ、三人までは散弾銃を携行していたものの、残るひとりは愚かにも、古風なエネルギー・ライフルを持ってきていたのである。四人が文句をたれながら食べているあいだに、ぼくは小屋の裏に出て、仔犬のころから飼っている雌のラブラドル・レトリーヴァー、イジーのそばに腰をおろした。狩りに出ることを察知し、イジーはひどく興奮していたため、何度も頭と首をなでて、おちつかせてやらなければならなかった。

東の空がほのかに白《しら》むと同時に、ぼくはみなを平底舟に乗せ、棹をあやつって、植物の生《お》い茂るプランテーションをあとにした。七色に発光する虹蜉蝣《にじかげろう》の群れが、枝葉の作るトンネル内の暗闇や樹々の上で舞っている。ハンターたちが――M《マン》・ロルマン、M・ヘリグ、M・ルショミン、M・ポネスクの四人が――舟の舳先《へさき》の梁《はり》にすわるいっぽうで、ぼくは棹を使い、水底を突きつづけた。舟のまんなかには浮き潜伏所が山積みしてあり、ぼくとイジーをハンターたちから隔てている。円《まる》い浮き潜伏所の湾曲した底に見えるのは、ファイバープラスティックの皮を編んだ粗いマットだ。M・ロルマンとM・ヘリグは、高価なカメレオン布のポンチョを着こんでいたが、ふたりが不可視ポリマーを活性化させたのは、ようやく湿原の奥深くにはいりこんでからのことだった。やがて真鴨が舞いおりるはずの淡水地域に近づき、ぼくは注意をうながした。そろそろ大声で話すのはやめたほうがいいですよ。四人はぼくをにらみつけたが、いわれたとおり声を低め、じきに黙りこんだ。

字が読めるくらいにあたりが明るくなるころ、狩り場のすぐ外に小舟を停め、浮き潜伏所を浮かべた。それから、使い古した防水スーツを身につけ、胸まである淡水にすべりこんだ。イジーが目を輝かせ、小舟の舟べりに身を乗りだしてきたが、まだ飛びこむなという手ぶりを受けて、しぶしぶながら舟にとどまった。

ぼくは一番手のM・ポネスクに声をかけた。

「銃を預かります」

なんといっても、狩りにくるのは年に一度、小型の浮き潜伏所に乗り移るだけでもバランスを崩しかねない連中だ。預かってやらなければ、銃を水中に落としてしまうのは目に見えている。あらかじめチェンバーはからにし、安全装置はかけておくようにいっておいたのに、ポネスクから散弾銃を受けとってみると、弾丸装塡済を示す赤ランプがついており、安全装置もはずされていた。ぼくは弾丸をとりだし、安全装置をロックすると、肩からななめにかけた防水ケースに収め、太った男が小舟から乗り移るあいだ、浮き潜伏所を支えてやった。

「すぐにもどってきますから」

ぼくはほかの三人にそっと声をかけ、たれさがる鬱金蔦の蔓をかきわけながら、ロープを引いてポネスクの浮き潜伏所を誘導しはじめた。ハンターたちに棹をわたし、各自の好きな場所へ浮き潜伏所を漕いでいかせてもいいのだが、湿原にはところどころに流泥があり、へたをすればハンターもろとも引きずりこまれてしまいかねない。流泥上の枝々にはばかでかい吸血壁蝨《ダニ》が棲んでいて、動くものと見れば飛びかかってくるし、枝のあちこちには、慣れない者には鬱金蔦の蔓としか見えない蔓蛇が何匹もぶらさがっており、水中は水中で、人の指など簡単に喰いちぎる鰐梭魚《ワニカマス》がうようよしている。そのほかにも、はじめてこの地を訪ねる者には思いもよらない脅威だらけだ。それに、経験上わかっていることだが、たいていのウイークエンド・ハンターというやつは、好きにやらせておくと、最初の鴨の群れが現われたとたん同士討ちしそうな位置に陣どってしまう。そうならないように配置するのもガイドの仕事といえる。

ぼくはポネスクを、いちばん大きな沼が一望できる南側の泥土堤へ連れていき、たれさがる蔓の陰に落ちつかせ、ほかのハンターたちをどこに配置するつもりかを教えてから、沼のようすを見るときは浮き潜伏所の陰から迷彩幕のスリットを通して覗くこと、全員が位置につくまでけっして発砲してはならないこと、この二点について念を押し、ほかの三人のもとへ引き返した。ルショミンはポネスクの右二十メートルほどの位置に連れていき、ロルマンには入江にちかいポイントを見つけてやった。残るはただひとり、エネルギー・ライフルを持ってきたあの阿呆、M・ヘリグだけだ。

あと十分もすれば、朝陽が地平線に顔を出す。

「くそったれ《クロスデム》め、さんざん待たせたあげく、やっとおれのことを思いだしたか」

もどるなり、太った男の怒声が飛んできた。M・ヘリグはすでに浮き潜伏所に乗り移っていた。よくよく見ると、カメレオン布のズボンがびしょぬれになっている。勝手に落ちて怒るのはけっこうだが、水面にはじけるメタンの気泡から判断すると、小舟と入江のあいだに大きな流泥があることはまちがいなく、舟の付近ではなるべく泥地寄りを歩く必要があるため、遠まわりしていかざるをえない。

「まったく《クロスデム》、高いガイド料をふんだくっておきながら、なにかというとぐずぐずしおってからに」

文句をたれる男の口には、太い葉巻がくわえられていた。

ぼくはうなずき、手を伸ばすと、男の口から火のついた葉巻をとりあげ、流泥の反対方向へ投げ捨てた。メタンに引火しなかったのは幸いだった。

「鴨は煙のにおいに敏感なんでね」とぼくはいった。

あんぐりと口をあけたまま、ヘリグの顔がみるみる赤くなっていく。かまうことはない。ぼくはハーネスをつかみ、ヘリグの乗った浮き潜伏所を沼へと引っぱりはじめた。いましがたもどってきたばかりだというのに、早くも水面を埋めつくした赤とオレンジ色の藻を、ふたたび胸で左右にかきわける。

M・ヘリグは、高価だが役にたたないエネルギー・ライフルを抱きしめたまま、ぼくをにらみつけた。

「若僧、口のききかたに気をつけろよ。でないと、その生意気な口《クロスデム》にものを教えてやることになるぞ」

M・ヘリグのカメレオン布製ポンチョと狩猟ジャケットは、きちんと閉じあわされてはおらず、首にかけた〈平和《パクス》〉の紋章、すなわち金の二重十字架と、胸の上部に走る赤いみみず腫れ、すなわち本物の聖十字架とが見えていた。この男は復活派キリスト教徒なのだ。

無言のまま、ぼくは浮き潜伏所を引っぱりつづけ、入江の左のしかるべき位置に持ってい

はない。この配置なら、四人の〝名ハンター〟が同時に沼へ発砲しても、同士討ちになる恐れはない。

「迷彩幕を引きあげて、外のようすはそのスリットから覗いてください」

そういいながら、潜伏所のロープを自分のハーネスからはずし、手近の鬱金蔦の根にしっかりとゆわえつける。

M・ヘリグは不愉快そうに鼻を鳴らしたものの、迷彩幕を引っぱりだし、ドームの支柱にかけわたした。

「デコイを出すまで、撃つのは控えてくださいよ」ぼくは釘を刺し、ほかのハンターたちの居場所を教えた。「それから、入江のほうには撃たないように。わたしが舟で待機してますから」

返事はなかった。

ぼくは肩をすくめ、水中を歩いて舟にもどった。イジーはぼくが命じたとおりの位置にすわって待機していたが、筋肉の緊張ぐあいや目の輝きからすると、仔犬のように跳ねまわりたい気持ちでいるのは明らかだった。水中に立ったまま、ぼくは舟の上に手を伸ばし、イジーの首をなでながらささやきかけた。

「よーしよし、もうちょっとの辛抱だぞ」

待機を解かれて、彼女《イジー》ははじけるように舳先へ移動した。ぼくは曳き綱を握り、舟を入江へ引っぱっていった。

いつしか曙光《しょこう》が乳色の輝きで天を染め、虹蜉蝣《にじかげろう》たちは姿を消し、夜空を彩る流星雨も影が薄くなった。泥土堤の上で競いあっていた虫と両棲類のシンフォニーも、朝を迎えて、小鳥たちのさえずりにとってかわられた。それにまじって、ときおり聞こえてくる咆哮のような音は、鰐梭魚《ワニカマス》が威嚇囊《いかくのう》を膨らます音だ。日の出を間近に控えて、東の空の瑠璃色《ラピスラズリ》が鮮やかさを増していく。

ぼくは舟を蔓の下に引っぱりこみ、イジーに舳先にとどまっているよう手ぶりで指示したのち、漕ぎ手座の下から四つのデコイをとりだした。岸辺にはうっすらと氷が張っているが、沼の中央までくれば氷の気配はない。ぼくはデコイを一体ずつ配置していった。離れるとき、それぞれのスイッチをオンにした。水深はいちばん深いところでも胸までの高さしかない。

鴨たちが到着したのは、ぼくが蔓の下に隠した小舟にもどり、イジーのとなりに横たわった直後のことだった。最初に到来を聞きつけたのはイジーだった。風上からの匂いを嗅ぎつけたかのように、全身をぴくんとこわばらせ、鼻づらをかかげたのだ。一拍おいて、かすかな羽ばたきの音がした。身を乗りだし、たれさがる蔓をかきわけ、沼を覗きこむ。

沼の中央ではデコイたちが泳ぎまわり、羽づくろいをしている。一体が首を曲げ、呼び声を発したとき、南の樹冠の上に本物の鴨たちが姿を現わした。

三羽の鴨が編隊を解き、羽を広げてブレーキをかけ、見えないレールにそって沼へと舞いおりてくる。

この瞬間には、何度立ちあっても興奮をおぼえずにいられない。のどが締めつけられ、胸が高鳴り、心臓が一瞬とまりそうになって、痛みすら感じる。人生の大半を辺境で過ごし、自然を間近に眺めてきたぼくだが、これほど美しい光景に遭遇すると、例外なしに、身内の奥深くにあるなにかを強くゆさぶられてしまう。そのなにかを形容することばをぼくは知らない。そばではイジーが漆黒の彫像のようにじっと凝固し、身をこわばらせている。

そのとき、ついに銃声が轟いた。散弾銃の三人はいっせいに発砲し、彼らに装填できるかぎりの早さで射撃をつづけた。それをぬって、エネルギー・ライフルの放つビームが湿原を薙《な》いでいく。スミレ色の細い光条が朝靄《あさもや》に浮かびあがり、はっきりと見えた。

一羽めの鴨は、同時に二、三射ほどくらったにちがいない。羽毛と内臓をまきちらし、一瞬のうちにばらばらになった。二羽めは翼をやられたらしく、優美さも気高《けだか》さもはぎとられて、水面へまっさかさまに落下した。三羽めは右にバランスを崩したが、水面すれすれのところで体勢を立てなおし、必死にはばたいて空へ逃げようとした。そのあとを、無音の大鎌のように枝葉を切り裂いて、エネルギー・ビームが追いかけていく。散弾がふたたびいっせいに発射されたが、鴨はそれを読んでいたかのように沼へダイブし、右へ急カーブを切ると、まっすぐに入江をめざした。

入江――つまり、イジーとぼくのいるところへだ。

高度は水面からせいぜい二メートル。鴨は逃げようと必死になり、翼を懸命にはばたかせている。そうか、こいつは入江の入口に飛びこみ、樹々の下をくぐって逃げるつもりだな。このままでいけば、じきにハンターたちの火線はこの小舟に集中する。それなのに、四人ともまだ射撃をやめようとしない。

右足で幹を蹴り、枝の下から舟を押しだしつつ、短期間ながら自衛軍の軍曹時代に培《つちか》った命令口調で、ぼくは叫んだ。

「**撃ちかた、やめ！**」

ふたりは射撃をやめた。が、散弾銃の一挺とエネルギー・ライフルはなおも火を噴きつづけている。鴨はすこしもためらうことなく、舟の一メートル左をかすめた。

間近を飛んでいく鴨の姿に驚いたのか、イジーが身をふるわせ、大きく口をあけた。ようやく散弾銃の射撃がとまった。が、スミレ色のビームは立ち昇る靄を横に薙ぎ、なおもこちらへ近づいてくる。ぼくは叫び、イジーを漕ぎ手座の下に押しこんだ。

背後に連なる鬱金蔦のトンネルをくぐりぬけ、鴨は必死にはばたいて高度をあげた。だしぬけに、空気にオゾンのにおいがただよい、完璧にまっすぐな灼熱の直線が舟の艫《とも》を切り裂いた。ぼくは舟底に身を投げ、イジーの首輪をつかみ、できるだけそばへ引きよせた。

握りしめた指とイジーの首輪からほんの一ミリの距離を、スミレ色のビームがかすめていく。イジーの興奮した目に、つかのま、とまどいの色が浮かんだ。ついで彼女は、仔犬のころ、叱られたときよくそうしたように、頭を垂れようとした。そのとたん、首輪から上が胴体を離れ、ぽろりところげ落ち、小さな水しぶきをあげて水中に沈んだ。ぼくの手は首輪をつかんだままだ。イジーの重みはまだぼくの上にのしかかり、胸に乗せられた前肢はなおもふるえている。と、きれいに切断された首の動脈から勢いよくぱっと鮮血が噴きだし、ぼくに降りかかった。ぼくは横にころがり、頭をなくして痙攣する愛犬のからだを舟底に横たえさせた。イジーの血はあたたかく、銅の味がした。

エネルギー・ビームがふたたび引き返してきた。ビームは舟から一メートル手前に生える太い鬱金蔦の枝を切り落としたのち――存在しなかったかのように、ふっと消えた。

ぼくは起きあがり、沼ごしにM・ヘリグを見やった。太った男はひざにエネルギー・ライフルを載せ、葉巻に火をつけようとしている。葉巻の煙が、湿原じゅうから立ち昇る朝靄とまじりあった。

ぼくは舟べりを乗り越え、胸まである水につかると、イジーの血を水面に渦巻かせながら、M・ヘリグへ近づいていった。

そばまで近づいたぼくを見て、M・ヘリグはエネルギー・ライフルを手にとり、控え銃《つつ》の格好でななめに持った。葉巻をくわえたまま、M・ヘリグはいった。

「さあ、おれが撃った鴨をとってきてもらおうか。いつまでも浮いたまま放っておくと、腐って――」

手のとどくところへ着くと同時に、ぼくは左手でデブ野郎のカメレオン・ポンチョをひっつかみ、ぐいと手前に引っぱった。エネルギー・ライフルの銃口がこちらに向きかけたが、その銃身を右手でつかみ、相手の手からもぎとって、沼のできるだけ遠くへ放り投げる。葉巻が浮き潜伏所に落ちるのもかまわず、M・ヘリグがなにごとかをわめきだした。もういちどぐいと引くと、M・ヘリグはあっさり水中にころげ落ちた。水しぶきをはねあげ、藻を吐きながら浮かびあがってきたところを、口もとめがけ、思いきり拳をたたきこむ。歯が何本かへし折れる感触があった。こっちの拳の皮膚も裂けたようだ。M・ヘリグは後頭部を浮き潜伏所の枠にぶつけてごんと鈍い音を響かせ、ふたたび水中に没した。

しばらく待つうちに、デブ野郎の顔が死んだ魚の腹のように浮かびあがってきた。ぼくはその顔をつかみ、水中に押しこんだ。気泡がごぼごぼとあがってくる。M・ヘリグは両腕をふりまわし、ぽちゃぽちゃした手でぼくの手首を殴ったが、痛くもかゆくもない。やめろ、と各自の潜伏所からほかのハンターたちが叫んでいたが、そんな声になど耳も貸さなかった。

M・ヘリグの手から力が抜け、ずるずると水中に沈み、気泡も小さく、かぼそくなってきた。ぼくは押さえていた頭を放し、あとずさった。これは浮かんでこないかもしれないなと思ったとき、勢いよく水をはねちらし、M・ヘリグがざばっと頭をつきだして、浮き潜伏所の縁にしがみついた。大量の水と藻を吐くM・ヘリグに背を向け、ぼくはほかの三人のもとへ歩きだし、大声でいった。

「きょうはもうおわりだ。銃を貸してくれ。引きあげる」

三人とも口を開き、抗議しかけた。が、三人とも、顔じゅうを血まみれにしたぼくと視線が合うと、おとなしく散弾銃をさしだした。

「仲間に手を貸してやれ」

最後のひとり、ポネスクにそういって、ぼくは回収した銃を舟に運んでいき、弾丸をぬいて舳先の下の防水コンパートメントにしまいこみ、弾薬箱を艫に持っていった。イジーの首なし死体はすでに硬直しはじめていた。その死体を、ぼくは水中に沈めた。舟底は血の海となっていた。ぼくは艫にもどり、弾薬箱をしまい、棹によりかかって立った。

しばらく待つうちに、浮き潜伏所に乗った三人のハンターたちが、ぎこちなく水をかいてもどってきた。最後尾にはM・ヘリグの潜伏所を引っぱっている。M・ヘリグは水面に血の気の失せた顔をつきだし、いまだに水を吐きつづけていた。三人のハンターは舟に乗りこみ、潜伏所を引きあげようとした。

「かまうな」とぼくはいった。「あの鬱金蔦の根にゆわえておけ。あとでとりにくる」

三人はいわれたとおりにし、肥満した魚でも引きあげるようにしてM・ヘリグを舟に引っぱりあげた。聞こえるのは鳥の声と、しだいに勢いづいてきた虫の音、M・ヘリグが水を吐く絶え間ない音だけだ。M・ヘリグが舟におさまると、ほかの三人は腰をおろし、ぼそぼそとささやきあいだした。ぼくは棹をつき、舟をプランテーションへ向けた。黒々とした水面にゆらぐ最後の朝靄をぬって、朝陽が昇っていく。

ぼくとしては、これで片がついたつもりだった。もちろん、そんなはずはなかったのだが。

M・ヘリグが軍用フレシェット・ガンを持って寝小屋から出てきたのは、ぼくが質素な調理場で昼食の用意をしているときのことだった。この手の武器は、ハイペリオンではご法度《はっと》だ。パクスは自衛軍以外にその携行を認めていない。ほかの三人のハンターが、ショックに蒼ざめた顔でバラックのドアから覗いているのが見えた。ウイスキーのにおいをぷんぷんさせて、M・ヘリグは調理場にふらふらとはいりこんできた。

ぼくを殺すまえに見得《みえ》を切る衝動を抑えきれなかったのだろう、M・ヘリグは、

「この人間《クロ》のクズ《スデム》の異教徒めが……」

といいかけた。もちろん、殺される側がそんなものをのんびり聞いているはずもない。ぼくはとっさに床に身を投げた。M・ヘリグがあわてて引き金を引く。

六千本の鋼鉄の針が、料理用ストーブを、ストーブの上で作っていたシチューの鍋を、シンクを、シンクの上の窓を、棚と棚の上の食器を、粉微塵《こなみじん》に吹きとばした。食料、プラスティック、磁器、ガラスなどの破片が脚の上に降りそそぐなか、ぼくは這ったままカウンターの下をくぐり、M・ヘリグの脚に手を伸ばした。M・ヘリグはすでにカウンターの上へ身を乗りだし、二発めのフレシェット弾を発射しようとしている。

一瞬早く、太った男の足首をつかみ、ぐいと引いた。M・ヘリグはあおむけに転倒し、床に積もった十年分のほこりを舞いあがらせた。倒れたところを、M・ヘリグの脚に這いあがり、股間をひざで押さえつけつつ、両手で握りしめている銃をとりあげるべく、左の手首を思いきり締めつける。M・ヘリグは右手でストックを握り、人差し指を引き金にかけたままだ。マガジンが小さなうなりをあげ、つぎのフレシェット・カートリッジが装塡された。ウイスキーと葉巻のにおいがまじる吐息をぼくの顔にかけながら、M・ヘリグが勝ち誇った表情を浮かべ、銃口をこちらに向けた。引き金が引かれるまぎわ、ぼくはその手首と重い銃にすばやく前腕をたたきつけ、銃身を握ってM・ヘリグの肉厚のあごに銃口を持っていった。ふたりの目があった。つぎの瞬間、逃れようともがいたのが災いし、M・ヘリグの指が引き金を引いた。

ぼくはハンターのひとりに、社交室の無線機の使いかたを教えた。それから一時間とかからずに、パクスの警察スキマーが飛来し、雑草の生えた芝生に着陸した。この大陸でまともに動くスキマーは十台かそこらしかなく、パクスの黒いスキマーの姿は、控えめにいっても身を引き締めさせるだけの効果があった。

ぼくは両手を縛りあげられ、こめかみに皮層連鎖錠を張りつけられて、スキマー後部の拘束ボックスに押しこまれた。ボックス内は異様に蒸し暑く、ただすわっているだけで汗がだらだら流れた。調理場では法医学の専門家たちが、先のとがったプライヤーを使い、穴だらけの床や壁に飛散したM・ヘリグの頭骨と脳組織を一片残らず回収しようとしていた。ほかのハンターたちの事情聴取がおわり、M・ヘリグの破片回収もすむと、風防ごしに、遺体袋に収めた死体がスキマーの機内へ運びこまれるのが見えた。浮揚《リフト》ファンがうなりをあげ、ベンチレーターから勢いよく風が吹きだしてきた。多少はすずしくなったものの、これはこれで息をしにくいのがつらい。そんなぼくの思いにかまわず、スキマーは舞いあがり、プランテーションの上を一度だけ旋回したのち、南のポートロマンスへ向けて進みだした。

ぼくの裁判は六日後に行なわれた。M・ロルマン、M・ルショミン、M・ポネスクは、湿原へ向かう途中でぼくがM・ヘリグを侮辱し、湿原では暴力をふるったと証言した。いわく、猟犬が死んだのは、ぼくから仕掛けた喧嘩の巻添えを食っただけだ、プランテーションに帰ってからは、ぼくが禁制のフレシェット銃をふりまわし、おまえたちを皆殺しにしてやると脅した、M・ヘリグが武器をとりあげようとしたところ、ぼくが至近距離から彼を撃ち、文字どおり頭を粉微塵に吹きとばしてしまった……。

最後に証言台に立ったのは、M・ヘリグ本人だった。三日間におよぶ復活をとげたばかりで、まだ血色が悪く、からだもふるえがちの彼は、地味なビジネススーツにケープを着て出廷し、わななく声でほかの三人の証言を裏づけ、この乱暴者が一方的に襲いかかってきたのだと証言した。ぼくの公選弁護人は、反対尋問をしようともしなかった。ハンターたちは四人とも、パクスでしかるべき地位にある復活派キリスト教徒なので、告解剤その他の化学的／電子的証言確認手段を強制されることはない。ぼくは自分から、告解剤でもフルスキャンでも進んで受けようと申し出たが、検察官はあのようなものはあてにならないと異議を唱え、パクス認定の判事もそれを認めた。ぼくの弁護士も異議申立てをしなかった。

陪審員などいはしない。裁判は二十分とかからずにおわり、判決がくだされた。

被告人は有罪、死の杖《デスウォンド》による死刑に処する。

ぼくは立ったまま、〈鷲《アクィラ》〉北部の叔母や従弟たちにこの件を伝えたい、訪ねてきた親族に今生《こんじょう》の別れを告げるまで死刑執行は待ってほしいと申しいれた。申しいれは退けられ、死刑執行は翌朝の夜明けと決定された。

3

その晩、ポートロマンスのパクス系修道院から、ひとりの司祭が訪ねてきた。どこか神経質な感じの小柄な男で、ブロンドの頭髪は薄くなりかけており、わずかにどもる傾向があった。窓ひとつない面接室で、司祭はツェ神父と名乗り、看守たちを室外へ退出させた。

「わが子よ」神父は切りだした。ぼくはもうすこしでにやりとしそうになった。神父がせいぜい、ぼくと同い齢くらいにしか見えない男だったからだ。「わが子よ……明日を控えて、心の準備はできていますか？」

いきなりそう切りだされては、にやりとするどころではない。ぼくは肩をすくめた。

ツェ神父は下唇をかみ、こわばった声でいった。

「あなたは、われらが神を受けいれてはいませんね……」

もういちど肩をすくめたい気持ちを抑え、かわりにぼくはこう答えた。

「受けいれていないのは聖十字架だけですよ。神を信じてないというのとはちがうでしょう」

神父の茶色の瞳は教化の使命に燃え、懇願せんばかりだった。

「いいえ、おなじことです、わが子よ。聖十字架とはすなわち、われらが神の啓示なのです」

ぼくは返事をしなかった。

ツェ神父はミサ典書を机に置き、手錠をかけられたままのぼくの手首に手をかけた。

「今宵《こよい》、悔い改め、みずからの救済者としてイエス・キリストを受けいれるならば、三日後には――明日から数えて……あなたもわれらが神の赦《ゆる》しと恩寵《おんちょう》を得て甦ることができます」

茶色の目はまばたきひとつしない。「それは承知していますね、わが子よ？」

ぼくは神父に視線を返した。この三日というもの、となりの独房では囚人が夜どおし叫びっぱなしで、すっかり神経がまいってしまっている。

「知ってますよ、神父。聖十字架の機能はね」

ツェ神父は大きくかぶりをふった。

「聖十字架の機能ではありません、わが子よ。あれは神の恩寵なのです」

ぼくはうなずいた。

「甦りの経験はあるんですか、神父？」

神父は視線を落とした。

「まだありません、わが子よ。しかし、決してその日を恐れてはいません」神父はふたたび顔をあげ、ぼくの目を見つめた。「あなたも恐れることはないのですよ」

ぼくはしばらく目を閉じた。じつをいえば、この六日と六晩のあいだ、聖十字架の受けいれを検討しなかったときはない。だが、ぼくはいった。

「神父——あなたの気持ちを害するつもりはありませんが、何年も前、絶対に聖十字架はつけまいと決めたんです。いまさら心変わりするのはどんなものでしょうね」

ツェ神父は目を輝かせ、身を乗りだしてきた。

「われらが神を受けいれるのに遅すぎるということはありません、わが子よ。明朝、陽《ひ》が昇ってしまえば、もはや時間はない。あなたの死体は死刑室から引きずりだされ、海に捨てられ、沖合で肉食魚の餌となってしまうのが……」

それはいままでに何度も想像したイメージだった。

「ええ……改宗しない殺人犯のたどる末路は承知しています。だけど、すでにこれをつけられている身ですからね」ぼくはこめかみにつけられた皮層連鎖錠を軽くたたいてみせた。「このうえ体内に聖十字架共生体を植えつけて、いま以上にみじめな奴隷に身を落としたくはないな」

ツェ神父は、ひっぱたかれでもしたみたいにのけぞった。

「われらが神に一生を捧げることは、奴隷になることではありません」冷たい怒りのせいで、どもりがきれいに消えていた。「この世における即時復活という具体的な祝福が授けられる以前から、何百万もの人々が神に一生を捧げてきたのです。いまでは神の恩寵を受けいれている人々は何十億といます」

神父は立ちあがり、先をつづけた。

「あなたに選べる道はふたつです。イエスに仕えることで、この世におけるほぼ無限の生という贈り物を受け、永遠の光を得るか、それとも永遠の暗黒に堕《お》ちるか」

ぼくは肩をすくめ、顔をそむけた。

ツェ神父はぼくに祝福を授け、哀しみと蔑みのないまぜになった口調で別れを告げると、くるりと背を向け、看守を呼び、出ていった。一分後、看守に連鎖錠を作動させられ、頭に疼きをおぼえながら、ぼくは独房へと連れもどされた。

そのはてしなく長い秋の夜、ぼくの心を駆けめぐったとりとめない想いの連禱《れんとう》を長々とつづって、読者を退屈させることはすまい。そのとき、ぼくは二十七歳。人生を謳歌《おうか》するあまり、たびたびトラブルに巻きこまれてはきたが……これほど深刻なトラブルに遭遇したことはなかった。最後の晩の最初の数時間は、檻に閉じこめられた動物が鉄格子に爪を立てるように、ひたすら逃げだす方法ばかり考えた。トスチャハイ湾からは〈顎《マンディブル》〉と呼ばれる砂州が沖へ伸びており、その砂州を見おろす断崖絶壁にこの刑務所は建っている。建物を構成しているのは、割れない窓、曲げられない鋼鉄、継ぎ目のないプラスティックばかり。看守はデスウォンドを携行しており、使用をためらう気配は微塵も感じられない。たとえうまく脱走できたとしても、連鎖錠の遠隔操作ボタンを押されればそれでおわりだ。ビーコンをたよりに隠れ場所を見つけられるまで、ぼくは宇宙最悪の偏頭痛にのたうつことになる。

最後の数時間は、自分の短く無益だった人生の愚かさを顧みることで費やされた。ハイペリオンにおけるロール・エンディミオンの人生で、人に語るに足ることはない。その点だけは悔やまれた。ぼくの人生は偏屈な頑固さに貫かれていたし、甦りを拒んだのも、その頑固さのゆえだったのだ。

(悔やむくらいなら、一生教会に仕えればいいじゃないか)心の奥で、せっぱつまった声がささやいた。(そうすれば、すくなくともこの世から消えずにすむ! 一生どころか、いちど死んでからも、何度も何度も甦れるんだ! こんなうまい話をどうして断わる? どんなことだって、真の死よりはましじゃないか。おまえの腐りかけた死体が、血吸い鰻や甲冑魚や腐食虫に食われるところを想像してみろ! よく考えるんだ!)

自分の心中にこだまする叫び声から逃れるだけのために目を閉じ、ぼくは眠っているふりを装った。

永遠とも思えるほど長くつづいた夜は、しかしあっという間に明け、たちまち朝陽が昇った。ぼくは四人の看守にかこまれて死刑室に連行され、木の椅子に縛りつけられた。鋼鉄の扉が閉まった。左の肩ごしにふりかえれば、特殊樹脂を隔てて看守たちの顔が見えただろう。

てっきり司祭がやってくるにちがいない、ツェ神父ではなくとも、パクス代表の司祭が入室してきて、不死性を得る最後のチャンスを申し出るにちがいないと思っていたが、だれもやってはこなかった。喜んだのは心の一部だけだった。たとえ最後の瞬間に心変わりをしようと、ぼくにはもう、それを伝えるすべはない。

処刑方法は単純かつ機械的だった。シュレーディンガーのキャットボックスほど独創的ではないが、十二分に巧妙といっていい。壁には短距離デスウォンドがセットされ、ぼくのすわる椅子に狙いがつけてある。そのデスウォンドにとりつけられた小型携帯端末《コムログ》ユニットに、カチリという音をたてて赤ランプがともるのが見えた。死刑が宣告される以前から、自分がどういうふうに死を迎えるかは知っていた。周囲の独房の囚人たちが嬉々としてささやきかけてきたからだ。コムログ・コンピュータには乱数生成システムが組みこまれている。そして、生成された数字が17より小さい素数であれば、デスウォンドはビームを放つ。その瞬間、ロール・エンディミオンの人格と記憶を構成する灰色の脳細胞のありとあらゆるシナプスは消し飛ぶ。完全に破壊されてしまう。神経系は死に絶えて、ただの放射性廃棄物の塊と化す。その数ミリ秒後、自律神経系が機能を停止する。精神を破壊されると同時に、鼓動も呼吸もとまる。専門家にいわせれば、デスウォンドによる死は、これまで考案されたなかでもっとも苦痛のない死だそうだ。だが……デスウォンドで処刑されたのち甦った者は、ふつうは死の瞬間の感覚を語りたがらないが、囚人たちのあいだに広まっている話では、それは地獄のような苦しみを——脳のありとあらゆる神経が爆発するような、すさまじい苦しみをもたらすという。

ぼくはコムログの赤ランプと、短いデスウォンドの発射口を見つめた。どこかのいたずら者がとりつけたLEDディスプレイのおかげで、死刑囚は生成された数字を見ることができる。表示される数字は、地獄行きエレベーターのフロア番号のようだった。26—74—109—19—37……コムログが生成する数字は、150よりは大きくならないように設定されている……77—42—12—60—84—129—108—14—

途中で数字が目にはいらなくなった。ぼくはこぶしを握りしめ、渾身《こんしん》の力で強靭なプラスティックのストラップを引っぱり、壁に向かって口汚く罵倒した。透明の窓を通して歪んで見える青白い顔にも、いまいましい教会にも、ろくでもないパクスにも、愛犬を殺した下種《げす》の臆病者にも、その偽証に口裏を合わせた三人の臆病者にも……

ディスプレイに表示された17より小さい素数が見えることはついになかった。デスウォンドがビームを放つ静かなうなりも聞こえなかった。かわりに、なにかが——毒薬のように冷たいなにかが——ぼくの後頭部に端を発し、神経伝達の速度に乗って、からだの隅々にまで広がっていくのが感じられた。なにかを感じるということ自体に、ぼくは驚きをおぼえた。

（囚人に勝る死刑の専門家はなし、か）そんな場ちがいな考えが浮かんできた。（デスウォンドによる自分の死は、ちゃんと感じられるんだ）

可能であれば、そのときぼくは、くすくす笑ったことだろう。だが、笑いたくても笑えなかった。痺れが波のようにからだをおおいだしたからだ。

波、それも黒い波——

その黒い波が、ぼくをいずこかへと運びさっていく。

4

目が覚めても、まだ生きていることに驚きはしなかった。人が目覚めて驚くとすれば、自分が死んでいたときだろう。いずれにしても、とくに不快感はなく、手足がわずかに痺れている程度だった。ぼくは横たわったまま、しばらくのあいだ、陽光が粗《あら》い漆喰天井をなでていくのを眺めていた。が、そこではっと現状に気づき、完全に目を覚ました。

(ちょっと待てよ、おれは死刑になったんじゃ……?)

起きあがり、周囲を見まわした。処刑が夢だったという感覚が多少とも残っていたにせよ、それはすぐに、いまいる部屋の殺風景さで完全に否定された。部屋はカットしたパイの形をしていて、外壁側の湾曲した石壁にはのろが塗ってあり、天井はぶ厚い漆喰仕あげだった。調度はベッドひとつしかなく、灰色がかった白の厚ぼったいベッドカバーは、色といい質感といい、漆喰や石壁と同傾向で、殺風景な雰囲気をいっそう強めている。大きな木の扉は閉じられているいっぽう、アーチ型の窓は開けはなたれていた。窓外の瑠璃色《ラピスラズリ》の空を見ただけで、自分がまだハイペリオンにいることがわかった。ここがポートロマンスの刑務所である可能性はない。それにしては石壁の石が古すぎるし、扉の装飾もかなり凝っており、寝具の肌ざわりも上等すぎる。

立ちあがってみて、はだかであることに気がついたが、そのままの格好で窓に歩みよった。秋風はひんやりとしているものの、陽光が肌にあたたかい。そこは石造りの塔のなかだった。黄色い鬱金蔦と密生した堰木が織りなす樹冠の天蓋が、丘の斜面のずっと向こうへと這いおりており、地平線の彼方にまでつづいている。花崗岩の上には常青樹が生えていた。視線を付近に転じれば、石壁、胸壁、べつの塔の曲面、その塔とこの塔を結ぶ塁壁などが見える。石壁はかなりの年月を経ているらしい。石組みの巧みさや本物の風格を持つ様式からすると、〈崩壊《フォール》〉よりずっとむかしの、技巧と風趣の時代のもののようだ。

以上から、だいたい察しはついた。鬱金蔦と堰木が茂っているからには、ここはまだ大陸〈鷲《アクイラ》〉の南部だろう。優雅な廃墟から判断すれば、廃都エンディミオンだ。

これまで、一族の姓が由来するこの街を訪ねたことはなかったが、一族の語《かた》り部《べ》だった婆さまから、ここのことはいろいろと聞かされていた。エンディミオンは、約七百年前に降下船が墜落して以来、ハイペリオンに最初に建設された都市のうちのひとつで、〈崩壊〉まではすぐれた大学で有名だったそうだ。大学は巨大な城砦のような建物で、丘のふもとに広がる古い街を見おろしていたという。婆さまの曾祖父の祖父は、パクスの占領部隊がやってきて〈鷲〉中央部全域を掌握し、文字どおり何千もの人間をぎゅうづめにして送りこんでくるまで、その大学の教授をしていたと聞いている。

いまぼくは、その街へやってきたわけだ。

そのとき、ブルーの肌とコバルトブルーの目をした禿頭《とくとう》の男が扉からはいってきて、ベッドの上に下着とコットンの手織りらしい質素な普段着を置いた。

「どうぞお召しを」

ぼくはうなずき、背を向けて扉から出ていく男を無言で見送った。ブルーの肌。コバルトブルーの瞳。無毛。とすると、彼は……あれは……アンドロイドなのか。アンドロイドを見るのははじめてだった。これ以前に、もしだれかに訊かれていたら、ぼくはハイペリオンにアンドロイドは残っていないと答えただろう。〈崩壊〉以前から、生物工学でアンドロイドを生造《バイオファクチュア》することは違法だったし、何世紀も前、伝説のビリー悲嘆王が北部の諸都市を築くために輸入したことは知っているが、いまもこの惑星に残っているという話は聞いたこともない。ぼくは首をふり、服を着た。異様に肩幅が広く、極端に脚が長い体形なのに、服はあつらえたようにぴったりだった。

窓ぎわにもどってまた外を眺めていると、さっきのアンドロイドがもどってきた。彼は扉に手をあてて開いたまま戸口に立ち、もういっぽうの手で外へとうながして、

「どうぞこちらへ、M・エンディミオン」といった。

質問したい気持ちをこらえ、彼のあとにつづいて塔の階段を登った。最上階にあったのは、

一フロア全体を占める円形の部屋だった。夕暮れも間近の陽差しが、黄色と赤のステンドグラスを明るく染めて射しこんでいる。見たところ、すくなくとも一枚の窓が開かれており、谷から吹きあげてくる風に、はるか下の枝葉の天蓋がさやぐ音が聞こえた。

内壁も天井も、さっきまでぼくがいた部屋とおなじく、殺風景な白一色だったが、その単調さを破っているのは、部屋の中央に置いてある雑多な医療機器と通信コンソールだった。アンドロイドは部屋を出ていき、重い扉を閉めた。さまざまな装置のまんなかに人間がいることに気づいたのは、室内をよく見まわしてからのことだ。

すくなくともそれは、人間のように見えた。人間の男だ。

男はフローフォーム張りの浮きベッドに横たわり、ベッドの角度を変え、上半身だけを起こしていた。チューブ、点滴管、モニター・フィラメント、生物器官じみた臍帯《アンビリカル・コード》等々が、各装置から浮きベッドの萎《しな》びた男につながっている。いま〝萎びた〟といったが、じっさいには、ミイラ化しているといったほうがちかいかもしれない。皮膚は古い革ジャケットのように皺だらけで、老人斑だらけの頭からは毛髪がきれいになくなり、手足はすっかり痩せおとろえ、退化した付属肢のようだ。老人の姿のあらゆる要素は、巣から落ちた雛――皺だらけで羽毛のない雛を思わせた。羊皮紙のような肌は青みを帯びており、一瞬、これまたアンドロイドかと思いかけたが、よくよく見ると、青みの質がちがった。手のひら、あばら、額がほのかに発光しているところから判断して、これは何世紀にもおよぶ延齢処置《パウルセン》を享受してきた——あるいは甘受してきた——本物の人間にちがいない。いまどきパウルセン処置を受けられる人間などいはしない。あの技術は〈崩壊〉で失われてしまった。原材料を提供する惑星が時空の彼方に隔てられたからだ。ともかくも、ぼくはそう思っていた。だが、すくなくとも数世紀の時を生き長らえ、つい数十年前にもパウルセン処置を受けたとおぼしき生きものがここにいる。

老人がくわっと目を開いた。

これほど力強いまなざしにさらされたのは、生まれてはじめてだった。その後も何度か、おなじくらい強烈な視線を受けたことはあるが、このときははじめてだったので、ぼくはたじろぎ、一歩あとずさったと思う。

「そばにくるがよい、ロール・エンディミオンよ」

錆び刀を羊皮紙にこすりつけたような声がいった。老人の口の動きは亀の口を思わせた。

ぼくはできるだけ近くへ歩みよった。自分とミイラ化した男とを隔てるものは、もはや通信コンソールだけだ。老人はまばたきをし、骨と皮ばかりの手を持ちあげた。枯れ枝のような手首には、そんな手ですら重すぎるらしい。

「わしがだれかわかるかや？」

しわがれた声は風のささやきのように小さかった。

ぼくはかぶりをふった。

「ここがどこかわかるかの？」

ぼくは深呼吸をし、答えた。

「エンディミオン。その打ち棄てられた大学でしょう」

皺がきゅっと深まり、歯のない笑顔を形作った。

「なかなか賢い。自分の一族の名が由来する石の塊を見わけたか。それでも、わしがだれかはわからんのじゃな？」

「はい」

「どうやって死刑をまぬがれたか、知りたくないか？」

ぼくは休めの姿勢をとり、答えを待った。

老人はふたたびほほえんだ。

「じつに聡《さと》い。すべての答えは、待つ者のもとを訪れるもの。ま、この場合、答えはそう気のきいたもんでもないがの。要するに、上の者に賄賂《わいろ》を握らせたんじゃ。で、デスウォンドのかわりに麻痺銃《スタンナー》をセットさせた。処刑確認と死体処理の者たちにも袖の下をつかませてな。もっとも、いま興味があるのは、〝どうやって〟ではあるまい。そうじゃろ、ロール・エンディミオン？」

「はい」ぼくは答えた。「〝なんのために〟のほうです」

亀の口がひくつき、大きな頭がうなずいた。この時点でやっと気づいたのだが、何世紀もの処置でダメージを受けているにもかかわらず、老人の顔は鋭さと欲望を残していた。いわば好色家《サテュロス》の顔つきなのだ。

「まさしく」老人はいった。「〝なんのために〟じゃよ。なぜわざわざ死刑執行のふりまでさせ、腐れ大陸の半分も向こうから腐れ〝死体〟を運んでこねばならなんだのか。ほんに、なんでじゃろうな？」

老人の口から出ると、口汚いことばがさほど口汚く聞こえなかった。ずいぶん長いあいだ口にしつづけてきたために、もはや特別な意味合いはなくなっている——そんな感じだった。ぼくは先を待った。

「ひとつ、たのみごとを聞いてくれんか、ロール・エンディミオン」

老人の息づかいが荒くなってきた。淡い色の液体が、点滴管を通じて流れこんでいく。

「こっちに選択の余地はあるんですか？」

ふたたび笑みが浮かんだ。が、壁の石のように、その目にはまったく変化がない。

「選択の余地はたっぷりあるさ、若いの。この場合、命を救われたことへの負い目はすっぱりわすれて、ここを出ていってもよい……歩いてな。召使いたちも止めたりはせんよ。運がよければ、この立入禁止区域から出て人里にもたどりつけようし、パクスのパトロールにも見つからずにすもう。そりゃあまあ、万が一見つかった日には、すでに死んだはずの人間で、身分証もないとくれば……なんというかこの……やっかいなことになるじゃろうがな」

ぼくはうなずいた。以前のぼくの衣服、クロノメーター、職業証明書類、パクスの身分証などは、いまごろきっとトスチャハイ湾の底だ。湿原での狩猟ガイド暮らしが長くてすっかりわすれていたが、都市生活では頻繁に身分証を確認される。沿岸の都市や内陸の村に一歩踏みこめば、たちまちそれを思いださせられるはめになるだろう。なにしろ、羊飼いや狩猟ガイドのように田舎の仕事に就く者でさえ、租税や十分の一税などの関係で、パクスの身分証を持たずにはすまないのだ。身分証がない以上、この先はずっと人里を離れ、人目を忍んで暮らしていかなければならない。

「でなければ」と老人はいった。「わしのたのみを引き受けて金持ちになるかじゃな」

老人はことばを切り、値踏みするような目でぼくを見つめた。プロのハンターが、優秀な猟犬に育つかどうかと仔犬を値踏みするような目つきだった。ぼくはいった。

「そのたのみというのを聞かせてください」

老人は目をつむり、ゼイゼイいいながら深呼吸をした。そして、目をつむったまま、語りはじめた。

「あんたは字が読めるかね、ロール・エンディミオンや」

「読めます」

「『詩篇』として知られる詩を読んだことは？」

「ありません」

「じゃが、耳にしたことはあるじゃろう？　北の遊牧民の一族に生まれたんじゃから、語り部から『詩篇』の手ほどきくらい受けたことはあろう？」

しわがれた声には不思議な響きがまじっていた。そう、まるで慎みのような。

ぼくは肩をすくめた。

「ちょっとだけしか。ぼくの一族は、『ガーデン物語』や『グレノン＝ハイトの勲《いさおし》』のほうが好みだったので」

サテュロスの顔にぎゅっと皺が深まり、笑みを形作った。

「『ガーデン物語』か。ふむ。あれのケンタウロスのヒーローは、ロールというのではなかったかな？」

ぼくは答えなかった。たしかに婆さまは、ロールという名のケンタウロスのヒーローがお気にいりだった。母もぼくも、彼の物語を聞かされて育ったのだ。

「その物語を信じるか？」かみつくように、老人はたずねた。「つまり、『詩篇』の物語をという意味じゃ」

「信じる？　じっさいに起こったできごとだという意味ですか？　巡礼や〈百舌《シュライク》〉、その他もろもろの物語を？」ぼくはしばし黙りこんだ。『詩篇』に描かれた物語のすべてが真実だと信じる者もいる。その逆に、ひとことたりとも信じない者もいる。あれはみんな伝説だ、〈崩壊〉すなわち激烈な戦争と混乱を神秘的なものに仕立てるための、とりとめもない作り話だと。ぼくは正直に答えた。「それは考えたこともありませんが……だいじなことですか？」

　老人は首を絞められているような音をたてたが、よくよく聞くと、乾いてしわがれたその音は、笑い声だった。

「べつにだいじではない」やっとのことで、老人は答えた。「では、聞いてもらおうか。これから、おまえさんに託す……使命……の概略を話して聞かせる。口をきくのは、わしにとっては重労働でな、話がおわるまで、質問はさしひかえてもらいたい」

　老人はまばたきをし、老人斑だらけの痩せさらばえた手で白いカバーのかかった椅子を指し示した。

「すわりたいかね？」

　ぼくは首をふり、休めの姿勢をたもった。

「よかろう」老人はいった。「話は二百四十数年前にさかのぼる。ときに〈崩壊〉の真っ最中じゃ。『詩篇』に登場する巡礼のひとりはわが友じゃった。名前をブローン・レイミアという。実在の人物じゃよ。〈崩壊〉ののち……連邦《ヘゲモニー》が息絶え、〈時間の墓標〉が開いたのち……ブローン・レイミアは娘を生んだ。娘の名はダイアナといったが、これが強情な子で、ことばをしゃべれる齢になると、自分で勝手に改名してしまいおってな。しばらくはシンシアと名乗っておったが、つぎはケイトと名乗り……ヘケイトを縮めたんじゃ……十一歳になったときは友人にも家族にも、アーテミスの略でテミスと呼ぶように要求した。以上を古代ギリシア風に読めば、ディアーネ、キュンティアー、ヘカテー、アルテミスと、いずれも月の女神にかかわる名前ばっかりじゃ。もっとも、最後に会ったときは、アイネイアーと名乗っておったが」

老人はことばを切り、目をすがめてぼくを見た。

「どうでもいいことと思うかもしらんが、名前というものはだいじだぞ。この都市にちなんだ名前の持ち主でなければ――この都市の名前自体、大むかしの詩にちなんでつけられたものじゃが――わしの注意を引くこともなく、今日《こんにち》ここにこうしていることもなく、おまえさん、いまごろは死んでおったじゃろう。〈中つ海〉で腐食虫の餌になってな。わかるかや、ロール・エンディミオン？」

「いえ」

老人はかぶりをふった。

「ま、それはどうでもいい。どこまで話したかな？」

「最後にその子に会ったときは、アイネイアーと名乗っていたというところです」

「おお、そうそう……」

老人はふたたび瞑目した。

「……とくに顔だちの可愛い子ではなかったが、あの子には……独特のものがあっての。あの子を知る者は、だれもが変わっていると感じておった。特別な存在だとな。しょっちゅう名前を変えるという奇行を除けば、べつにわがままだったわけじゃない。ただ……変わっておったんじゃ」老人はにんまりと笑い、ピンク色の歯ぐきを見せた。「本質的に異質な人間に会ったことはあるかや、ロール・エンディミオン？」

ぼくはちょっとためらってから、

「ありません」と答えた。

じつをいえば、会ったことはある。目の前の老人だ。だが、そんな意味できいているはずもない。

「ケイトは……アイネイアーは……変わっておった……」

またもや目を閉じて、老人はつづけた。

「……母親もそれは承知しておったよ。むろん、ブローンは自分の子供が特別であることを承知しておった。生まれる前からな……」

老人はことばを切り、わずかに目をあけてぼくを見た。

「『詩篇』のそのくだりは読んだことがあるか？」

「はい」とぼくは答えた。「そのレイミアという女性の産む子が〈教える者〉として知られるようになる、とサイブリッド知性が予言するくだりですね」

老人はいまにも唾を吐きそうに見えた。

「ばかげた話じゃよ。あの当時、だれもあの子を〈教える者〉などとは呼ばなんだ。あれはただの子供じゃったんじゃ。聡明で頑固な子ではあったが、それでも子供じゃった。多少毛色は変わっておったが、そう極端に変わり種だったわけじゃない。ところが、やがて……」

老人の声は尻すぼみに途絶え、目にうっすらと膜がかかったように見えた。まるで話の流れを見失ったかのようだった。ぼくは待った。

「……やがてブローン・レイミアが死んでしもうてな」数分後、話がまったく途切れなかったかのように、さっきよりも力強い声で老人は話しはじめた。「それを機に、アイネイアーは姿を消した。あの子が十二歳のときのことじゃ。事実上、わしはあの子の保護者じゃったが、そのわしにひとことのことわりもなく、ふいっと消えてしまいおった。ある日、こう、ふいっとな。以来、なんの音沙汰もない」

ここでふたたび、老人は沈黙した。定期的にぜんまいがほどけ、ネジを巻きなおしてやらねばならない、太古の玩具のようだった。

「……どこまで話したか?」ややあって、老人はたずねた。

「なんの音沙汰もないというところまでです」

「おお、そうじゃった。当人からはなんの音沙汰もないが、しかしあの子がどこにいったのか、いつ現われるのか、それはわかっておる。いまや〈時間の墓標〉は立入禁止となり、駐留するパクス部隊のおかげで一般の目に触れることはない。ときに、各々《おのおの》の墓標の名前と機能は憶えておるかや、ロール・エンディミオン？」

　ぼくはうめいた。そのむかし、語り部だった婆さまにも、こんなふうにして口承物語の一節を憶えているかと問われたものだ。ぼくはいつも、婆さまは高齢だと思っていた。だが、この齢ふりて萎《しな》びた老人とくらべれば、婆さまなどはまだまだ子供の部類に属す。

「多少なら」とぼくは答えた。「こんな名前でしたね──〈スフィンクス〉、〈翡翠碑《ひすいひ》〉、〈方尖塔《オベリスク》〉、〈クリスタル・モノリス〉──〈モノリス〉には戦士の遺体が収められていて……」

「フィドマーン・カッサード大佐じゃ」老人はつぶやいた。それから、ぼくに視線をもどして、「つづけて」

「それと、三つの〈巌窟廟《がんくつびょう》〉……」

「そのうち、第三〈巌窟廟〉だけがいずこかへと通じておった」老人が口をはさんだ。「すなわち、他の迷宮惑星の地下迷宮にの。あれもパクスが封印してしもうたが。つづけて」

「思いだせるのはそれくらいです……ああ、あと、〈シュライクの宮殿〉」

　老人は亀の口のはたをきゅっと吊りあげ、鋭い笑みを浮かべた。

「〈シュライクの宮殿〉、もしくはわれらが旧友シュライクのことだけは、わすれるわけにいくまいて。で？　それだけか？」

「と思います……ええ、それだけですね」

ミイラ化した人物はうなずいた。

「ブローン・レイミアの娘は、その墓標のひとつを通って消えてしまいおった。どれだか見当がつくかな?」

「いえ」うすうす察しはついたが、たしかなことはいえない。

「ブローンが死んで七日後、あの子はメモを残して出ていき、真夜中、〈スフィンクス〉のなかへ姿を消した。〈スフィンクス〉がどこに通じていたか、それは憶えておるか、若いの?」

「『詩篇』によれば、ソル・ワイントラウブとその娘は、〈スフィンクス〉を通じてはるかな未来に旅だったのでしたね」

「そうとも」浮きベッドの老人は、しわがれ声で答えた。「ソルとレイチェルは〈スフィンクス〉のなかへ消えた。そのあとも何人か、稀有な人材が同様に姿を消しておる。パクスが〈時間の墓標〉の谷を閉鎖し、〈スフィンクス〉を封印する前のことじゃ。〈崩壊〉まもないころは、おおぜいが挑戦したものじゃが――未来への近道を見つけようと挑戦したものじゃが――〈スフィンクス〉は時を貫く身内のトンネルへ通すにあたって、人を見るらしい」

「そして、その子は受けいれた、と」

ぼくの自明のことばに、老人はうめき声で答えた。ややあって、しわがれ声でこういった。

「ロール・エンディミオン――わしがどんなことをたのもうとしているか、想像はつくかな

?」

「いいえ」ぼくは答えた。もちろん、こんどもうすうす察しはついている。

「じつはな、アイネイアーを迎えにいってもらいたい」老人はいった。「あの子を見つけだし、パクスの手から護り、ともに逃げてほしい。そして——あの子が成長し、なるべき人物になったとき——このメッセージを伝えてほしい……マーティンおじさんは死にかけている、もういちど話をしたいなら故郷に帰ってくるしかない、とな」

ぼくはため息をつくまいとした。このご老体が詩人マーティン・サイリーナスであることには察しがついていた。だれだって『詩篇』とその作者のことは知っている。彼がいかにしてパクスの粛清をまぬがれ、この立入禁止地区に住むことを許されるにいたったかは謎だが、それはきかないことにして、ぼくはたずねた。

「つまり、北の〈馬《エクウス》〉大陸にいって、何千人ものパクス兵と戦いながら、なんとか〈時間の墓標〉の谷にたどりつき、〈スフィンクス〉のなかにはいり、墓標がぼくを……もしも……受けいれてくれたなら、その子を追ってはるかな未来へ赴き、何十年かその子のおもりをしてから、あなたが存命のうちにここを訪ねるように伝えろ——と、こういうことですね？」

しばしの沈黙が訪れた。聞こえるのは、マーティン・サイリーナスの生命維持装置がたてる静かな音だけだ。まるで機械が呼吸しているような音だった。

「ちょっとちがうな」やっとのことで、老人はいった。

ぼくは待った。

「あの子ははるかな未来へ旅だったのではない……すくなくとも、いまのわしらにとっては、そう遠い未来ではない。二百四十七年前にあの子が〈スフィンクス〉の入口に足を踏みいれたとき、送りだされたのは近未来……正確には、ハイペリオン年で二百四十七年後の未来じゃった」

「どうしてわかるんです？」ぼくはたずねた。

これまで見聞きしたかぎりでは、何者も——封印された墓標を二百年の長きにわたって研究してきたパクスの科学者たちでさえ——〈スフィンクス〉がだれかを受けいれたとき、どれくらい未来へ送りだすか、きちんと予測できたためしがない。

「わかるんじゃよ、わしにはな」老詩人はいった。「うそだと思うかや？」

それに答えるかわりに、ぼくはいった。

「つまり、その子は……アイネイアーは……今年のいつか、〈スフィンクス〉から出てくると」

「あの子が〈スフィンクス〉から出てくるのは四十二時間十六分後じゃ」老サテュロスは答えた。

告白しよう。このとき、ぼくは思わず目をしばたたいた。

「そしてパクスは、あの子が出てくるのを待ちかまえておる」老人はつづけた。「きゃつらはあの子が現われる正確な時間をも知っておる……」

なぜパクスがその情報を知っているのか、それはたずねなかった。

「……しかも、アイネイアーをつかまえることは、パクスの計画にとって最優先の大事なんじゃ」老詩人はかすれ声でつづけた。「宇宙の未来が、その一事にかかっておると知っておるんじゃよ」

どうやらご老体は、ほんとうに耄碌《もうろく》しているようだった。宇宙の未来が、たったひとつのできごとになど左右されるはずがない。そんなのは自明のことだ。ぼくは沈黙をまもった。

「〈時間の墓標〉の谷の内外には——いまこのとき——三万以上ものパクス兵が待機している。そのうちすくなくとも三千は、ヴァチカン直属のスイス護衛兵《スイスガード》じゃ」

ぼくは思わず口笛を吹いた。ヴァチカンの誇る教皇庁護衛隊は、エリート中のエリートだ。広大なパクス版図《はんと》における各種軍隊のなかで、練度も装備も最高を誇る。完全装備のスイス護衛兵が十名もいれば、ハイペリオン自衛軍の一万くらい軽く殲滅《せんめつ》してしまえるだろう。

「すると」と、ぼくはいった。「四十二時間で〈馬《エクウス》〉にわたり、〈大叢海《だいそうかい》〉と〈馬勒《ばろく》山脈〉を越え、二、三万のパクスの精鋭を突破して、その子を救出しろ、というんですね？」

「そうじゃ」浮きベッドの老人は答えた。

ぼくはあきれはてた表情になるのを必死でこらえた。

「で、そのあとは？　隠れられるところなんてどこにもない。パクスは、ハイペリオン全土はもちろん、あらゆる宇宙船、あらゆる航路、かつて連邦に属していたあらゆる惑星を支配してるんですよ。その子があなたがいうほどの重要人物なら、連中はハイペリオンじゅうをひっくりかえしてでも捜しだすでしょう。たとえ惑星外に出られたとしても——出られっこないですが——やっぱり逃げるあてなんてありません」

「惑星外に逃げる手だてはある」詩人は疲れはてた声でいった。「宇宙船があるんじゃ」

ぼくはごくりとつばをのみこんだ。宇宙船がある——？　宇宙旅行という概念に、ぼくは息をすることもわすれた。星々のあいだを旅する数ヵ月のあいだ、故郷では何年も何十年もが経過することの不思議。そもそも、ハイペリオン自衛軍に入隊したのも、いつの日かパクス軍にはいり、星々のあいだを飛びまわるという子供じみた夢想につき動かされたからだった。すでに聖十字架は受けいれないと決めていたのだから、若気のいたりというほかはない。

「しかし」宇宙船があるなどという話を鵜呑みにしないよう努めながら、ぼくはいった。「宇宙船に乗ろうにも、パクス＝重商連《マーカンティラス》に属する宇宙船乗りが逃亡者を乗せてくれるはずはない。「よその惑星にいけたとしても、そこでつかまるのがおちじゃないですか。航時差が何世紀にも広がるまで、ずっと宇宙船で逃げまわっているんならともかく」

「そうではない」老人はいった。「何世紀もはいらん。何十年でもない。旧連邦のいちばんちかい惑星へ逃げこむだけでいいんじゃ。さすれば秘密の道が開かれる。そのあとは、古きよき惑星を経めぐることになろう。テテュス河を通ってな」

やっぱりこの老人、道理がわからなくなってるんだ。転位《ファーキャスター》ネットワークがダウンし、AI〈テクノコア〉が人類に見切りをつけたその日、〈ワールドウェブ〉と連邦は命脈を断たれた。そして、無慈悲なまでに遠い恒星間距離に、人類はふたたび直面しなければならなくなった。いまでは、広大な暗黒をものともせずに星々のあいだを飛びまわるのは、パクス軍、パクスの手先である重商連、そして忌みきらわれるアウスターだけだ。

「そばへ」

老人がしわがれ声でうながし、手を握りしめたまま手招きした。ぼくは低い通信コンソールの上に上体をかたむけた。老人のにおいが……薬、老齢、革のようななにか、それらが混沌といりまじったにおいがした。

焚火《たきび》のまわりで聞いた婆さまの物語を思いだすまでもなく、テテュス河のことを——したがってなぜ老人がすっかり惚けてしまっているとわかるのかを——説明するのはたやすい。あの河のことはだれだって知っている。テテュス河といわゆる〈グランド・コンコース〉は、連邦所属の諸惑星を転位ゲートで結ぶ二大動脈だった。〈コンコース〉は百なにがしかの太陽をめぐる百なにがしかの惑星をつないだ大通りで、惑星同士をつなぐ大転位ゲートはけっして閉じられることがなく、通りは万人に開放されていた。いっぽうのテテュス河は、惑星と惑星を結んで流れる単一の大水路で、〈コンコース〉とくらべれば交通量はすくなかったが、貨物船やおびただしいレジャー用ボートが常時ひしめいていたという。
だが、〈ワールドウェブ〉転位ネットワークの崩壊によって、〈コンコース〉は一千もの断片に分断された。水路をつなぐ転位ゲートがなくなったためテテュス河も消滅し、百以上の惑星を流れる一本の大河は百以上の短い河に分裂して、二度と惑星間を流れることはなくなった。そもそも、ぼくの目の前にすわる老詩人みずから、テテュス河の死をそう描写しているほどだ。婆さまの詠誦《えいしょう》した『詩篇』のその一節を、ぼくはまだ憶えている。

かくて二世紀以上もの長きにわたり
〈テクノコア〉の技によって
時空を貫き
連綿と流れつづけてきた大河は
富士《フジ》にもバーナード・ワールドにも
アクテオンにもデネブⅢ《ドライ》にも
エスペランスにもネヴァーモアにも
流れるのをやめた。
かつてはすべてを結び
人の惑星同士を結ぶ

リボンとなって流れたテテュス
しかしもはや転位ゲートは機能せず
河床は干あがり、
流れは渦巻くのをやめた。
〈テクノコア〉の技いまはなく
旅人は未来永劫故郷にもどれず
ゲートは死に絶え、扉は閉まり、
テテュスが流れることは二度とない。

「もっとそばへ」
老詩人はささやき、黄色くなった指でふたたび差し招いた。ぼくはさらに顔を近づけた。老いた生きものは、暴かれた墓所からの乾いた風のような——においはないが、古めかしい、どことなく忘れられた世紀を暗示する——吐息とともに、ぼくにこうささやきかけた。

「美しきものは永遠《とわ》の歓び
その美はいや増し、けっして
無に帰すことはない……」

ぼくは顔をひっこめ、老人が意味のあることでも口にしたかのようにうなずいた。彼が狂っていることは明らかだった。

そんなぼくの心を読んだかのように、老詩人はくっくっと笑った。

「よく狂人呼ばわりされたものさ、詩の力を侮る者たちにな。いま心を決める必要はないぞ、ロール・エンディミオン、ディナーのときにまた会って、こんどの挑戦のことを最後まで話そう。決めるのはそのときでよい。いまは……休むことだ！　死と復活を経て、さぞかし疲れていることだろうて」

老人は身をかがめ、乾いた音を発した。それが笑い声であることが、ぼくにはもうわかるようになっていた。

例のアンドロイドに案内されて自分の部屋にもどった。途中、塔の窓を通して、中庭や離れ屋の姿が見えた。明かり層ごしに、もう一体のアンドロイドが――やはり男性だ――中庭を歩いていくのも見えた。

部屋に着くと、案内人は扉を開き、一歩あとずさった。このぶんなら、外から鍵をかけられる心配はないし、囚人のあつかいを受ける心配もなさそうだ。

「正装は室内に用意してございます」青い肌の男はいった。「当然ながら、外を散歩されるも、古い大学の敷地を探索されるも、どうぞご自由に。ただ、ひとつだけ申しあげておきますが、M・エンディミオン、城近辺の森と山には危険な動物が徘徊しております」

ぼくはうなずき、にやりと笑った。ぼくがその気になれば、危険な動物ごときに行く手をはばまれることはない。もちろん、このときは出ていく気などなかったが。

アンドロイドは背を向け、立ちさりかけた。ぼくは衝動的に一歩を踏みだし、自分の人生の流れを永遠に変えてしまう行為を行なった。

「待ってくれ」ぼくは声をかけ、手を差しだした。「まだ紹介されてなかったね。ぼくはロール・エンディミオンだ」

アンドロイドは長いあいだ、差しだされたぼくの手を見つめていた。どうやらぼくは、儀礼にもとるふるまいをしてしまったらしい。なんといっても、何世紀も前、〈聖遷〉にともなう大膨張期の働き手として生造《バイオファクチュア》されたとき、アンドロイドは人間より格下の存在と考えられていたのだから。ふいに、アンドロイドはぼくの手を握り、ぐっと力をこめ、「わたしはA《アンドロイド》・ベティックと申します」と、静かな声で答えた。「お近づきになれまして、うれしく存じます」

A・ベティック。その名前はぼくの心に、得《え》体《たい》の知れない波紋をもたらした。

「よかったら、ちょっと話をしたいんだけど、A・ベティック。もっといろいろ……きみのことや、この場所や、老詩人のことなどを知りたいんだ」

アンドロイドは視線をあげた。その青い瞳に、おもしろがっているような色がちらとよぎった気がした。

「かしこまりました」アンドロイドはいった。「あなたとお話しできるのは、わたしもうれしゅうございます。ですが、あとにしていただかなくてはなりません。いまはいろいろと片づけねばならないことが山積しておりますので」

「では、あとでまた」といって、ぼくはあとずさった。「楽しみにしてるよ」

A・ベティックは会釈《えしゃく》し、塔の階段を降りていった。

ぼくは自室にはいった。ベッドメーキングがなされており、その上に上等の夜会服が広げられているほかは、室内は出てきたときそのままだった。ぼくは窓ぎわにいき、廃墟と化したエンディミオン大学を見わたした。丈高い常青樹が冷たい風にさやいでいる。塔のちかくには堰木の木立ちがあり、そこからスミレ色の葉がくるくると舞い落ちてきては、二十メートル下の板石をかさこそと這っていった。空気中にはっきりとただようシナモンの香りは、鬱金蔦の葉が放つものだ。ぼくが生まれ育ったのは、ここから北東へほんの数百キロの、〈嘴〉として知られる岩地と山脈とのあいだの荒れ地だが、ここの山風の鮮烈な冷たさははじめて経験するものだった。荒れ地や低地のどこよりも、ここから見あげる空はずっと瑠璃《ラピスラ》色《ズリ》が濃い。ぼくは秋の空気を深々と吸いこみ、顔をほころばせた。この先どんな奇想天外なことが待ち受けているにせよ、生きていられるのはすばらしいことだ。

　ぼくは窓ぎわを離れ、塔の階段へ向かった。大学を、そしてぼくの一族が名をいただいた街を見てまわろう。予備知識があれば、あの老人がいかに狂っていようとも、ディナーでの会話は興味深いものになる。

　もうすこしで塔の階段をくだりきるというとき、ぼくははっとあることに気づき、途中で立ちどまった。

〈A・ベティック。こいつは婆さまの語る『詩篇』に出てきた名前じゃないか。A・ベティックは巡礼たちの浮きはしけ〈ベナレス〉を操船し、〈馬《エクウス》〉大陸の首都キーツを北東へと出発して、フーリー河を溯行し、河港〈水精郷《すいせいきょう》〉、カーラ閘門《こうもん》、〈霊の戦士の低林《ドウホボル・コプス》〉を経て、水路の果ての〈叢縁郷《そうえんきょう》〉まで送りとどけた。〈叢縁郷〉で、巡礼一行はアンドロイドたちに別れを告げ、自分たちだけで〈大叢海〉を渡ったんだったな〉

　婆さまの口誦《こうしょう》を聞きながら、子供ごころに不思議に思ったことを憶えている。なぜアンドロイドのなかで名前が出てくるのはA・ベティックだけなのか、巡礼たちと〈叢縁郷〉で別れたあと、その身になにが起こったのか。二十年以上も忘れていた名前だが……。

　小さくかぶりをふり、いかれているのは老詩人なのか、それとも自分なのかといぶかりながら、ぼくは午後の陽光のもとに出て、エンディミオンを探索しはじめた。

5

ぼくがA・ベティックと別れたころ、六千光年の彼方の、NGCナンバーと航法座標でしか知られていない星系では、三隻の高速熾光艦《きこうかん》で構成されるパクスの一機動艦隊が、フェデリコ・デ・ソヤ神父大佐の指揮のもと、軌道森林を破壊しようとしていた。軌道をめぐるアウスターの森には、パクスの戦闘艦に抵抗できるだけの防備がなく、両者の出会いは戦いというよりも、殺戮と呼ぶほうが適切だった。

ここでひとつ説明しておかねばならない。これらのできごとは、ぼくの想像力の産物ではない。ぼくがエンディミオン大学にいたとき、現実に起きていたできごとだ。これから語ることは、推測や想像のたぐいではない。目撃者などどこにもいない場所で、デ・ソヤ神父大佐以下の艦長たちがじっさいに行なったこと、現実に思ったこと、その場で考えたことそのものにほかならない。以下は掛け値なしの真実だ。どうやってそれらを知るにいたったのかは……ほんのすこしも事実と異なることなく、彼方のできごとを知るにいたったのかは……あとで語ることにして、当面のところは、これが真実だと思って読んでほしい。

パクスの三隻の燬光艦は、六百G以上もの猛烈なGをかけ、相対論的速度から急激に減速しつつあった。何世紀も前から、宇宙船乗りたちはこの減速過程を〝ラズベリー・ジャム速度変化《デルタ・ブイ》〟と呼んでいる。いうまでもなく、内部の遮蔽《コンテインメント》フィールドが一マイクロ秒でもダウンしたら、クルーは鋼甲板《こうこうはん》の上でラズベリー・ジャム状態になってしまうところからきたことばだ。

このとき、遮蔽フィールドはダウンしなかった。目標まで一天文単位の距離に接近した段階で、デ・ソヤ神父大佐は軌道森林をビュースフィアに表示させた。CCC——戦闘司令室《コンバット・コントロール・センター》の全員が手をとめ、ちらとディスプレイを見やる。アウスターが環境適応させた何千本もの樹木、一本一本の長さが五百メートルはある大木の群れが、黄道面《こうどうめん》にそって精妙な舞を舞っていた。ひとかたまりになった萌芽林や編みあげられた蔓ともども、樹々はたえず微妙にパターンを変化させ、つねに動きつづけており、葉を常時G型恒星に向け、太陽光を受けやすいように長い枝を動かし、水に飢えた根を、水分と養分で構成された——巨大な汚れた雪玉にも似た管理彗星が軌道をめぐってまきちらす——おぼろな霧の奥深くへと伸ばしている。枝々のあいだには、そして樹と樹のあいだには、さまざまな形態のアウスターたちが見えた。銀色のスキンスーツにおおわれた人間形のものもいれば、何百メートルにもおよぶ極薄の翅《はね》を伸長させている奇妙な個体もいる。それらの翅は動くたびに陽光をとらえ、軌道森林の緑の葉の合間に、あでやかなクリスマス・ランプのようにきらめいていた。

「射《て》っ！」フェデリコ・デ・ソヤ神父大佐は命じた。

三分の二天文単位の距離から、〈東方の三博士《マギ》〉機動艦隊に属する三隻の熾光艦は、いっせいに長距離兵器を発射した。これほど距離の開きがあると、エネルギー・ビームでさえ遅々として進まず、黒いシーツの上を這うホタルのようにしか見えない。だが、いまこの三隻が発射したのは、超高速の高機動エネルギー兵器だ。この兵器はそれ自身がホーキング駆動装置を積んだ小型恒星船で、ふたつのタイプがあり、マイクロ秒のうちに相対論的速度まで加速して量子化する点は共通だが、いっぽうはプラズマ弾頭を搭載していて、軌道森林のまっただなかで実体化後、爆発するのに対し、もういっぽうは質量の増大した状態で実体化することにより、至近距離から濡れたボール紙を撃ちぬくように、巨大な砲弾となって軌道の樹々を粉砕する。数分後、三隻の熾光艦はエネルギー・ビームの射程距離にはいり、荷電粒子《CPB》ビームの槍《ランス》を同時に一千もの方向へ発射した。そのビームをはっきりと視認できるのは、古い屋根裏に舞うほこりのように、コロイド状の粒子が宇宙空間に散乱しているからだ。

森は炎上した。環境適応させられた樹皮、酸素莢、自閉葉などが、あるいは激烈な減圧によって破裂し、あるいはビームや成型プラズマ弾の刃でズタズタにされ、噴出する酸素燃料の小球は真空中で燃えつづけ、酸素が凍りつくか燃えつきるかした段階でようやく鎮火する。

森は炎上した。何千万枚もの葉が爆発する森から飛散し、葉の一枚一枚が、または葉の集団が、みずからの火葬燃料と化すいっぽうで、漆黒の宇宙空間をバックに、幹や枝が猛火につつまれていく。

攻撃を受けた管理彗星は瞬時に蒸発し、蒸気と融けた岩の破片の衝撃波をふりまいて、編みあげられた森をごっそりと吹きとばした。宇宙に適応したアウスターたち――パクス軍が何世紀も前から蔑んで呼ぶところの〝ルシファーの天使〟たちは、爆発に巻きこまれ、透きとおった蛾のように業火《ごうか》につつまれた。あるものはプラズマ爆発や彗星の爆発で吹きとんだ。あるものはＣＰＢランスの直撃を受け、みずから超運動体となり、繊細な翅や器官をばらばらに引きちぎられた。あるものは脱出しようとして太陽翅を最大に広げたが、ついに虐殺の場から逃げきれなかった。

生存者は皆無だった。

接敵は五分とたたずにおわった。戦闘が終了すると、〈マギ〉機動艦隊の各艦は進行方向に船尾を向け、三十Ｇ減速で森をつっきった。煅光艦の吐く核融合推進炎を受けて、総攻撃で燃え残った樹々の断片が燃えあがる。五分前まで宇宙空間に浮かんでいた巨大な森は――緑の葉が陽光をとらえ、根が管理彗星の水圏から水を吸いあげ、アウスターの天使たちが発光性虹蜉蝣《にじかげろう》のように枝々を飛びまわっていた場所には――黄道面の一角に広がりゆく煙の輪と破片があるのみだった。

「生存者は？」

C^3中央ディスプレイの縁に立ち、両手をうしろに組み、かかとだけをディスプレイ周辺のベルクロ帯につけ、悠然とバランスをとりながら、デ・ソヤ神父大佐は問いかけた。三十Gで減速をつづけているにもかかわらず、熾光艦の戦闘司令室《CCC》ではつねに五十分の一標準Gという微弱なGが維持されている。室内にいる十人強の士官たちは、立っている者もすわっている者も、みな一様にビュースフィアの中心に顔を向けていた。

デ・ソヤは標準年で三十代なかばの、背の低い男だ。顔はまるく、肌色は浅黒く、長年のつきあいで友人たちが気づいているように、その目には軍人の冷酷さよりも宗教的情熱が浮かぶことのほうが多い。そしていま、彼の目に浮かんでいるのは、困惑の表情だった。

「生存者なしです」

答えたのは、デ・ソヤの副長であり、やはりイエズス会士である、ストーン神母中佐だった。答えてすぐに、彼女は戦術ディスプレイからまたたく通信ユニットへと視線を移した。

デ・ソヤにはわかっていた。このC^3にいる士官のなかに、今回の戦闘を喜んでいる者はいない。アウスターの軌道森林を破壊することは、任務の一部ではあるが——とくに害のなさそうな森林といえども、戦闘を受け持つ群狼船団の燃料補給・修理基地として使われている以上、破壊せざるをえないのだろう——無慈悲な破壊を喜ぶ者など、パクスの戦士には皆無だ。彼らは教会の騎士として、パクスの守護者たるべく戦闘訓練を受けたのであり、美の破壊や非武装生物の虐殺は好むところではない。たとえその生物たちが、悪魔に魂を売りわたし、みずからを環境適応させたアウスターであろうとも。

「通常の索敵パターンにもどれ」デ・ソヤは命じた。「総員に通達、戦闘配置を解く」最新式の熾光艦では、クルーはC^3の士官十名強と、艦内各所に散らばる五、六名だけで構成されている。

唐突に、ストーン神母中佐が報告した。

「艦長、ホーキング航法の歪《ひず》みを探知しました。上方七二度、座標二二九、四三、一〇五の地点です。七十万五百キロの距離で通常空間に実体化するもよう、九六パーセントの確率で単一の船です。相対速度は不明」

「総員、戦闘配置」

デ・ソヤは命じ、自分でも気づかぬうちにほくそえんでいた。おそらくアウスターが、遅まきながら森を護ろうと駆けつけてきたのだろう。あるいは、オールトの雲の彼方に単独の護衛艦でもいて、そこから放った遠距離兵器がようやく到達したのか。でなければ、やってきたのはただの尖兵で、すぐ背後には群狼船団がまるごと迫っており、〈マギ〉機動艦隊は全滅の危機に瀕しているのかもしれない。いずれにしても、戦いのほうがずっとましだ……こんな一方的殺戮よりは。

「船が実体化します」

デ・ソヤの頭上の部署から、捕捉担当士官が報告した。

「よし」

デ・ソヤ神父大佐は目の前でちらつくディスプレイを見つめ、回路をリセットし、いくつかの仮想光学チャンネルをオープンした。C^3がふっと消えさり、つぎの瞬間、彼は身の丈五百万キロの巨人となって宇宙空間に屹立《きつりつ》していた。自分の小艦隊が、長大な炎を吐く光点として見えている。腰のあたりにただよう湾曲した煙、あれは破壊しつくされた森の名残《なごり》だ。黄道面の上にちらつきながら実体化した侵入者は、じっさいには七十万キロは離れているが、こうして見ているかぎり、手を伸ばせば届きそうなほどにちかい。小艦隊の各艦艇をつつむ赤い球は、戦闘態勢モードの外部防御フィールドを表わすものだ。宇宙空間を満たすその他のさまざまな色彩は、センサーの数値、捕捉パルス、照準準備などを示している。このモードではミリ秒単位の戦術レベル反応が可能なため、デ・ソヤは敵を差し示し、指を鳴らすだけで、兵器を発射し、エネルギーを解き放つことができる。

「通信ビーコンを確認」通信士が報告した。「最新コードを確認しました。パクスの急使船――大天使級です」

デ・ソヤは眉をひそめた。パクス総司令部がヴァチカンでも最高速の船を――おそろしいほどの高速を出せるがゆえに、パクス最大の秘密兵器でもある船を――派遣してくるとは、いったいどんな大事が出来《しゆつたい》したのだろう？　戦術空間のなかで、小型艇をとりまくパクス・コードが見えた。艇尾から伸びる核融合推進炎は何十キロもの長さにもおよんでいる。いま現在、小型艇は内部遮蔽フィールドにほとんどエネルギーを割いていないから、内部にかかるGはラズベリー・ジャム・レベルを大きく超えているにちがいない。

「無人か？」デ・ソヤはたずねた。

できることなら、そうであってほしかった。大天使級の急使船は、既知の宇宙のどこにでも、ほかの宇宙船なら船内時間で数週間、実時間で何年もかかるところでも、ほんの一日で——それも、実時間での日数で！——到達できる。だが……大天使に乗り組んだ者は、だれひとりとして生き残れはしない。

ストーン神母中佐が戦術空間に足を踏みいれてきた。黒い軍服は宇宙空間にまぎれてほとんど見えないため、白い顔だけが黄道面の上にぽっかりと浮かんでおり、仮想の恒星の放つ陽光を浴びて、高い頬骨がいっそう浮かびあがって見えた。

「無人ではありません」ストーンは静かに答えた。このモードでは、彼女の声が聞こえるのはデ・ソヤだけだ。「ビーコンによれば、クルーのうちふたりは低温睡眠《フーガ》状態にあるとのことです」

「ディア・ジーザス……」デ・ソヤはつぶやいた。これは悪態というより、祈りにちかい。いくら耐G低温睡眠タンクにはいっているとはいえ、そのふたりは超光速航行にはいると同時に死亡し、ラズベリー・ジャムどころか、タンパク質ペーストの極薄の層になってしまっているだろう。デ・ソヤは汎用バンドで指示を出した。「復活槽の用意を」

ストーン神母中佐が耳のうしろのスイッチにふれ、眉をひそめた。

「コード中にメッセージあり。人間の急使は優先度アルファで復活させよとのことです。処理レベルはオメガ」

デ・ソヤ神父大佐はさっと首をめぐらし、しばし無言で副長を見つめた。燃え盛る軌道森林の煙が、たがいの腰のあたりにまとわりついている。優先度アルファは、教会の方針とパクス司令部の原則に反するだけでなく、危険でもあった。不完全復活の確率は、通常の三日復活ではゼロにちかいが、三時間復活では五〇パーセントちかくにもはねあがる。しかも処理レベル・オメガは、パケムにおける教皇聖下復活時のレベルだ。

副長の目に理解の色が浮かんだ。この急使船はヴァチカンからやってきたにちがいない。教皇庁のだれか、またはパクス司令部のだれか、もしくはその両方が、今回のメッセージがよほど重要であり、かけがえのない大天使級急使船を派遣し、なおかつパクスの高官ふたりを——高官とわかるのは、よほど信用の高い人物でなければ大天使に乗ることをゆるされないからだ——死にいたらしめ、そのふたりに不完全復活の危険を冒させるにたると判断したのだろう。

戦術空間のなかで、デ・ソヤは副長の指示待ち顔に応え、両眉を吊りあげて見せてから、指令バンドで命令した。

「よし、中佐。急使船に速度を合わせる。ほかの二隻にも速度同調を指示しろ。乗船隊の手配をたのむ。低温睡眠タンクを収容し、〇六三〇時までに復活を完了のこと。それから、

〈メルキオル〉のハーン大佐と〈ガスパル〉のブーレーズ神母大佐に敬意を表したうえで、〇七〇〇時に急使の話を聞くから、〈バルタザル〉に移乗されたいと伝えてくれ」

デ・ソヤ神父大佐は戦術空間をあとにし、C^3の現実にもどった。ストーンほかの士官たちは、まだこちらを見つめている。

「急げ」

デ・ソヤはうながし、ディスプレイの縁を蹴って宙を飛んだ。私室の入口にたどりつき、円形のドアを通過する。それから、絞り開きのドアが閉まる数秒前に、自分を見つめるいくつもの白い顔に向かって最後の指示を出した。

「急使の復活がすんだら起こしてくれ」

と努めた。

6

ぼくはエンディミオンの街路を散策し、自分の生を、死を、ふたたび得た生を見すえようと努めた。

これまでの書きぶりから、ぼくが今回の一連のできごとを――裁判、〝処刑〟、謎めいた老詩人との不思議な出会いなどを――淡々と受けとめていたように見えるかもしれないが、けっしてそんなことはない。ぼくの一部は心底からショックを受けていた。なにしろ、もうすこしで殺されるところだったのだ！ パクスを批判したい気持ちもあったが、法廷はパクスの意を受けて動いたのではない――すくなくとも、直接には。ハイペリオンには惑星自治委員会があり、ポートロマンス法廷は惑星の政治方針にそっている。パクスが死罪を宣告することはすくない。教会が神権政治をもって直轄統治する諸惑星においてはとくにそうだ。しかしハイペリオンには、いにしえの植民統治時代から死刑制度が存続している。あっという間の審理、有無をいわさずの判決、即刻の死刑執行は、なによりもまず、惑星外からの旅行者が怯《おび》えて寄りつかなくなるのを恐れたハイペリオンとポートロマンスにおける産業界の大物たちの意向を受けてのものにちがいない。粗野な田舎者として、めんどうを見るべき金持ちの旅行者を殺したガイドとして、今後二度とこのようなことが起こらないよう、見せしめにした——たんにそれだけのことだ。ぼくという個人に含むところがあっての仕打ちと受けとるのは筋ちがいだろう。

しかし、ぼくはそのように受けとった。塔の外で立ちどまり、中庭の広い石畳から照り返す陽光のぬくもりを味わいながら、ゆっくりと両手をあげてみる。ふるえていた。あまりにもいろいろなことが、あまりにも短期間のあいだに、矢継ぎばやに起こったためだ。裁判中から処刑まぎわの短い時間にかけて、表面上は冷静そうな態度を貫いたことは、ぼくに極度の負担をもたらしていたらしい。

ぼくはひとつ首をふり、廃墟と化した大学内をゆっくりと散策した。エンディミオンは丘の斜面に築かれた街で、大学はさらに高く、尾根ちかくに建っていた。建設されたのは植民統治時代だったはずだ。この高みから一望する南と東の景観は、すばらしいの一語につきた。眼下の谷を見わたせば、鬱金蔦の森が鮮やかな黄色に燃えたっている。瑠璃色《ラピスラズリ》の空には、行きから飛行船の航跡雲ひとつない。それもこれも、パクスがエンディミオンになどなんの興味もないおかげだった。北東の〈羽交《はがい》高原〉にはパクス軍が駐屯し、いまもロボットを使ってあの地にしか産しない聖十字架共生体を掘りだしているが、この大陸のこの地域全体は何十年も立入禁止になっているため、いまでは自然が本来の姿で息づいている。

十分ほどぶらぶら歩いてみて、人が住んでいるのは、ぼくが目覚めた塔とその周辺の建物だけであることに気がついた。大学のその他の部分は完全に廃墟と化しており――大ホールは風雨にさらされ、機械設備は何世紀も前にことごとく略奪しつくされ、グラウンドはすっかり草むし、天文台は崩れ落ちているありさまだ――丘の斜面をくだったところに広がる都市は、いっそう廃墟然とした印象が強い。街全体が、堰木と葛《くず》ですっかりおおいつくされている。

往時の大学はさぞかし美しかったことだろう。ここからそう遠くない〈羽交高原〉山麓の丘陵地帯から砂岩が切りだされ、ここに運びこまれてネオ・ゴシック建築がつぎつぎに建てられたのは、遠く〈聖遷〉後のことだという。三年前、ぼくは造園家として名高いアヴロル・ヒューームのもとで、もっぱら力仕事をしていたことがある。そのときヒューーム師は、〈嘴〉沿岸の上流地区にある〈ファースト・ファミリー〉の私有地造園を請け負っていたのだが、そのときの要求が、〝擬ゴシック〟――池や森や丘の上にまがいものの廃墟を配してくれというものだった。おかげでぼくは、古い石をいかにも朽ちかけた廃墟に模して組みあげるのが得意になってしまったが――組んだ廃墟の原型は、この辺境の惑星における人類の歴史よりもはるかに古いものがほとんどだった――ヒューームのあしらったいかなる擬ゴシック廃墟といえども、この本物の廃墟の魅力には遠くおよばない。ぼくはしばし、かつては偉大だった大学の遺骨内をうろつき、建築様式を愛《め》でながら、自分の一族に思いを馳せた。

一族の名前にこの惑星上の都市の名前をいただくのは、先行入植一族に見られる伝統だ。事実、ぼくの一族は生粋《きっすい》の先行入植者で、約七世紀前、最初の播種船で入植した者たちの後裔にあたる。だが、みずからの惑星にありながら、ぼくらはいまや三級市民の窮境にあった。パクス系外世界人たちが一級市民で、ぼくらの祖先が入植してから数世紀後にやってきた〈聖遷〉時入植者たちが二級市民、それにつぐ三級市民がぼくらというわけだ。〈聖遷〉から数世紀来、ぼくの一族はこのあたりの谷や山に住みついて仕事をしてきた。その間ずっと、一族はほぼ確実に、日のあたらない仕事についてきたのだろう——ぼくが八歳のとき若死にした父がそうだったように、その五年後に死んだ母がそうだったように、そして、つい今週までのぼくがそうだったように。婆さまが生まれたのは、この一帯の住人がパクスによってひとり残らず追いたてられてから十年後だったという。いま現在、かなりの高齢なだけに、一族が放浪のはてに〈羽交高原〉付近にたどりつき、ここの南に広がるファイバープラスティック・プランテーションで働くようになった時代のことを、婆さまは身をもって体験していた。

ここにいても、故郷に帰ってきたという感慨はない。ぼくの故郷は、ここから北東にある寒い荒れ地だ。生活と仕事の場に選んだのも、ポートロマンス北の湿原だった。エンディミオンの大学と街がぼくの人生の一部であったためしはなく、老詩人の『詩篇』に描かれた突飛な物語同様、ぼくとの接点はまったくない。しかし……。

ぼくはべつの塔の基部で立ちどまり、息をととのえつつ、最後の考えをめぐらした。詩人の話と申し出が本物なら、『詩篇』の〝突飛な物語〟は全面的にぼくにかかわってくる。ぼくは婆さまが詠誦する叙事詩の一部を思い返し——北の丘で羊を見張った晩のこと、夜にそなえて円陣を組むバッテリー駆動のキャラバン車のこと、夜空に輝く星座や流星雨の光を弱めることなく控えめに燃える料理用の焚火のことを思いだし、婆さまがゆっくりと詩の一連を詠誦したあと、ぼくにその節をくりかえさせたことを思いだし、そんな婆さまの仕込みに対する自分自身のいらだちを——ぼくとしては、ランタンのそばにすわって本を読んでいたほうがよほどよかったのだが——思いだした。今宵、その詩の作者と夕食をともにするのだと思うと、ひとりでに笑みが浮かんでくる。しかもあの老詩人は、あの詩に描かれた七人の巡礼のうちのひとりなのだ。

ぼくはふたたび首をふった。あまりにもたくさんのことがいちどきに起こりすぎる。あまりにもめまぐるしすぎる。

目の前の塔には、どこか妙なところがあった。高さ・幅ともに、ぼくが目覚めた塔より大きいのに、窓は三十メートル上のアーチ型のものひとつしかない。さらに不思議なことに、本来の出入口は煉瓦でふさがれていた。アヴロル・ヒュームのもとで煉瓦職人と石工修業を積んだ目から判断すれば、出入口がふさがれた時期は、この一帯が立入禁止となった一世紀前よりも古いようだが——それほど極端にむかしのことでもなさそうだ。

その午後、覗いてみる廃墟はたくさんあったのに、なぜこの塔にそれほど気を引かれたのかは、いま現在にいたるまでわからない。憶えているのは、塔の向こうの急斜面を見あげてみると、鬱金蔦の葉が生い茂っており、そこから伸びだす太くて皮の厚い蔓が塔にまでからみついていたことだ。

(あの斜面を登って、鬱金蔦の茂みの……そうだな……あのあたりを抜けて、あの太い蔓をつたっていけば、ひとつしかないあの窓の下枠にたどりつけそうだ……)

ぼくはまたもや、かぶりをふった。ばかなことを考えるな。どんなに控えめに見積もっても、こんな子供じみた冒険をすれば、服はぼろぼろになり、手のひらが擦り傷だらけになるのは目に見えている。最悪の場合、三十メートルの高さから落下し、下の敷石に激突しかねない。そんな危険を冒してまでやるほどのことか？　この古煉瓦の塔のなかに、蜘蛛の巣のほかになにがあるというんだ？

だが、十分後、ぼくは湾曲した鬱金蔦の太い蔓をつたって塔のそばまで近づき、手をかけられそうな石の割れ目はないか、体重を支えられるほど太い蔓が頭上にかかってはいないかと、あたりを見まわしていた。いま乗っている蔓は、足もとから先が石壁にへばりついていて、足をかける余地がほとんどない。だが、上にかかった蔓は貧弱で、とても乗れるようなしろものではなかったので、結局いまの蔦をつたい、ひざでにじるようにして石壁をまわりこんでいった。この高みで蔦だけをたよりに石壁に張りついていると、いつ足をすべらせて落ちるか気が気ではなく、恐ろしくてたまらない。秋風が吹いてきて蔦や葉をゆらすたびに、ぼくは動きをとめ、必死になって石壁にしがみついた。

やっとのことで窓の下にたどりついたのはいいが、上を見あげてみて、ひとしきり小声でののしった。三十メートル下の敷石から目見当をつけただけあって、やはり見積もりが甘かった。鬱金蔦の蔓は、窓の下枠の三メートルほど下を這っていたのだ。上を見あげれば、窓の下枠まで、手足をかけられそうな場所はない。可能性があるとすれば、この状態で垂直にジャンプし、指先がうまく下枠にひっかかることをあてにすることくらいだが、それは正気の沙汰といいかねる。だいいち、この塔にそれだけの危険を冒すだけの価値はない。それでも……。

ぼくは風がおさまるのを待ってから、いったん身をかがめ、ジャンプした。曲げた指先にひっかかるものはなく、いまにもはがれそうな爪が風雨に傷んだ石と塵の上をむなしくすべっていくばかりで、一瞬ぞっとした。が、そこで朽ちかけた下枠の名残らしきものにひっかかり、ぼくは指先にありったけの力をこめた。あえぎあえぎ、シャツのひじが破れるのもかまわず、からだを上へと引っぱりあげる。同時に、A・ベティックの用意してくれた柔らかい靴のつま先で足がかりをさがした。

やっとのことで這いあがり、曲げた上体を下枠の上に引きずりあげた。心配なのは、下の鬱金蔦に降りるときのことだ。その心配は、塔の薄暗い内部に目をこらしたとたん、いっそう現実味を帯びた。

「なんてこった……」

ひとりでに、つぶやきが漏れた。しがみついている下枠のすぐ下には古い木の踊り場があったが、それを除けば、事実上、塔のなかはからっぽだったのだ。窓から射しこむ陽光のもと、塔の外周をとりまく鬱金蔦のように、塔の内周を螺旋状に這う朽ちかけた階段が踊り場の上下に伸びているのがほの見えるが、塔の中央部分は漆黒の闇に閉ざされている。上を見あげると、三十メートルほど上に間にあわせの板屋根らしきものがあり、その隙間からかすかに光が射しこんでいた。どうやらこの塔は、栄えある穀物サイロ——高さ六十メートルの巨大な石の円筒でしかないらしい。エンディミオンの住民が立ちのきの憂き目に遭う以前から、基部の扉が煉瓦で塞《ふさ》がれていたのもうなずける。

下枠の上でなおもバランスをとりながら、朽ちかけた踊り場に足を踏みおろすのもためらわれ、ぼくはもういちどかぶりをふった。いつの日か、ぼくは自分の好奇心で命を落とすはめになるだろう。

そこでふと、表にあふれかえる午後の豊かな陽光とはあまりにも対照的な暗闇を覗きこんでいるうちに、内部が異様に暗すぎることに気がついた。散乱光のおかげで、そこここの朽ちかけた階段や石壁が識別できるし、数メートル上からは塔内の内周全体も見えているのに——この窓の高さで見ると、塔内の大半が……黒い影におおいつくされている。

「こいつは……」ぼくはつぶやいた。

なにかがある。なにか巨大なものが、この黒々とした塔内の空間を占領している。

ゆっくりと、下枠についた腕で体重を支えるようにして、内部の踊り場に足をおろした。板はきしんだが、充分にしっかりしているようだ。まだ下枠をつかんだまま、ぼくは踊り場に体重を移し、塔の中央をふりかえった。

自分の目が見ているものを理解するまでに、まる一分ちかくかかったろうか。年代物のリボルバーのチェンバーに収まった銃弾のように、塔内の空間を占領していたものは——なんと、一隻の宇宙船だった。

板がもつかどうかなど念頭から消しとび、ぼくは踊り場に完全に体重を移して、もっとよく見ようと身を乗りだした。

宇宙船の基準では、それほど大きなほうではない——たぶん、全長五十メートルほどだろう——それに、ずいぶんスマートだ。船体の金属は——そもそも金属ならばだが——艶消し《マット・ブラ》黒《ツク》で光を吸収する性質があるらしく、ここから見えるかぎりでは、光沢も光の反射もない。宇宙船の輪郭は背後の石壁をたよりに判別した。石壁の光の反射がまったく見えないところが宇宙船のある部分だ。

これが宇宙船であることには、一瞬たりとも疑いをいだかなかった。宇宙船以外の何物にも見えなかったからだ。まえに読んだことがあるが、小さな子供というものは、何百とある惑星のどこであっても、お絵かきで家を描くときは、まず四角を描き、その上に三角を載せ、長四角の煙突から煙が立ち昇る絵を描くという。たとえその子の住んでいるのが、遺伝子操作された団地樹の高みに成る有機材の住宅莢《ポッド》であってもだ。同様に小さな子供は、山といえばマッターホルン型のとんがり山を描く。たとえちかくにある山が、〈羽交高原〉の山麓にある丸みを帯びた丘であってもだ。その文章にどのような説明がついていたかは知らない。おおかた、種族的記憶とか、脳は特定のシンボルと直結しているとか、そういうものだろう。ぼくが見ているものは――見つめているものは――石壁にうがたれた虚無として見えているものは――宇宙船というよりも、宇宙船の原型そのものだった。

ぼくはオールドアース最古の――パクス以前、〈崩壊〉以前、連邦以前、〈聖遷〉以前、それどころか、すべての始まり以前の――宇宙ロケットの絵を見たことがあるが、それらはこの曲線で構成された漆黒の宇宙船にそっくりだった。ほっそりとして縦長で、上下両端が先細りになり、先端は鋭く、底部には翼が張りだしていて――つまりぼくが見ているのは、脳に組みこまれ、種族的記憶にある、シンボル的に完璧な宇宙船のイメージなのである。

ハイペリオンには私有宇宙船も、置きわすれられた宇宙船もない。それは断言できる。もっともシンプルな惑星間航行用の宇宙艇でさえ、おそろしく高価なうえに絶対数もすくないので、こんな古びた石塔のなかにほったらかしにしておかれるはずはない。そのむかし、〈崩壊〉から何世紀も前、〈ワールドウェブ〉の資源が無尽蔵であった時代、宇宙には過剰なほどの宇宙船がひしめいており、FORCE、連邦外交当局、惑星政府、企業、財団、調査機関はもとより、一部の超資産家にかぎっては、個人用の宇宙船さえ持っていたそうだが——そんな時代にあっても、恒星船を建造できるのは惑星経済だけだった。いま現在のこの時代には——いや、母の、婆さまの、そのまた母や婆さまの時代においても——恒星船にかぎらず、なんらかの宇宙船を建造できる余力があるのは、パクス、すなわち教会といまだ発展途上にある星間政府の連合体だけだ。そして、既知の宇宙におけるいかなる個人も——パケムの教皇聖下でさえも——個人用の恒星船を保有する余裕はない。

しかし、目の前にあるのは、まぎれもなく恒星船だった。ぼくにはわかった。なぜわかったのかはきかないでほしい。ともかく、わかったのだ。

いまにも崩れそうな足場の悪さなどわすれはて、ぼくは螺旋階段をいったん上へ昇り、途中で下へと降りだした。船殻までは約四メートル。船体の底知れぬ黒さに、心が吸いこまれそうな気さえする。塔を半分ほどまわりこんだとき、十五メートル下に踊り場が見えた。船体の黒いカーブにさえぎられるまぎわ、船殻のすぐそばまで伸びだす踊り場が見えたのだ。

その踊り場めがけて駆けおりた。腐った板の一枚が割れて落ちたが、すばやく移動したため、ことなきを得た。

踊り場に手すりはなく、飛びこみ台のように細く伸びていた。ここから落ちれば確実に骨折し、封鎖された塔のなかに横たわったまま朽ちはてるはめになる。だが、そんな危険など一顧だにせず、ぼくは船に歩みより、船体に手をふれた。

船体はあたたかかった。金属とは感触がちがう。むしろ眠っている動物の、なめらかな肌を思わせた。その印象を強めているのは、船体から伝わってくる、ごくかすかな動きと振動だ。まるで船が呼吸しているかのようだった。手のひらに伝わってくる振動は、あたかも船の鼓動のようだ。

だしぬけに、手の下でほんとうに動きが起こり、船殻の一部が内側へ倒れこみ、引きこまれた。いままで見てきた扉とちがって、機械的な動きではなく、蝶番《ちょうつがい》のところからぱたんと倒れたわけでもない。たんに内側へ引っこみ、入口をあけたのだ。ちょうど唇を引きこむように。

内部に明かりがともった。船内の通路が——その天井と壁には、機械の子宮頸のように、生物的な感じがあった——やわらかく発光している。

ぼくは三ナノ秒だけ逡巡した。長年のあいだ、ぼくはほとんどの人間とおなじように、平穏で先の見える人生を送ってきた。だが、今週になってからというもの、事故で人を殺したあげく、死刑判決をくだされて処刑され、婆さまのお気にいりの神話のなかで目を覚ますという、常ならぬ経験ばかりしてきている。いまさら思いなおしてなんになる？

ぼくは宇宙船内に足を踏みいれた。背後で扉が、ごちそうをくわえこむ飢えた口のように、ぱくりと閉じあわされた。

船内への通路は、想像していたものとはちがっていた。ぼくはいつも、宇宙船の内部というものは、この星の自衛軍の連隊を〈熊《ウルスス》〉へ運ぶ海上兵員輸送船の船倉のようなところだと思っていた。周囲をとりかこむ灰色の金属壁、むきだしのリベット、頑丈なハッチ、うなりをあげる蒸気パイプ。だが、そんなものは影も形もなかった。通路はなめらかで湾曲しており、のっぺりとしていた。内部の隔壁は上等の化粧板でおおわれていて、それには人肌のようなぬくもりと手ごたえがあった。エアロックがあるにしても、ぱっと見にはわからない。一歩まえへ進むたびに、どこにあるかわからない天井の明かりがともり、通り過ぎた部分の明かりが消える。前後を闇にはさまれて、つねに小さな光の輪のなかに立った格好だ。この船の直径が十メートル程度しかないことはわかっていたが、通路のゆるやかな湾曲のせいで、外から見るよりも内部はずっと大きく感じられた。

やがて通路は、船の中央部分と思われる空間に出た。上下に連なる吹きぬけのなかを、金属の螺旋階段が上下の暗闇へと伸びている。一段めに足をかけたとたん、頭上のどこかで明かりがともった。上にいけばもっとおもしろい場所に出られるかと思い、ぼくは階段を昇りはじめた。

すぐ上のデッキは船の断面全体におよんでおり、古書のなかでしかお目にかかれない古式ゆかしきホロピット、あちこちに散らばる見たこともない様式のテーブルと椅子数脚のほか、グランドピアノが一台あった。ハイペリオンで生まれた人間のうち、この物体を見て、ピアノと――ましてやグランドピアノと――わかる人間は、一万人にひとりもいないだろう。だが、ぼくにはわかった。それというのも、母と婆さまの音楽に対する情熱がひとしおではなく、電動キャラバンの一台のかなりのスペースをとるにもかかわらず、ピアノをつねに持ち運んでいたからだ。伯父たちや祖父は、かさばるだの重いだのとよく文句をいっていた。〈聖遷〉前からの重い重い巨大楽器を載せて、〈鷲《アクイラ》〉の荒野をわたっていくのに、いったいどれだけのエネルギーが浪費されると思うんだ、ポケット・シンセサイザーを持ち歩いたほうが常識的だし能率もいい、あれならどんなピアノの音でも……いや、どんな楽器の音だって造りだせるじゃないか、と。だが、母も婆さまも、どんな道具だって本物のピアノに匹敵する音は出せないの、輸送のあとはかならず調律する手間を考えても、これだけは手放せないわと答え、頑としてゆずらなかった。そして、ふだんは文句をいう祖父も伯父たちも、夜、篝火《かがりび》のまわりに集まり、婆さまの弾《ひ》くラフマニノフやバッハやモーツァルトを聴くと、口を閉じてしまうのがつねだった。歴史に名高い偉大なピアノたちの話を――〈聖遷〉前のグランドピアノの話もふくめて――ぼくが聞かされたのは、その婆さまからだ。そしていま、ぼくはその実物を目にしていた。

ホロピットや家具には見向きもせず、塔の内側の暗い石壁しか見えない湾曲したウィンドウ・ウォールに目もくれず、ぼくはグランドピアノに歩みよった。鍵盤の上の金文字には、

〝スタインウェイ〟とあった。ぼくは小さく口笛を吹き、そっと鍵盤をなでた。音を出してみるほどの勇気はなかった。婆さまによれば、この会社は二三三八年の〈大いなる過ち〉以前にピアノ造りを中止しており、〈聖遷〉以降、グランドピアノは一台も造られていないという。ぼくが手をふれているのは、すくなくとも一千年前の楽器なのだ。スタインウェイやストラディヴァリは音楽愛好家のあいだで神話となっている。そんなものが、どうしてここにあるんだろう？　伝説の象牙――象と呼ばれる絶滅した動物の牙とおぼしき手ざわりの鍵盤に指先を走らせながら、ぼくは首をかしげた。あの塔の老詩人のように、人間であれば、〈聖遷〉前の時代から生きつづけることもできなくはないかもしれないが――パウルセン処置と低温睡眠をくりかえせば、理論上は可能だろう――しかし、木とピアノ線と象牙でできた人工物が、果てしない時空を超える旅を、いったいどうやって生き延びてこられたのだろう。

和音をいくつか弾いてみた。C－E－G－Bフラットだ。つぎに、Cメジャー。音響的に完璧な船内に、ゆがみのない和音が響きわたった。あの古いアップライト・ピアノは、荒野を数キロ移動するごとに、婆さまが調律してやらねばならなかったが、この楽器は、気の遠くなりそうな光年と何世紀もの旅を経てなお、完璧な状態にたもたれているらしい。

ぼくは椅子を引きだし、〈エリーゼのために〉を弾きはじめた。なんということもない、素朴な曲だったが、このほの暗い場所の静寂と孤独にはぴったりのように思えた。周囲をつつむ薄闇のなか、ピアノの調べが円形の部屋を満たし、中央の暗い螺旋階段ぞいに上下へと広がっていく。弾きながら、ぼくは母と婆さまのことを想った。ぼくに教えたピアノのレッスンの初歩が隠された宇宙船内での独奏に結びつくとは、ふたりとも夢想だにしなかったにちがいない。ふたりの思い出にともなう哀愁は、ぼくが弾く調べに色濃くにじんでいただろう。

演奏をおえると、ぼくは悪いことでもしでかしたかのように、そそくさと鍵盤から手をひっこめた。こんなに立派なピアノで、はるかな過去からの贈り物で、こんな簡単な曲を弾いてしまったことがうしろめたかったのだ。そのまましばらく、ぼくは無言で椅子にすわりつづけ、この船のこと、老詩人のこと、一連の不可解なことだらけのできごとにおける自分の位置のことを考えた。

「とてもおじょうずですね」

背後から、おだやかな声がかかった。

ぼくは飛びあがった。だれかが螺旋階段を昇ってきたり降りてきたりする音は聞こえなかったし、だれかがこの部屋にはいってくる気配はまったく感じなかった。とまどいながら、きょろきょろとあたりを見まわす。

室内にはだれもいない。

「その楽器が演奏されるところを聞くのはひさしぶりです」ふたたび、声がいった。声はがらんとした部屋の中央から聞こえてくるようだった。「以前の乗り手は、好んでラフマニノフを弾いていたものですが」

ぼくは椅子の縁に手をかけ、上体を支えた。訊かないほうがいい愚かな質問がつぎつぎに浮かんでくる。

「きみは――この船か？」ぼくはたずねた。

これが愚かな問いかどうかはともかく、答えを知りたくてたまらなかったのだ。

「もちろんですとも」声は答えた。

おだやかだが、どことなく男性的な声。もちろん、いままでにも機械が口をきくのを聞いたことはあるが――その種の機械が消えてなくなることはない――思考力のある機械がしゃべるところを聞くのははじめてだった。二世紀以上も前、教会とパクスによって、あらゆる真のＡＩは禁制とされた。アウスターが連邦を滅ぼすさい、〈テクノコア〉が手を貸すのを目のあたりにした人々は――荒廃した一千の惑星に散らばる何兆もの人々は――喜んでそれにしたがった。この件に関する条件づけは、ぼくに関しても有効だったらしい。真に知性ある機械と話していると思っただけで、ぼくの手のひらは汗ばみ、のどがこわばった。

「きみの……その……以前の乗り手とは？」

わずかな間があった。それから、

「領事として知られる紳士です」と宇宙船は答えた。「その生涯の大半において、あのひとは連邦の外交官を務めていました」

口をきくまえにためらうのは、こんどはぼくの番だった。ポートロマンスで〝処刑〟されたことで、ぼくのニューロンはいかれてしまい、自分が婆さまの語る叙事詩中に生きていると思いこんでしまったのではないか——そんな気がした。

「領事はどうなったんだ？」

「亡くなりました」宇宙船は答えた。

その声には、わずかに残念そうな響きが聞きとれた。

「どんなふうに？」ぼくはたずねた。

老詩人の『詩篇』の最後では、〈ワールドウェブ〉崩壊ののち、領事は宇宙船に乗って〈ウェブ〉へともどったが……これはそのときの船か？

「どこで死んだんだい？」ぼくは問いを重ねた。

『詩篇』によれば、領事がハイペリオンを去るとき乗っていった宇宙船には、ジョン・キーツの第二サイブリッドの人格が融けこんでいたはずだ。

「領事がどこで死んだかは思いだせないのです。わたしが憶えているのは、あの人が死んだことと、ここへもどってきたことだけです。当時、わたしのコマンド・バンクには、そうするように指示するプログラミングがなされていたのでしょう」

「きみに名前はあるのかい？」

こうたずねたのは、自分が話している相手がジョン・キーツのAI人格かどうか、なんとなく興味があったからだ。

「ありません。ただの〈宇宙船〉です」ふたたび、たんなる静寂ではなく、〝間〟として感じられる沈黙があった。「ただし、一時期、名前を持っていたような記憶はあります」

「それはジョンだったかい？　それとも、ジョニイ？」

「そうだったかもしれません。詳細は霧につつまれています」

「どうしてそんなことになったんだ？　記憶に異常でも？」

「いいえ、そんなことはありません。わたしに推測できるかぎりでは、二百標準年前、心に深く傷をつけるようなできごとが起こり、記憶の一部を消去してしまったようです。しかしそれ以降、わたしの記憶その他の機能はなにひとつ支障をきたしていません」

「しかし、そのできごとは憶えていないんだな？　そのトラウマのことは？」

「はい」宇宙船は妙に明るく答えた。「そのできごとは、領事が死亡し、わたしがハイペリオンにもどるまぎわに起こったものと思いますが、確証はありません」

「で、それからは？　ハイペリオンにもどってきて以来、きみはずっとこの塔に隠されていたのか？」

「はい。しばらく〈詩人の都〉にいましたが、現地時間で過去二世紀のほとんどは、ずっとここにいました」

「きみをここに連れてきたのはだれだ？」

「マーティン・サイリーナス——あの詩人です。きょう、すでに会っていますね」

「会ったことを知ってるのか？」

「はい、もちろん。あなたの審理と処刑のデータをM・サイリーナスにわたしたのは、このわたしなのですから。役人の賄賂を手配し、眠っているあなたをここへ運ばせる段どりをつけたのもわたしです」

「どうやってそんなことができたんだ？」

巨大で古風な宇宙船が電話をかけている、ばかげたイメージが脳裡に浮かんだ。

「ハイペリオンにはまともなデータスフィアがありませんが、わたしはあらゆるマイクロ波と衛星通信の内容をモニターしています。光ファイバーやメーザー・バンドを使った、一部の〝安全な〟回線も盗聴しています」

「つまりきみは、老詩人のスパイというわけだ」

「そういうことですね」

「老詩人がぼくになにをさせるつもりか知ってるか？」

そうたずねながら、ぼくはピアノに向きなおり、バッハの〈G線上のアリア〉を弾きはじめた。

「——M・エンディミオン」

背後から、宇宙船とはべつの声がいった。

ぼくは演奏をやめ、ふりかえった。アンドロイドのA・ベティックが、螺旋階段のいちばん上の段に立っていた。

「主人が、あなたが迷われたのではないかと心配しております」A・ベティックはいった。「塔へもどる道をお教えしにやってまいりました。そろそろお着替えいただきませんと、ディナーにまにあいません」

ぼくは肩をすくめ、階段へ歩きだした。が、青い肌の男につづいて階段を降りはじめるまえに、ぼくはふりかえり、暗くなってゆく部屋に声をかけた。

「きみと話せて楽しかったよ、宇宙船」

「お会いできて幸いでした、M・エンディミオン」宇宙船は答えた。「もうじき、またお会いすることになるでしょう」

7

〈バルタザル〉、〈メルキオル〉、〈ガスパル〉、この三隻の熾光艦からなる〈マギ〉機動艦隊が、燃える軌道森林からゆうに一天文単位は離れ、名もなき太陽をめぐりつつ、なおも減速しているとき、ストーン神母中佐がデ・ソヤ神父大佐の個室へ報告にやってきた。急使たちが復活したとのことだった。

「じつは、たちではなく、首尾よく復活できたのはひとりだけなのですが」

開いたままの絞り開き扉のまえにふわりと浮かんで、彼女は訂正した。

デ・ソヤ神父大佐は顔をしかめた。

「その復活……しそこねた者は……復活槽にもどしたのか？」

「まだです。復活者にはサーピェハー神父がつきそっています」

デ・ソヤはうなずき、

「パクスの使者か？」とたずねた。

できれば、そうであってほしかった。パクス軍関係の急使ならまだしも、ヴァチカンからの急使となると、やっかいごとを運んでくる率が高いからだ。

ストーン神母中佐はかぶりをふった。

「ふたりともヴァチカンの急使です。名前はゴーロンスキー神父とヴァンドリス神父。どちらも〈キリストの軍団〉所属とか」

ためいきをつきそうになるところを、デ・ソヤは意志の力でこらえた。〈キリストの軍団〉は、ここ数世紀のあいだに、より寛大なイエズス会にとってかわった修道会だ。その力が教会内で増大しだしたのは、〈大いなる過ち〉よりも一世紀前に遡る。教会の序列においてやっかいな事態が生じたさい、彼らが教皇の意を受け、手足となって大鉈《おおなた》をふるうことは、秘密でもなんでもない。

「生き残ったのはどっちだ？」

「ヴァンドリス神父のほうです」ストーンはちらとコムログを見た。「もう意識をとりもどしているころでしょう」

「わかった。では、○六四五時に艦内のフィールドを一Gに調整。移乗パイプにて、ハーン、ブーレーズ両大佐を本艦に招き、わたしに替わってねぎらいのことばを伝えたうえで、前部会議室へ通しておいてくれ。会議開始まで、わたしはヴァンドリスといっしょにいる」

「アイアイ」ストーン神母中佐は壁を蹴り、消えさった。

復活槽の外にある意識回復室は、医療施設よりも礼拝堂を思わせる構造をしていた。デ・

ソヤ神父大佐は、祭壇に向かって片ひざをついてから、ストレッチャーの――ちょうどいまは、使者が起きあがろうとしているところだ――そばに立つ、サーピェハー神父のもとへ歩みよった。サーピェハー神父はたいていのパクス・クルーよりも年上で――すくなくとも、標準年で七十歳には達しているだろう――その禿頭《とくとう》にハロゲン・ランプの光を反射させていた。見るたびに思うのだが、この神父は短気であまり聡明ではなく、子供のころ知っていた小教区の何人かの神父に似たところが多い。

「艦長」従軍神父がいった。

デ・ソヤは会釈し、ストレッチャー上の男に近づいた。ヴァンドリス神父はまだ若く、標準年で二十代後半あたりの齢格好だった。長い黒髪をカールさせているのは、いまのヴァチカンの流行《はや》りだろう。すくなくとも、デ・ソヤが最後に惑星パケムとヴァチカンを見たときは流行のきざしを見せていた。だが、この任務についてから二カ月のあいだに、早くも三年の航時差が蓄積されている。

「ヴァンドリス神父」デ・ソヤは声をかけた。「聞こえますか？」

寝台の上の若者はうなずき、うめき声をあげた。復活してからの数分間は、ことばがうまくしゃべれない。すくなくとも、デ・ソヤはそう聞いている。

「それでは――わたしはもうひとりの死体を復活槽にもどしてくるとしますか」従軍神父がそういって、もうひとりの復活が不首尾におわったのはデ・ソヤのせいででもあるかのように、険悪な視線を送ってきた。「まったくのむだですな、神父大佐。ゴーロンスキー神父がちゃんと復活するまで、何週間も——へたをすれば何カ月もかかる。しかも彼は、たいへんな苦痛を味わうことになるのです」

デ・ソヤはうなずいた。

「現物を見てみますか、神父大佐？　彼の肉体は……なんというか……人間であることがかろうじてわかる程度だ。内臓がすっかり露出していて、しかも……」

「早くいって、自分のやるべきことをなさい、神父」デ・ソヤは静かにうながした。「いわずもがなのことをいう必要はない」

サーピェハー神父は眉根をよせ、なにかいいかけたが、ちょうどそのとき、重力警報が鳴り、ふたりともGのかかる方向に意識をふりむけねばならなくなった。艦内遮蔽《コンテインメント》フィールドが加わり、ふたりの足は床に押しつけられた。Gは徐々に高まっていき、一Gで安定した。ヴァンドリス神父はストレッチャーのクッションに身を横たえ、従軍神父は足を引き引き、ドアから出ていった。たった一日ゼロGがつづいただけなのに、通常のGは負担が大きく感じられた。

「ヴァンドリス神父」デ・ソヤは静かにくりかえした。「聞こえますか？」

若者はふたたびうなずいた。まなざしに苦痛がにじんでいる。神父の肌は、たったいま皮膚の移植手術でも受けたばかりのように——あるいは新生児の肌のように——つやつやと輝いていた。肌はピンク色で赤むけたような感じがあり、火傷をしているようにも見える。胸の聖十字架は、通常の倍のサイズに膨れあがっていた。

「ここがどこかわかりますか？」

デ・ソヤはささやきかけ、心のなかでつけくわえた。それに、自分が何者かわかりますか？　復活後の混乱は、何時間も何日もつづくことがある。急使はそのような混乱に打ち勝つ訓練を受けているが、いかなる者が死と復活に対して訓練を積めるというのか。かつてデ・ソヤの学んだ神学校の教師は、率直にこう説明したことがある。〝細胞は死の過程を、死んでいる状態を、ちゃんと憶えているのです。たとえ精神は憶えていなくとも〟

「憶えています」ヴァンドリス神父はささやきかえした。その声も、肌とおなじように痛々しかった。「あなたはデ・ソヤ大佐ですか？」

「デ・ソヤ神父大佐です」

ヴァンドリスは片ひじをつき、身を起こそうとしたが、うまくいかず、

「もっとそばへ……」と、ささやいた。枕から頭をもたげる力もないようだ。

デ・ソヤは顔を近づけた。神父からはかすかにホルムアルデヒドのにおいがした。復活の神秘を実地に経験し、その訓練を受けるのは、聖職者でも一部の者にかぎられる。デ・ソヤはその訓練を受けるコースを選ばなかった。したがって、洗礼を司祭し、聖体拝領や終油の秘蹟を執行する資格はあるが――恒星艦の艦長であるがゆえに、聖体拝領よりも終油の秘蹟

を行なうほうが多い——復活の秘蹟に立ちあったことはない。わかっているのは、これが聖十字架の奇蹟であるということだけで、いったいどのようなプロセスを経て、この神父の破壊され押し潰されていた肉体が——崩れたニューロンとばらばらになった脳髄が——甦り、いま目の前にいる人間の形をとったのかは、さっぱり見当がつかなかった。

ヴァンドリスがささやき声で語りはじめた。デ・ソヤはいっそう耳を近づけた。復活した神父の唇の動きが耳たぶに感じられた。

ヴァンドリスは必死の努力で声を絞りだした。

「話さ……ねば……」

デ・ソヤはうなずいた。

「十五分後に会議の予定です。僚艦の艦長ふたりもやってきます。ホバーチェアを用意しますので、あなたもその会議に……」

ヴァンドリスはかぶりをふった。

「会議……だめ。メッセージ……あなた……にだけ」

デ・ソヤは無表情をたもった。

「わかりました。もっと回復するまで待ったほうがいいのでしたら……」

神父はふたたび、苦しげに首をふった。その顔の肌はつややかで、顔の筋肉が透けて見えそうだ。

「いま……すぐ……」

デ・ソヤはふたたび耳を近づけ、待った。

「ただち……に……大天使級……急使船に……乗って……いきなさい」ヴァンドリスはあえいだ。「行き先は……プログラム……されている」

デ・ソヤは無表情をたもったまま、考えをめぐらした。

（つまり、高加速による苦悶の死を迎えろということか。愛《いと》しきイエスよ、この酒杯をほかの者にまわすことはできなかったのですか？）

「ほかの者にはなんといいましょう」デ・ソヤはたずねた。

ヴァンドリス神父はふたたび首を左右にふった。

「なにもいっては……いけない。〈バルタザル〉の……指揮は……副長にゆだねなさい。機動艦隊の……指揮は……ブーレーズ神母大佐に。〈マギ〉艦隊には……ほかの……命令がある」

「ほかの者にこの件を伝えてもいいですか？」

あごが痛かった。冷静にしゃべろうとして筋肉をこわばらせているからだ。つい三十秒前までは、この艦と機動艦隊が生き延び、作戦を成功させることこそ、自分という存在の第一義だったのに。

「だめです」ヴァンドリスは否定した。「この……命令は……他言……しては……ならい」

復活まもない神父は、苦痛と疲労に蒼ざめていた。そんな姿を、なんとなく小気味よく思っている自分に気づき、デ・ソヤはすぐさま赦しをもとめる短い祈りをつぶやいてから、

「ただちにというわけにはいきません」と答えた。「私物は持っていってもいいですか？」

姉がルネッサンス・ベクトルで死ぬまぎわに贈ってくれた磁器のユニコーン、あれだけは持っていきたい。宇宙を飛びまわるようになってからの長い年月のあいだ、ずっと携行してきた形見の品だ。壊れやすい品なので、高G行動のあいだは、いつも停滞キューブにいれて保管してある。

「だめです」ヴァンドリス神父はくりかえした。「いきなさい……ただちに……なにも持たずに」

「この命令は、どこから？」

ヴァンドリスは苦痛に顔をゆがめ、答えた。

「これは……じきじきのご命令です……ユリウス十四世教皇聖下の。優先度は……オメガ……パクス統合軍と……宇宙機動艦隊の……いかなる命令にも……優先します。わかり……ましたか……デ……ソヤ……神父……大佐？」

「了解しました」とイエズス会士デ・ソヤは答え、一礼して承諾の意を表わした。

大天使級急使船には名前がなかった。デ・ソヤはこれまで、煅光艦を美しいと思ったことはないが――全体がヒョウタン形をしていて、巨大なホーキング機関と星系内航行用の核融合推進球を主体に、ちっぽけな司令モジュールや兵器モジュールがくっついただけのしろものだ――その煅光艦とくらべても、大天使級は決定的に醜悪だった。なにしろ、いくつもの非対称の球体、十二面体、とってつけたような付属物、構造ケーブル、ホーキング機関用台座などの、さまざまなガラクタのただなかに、とってつけたように搭乗者用のキャビンがついているだけなのである。

デ・ソヤは、ハーン、ブーレーズ、ストーンに会い、驚く一同に向かって、自分が召喚されたこと、艦隊の指揮をブーレーズに、〈バルタザル〉の指揮をストーンにゆだねることを手短に伝えてから、すぐさま単座の移乗ポッドに乗り、急使船に向かった。愛艦〈バルタザル〉のほうはふりかえらないように努めたが、急使船に接触するまぎわ、とうとうこらえきれなくなってふりかえり、自分が率いていた煅光艦をせつない目で見つめ――陽光にまばゆく照らされた湾曲した艦体が、どこかの美しい惑星に昇る三日月形の朝陽のようだった――決意もあらたに背を向けた。

大天使の船内にはいってみると、仮想戦術コマンドはもとより、手動操縦装置もブリッジも、宇宙船らしい装備はいっさいなかった。コマンド・ポッドの内部は、〈バルタザル〉にあるデ・ソヤのせまくるしい個室よりわずかに広かったが、空間の大半は、多数のケーブル、光ケーブル、工学ディスキー、二台の耐Gカウチなどで占領されていた。

待てよ、これはふつうの耐Gカウチではないぞ。人間の体形に合わせた、クッションもなにもないスチールのトレイで、むしろ解剖台にちかい。トレイの縁が高くなっているのは、高G下でも体液がはみださないようにするためだろう。この艇で唯一の耐G遮蔽フィールドがこのカウチのまわりにしかないのは、ぐしゃぐしゃになった肉、骨、脳などが、最終減速後のゼロGにおいて浮きあがり、ばらばらになるのを防ぎさえすればいいからにちがいない。このノズルは、水またはなんらかの洗浄液を高速で噴きだし、トレイを洗浄するためのものか。だが、洗浄はかならずしも完全にはいかないようだ。

「二分後に加速」機械的な声がいった。「ただちに身体を固定」

実用一点ばりか、とデ・ソヤは思った。簡単な敬語すらなしとはな。

「宇宙船――」デ・ソヤは声をかけた。

パクスの宇宙船では、本物のAIは――というより、パクスの司る人類領域においては、いかなるAIも――使用を禁じられているが、ヴァチカンともなれば、大天使級急使船に例外措置を認めているかもしれず、念のため声をかけてみたのだ。

「加速開始まで一分三十秒」機械的な声がいった。

結局、思考力のない機械というわけか。急いでストラップを締める。ストラップは幅が広く、分厚かったが、これはただの気休めでしかない。じっさいに身体を――というよりも、その名残を――保持するのは、遮蔽フィールドなのだから。

「あと三十秒」機械的な声がいった。「助言：超光速への移行は致命的である」

「そいつはどうも」

フェデリコ・デ・ソヤ神父大佐の心臓は猛々《たけだけ》しいほどに高鳴っており、自分でその音が聞こえるほどだった。いろいろな計器で光がまたたいている。だが、人間がいじれるように造られたものは、ここにはひとつもない。デ・ソヤは計器を無視した。

「十五秒。祈りを捧げよ」

「くそくらえだ」

急使の回復室をあとにして以来、ずっと祈りは捧げつづけている。最後につけくわえたのは、口汚いことばを吐いたことに対する謝罪の祈りだ。

「五秒」声がいった。「以後、忠告がなされることはない。キリストの名において、神のご加護のあらんことを。首尾よき復活を祈る」

「アーメン」と、デ・ソヤ神父大佐はいった。

目をつむると同時に、加速がはじまった。

8

廃市エンディミオンに、夕暮れは早々と訪れた。この長い長い一日の午後に目覚め、死から甦ったあの塔の、あの見晴らしのよい窓辺から、ぼくは秋の夕空を眺めやった。残照が薄れてゆき、ついに消えはてた。

あのあと、A・ベティックに案内され、部屋にもどってみると、粋ではあるが素朴な夜会服は——ひざから下が細くなった黄褐色のコットンのズボン、そでにわずかにひだのはいった亜麻布の白のシャツ、黒い革のベスト、黒のストッキング、やわらかな革でできた黒のブーツ、黄金の腕環《うでわ》などは——依然としてベッドの上に広げられたままだった。アンドロイドは一階下のトイレとバスに案内し、ドアにかけてある厚手のコットン・ローブを自由にお使いくださいといった。ぼくは礼をいい、湯を使い、髪をかわかしたのち、この部屋にもどってきて、黄金の腕環以外をぜんぶ身につけてから、この窓ぎわにたたずみ、落陽が地平線のまぎわに近づき、いちだんと黄金色を増し、大学の上にそびえる尾根の影が長々と伸びるのを眺めつづけた。やがて日がすっかり昏《くら》くなり、影が闇に融けこみ、白鳥座でもひときわ明るい星々が天に輝きだすころ、A・ベティックがもどってきた。

「時間かい？」ぼくはたずねた。

「まだです」アンドロイドは答えた。「すこし早めにくるようにとおっしゃいましたので。話をなさりたいからと」

「ああ、そうだったね」ぼくは室内の唯一の家具であるベッドに手をひとふりした。「まあ、すわってくれ」

青い肌の男は、ドアのそばに立ったまま答えた。

「わたしは立っていたほうが楽ですので、お客さま」

ぼくは腕組みをし、窓枠にもたれかかった。開かれた窓からはいってくる風はひんやりとして、鬱金蔦のにおいをふくんでいる。

「そう堅苦しいいいかたをすることはないよ。気軽にロールと呼んでくれ。ただし……その……」もうすこしで、〝人間に対して〟といいそうになったが、自分がA・ベティックを人間ではないと考えていると思われるのがいやで、いいよどみ、結局、どっちつかずのいいかたをした。「そういう口のききかたをするようにプログラミングされているのなら、それはそれでかまわないよ」

A・ベティックはほほえんだ。

「いいえ。わたしはプログラムされているわけではありません……機械とはまたちがうのです。いくつかは人工器官も——たとえば、筋力を増加したり、放射線耐性を高めるためのものが——内蔵されておりますが、それを除けば、人工のパーツは使われておりません。ただたんに、自分の務めをはたすよう教育されているだけです。こちらのほうがよろしければ、これからはM・エンディミオンとお呼びしましょう」

ぼくは肩をすくめた。

「呼びかたはどうでもいいよ。すまないね、アンドロイドのことはなにも知らなくて」

A・ベティックの薄い唇が、ふたたび笑みを浮かべた。

「あやまられる必要はありません、M・エンディミオン。存命中の人間で、わたしの種族の一員を見たことがある方はまれですから」

わたしの種族。これには好奇心をそそられた。

「きみの種族のことを話してくれないか。連邦では、アンドロイドの生造《バイオファクチュア》は違法だったんだろう？」

「そのとおりです」

気がつくと、A・ベティックは休めの姿勢で立っていた。軍関係に所属していたことがあるんだろうか、とぼくはぼんやりと考えた。アンドロイドはつづけた。

「アンドロイドの生造は、〈聖遷〉以前でさえ、オールドアースをはじめ連邦の多くの惑星で非合法でした。しかし万民院は、辺境での使用にかぎって、一定数のアンドロイド生造を許可したのです。そして、当時、ハイペリオンは辺境に数えられていました」

「いまでもそうだ」

「はい」

「きみが造られたのはいつだ？　どの惑星に住んでいたんだ？　きみの務めとはなんだ？　さしつかえなければ、教えてくれないか」

「さしつかえなどありません、Ｍ・エンディミオン」アンドロイドはおだやかに答えた。その声には、ぼくの知らない国なまりがかすかに聞きとれた。惑星外のことば。それも、古めかしいことばだ。「わたしが造られたのは、あなたの暦でいう、降下船墜落後《ADC》二六年のことです」

「つまり、二十五世紀ということか……いまから六百九十四年前だ」

Ａ・ベティックはうなずいたが、なにもいわなかった。

「すると、きみが生まれたのは……造られたのは……オールドアースが破壊されたあとということになる」

これはアンドロイドに対してではなく、むしろ自分自身を納得させるためのことばだった。

「そのとおりです」

「じゃあ、ハイペリオンがきみの最初の……その……任地だったわけかい？」

「そうではありません。存在を開始してから五十年ほどは、アスクウィスにて、放浪ウィンザー王朝のアーサー八世国王陛下にお仕えしておりました。そのお従弟であらせられる、放浪モナコ王朝のプリンス・ルパートにもです。アーサー王は、崩御にさいして、わたしをご子息へ——のちのウィリアム二十三世陛下へと遺贈なさいました」

「あのビリー悲嘆王か」

「そのとおりです」

「じゃあ、ビリー悲嘆王がホレース・グレノン＝ハイトの反乱からハイペリオンに逃げてきたさい、きみも同行してきたわけだ」

「そのとおりです。じっさいには、わたしとアンドロイドの兄弟たちがここへ派遣されてきたのは、陛下が植民者を連れておいでになる三十二年前のことでしたが。すなわち、グレノン＝ハイト将軍がフォーマルハウトの戦いに勝利した直後のことです。陛下におかれましては、放浪王朝を移す代替惑星を用意しておくことが賢明とお考えになられたのです」

「そして、ここでM・サイリーナスと出会った……」

ぼくは先まわりしてそういい、生命維持臍帯《せいたい》の網に埋もれた老詩人を表わす意味で、天井を指さしてみせた。

「そうではありません」アンドロイドは否定した。「そのころの務めの性質上、〈詩人の都〉に人が住んでいた当時、M・サイリーナスの知遇を得ることはありませんでした。M・サイリーナスにお会いする栄誉を得たのは、陛下の崩御から二世紀半ののち、〈時間の墓標〉の谷へ向かう巡礼の旅においてのことです」

「いずれにしても、以来ずっと、きみはハイペリオンにいたのか――この惑星の暦で五百年以上ものあいだ」

「そのとおりです、M・エンディミオン」

「きみは不死なのか？」ぼくはたずねた。ぶしつけな質問であることはわかっていたが、知りたくてたまらなかったのだ。

A・ベティックは例の微笑を浮かべた。

「完全に不死というわけではありません。事故や怪我などで修復不可能なほどのダメージを受ければ死んでしまいます。ただ、造られたとき、わたしの細胞と代謝系には、ナノテクにより、恒常的パウルセン処置が施されましたので、老化や病気に対しては本質的に耐性があります」

「アンドロイドが青いのはそのためかい？」

「そうではありません。わたしたちが青いのは、わたしが造られた当時、青い肌の人類種族はまったく知られておらず、わたしを設計した者たちは、ひと目でアンドロイドと人間が識別できて都合がよいと考えたのです」

「自分を人間とは考えていない？」

「おりません。わたしは自分をアンドロイドと考えております」

自分の素朴さに苦笑いしながら、ぼくはいった。

「きみはいまだに、だれかに仕えている。だけど、アンドロイドを奴隷労働力として使うことは、何世紀も前に連邦全域で禁止されただろう」

A・ベティックはその先を待った。

「自由になりたいとは思わないのか?」ややあって、ぼくはいった。「ちゃんとした権利を持つ、独立した個人になりたくはないのかい?」

A・ベティックはベッドに歩みよった。てっきり腰をおろすのかと思ったが、ぼくがまえに着ていたシャツとズボンを折りたたみ、積みあげただけだった。

「M・エンディミオン」と彼はいった。「これは指摘しておくべきかもしれません。連邦の法は連邦の崩壊とともに消滅してしまいましたが、何世紀も前から、わたしは自分のことを自由かつ独立した個人と考えてきたのです」

「しかし、きみやきみの仲間たちは、人目を忍ぶようにして、ここでM・サイリーナスに仕えている」

「それはそうですが、それは自分の完全な自由意志でやっているだけのこと。わたしは人間に仕えるように造られました。それはわたしの得意とするところです。ですからわたしは、喜んで自分の仕事をやっているだけです」

「じゃあ、自由意志でここにとどまっているというのか」

A・ベティックはうなずき、かすかにほほえんだ。

「はい。わたしたちの持つ自由意志の範囲において」

ぼくはためいきをつき、もたれかかっていた窓枠を背中で押して、窓からはなれた。外はすでに、とっぷりと暮れている。老詩人のディナー・パーティには、もっと早い時刻に招かれるものと思っていたのだが……。ぼくはいった。

「するときみは、今後も自由意志でここにとどまって、老詩人のめんどうを見つづけるというわけだ——やがて彼が死ぬそのときまで」

「そうではありません。どうするのかと問われれば、そうはしないと答えます」

ぼくは立ちどまり、両の眉を吊りあげた。

「ほんとうか？　じゃあ、どうするつもりなんだ？」

「あなたがM・サイリーナスの申し出を受けいれることを選ばれるのでしたら——あなたのお供をすることを選びます」


上へ案内されてみると、最上階はもはや病室ではなく、ダイニングルームへと変貌をとげていた。フローフォーム張りの浮きベッドはかたづけられ、数々の医療モニターも運びさられ、通信コンソールの姿もなく、開放された天井の上には夜空が見えた。星空を見あげると、羊飼いとして鍛えた目が、白鳥座や双子の乙女座などをとらえた。各ステンドグラスの窓のまえには、丈の高い三脚の上で篝火が燃えており、それらが室内にぬくもりと光を投げかけている。部屋の中央の、通信コンソールが鎮座していたところには、長さ三メートルのダイニングテーブルが置いてあった。二組の枝つき燭台でゆれる蠟燭の炎のもとできらきらときらめいているのは、陶器、銀器、クリスタルの食器だ。テーブルの両端にはひとつずつ席がしつらえてある。その向こうがわの一端の、背の高い席に、すでにマーティン・サイリーナスが着席して待っていた。

老詩人は見ちがえるほど姿が変わって見えた。別れてからたった数時間のあいだに、何世紀ぶんもの古い皮を脱ぎ捨ててしまったかと思えるほどだった。羊皮紙のような皮膚と落ちくぼんだ目のミイラ状態から、いまではダイニングテーブルにつくふつうの老人に——いや、そのまなざしから察するところ、腹ぺこの老人に——変貌していたのだ。席に近づいてみると、何本もの点滴管やモニター・フィラメントがテーブルの下を這っているのがわかったが、それさえ目をつぶれば、冥界からみごとに甦った人物という幻想はほぼ完璧といえた。

ぼくの表情を見て、サイリーナスはくっくっと笑った。

「むりもない、昼間会ったときのわしは、最悪の状態じゃったからな、ロール・エンディミオンよ」老齢によるしわがれ声は、昼間よりもずっと力強くなっていた。テーブルの反対端の席へすわれと手でうながしながら、老人はつづけた。「あのときは、コールドスリープから回復の途中じゃったんじゃい」

「それは、低温睡眠《クライオジェニック・フーガ》ということですか?」

リネンのナプキンを広げ、ひざにかけながら、ぼくは愚問を発した。こんな立派な席で食事をしてから、もう何年になるだろう。そう、前回こんな席についたのは、自衛軍を除隊したその足で〈南鉤爪〉半島の港町グランチャコ一の高級レストランにはいり、メニューでいちばん高い料理を注文して、最後にもらった給料一カ月ぶんを散財したときのことだった。もっとも、たしかにあの料理には、そんな大金を払うだけの価値があったが。

「もちろん、低温・くそったれ・睡眠だとも。そうでもせんけりゃ、どうやって何十年もつぶせたというんじゃ」老詩人はふたたび、くっくっと笑った。「ただな、解凍後、頭がまわるようになるまで、二、三日はかかるんじゃな。わしももう、若くはないでの」

ぼくはためいきをついた。

「こんなことをきいて、お気にさわらなければいいんですが……いま、おいくつです?」

老詩人は問いに答えず、控えているアンドロイドに――A・ベティックではない――合図した。アンドロイドはそれを受けて、階段のほうにうなずきかけた。ほかのアンドロイドたちが無言で料理を運んできた。水のグラスが満たされた。A・ベティックが老詩人にワインの瓶を見せ、相手がうなずくと、儀式にのっとって、抜いたコルク栓をさしだし、グラスに少量のワインをついだ。マーティン・サイリーナスは、ヴィンテージ・ワインを口にふくみ、口中でころがしたあと、ごくりと飲みこみ、のどの奥でうめいた。A・ベティックはそれを肯定の合図と受けとり、ぼくと老詩人双方のグラスをワインで満たした。

それぞれに前菜が運ばれてきた。炭火焼きのヤキトリと、〈鬣《メイン》〉産ビーフのカルパッチョ、ルッコラ添えだった。サイリーナスはそのほかに、自分の側の端に置かれた皿から、マンドレークの葉でくるんだフォアグラのソテーをとった。ぼくは装飾の凝った焼き串を持ち、ヤキトリを口に運んだ。なかなかおつな味がした。

おそらくマーティン・サイリーナスは、年齢八百歳から九百歳で、いま生きている人間のなかでは最年長だろうが、そんな齢とは思えないほど食欲が旺盛だった。ビーフのカルパッチョにかぶりつくとき、完璧な白い歯が見えた。あれは総義歯だろうか、それとも塑体師による再生歯だろうか。たぶん、後者だろう。

かくいう自分も飢餓感がひどい。疑似復活のせいか、それともあの宇宙船へ登っていくのに体力を使ったからか、貪欲なほどの食欲が身内にしっかりと根をおろしている。数分のあいだ、会話は途絶え、給仕アンドロイドたちが石の床を踏む静かな足音、篝火で炎がはぜる音、ときおり頭上を吹きゆく風の音、料理を咀嚼《そしゃく》する音が聞こえるばかりだった。

アンドロイドたちが前菜の皿をさげ、湯気のたつ黒ムール貝のビスクのボウルを運んできたとき、詩人はいった。

「きょう、わしらの船に会ったそうじゃな」

「ええ」ぼくは答えた。「領事の船でしょう?」

「決まっとる」

サイリーナスはアンドロイドに合図した。オーヴンから出したばかりの、焼きたてのパンが運ばれてきた。その香ばしいにおいが、ビスクから立ち昇る湯気や、風の運んでくる秋の森のほのかなにおいと混じりあう。

「あの船で、例の女の子を救わせようというんですね？」

てっきりぼくの決意をきくだろうと思っていたが、かわりに詩人はこうたずねた。

「パクスのことをどう思う、M・エンディミオン？」

ぼくは目をしばたたいた。ビスクをすくったスプーンを口に運ぶ手が、途中でぴたりととまった。

「パクス？」

サイリーナスは待っている。

ぼくはスプーンをおろし、肩をすくめた。

「あんまり考えたことがない……と思います」

「パクスの法廷に死刑を宣告されたあとでもか？」

以前、いろいろ考えはしたが——たとえパクスの影響がなかったとしても、ハイペリオンにおけるフロンティアの正義は、きっとぼくを死刑に処しただろう——それを口にするかわりに、ぼくはこう答えた。

「はい。ぼくの人生には、パクスはほとんど関係なかったですから」

老詩人はうなずき、ビスクをすすった。

「では、教会は?」

「教会がどうしました?」

「やはり、あんたの人生にほとんど関係なかったかね」

「そう思います」

自分でも、舌のまわらない青二才のような答えかたをしていることがわかった。しかし詩人の問いは、ぼくが予期していたものよりも、そしてぼくが伝えるつもりだった決意よりも、ずっと重要さの劣るものだった。

「憶えとるよ、はじめてパクスという名を耳にしたころのことをな」老詩人はいった。「あれはアイネイアーが失跡して、ほんの数カ月後のことじゃった。教会の艦隊がいきなり軌道上に現われて、兵員を送りこんできてな、キーツ、ポートロマンス、エンディミオン、大学、その他の重要な都市と宇宙港をぜんぶ占領してしまいおった。そのあとで、戦闘スキマーでどこぞへ飛びたっていったが、あとでわかったところでは、その目的は〈羽交高原〉の聖十字架じゃったんじゃ」

ぼくはうなずいた。これらはべつに耳新しい話ではない。〈羽交高原〉の占領と聖十字架の捜索は、消滅しかけていた教会の最後の大博打《おおばくち》であり、パクスの始まりでもある。じっさいにパクス軍がやってきて、ハイペリオン全土を占領し、エンディミオンをはじめとする〈羽交高原〉付近の都市から住人を追いたてたのは、それから一世紀半たってからのことだ。

「パクスの拡張期において、ここへはつぎつぎに宇宙船がやってきた」老詩人はつづけた。「その船どもが運んできたうわさ話ときたら！　教会はパケムから旧〈ウェブ〉の各惑星へと勢力を伸長し、さらには辺境の植民星にまでも……」

アンドロイドたちがビスクのボウルをさげ、スライスした鳥の肉のシャンパーニュ・マスタード・ソース、カンズ河の河鱓《マンタ》のグラタン、グラスに盛ったキャビアを運んできた。

「鴨ですか？」ぼくはたずねた。

詩人は再生歯を見せ、にっと笑った。

「先週……あんな目にあったことを思えば、ぴったりの料理じゃろ？」

ぼくはためいきをつき、フォークで鴨のスライスをつついた。湯気が頬と目に立ち昇るとともに、鴨の群れが開けた沼地に近づいてきたときの、イジーの勇みようが思いだされた。あれはもう、はるか大むかしのことのような気がする。ぼくはマーティン・サイリーナスを見つめ、つらいことも多かったであろう何世紀もの記憶を持ちつづけるのはどんなものかを想像しようとした。ひとりの人間の心のなかに、ふつうの一生を何度もくりかえすほどの記憶を押しこめて、はたして正気をたもっていられる人間などいるものだろうか。老人は例のにたにた笑いを浮かべ、こちらを見つめている。この男は狂っているのではないかと、ぼくはまたしても思った。

「で、パクスのうわさを聞くにつけ、連中がやってきたらどうなることかと、わしらは案じた」

料理を咀嚼しながら、詩人はつづけた。

「神権政治……連邦時代の数世紀には考えられなかったもんじゃ。連邦時代、宗教は当然のように、純粋に個人が選んだもんじゃった——わしは十以上もの宗教に入信したし、文学で名声を得てからは、みずから宗教を興したこともある。それも、複数のな」

老人はぎらぎら光る目でぼくを見つめた。

「じゃが、もちろんそんなことは知っとるはずだな、ロール・エンディミオン。『詩篇』を読んだのであれば」

ぼくは河鱏《マンタ》の肉を味わい、返事を返さなかった。

「わしの知っておった連中は、ほとんどが禅キリスト教徒でな。むろん、キリスト教よりも禅宗色が強かったが、じっさいのところは、どちらもそこそこという程度じゃった。いや、いろんな巡礼の旅を楽しませてもらったよ。やれ霊力の源泉を訪ね歩こうだの、各自の心の霊地を見つけようだの、たわごとばかりじゃったがな……」老詩人はくっくっと笑った。

「いうまでもなく連邦は、宗教に関与することなど意識の片隅にもなかった。政治と宗教をいっしょにするという考え自体、なんとも野蛮なものではないか。まあ、クム＝リヤドや辺境の砂漠惑星では、その手のものも見られたがの。ところがそこへ、パクスが現われた。ビロードの手袋に希望の聖十字架をかかげてだ……」

「パクスは支配はしていませんよ」ぼくはいった。「助言するだけです」

「まさしく」老詩人はうなずき、フォークをこちらにつきつけた。そのあいだに、A・ベティックがワイングラスを満たした。「パクスは助言する。支配はせん。何百もの惑星で、教会は教区を監督し、パクスは助言する。しかしじゃ、復活を願うキリスト教徒であれば、当然ながらパクスの助言は無視できんし、教会のささやきにはしたがわざるをえん。そうじゃろ？」

ぼくはふたたび肩をすくめた。教会の影響力には、生まれてこのかたずっとさらされつづけている。だからぼく自身は、その影響力に違和感を感じたことはない。

「しかしあんたは、みずからの復活を願うキリスト教徒ではない。そうじゃろ、M・エンディミオン？」

ぼくは老詩人をまじまじと見つめた。恐ろしい疑念が心のうちに湧いてきた。

（老人はどうやったのか、ぼくの見せかけの処刑を仕組み、そのまま当局の手で海に投げこまれるはずのところを、ここへ運びこませた。ということは、ポートロマンスでは顔がきくということだ。まさか、ぼくの裁判と判決を仕切っていたのはこの老人じゃないのか？　このすべてが、なんらかのテストだとしたら？）

「問題はじゃ」ぼくの執拗な凝視を無視して、老人はつづけた。「なぜキリスト教徒ではないのかということじゃ。なぜ復活の道を望まん？　あんた、人生を楽しんでおるのか、ロール・エンディミオンや？」

「楽しんでいます」ぼくはそっけなく答えた。

「そのくせ、十字架を受けいれてはおらん。人生を延長する贈り物を受けいれてはおらん」

ぼくはフォークを置いた。アンドロイドの召使いが、それを料理をさげてくれという合図と受けとり、手つかずの鴨の皿を運びさった。ぼくは声を荒らげた。

「ぼくが受けいれていないのは、聖十字架です」

遊牧民として、何世代にもわたり、国籍離脱者、アウトサイダー、非定住の土着民の暮らしを送ってきた一族の根強い疑り深さを、どう説明したものだろう？　婆さまや母のように強烈な独立心を持つ人間のことを、どう説明したものだろう？　教育としつけによって刷りこまれた一族代々の哲学的厳格さと懐疑主義を、どう説明したものだろう？

ぼくはためしてみようともしなかった。

だが、マーティン・サイリーナスは、ぼくが充分な説明をしたかのようにうなずいた。

「つまりあんたは、聖十字架のことを、カトリック教会の不可思議な祈りにより、信徒に与えられた奇蹟以外のなにかだと思っとるわけじゃ」

「ぼくにいわせれば、聖十字架は寄生体です」自分でも驚いたことに、思いがけなくきつい口調になった。

「もしかすると……男性……ではなくなってしまうのが怖いのかな？」

アンドロイドたちが、白鳥形にととのえたモカ・チョコレートの容器を運んできて、高地産の枝トリュフを盛りつけ、老詩人とぼくのまえに置いた。ぼくは自分のぶんを無視した。

『詩篇』では、司祭の語る巡礼の物語として、ある老司祭が――ポール・デュレという名だ――失われた部族、ビクラ族を発見したこと、その部族が伝説のシュライクから与えられた聖十字架共生体によって何世紀も生き延びてきたことが描かれている。このパクスの時代と同様に、当時の聖十字架も人間を復活させる力を持っていたそうだが、司祭の物語によれば、それには副作用があり、何度か復活をくりかえすうちに脳に欠損が生じて、あらゆる性器と性衝動が消滅してしまったという。ビクラ族は退行した無性の集団と化していたのだ――ひとりの例外もなく。

「ちがいます」ぼくは否定した。「どうやったのか、教会がその問題を解決したことは知っています」

サイリーナスはほほえんだ。ほほえむと、ミイラ化したサテュロスのように見えた。

「ただし、聖体拝領の儀式を経て、教会の管理のもとで復活するかぎりは、ということじゃろう」詩人はしわがれ声でいった。「そうでなければ、たとえだれかが聖十字架を盗掘して自分につけたとしても、ビクラ族とおなじ運命をたどることになる」

ぼくはうなずいた。聖十字架の盗難は何世代ものあいだつづいた。パクスが〈羽交高原〉を封鎖するまえは、おおぜいの冒険家たちが聖十字架を盗掘したという。教会から盗まれることもあった。だが、結果はつねにおなじ——痴呆化と無性化だった。完全なる復活の秘密を握っているのは、唯一カトリック教会だけなのだ。

「それで？」ぼくはうながした。

「それなら、教会に忠誠を誓い、十年にいちど十分の一税を払うことが、そんなに高い代償かの？　何十億人もが受けいれておることじゃぞい？」

ぼくはしばし黙りこみ、ややあって、こういった。

「何十億人だろうと、それぞれが好きにやればいい。ぼくにとってだいじなのは、自分の人生です。自分の人生は……自分のものとして送りたい」

なにをいいたいのか、自分でもよくわからなかったが、詩人はぼくが満足のいく答えを返したとでもいわんばかりに、ふたたびうなずいてみせた。ぼくが見つめるまえで、詩人はチョコレートの白鳥を平らげた。アンドロイドたちはぼくらの皿をさげ、カップにコーヒーをついだ。

「よくわかった」詩人はいった。「さて、わしの申し出は考えてくれたか？」

あまりにも唐突にきかれたので、もうすこしで笑ってしまうところだった。一拍おいて、ぼくは答えた。

「ええ――じっくりと考えました」

「で？」

「いくつか質問があります」

マーティン・サイリーナスは質問を待った。

「申し出を受けて、ぼくになんの得があるというんです？　このハイペリオンで人並みの生活にもどるのはむずかしいといわれても――書類一式がいっさいないといわれても――ぼくが荒野で快適に生きられることはごぞんじのはずだ。湿原に隠れ住み、パクス当局の捜索を逃れるほうがずっと簡単ですよ――長い距離を越えて、あなたの友人である女の子を迎えにいくよりはね。だいいち、パクスにしてみれば、ぼくは死んでるんです。荒野の家にもどって一族といっしょに暮らしても、なんの問題も起きないでしょう」

マーティン・サイリーナスはうなずいた。

しばしの沈黙のあと、ぼくはつづけた。

「それならなぜ、あんなばかげた申し出を考えなくちゃならないんです？」

老詩人はほほえんだ。

「あんたがヒーローになりたがっとるからさ、ロール・エンディミオンや」

ぼくはあきれはて、荒々しく吐息をつくと、テーブルクロスに両手を置いた。上等なリネンの上では、ごつくて武骨な指がやけに場ちがいに見えた。

「あんたはな、ヒーローになりたいんじゃ」詩人はくりかえした。「歴史を創るまれな人間のひとりになりたいんじゃよ、岩のまわりを流れゆく水をぼんやりと眺めているよりもな」

「いったいなんのことかわかりませんね」

もちろん、内心ではわかっていた。だが、この老人がぼくのことをそんなによく知っているはずがない。

「わしは知っとるのさ、そこまでな」とマーティン・サイリーナスはいった。まるで、ぼくのことばに対してではなく、ぼくがいま心のなかで思ったことに答えるかのように。

念のためにいっておくが、ぼくは老人がテレパシーを使ったなどとは一瞬たりとも思わなかった。そもそも、テレパシーなど頭から信じていなかった。このとき思ったのは、これは標準年で一千年近くも生きてきた人間ならではの、特殊な能力のゆえではないかということだった。この老人、たとえ狂っていようとも、表情やからだの微妙な動きなどから、テレパシーとほとんど見わけのつかないほど的確に相手の心を見ぬけるのではないか。

でなければ、あてずっぽうが的中しただけなのか。

「ヒーローになんかなりたくないですね」ぼくはそっけなく答えた。「所属していた旅団が南の大陸に派遣されて、現地の反乱軍と戦ったとき、ヒーローがどんな目に遭うかはいやというほど見ましたからね」

「ああ、〈熊《ウルスス》〉。南極熊か。ハイペリオンでいちばん役にたたん、氷と泥の塊だな。あそこでひと悶着あったことは聞いとる」

〈熊《ウルスス》〉での戦いはハイペリオン年で八年つづき、自衛軍に志願して戦いに参加するほど愚かだった地元の青年が何千人も死んだ。おそらく老詩人は、ぼくが思っていたほど事情通ではないのかもしれない。

「わしのいうヒーローとはな、プラズマ手榴弾に身をさらすほど阿呆な連中のことではない」蜥蜴《とかげ》を思わせる仕草で、老人は薄い唇をなめ、先をつづけた。「わしのいうヒーローとは、その伝説的な武勇と有益な行ないによって、神のように祭りあげられる人間のことじゃ。わしのいうヒーローとは、文学的な意味であって、いやがおうにも英雄的な行動を余儀なくされる中心的登場人物のことじゃ。その悲劇的な弱点によって、破滅を迎える者のことじゃ」

詩人はことばを切り、ぼくがなにかいうのを期待するような目を向けたが、ぼくは無言で見返すばかりだった。

「自分には悲劇的な弱点などないというかね？」ややあって、詩人はいった。「それとも、いやがおうにも英雄的な行動を余儀なくされることなどないと？」

「ヒーローになんか、なりたくはないんです」ぼくはくりかえした。

老人はいったん身をかがめ、コーヒーカップに口をつけた。ふたたび顔をあげたとき、その目にはいたずらっぽい光が宿っていた。

「どこで髪を切っとる？」

「え？」

老人はまたもや唇をなめた。

「聞こえたろうが。あんたの髪は長いが、ぼさぼさではない。どこで髪を切っとる？」

ぼくはためいきをつき、答えた。

「湿原に長期間いるときはときどき自分で切りますが、ポートロマンスにいるときは、ダトゥー通りの小さな床屋にいきます」

「おおう」サイリーナスは背の高い椅子にもたれかかった。「ダトゥー通りならよく知っとるよ。ナイト地区にあるんじゃったな。通りというより、路地といったほうがちかいが。あそこの市《いち》では、よく金メッキのカゴにいれてフェレットを売っとったもんじゃ。露店の床屋もあったが、あそこでいちばんいい床屋は、パラニ・ウーというじいさんの店じゃった。六人の息子がおって、ひとりが一人前になるたびに、店の椅子を増やしておったっけ」

老人はことばを切り、視線をあげてぼくを見た。ぼくはまたしても、そこにうかがえる個性の力強さに気圧《けお》された。

「一世紀もむかしの話じゃ」

「ぼくがいっていたのもウーの店ですよ。パラニ・ウーのひ孫でカラカウアという男がいまの主人です。椅子はいまでも六脚です」

「そうか、そうか」詩人はしきりにうなずいた。「われらが愛しきハイペリオンはさほど変わっておらんというわけか。そうじゃろ、ロール・エンディミオン？」

「要点はそこですか？」

「要点？」〝要点〟のような邪悪なものなど隠してはいないといわんばかりに、詩人は両手を広げてみせた。「要点などではないさ。会話じゃよ。世界の歴史的偉人、ましてや未来の神話のヒーローたちが、床屋で髪を刈ってもらっておるかと思うと、楽しくてしかたがない。もう何世紀もむかしのことじゃ……神話的側面と人間くさい側面との断絶に思いをめぐらしたのはな。ときに、〝ダトゥー〟の意味は知っとるか？」

突然の話題の変更に、ぼくは目をしばたたいた。

「いえ」

「〝ジブラルタルからの風〟という意味じゃよ。この風はすばらしい芳香を運んでくる。ポートロマンスを建設した芸術家と詩人の何人かは、湿原の向こうの丘をおおう鬱金蔦と堰木の森から吹いてくる風が、きっといいにおいだと思ったんじゃろな。ああ、ジブラルタルがなにかは知っておるか？」

「いえ」

「地球《アース》のばかでかい岩山じゃよ」老人はそういって、ふたたび歯を覗かせた。「いま、オールドアースといわなんだのに気づいたか？」

気づいていた。

「地球《アース》は地球《アース》さ。消えてなくなるまえ、わしは地球に住んどったからな、それで知っとるんじゃよ」

それを思うと、気が遠くなりそうだった。

「わしはな、見つけてほしいんじゃ。地球をな」目を輝かせて、詩人はいった。

「見つける……？」ぼくはおうむがえしにいった。「オールドアースを？ 昼間は、例の女の子を……アイネイアーといっしょに旅をしろといったように思いますが」

老人は骨の浮き出た手をひとふりし、ぼくのことばをしりぞけた。

「あんたはあの子といっしょに旅をする。そして地球を見つけるんじゃ、ロール・エンディミオン」

うなずきながらも、ぼくは考えた。二三三八年の〈大いなる過ち〉において、オールドアースは核に落ちたブラックホールに呑みこまれてしまったはずだ。はたしてこの老人に指摘したものかどうか。そもそも、十世紀ちかく生きてきたこの老人は、砕けたあの惑星から脱出してきたんじゃなかったのか？ だが、思いちがいに反駁《はんばく》してもしかたがない。老人の『詩篇』には、相争うAI〈テクノコア〉の一派がオールドアースを盗んだような記述があったが――たしか、マゼラン雲だかどこだかに運びさられたんだったな――あれは空想の産物だ。そもそも、マゼラン雲はべつの銀河系であって……ぼくの記憶がたしかなら、この銀河系からは十六万光年以上も離れている。パクス時代にも連邦時代にも、この銀河系の一渦状肢内の、さらにちっぽけな星域の外には、いかなる宇宙船も送りだされたことがない。そして、アインシュタイン的現実の埒外《らちがい》にあるホーキング航法をもってしても、大マゼラン雲への旅には、船内時間では何世紀も、通常時間では何万年もかかってしまうのだ。星々のあいだの暗黒を渡るアウスターでさえ、それほどの航海に乗りだそうとはしないだろう。

だいいち、オールドアースは持ちさられたわけではない。

「ぜひとも地球を見つけて、もとの場所にもどしてほしい」老詩人はつづけた。「死ぬまえに、ひと目でいいから地球を見たい。わしのために引き受けてくれんか、ロール・エンディミオンや？」

ぼくは老人の目を見つめた。

「いいでしょう――スイス護衛兵とパクスの手からその子を救いだし、〈教える者〉になるまで安全な場所にかくまい、オールドアースを見つけ、あなたがその目で見られるようにもとの場所にもどす。簡単なもんだ。ほかには？」

「ある」マーティン・サイリーナスは、痴呆からくるらしい、妙にもったいぶった口調でいった。「〈テクノコア〉のもくろみをさぐりだし、そのもくろみをくじいてほしい」

ぼくはふたたびうなずいた。

「行方のしれない〈テクノコア〉を発見し、なにをもくろんでいるにせよ、何千もの神にも等しいAIが総力をあげてやろうとしていることをストップさせると」露骨な皮肉をこめて、ぼくはいった。「了解。やりましょう。ほかには？」

「ある。アウスターと相談し、わしに不死を提供できるかどうか……あんな復活派キリスト教徒のようなまがいものではない、真の不死を提供できるかどうか、たしかめてほしい」

ぼくは見えないメモ帳に書きとめるふりをした。

「アウスター……不死……キリスト教徒のようなまがいものではなく。だいじょうぶでしょう。承りました。ほかには？」

「ある、ロール・エンディミオン。パクスを滅ぼし、教会を権力の座から追いやってほしい」

ぼくはうなずいた。みずから進んでパクスに加わっている惑星は、わかっているだけで二百から三百にのぼる。進んで洗礼を受けた人間の数は、軽く数百億。パクス軍は、連邦のFORCEがその最盛期においてすら夢想だにしなかったほど強力になっているはずだ。

「了解。それも引き受けましょう。ほかには？」

「ある。シュライクがアイネイアーを狩りたて、人類を滅ぼしさるのをくいとめてほしい」

こんどばかりは、さすがにためらった。老詩人の叙事詩によれば、シュライクは遠い未来のいつか、兵士フィドマーン・カッサードによって破壊されたはずだ。いかれた会話に道理を持ちこむ無意味さを承知で、それでもぼくは、その点を指摘せずにはいられなかった。

「もっともじゃ！」老詩人は声を張りあげた。「じゃが、それは未来の話――何千年も先の話じゃ。わしがシュライクをとめてほしいのは、いま、いまなんじゃ」

「わかりました」とぼくはいった。

反論したところで意味がない。

マーティン・サイリーナスは、体力がつきてきたのか、ぐったりと椅子にもたれかかった。ふたたび、動くミイラになりかけていた。萎びた皮膚、落ちくぼんだ目、がりがりの指。だが、その目だけはなおも強烈な光を宿している。ぼくはこの人物の壮年期における個性の強さを想像してみようとした。むりだった。

サイリーナスがあごをしゃくると、A・ベティックが二杯のグラスを持ってきて、それぞれにシャンパンをついだ。

「では、受けてくれるんじゃな、ロール・エンディミオンや？」力強い、改まった声で、老詩人はたずねた。「アイネイアーを救いだし、あの子とともに旅をすること、その他もろもろのことを引き受けてくれるんじゃな？」

「ひとつ条件があります」

サイリーナスは眉をひそめ、待った。

ぼくはいった。

「A・ベティックにいっしょにきてもらいたいのです」

アンドロイドはいまもテーブルのそばに立ち、シャンパンの瓶を手にしている。その目はまっすぐ前方に向けられており、詩人のほうもぼくのほうも見てはおらず、なんの感情も浮かべてはいない。

詩人は驚き顔になった。

「わしのアンドロイドを？　本気か？」

「本気です」

「A・ベティックは、あんたのひいひいばあさんが小娘だったときよりもまえからわしのそばにおるんだぞ」詩人はしわがれ声でそういい、骨ばった手で思いきりテーブルをたたいた。すごい勢いだったので、骨が折れはしなかったかと心配になった。詩人はかみつくようにたずねた。「A・ベティック――おまえも同行したいのか？」

青い肌の男は、詩人に顔を向けることなくうなずいた。

「くそったれめ。わかった、連れていくがいい。ほかにほしいものはないか、ロール・エンディミオン？　このホバーチェアはどうだ？　人工呼吸装置は？　わしの歯は？」

「ほかにはなにも……」

「では、ロール・エンディミオンよ」詩人はふたたび改まった声でいった。「この仕事を受けてくれるんじゃな？　アイネイアーなる娘を救出し、仕え、保護してくれるんじゃな？　あの子の定めがまっとうされるときまで……あるいは、死が迎えにくるそのときまで？」

「引き受けましょう」

マーティン・サイリーナスはワイングラスをかかげた。ぼくも自分のグラスをかかげた。

A・ベティックもいっしょに乾杯するべきだ、と気づいたときにはもう遅く、すでに詩人は乾杯の声を発していた。

「乾杯じゃ――愚かさに。聖なる狂気に。尋常ならざる探求の旅に、曠野《あらの》で叫ぶ救世主に。暴君の死に。われらが敵の混乱に」

ぼくはグラスを口もとに持っていきかけたが、老人のことばはまだおわっていなかった。

「ヒーローに――床屋で散髪するヒーローに」

そういって、老詩人はシャンパンを一気に飲みほした。

ぼくもおなじことをした。

9

　復活したフェデリコ・デ・ソヤ神父大佐は、文字どおり子供のように大きく目を見開いたまま、ベルニーニの柱廊のあいだを通って聖ペテロ広場を横切り、聖ペテロ大聖堂へ近づいていった。冷たい陽光の降りそそぐ、美しい一日だった。空は淡い青に晴れあがり、空気はひんやりと冷たい。パケム唯一の居住可能大陸は全体に標高が高く、海抜千五百メートルはあるため空気が薄いのだが、異様なほど酸素に富む。デ・ソヤの目にふれるものは、すべて午後の豊かな陽光に照らされて、荘厳な柱廊のまわりにも、急ぎ足の人々のまわりにも、独特のオーラをもたらしていた。陽光をさんさんと浴びて輝きを増す、大理石の彫像の白、司教たちのローブの赤、休めの姿勢で立つ教皇庁護衛隊《スイスガード》の青・赤・オレンジの縦縞。陽光はさらに、広場中央の丈高いオベリスクと、大聖堂ファサードの縦溝彫りの柱形を染めあげ、広場の高さから百メートル以上もの高みにそびえる大ドームそのものを輝かせている。その照り返しを受けて広場の上を旋回する鳩の群れは、空をバックにしているときは白く、輝く聖ペテロの大ドームをバックにしているときは黒く見える。左右をゆくのはおびただしい人々だ。黒い日常法衣《ほうえ》にピンクのボタンの一般聖職者たち、赤い縁どりの白い法衣を着た司教たち、真紅と深い紫色を身にまとう枢機卿《すうきけい》たち、漆黒の胴衣《ダブレット》にタイツ、白いひだえり姿のヴァチカン市民たち、サラサラと音をたてる修道服を着てカモメがはばたくような形の白い頭巾をかぶった修道女たち、質素な黒のローブをまとった男女の司祭たち、いまデ・ソヤが着ているのとおなじ真紅と黒の制服を身につけたパクスの軍人たち、そのあちこちに混じる、教皇のミサに参与する特権を与えられてとびきり上等の礼装をしてきた——たいていは黒だが、上等の布地を使っているので、いちばん黒い繊維でさえ陽光のもとで光り輝いて見える——運のいい観光客や地元の市民たち。そびえる聖ペテロ大聖堂へと向かう信徒たちは、明らかに興奮していながら、声をひそめて話しており、態度も控えめだった。むりもない。教皇のミサは、きわめて厳粛な儀式なのだから。

本日、デ・ソヤ神父大佐とならんで歩いているのは——彼が死の加速で〈マギ〉機動艦隊を離れてから四日、復活してからまだ一日しかたっていない——バージョ神父、マージット・ウー大佐、モンシニョール・ルーカス・オディの三人だった。小太りで気のいいバージョはデ・ソヤ担当の復活司祭、細身で寡黙なウーはパクス艦隊司令長官マルシンの副官、標準年で八十七歳だがいまなお矍鑠《かくしゃく》としているオディはヴァチカン国務省の次官を務め、雑事を一手にとりしきる人物である。オディの直接の上司である国務長官は、強大な力を持つシモン・アウグスティノ・ルールドゥサミー枢機卿そのひとにほかならない。同枢機卿は、パクスでも二番めに大きな権力を持ち、ローマ教皇庁でもただひとり教皇聖下の諮問を受ける立場にあり、慄然とするほど頭の切れる人物だという。その圧倒的な権力は、伝説の福音宣教省――別名、布教聖省の長官を兼任しているという事実からもうかがえよう。

もっとも、デ・ソヤ神父大佐にしてみれば、ウーやオディのような大物といっしょにいるという事実よりも、こうして大聖堂へいたる広い階段を昇りながら見る陽光――目の前にそびえるファサードを照り輝かせる陽光のほうが、ずっと印象的だった。ただでさえ控えめだった群衆は、列をなして広大な空間への入口にさしかかると、ぴたりと話をやめ、典礼衣裳と甲冑を身につけたスイス護衛兵たちのあいだを歩いて身廊に足を踏みいれていく。ここでは静寂さえもが反響するようだ。その広大な空間の美しさに――信徒席へ向かう途中で目にはいる、悠久の時を経て制作されたおびただしい芸術作品に――デ・ソヤは目頭が熱くなるのをおぼえた。右手の最初の礼拝堂には、ミケランジェロの聖母子像《ピエタ》が見える。アルノルフォ・ディ・カンビオ作とされる聖ペテロのブロンズ像の右足は、何世紀にもわたってキスをされつづけ、摩耗してぴかぴかになっていた。下から煌々《こうこう》と照明をあてられているのは、十六世紀――いまから千五百年以上もまえにピエトロ・カンピの彫った、ジュリアナ・ファルコニエリ・サンタ・ヴェルジーネの彫像だ。

聖水をかけ、バージョ神父につづいて予約信徒席へ向かうころには、デ・ソヤはおおっぴらに感涙を流していた。広大な空間に残っていたわずかな動きや咳払いが静まっていくなか、三人の男性神父とパクスのひとりの女性士官はひざまずき、祈りをささげた。いま、大聖堂内は薄闇に閉ざされ、いくつものハロゲン・スポットライトが至宝の絵画や彫刻を黄金のように燃えたたせている。デ・ソヤは涙のあふれる目で、縦溝彫りの柱形や、黒いブロンズのバロック風柱で支えられた〝ベルニーニの天蓋〟を――これは教皇そのひとだけがミサを献《ささ》げることのできる中央祭壇の上の、金箔をふんだんに使った装飾的な天蓋だ――眺めながら、復活以後の驚異に満ちた二十四時間をふりかえった。最初にあったのは、苦痛、そして混乱だった。頭に強烈な一撃をくらって方向感覚がなくなり、やっとのことで回復しかけているような感じとでもいえばいいのだろうか。やがてその苦痛は全身に広がり、いかなる頭痛よりも強烈な痛みをもたらした。まるで全身の細胞という細胞が死という侮辱を思いだしているかのような、すさまじい痛み。その反発は、いまなおつづいている。その反面、驚きも多々あった。それも、ごくささやかなことに対する驚きと畏怖だ。バージョ神父のさしだしてくれたスープの味、バージョ神父の家の窓ごしにはじめて見たパケムの淡い青空、その日見たいくつもの顔、耳にしたいくつもの声の人間らしさ。デ・ソヤ神父大佐は、繊細な人間ではあるが、標準年で五、六歳のとき以来、泣いたことがない。そんな彼なのに、きのうは涙が出てとまらなかった。恥ずかしいと思うこともなく、さめざめと泣いた。イエス・キリストは第二の生をお与えくださったのだ。大いなる神は、復活の秘蹟を分け与えてくださった――この田舎惑星のまずしい家出身の、信仰厚く高潔な男のために。デ・ソヤを造る細胞のひとつひとつは、いまや死の苦痛だけではなく、復活の秘蹟をも記憶したらしい。ために彼の身内は、歓びにはちきれんばかりだった。

ミサは圧倒的な荘厳さのもとにはじまった。期待に満ちた静寂を黄金のナイフのように切り裂くトランペット、高らかに歌いあげられる荘重な合唱、大空間に響きわたるオルガンの調べ——。やがて、まばゆいばかりの照明のもと、ミサを献げに現われた教皇聖下と随員たちの姿が煌々と照らしだされた。

デ・ソヤの第一印象は、聖下が思いのほか若く見えるなというものだった。ユリウス十四世聖下は、当然ながら六十代はじめだが、その在位期間は二百五十年間もの長きにわたり、ほぼ途切れることなく、ずっとつづいている。在位が中断するのは、死してのち復活に要する短い期間にかぎられており、これまでに教皇冠授与式がくりかえされることは八回を数えた。最初はユリウス六世として——在位八年だった反教皇ティヤール一世の退位後に——就任したのち、以後は生まれ変わるたびに、七世、八世と代を重ね、いまにいたる。ミサを献げる教皇を見つめながら、デ・ソヤはユリウスの栄達の経緯を思い起こした。公式の教会史と『詩篇』の両方を通じて、その経緯は知っている。『詩篇』は禁書とされているが、文学好きのティーンエイジャーは、魂の危険を冒し、例外なく目を通しているものだ。

どちらの書物でも、最初の復活のまえ、ユリウス教皇はルナール・ホイトなる若者であり、イエズス会士ポール・デュレ——考古学者であり神学者でもあった、カリスマ性の強い司祭

の影のもとで、聖職者として最初の務めについた人物だった。ポール・デュレは、人類が潜

在的に神の方向へ進化しうるとする聖テイヤールの教えの推進者であり、〈崩壊〉後、聖ペ

テロの司教座についたとき、デュレは人類が進化して神に合一《ごういつ》できると説いた。だが、それ

は明らかな異端であり、デュレの死亡後、最初の復活をとげたルナール・ホイト神父は、教

皇ユリウス六世となって以来、ずっとその払拭《ふっしょく》に努めてきている。

どちらの文献も――教会の正史も禁書たる『詩篇』も――聖十字架と呼ばれる共生体を発見したのは、辺境の惑星ハイペリオンへ追放中の、ポール・デュレであったと伝えている。だが、そこから先の記述は正反対だ。『詩篇』によれば、デュレはシュライクなる異形の生物から聖十字架を与えられたとされる。それに対して教会正史は、サタンの化身であるシュライクは――そもそも、そんなものが実在するならばだが――聖十字架の発見にはなんら関与していないが、のちにデュレ神父とホイト神父を誘惑し、デュレだけが魔怪の誘いに屈したと伝える。また『詩篇』は、異教の神話と歪曲された歴史とが渾然となったその記述のなかで、デュレが教会に聖十字架を持ち帰るかわりに、ハイペリオンの〈羽交高原〉の炎精林でみずからを磔《はりつけ》にしたと語る。さらに、その作者であるマーティン・サイリーナスは、それは教会が信仰を失い、寄生体に依存することを防ぐためだと述べている。それに対して教会正史は、これはデ・ソヤも真実だと信じているが、デュレがみずからを磔に処したのは、共生体がもたらす苦痛から逃れるためと、考古学上の記録を捏造《ねつぞう》したことで放逐されたこと

て活力をとりもどすのを――それによって活力をとりもどすのを――妨げるためだったとしている。

を逆恨《さかうら》みし、悪鬼シュライクと共謀して、教会が復活の秘蹟を発見するのを――それによって活力をとりもどすのを――妨げるためだったとしている。

どちらの歴史でも、ルナール・ホイト神父がハイペリオンを再訪したのは、友人であり、かつての師であったデュレを捜すためだった。だが、冒瀆的な『詩篇』によれば、ホイトは自分の聖十字架に加え、デュレのものをも身につけたが、〈崩壊〉のまぎわに三度めのハイペリオン訪問をはたし、邪悪なシュライクにその重荷から解放してくれるよう祈ったという。

教会の正史は、そんなことはでっちあげだと指摘したうえで、ホイト神父がいかに勇敢にハイペリオンへもどり、魔物の巣でシュライクと対決したかを伝えている。解釈はどうあれ、事実として、ハイペリオンへの最後の巡礼においてホイトは死亡し、それと入れ替えにデュレが復活して、自分のものとともにホイト神父の聖十字架を宿したまま、〈崩壊〉の混乱のなか、パケムへもどり、現代史における最初の反教皇となった。デュレ／テイヤール一世の八標準年にわたる異端は、教会の汚点とされる。だが、教皇が事故で死んだあと、その肉体を共有していたルナール・ホイトが甦り、輝かしきユリウス六世となって、デュレが寄生体と呼んでいた復活の性質を発見したのち、教会はユリウスが神より与えられた黙示を――これはいまなお、教会の至聖所でしか理解されていない――すなわち、どのようにすれば完全な復活を誘導できるかという黙示をばねに、人類の公の宗教でもとくに弱小な一派から大躍進をとげたのである。

フェデリコ・デ・ソヤ神父大佐は、教皇が——細身の蒼白い人物が——祭壇の上に高々と聖体をかかげるのを見つめ、純然たる驚異から背筋がふるえるのをおぼえた。

バージョ神父によれば、聖なる復活の後作用《あと》である強烈な新奇さと驚きの感覚は、数日から数週間を経てある程度薄れてしまうが、健勝でいられることに対する本質的な感覚は、キリストの復活を経験するたびに強まっていくという。デ・ソヤには、教会が自殺を生者の犯す最悪の罪のひとつと——自殺者は即刻破門されてしまう——定めている理由がよくわかった。神のそばにあることの栄光は、死の灰を味わってこそ飛躍的に増す。自殺に対する罰が苛烈なものでなければ、人々はたちまち復活中毒になってしまうだろう。

いまなお死と再生の苦痛を引きずり、心と五感を文字どおり混乱でふらつかせながら、デ・ソヤ神父大佐はいよいよクライマックスに近づいた教皇のミサの儀式を見つめた。聖体拝領がはじまるにいたって、聖ペテロ大聖堂は音と栄光に満ちあふれた。もうじき、教皇聖下そのひとによって化体《かたい》されたキリストの肉と血を味わえる——そう思っただけで、軍人デ・ソヤは感きわまり、小さな子供のようにむせび泣いた。

ミサがおわると、聖ペテロ大聖堂の上に広がる淡い青磁色の空のもと、夕べのひんやりとした空気を味わいながら、デ・ソヤ神父大佐は新たな友人たちとともに、ヴァチカン庭園の影のなかを歩いていた。

「フェデリコ」バージョ神父がいった。「これから赴く会議はきわめて重要なものだ。それはもう、おそろしく重要なものだ。その場で口にされる重要事項を理解できるほど、きみの思考力は回復しているかね？」

「だいじょうぶです」デ・ソヤは答えた。「頭はしごくはっきりしていますよ」

モンシニョール・ルーカス・オディが、若きパクス士官の肩に手をかけた。

「フェデリコ、わが子よ、ほんとうにだいじょうぶか？　必要なら、もう一日待ってもいいのだよ」

デ・ソヤはかぶりをふった。心のなかでは、たったいま見たばかりのミサの美しさと荘厳さが何度もリプレイされ、口のなかには聖体とワインの完璧な味がいつまでも残り、こうしているいまも、たえずキリストがささやきかけてくれているのがわかるが、頭は明晰そのものだ。

「準備はできています」デ・ソヤは答えた。

ウー大佐は、オディの背後で無言の影と化している。

「いいだろう」モンシニョールはバージョ神父にうなずきかけた。「ここから先は、きみが立ちあってくれなくてもよい、神父。ごくろうだったね」

バージョはうなずき、軽く一礼すると、それ以上はひとことも口をきかず、立ちさった。

あの親切な復活司祭には、もう二度と会うことはないのだ——デ・ソヤはそう気づき、身内にあふれる純粋な愛情から、ふたたび涙を流した。夕闇が涙を隠してくれているのがありがたかった。だが、会議にそなえて、そろそろ感情をコントロールできるようになっておかなければならない。それほど重要な会議というのは、いったいどこで開かれるのだろう？　名高いボルジア家の住居あたりか？　システィナ礼拝堂か？　教皇庁か？　あるいは、かつてはボルジア家の塔と呼ばれていた、現パクス連絡将校の詰所か？

モンシニョール・ルーカス・オディは、庭園のつきあたりで立ちどまり、デ・ソヤたちに石造りのベンチへ向かうよう合図した。そこに、ひとりの人物が待っていた。デ・ソヤ神父はすぐさま、その人物の正体に気づいた。ほかならぬルールドゥサミー枢機卿そのひとだ。では、会議はここで行なわれるのか。このかぐわしい香りに満ちた庭園で行なわれるのか。デ・ソヤは枢機卿のまえに歩みより、砂利の上に片ひざをつくと、さしだされた手の指輪にキスをした。

「立ちなさい」ルールドゥサミー枢機卿がいった。

枢機卿は大柄な人物で、顔はまるく、あごの肉がたれており、その深く響く声は、デ・ソヤの耳には神の声にも等しく聞こえた。枢機卿はうながした。

「すわって」

デ・ソヤは石造りのベンチにすわった。ほかの連れたちは立ったままだ。ふと気がつくと、枢機卿の左側に、左手にある四阿《あずまや》のいっそう濃い影につつまれて、もうひとりの人物がすわっていた。ほのかな光のもとでパクスの制服は識別できるが、階級章まではわからない。その人物は、ほかの者たちの存在には——すくなくとも、デ・ソヤと立っているふたりの連れには——ほとんど注意をはらっていないようだ。

「デ・ソヤ神父」シモン・アウグスティノ・ルールドゥサミー枢機卿は、そういって、左にすわる制服姿の人物にあごをしゃくった。「紹介しよう。艦隊司令長官、ウィリアム・リー・マルシンだ」

デ・ソヤははじかれたように立ちあがり、さっと敬礼すると、気をつけの姿勢をとった。

「失礼いたしました、長官閣下」こわばる口のあいだから、懸命に声を絞りだす。「閣下がいらしたことに気がつきませんで」

「そうしゃちこばるな」マルシンはいった。「すわりたまえ、大佐」

デ・ソヤはふたたび腰をおろした。が、相手が相手なので、動作にはいっそう気をつけた。復活にともなう強烈な歓びの靄によって、動きがつい浮き浮きしたものになってしまう。気をつけなければ。

「われわれはみな、おまえの実績を高く評価している」

マルシン長官がいった。

「ありがとうございます」

デ・ソヤは当惑ぎみに答え、影のまわりに目を走らせた。あの四阿からは、ほかにも何人かがこちらを見ているにちがいない。

「だからこそ――」ルールドゥサミー枢機卿が低く響く声でいった。「この任務にそなたを選んだのだ」

「任務、と申されますと？」デ・ソヤは問い返した。

緊張と混乱とで、頭がくらくらする。

「いつものように、おまえにはパクスと教会双方のため、ひと働きしてもらいたい」

司令長官が答え、ほのかな光のもとで身を乗りだしてきた。

惑星パケムには月がないが、目さえ慣れてしまえば、星明かりはかなり明るい。どこかで晩禱の鐘が鳴り、修道僧たちに夕べの祈りをうながした。ヴァチカンの建物の明かりを受けて、聖ペテロ大聖堂のドームはやわらかな輝きにつつまれている。

こんどは枢機卿がいった。

「いつものごとく――そなたには教会と軍当局双方に報告してもらおう」

大柄な枢機卿は、そこでことばを切り、長官を見やった。

デ・ソヤはたずねた。

「わたくしの任務とはどんなものなのでしょう、猊下《げいか》？　長官閣下？」

両方に呼びかけたのは、どちらにたずねればいいかわからなかったからだ。マルシンは軍の最高責任者だが、パクスの者は通常、教会上層部にしたがう。

どちらからも返事はなかった。かわりにマルシンが、数メートル離れた生垣のそばに立つマージット・ウー大佐にうなずきかけた。ウーはすばやく歩みよってきて、デ・ソヤにホロキューブをさしだした。

「再生してみたまえ」マルシン司令長官がうながした。

デ・ソヤは小さなセラミック・ブロックの下部を押した。キューブの上の空間に投映されたのは、幼い女の子のイメージだった。そのイメージを回転させてみた。黒い髪、大きな目、ひたむきなまなざし。ヴァチカン庭園の暗闇のなかで、実体のない娘の首から上の映像がひときわ明るく輝いて見えた。デ・ソヤは顔をあげ、枢機卿と長官に視線をもどした。ふたりの目に、ホロの光が明るく映りこんでいる。

「この子の名は……じつは、正確なところはわからぬ」ルールドゥサミー枢機卿がいった。「そなたの目に、その子は何歳と映る？」

デ・ソヤはイメージに目をもどし、年齢を見積もったあと、齢を標準年に換算した。

「十二歳……というところでしょうか」神学校を出て以来、まわりにはほとんど子供がいなかったので、よくわからなかった。「それとも、十一歳？　標準年でですが」

ルールドゥサミー枢機卿はうなずいた。

「十二歳だ、標準年でな。二百六十標準年以上前、ハイペリオンで姿を消したときはそうであった」

デ・ソヤはふたたびホロを見た。それなら、この子はもう死んでいるはずだ。パクスが復活の秘蹟をハイペリオンに伝えたのは、それほどのむかしのことではなかったはずだから。たとえ伝わっていたとしても、とうに成長し、生まれ変わっていることだろう。二世紀以上もむかしの子供のホロをなぜ見せられるのか、さっぱり理由がわからない。デ・ソヤは説明を待った。

「この子はな、ブローン・レイミアという女の娘なのだ」マルシン司令長官がいった。「この名前に聞き憶えはあるか？」

聞いた名だが、どこで聞いた名か、とっさには出てこなかった。そこではっと、『詩篇』の一節が心に浮かんできた。そう、これはあの物語に出てきた、巡礼の女性の名前だ。デ・ソヤは答えた。

「はい、ございます。〈崩壊〉前の最後の巡礼において、教皇聖下とともに巡礼に加わった者のひとりですね」

ルールドゥサミー枢機卿が身を乗りだし、片ひざの上で太い両手を組んだ。ホロの光に浮かびあがるローブの色は、鮮やかな真紅だ。

「ブローン・レイミアは忌まわしき存在と性的交渉を持った」枢機卿はいった。「すなわち、サイブリッドとだ。人間のクローン体であり、その精神を〈テクノコア〉に住まわせる人工知性とだ。そなたは教会の正史を――そして禁じられた詩を知っておるか？」

デ・ソヤは目をしばたたいた。まさか自分は、子供のころに『詩篇』を読んだかどで罰せられるためにヴァチカンへ呼びつけられたのか？　あのことを告白したのは二十年前で、罪の償いはすませた。以来、二度とあの禁書は読んでいない。それでも、ひとりでに顔が赤らんだ。

ルールドゥサミー枢機卿がのどの奥で笑った。

「気にせずともよい、わが子よ。教会の者はみな、この罪を犯しておる……好奇心はあまりにも強く、禁書の誘惑はあまりにも強い……われわれはみな、あの禁じられた詩を読んでおるのだ。では――あの女、レイミアが、ジョン・キーツのサイブリッドと肉体関係を持ったことは憶えておるか？」

「ぼんやりとですが」デ・ソヤはそう答え、あわててつけくわえた。「猊下」

「では、ジョン・キーツが何者かは知っておるか、わが子よ？」

「いえ、存じません、猊下」

「これは〈聖遷〉前の詩人でな――」

枢機卿の深く響く声がそういったとき、はるか頭上の高みを、三条の青いプラズマの尾がよぎった。宇宙空間をゆく三隻の降下艇の噴射炎だ。ふりあおぐまでもなく、デ・ソヤ神父大佐には艇の構造と武装がわかった。禁書『詩篇』に登場する詩人の名前を憶えていないことについては、とくに驚くにはあたらない。子供のころでさえ、フェデリコ・デ・ソヤは、

〈聖遷〉以前のこと、とくに詩のことなどより、機械と大宇宙戦闘のほうに興味があったのである。枢機卿はつづけた。

「かの冒瀆的な詩に登場する女――ブローン・レイミアは――忌むべきサイブリッドと肉体交渉を持ったばかりではない。その子供をも宿した」

デ・ソヤはけげんな顔になった。

「存じませんでした、まさか、サイブリッドが……その……彼らには……」

ルールドゥサミー枢機卿がくっくっと笑った。

「……生殖能力がないと？　アンドロイドのように？　ちがうな。忌まわしきＡＩどもは、人間をクローンしおったのだ。そしてその人間が、イブの娘を受胎させたのだ」

デ・ソヤはうなずいた。だが、サイブリッドやアンドロイドの話は、彼にしてみれば、グリフィンやユニコーンの話に等しい。かつては存在していたのかもしれないが、自分の知るかぎり、いまは存在していない生きものだ。デ・ソヤ神父大佐はしきりに頭をめぐらせ、死《お》んだ詩人と妊娠した女にかかわるあれこれが、いったい自分にどうかかわってくるのかを推し量《はか》ろうとした。

デ・ソヤの心中の問いに答えるかのように、マルシン長官がいった。

「おまえの目の前に浮かぶ少女のイメージ――それはブローン・レイミアの子供のものだ、大佐。忌むべきサイブリッドが滅びたあと、ブローン・レイミアは惑星ハイペリオンでその子を出産した」

「その子は、完全な……人間……ではない」ルールドゥサミー枢機卿が声をひそめ、あとを受けた。「この子の……父親の……キーツ・サイブリッドの……肉体は滅びた。だが、そのAI人格はシュレーン・リングのなかに保存されておった」

マルシン長官もさらに身を乗りだしてきて、これから話すのは三人だけの秘密であるといわんばかりに声をひそめた。

「われわれは、この子供が——生まれ落ちる以前から——シュレーン・リングに保存されていたキーツ人格とコミュニケーションをとっていたと信じている。その……胎児……が、サイブリッド人格を通じ、〈テクノコア〉と接触していたことも、ほぼ確信している」

デ・ソヤは十字を切りそうになり、その衝動を抑えこんだ。これまで見聞きした知識、与えられた指示、信仰などから、〈テクノコア〉が悪魔の化身であり、人類の現代史におけるもっとも活発な悪魔王の顕現であることは知っている。〈テクノコア〉の破壊によって、当時凋落《ちょうらく》の一途をたどりつつあった教会ばかりではなく、人類そのものも救われた。いまだ生まれざる魂が、実体も魂も持たぬ知性とじかに接触することにより、いったいどのようなことを学べるものかを、デ・ソヤは想像してみようとした。

「この子は危険だ」ルールドゥサミー枢機卿はささやいた。「〈テクノコア〉が転位システムの崩壊によって放逐されたとはいえ……教会がもはや魂なき機械に真の知性を持たせることを禁じているとはいえ、この子はくだんの堕AIの手先として……悪魔王の手先としてプログラムされておる」

デ・ソヤは頬をこすった。急にひどい疲れをおぼえた。

「まるでこの子が、まだ生きているようなおっしゃりようですね……しかも、子供のまま」

ルールドゥサミー枢機卿が上体を動かした。絹の緋衣がさらさらという音をたてた。枢機卿のバリトンは、不気味な響きを帯びていた。

「生きておるとも。しかも、子供のままで」

デ・ソヤは自分と枢機卿のあいだに浮かぶ娘のホロに視線をもどした。キューブの下に手をふれると、イメージは消えた。

「低温睡眠でしょうか？」

「ハイペリオンには〈時間の墓標〉がある」ルールドゥサミー枢機卿は答えた。「そのひとつ、〈スフィンクス〉と呼ばれるものは――『詩篇』なり教会史なりでそなたも知っておるやもしれぬが――時を越えるゲートとして使われておった。それがいかなる働きをするかはだれも知らぬ。たいていの人間がためしたものの、なんの反応も示さなかった」

枢機卿はいったん司令長官を見やり、またデ・ソヤに視線をもどした。

「標準年で二百六十四年前、この子は〈スフィンクス〉にはいり、姿を消した。当時、すでに娘がパクスにとって危険な存在であることはわかっておったが、部隊が現地に到着したときは、数日の差で間にあわなかったのだ。だが、信頼すべき情報によれば、娘は今後一標準月のうちに〈スフィンクス〉から現われる……まだ子供のままの姿でな。そして、娘がいまなおパクスにとって決定的に危険な存在であることに変わりはない」

「パクスにとって危険な存在……」

デ・ソヤはくりかえした。どうもよくわからない。

「教皇聖下は、かねてよりこの危険を予見しておられた」ルールドゥサミー枢機卿はつづけた。「約三世紀前、われらが神は、このあわれな子が体現する危険を聖下に啓示された。そしていま、聖下はこの危険を排除なさるべく、行動に出られた」

「よくわからないのですが……」デ・ソヤ神父大佐は正直にいった。ホロはすでにオフになっているが、娘の無垢な顔は心のなかに焼きついている。「どうしてあんな小さな女の子が脅威となりうるのでしょうか……当時においても、いまにおいても?」

ルールドゥサミー枢機卿は、デ・ソヤの腕をぐっとつかんだ。

「〈テクノコア〉の手先として、あの娘はキリストの肉体に送りこまれたウイルスとなる。聖下におかれては、あの娘がやがて力を持つという……人間のものではない力を持つという啓示を受けられたのだ。その力のひとつは、敬虔《けいけん》な信徒をまるめこみ、神の御教えの光から離れさせ、救済を棄てさせ、悪魔王のもとへと馳せ参じさせるものにほかならぬ」

やはりよくわからなかったが、デ・ソヤはうなずいた。ルールドゥサミー枢機卿の万力のような手につかまれて、前腕がずきずき痛んだ。

「わたくしへのご用命はどのようなことなのでしょうか、猊下？」

「いまこのときより」マルシン司令長官が大きな声で答えた。それまでずっとささやき声ばかりつづいていたので、デ・ソヤはぎょっとした。「おまえは艦隊任務を解かれる、デ・ソヤ神父大佐。いまこのときより、おまえに与えられる任務は、この子を……この娘を……見つけだし、ヴァチカンへ連れてくることだ」

デ・ソヤの目に浮かんだ不安の色を枢機卿は目ざとくとらえ、深い声になだめるような口調を帯びさせた。

「わが子よ……そなたは案じておるのか？　ここへ連れてこられたその子がひどい目に遭わされはしまいかと？」

「おっしゃるとおりです、猊下」

こんなことを告白すれば、任務に不適格と見なされるだろうか。

ルールドゥサミー枢機卿は力をゆるめ、いたわるようにデ・ソヤの腕を握った。

「安心するがよい、わが子よ、教皇庁の何者も……パクスの何者も……幼い女の子に危害を加える意図はない。それどころか、教皇聖下はわれらに……そなたに……こう指示なされたのだ……その子に危害がおよばぬよう、万難を排すこと、これを優先順位の第二とせよと」

「優先順位の第一は」司令長官がいった。「ここへ……パケムへもどってくることだ。ヴァチカンのパクス最高司令部へな」

デ・ソヤはうなずき、ごくりとつばを呑みこんだ。心のうちに渦巻くのは、(なぜ自分が?)という思いだった。だが、声に出してはこういった。

「承知いたしました」

「おまえに権威ある〈教皇のディスキー〉を授ける」司令長官はつづけた。「各地のパクス当局が提供しうる、いかなる物資、助力、連絡手段、要員をも自由に徴用してかまわん。この件について、なにか質問はあるか?」

「ございません、長官閣下」

デ・ソヤの声はしっかりとしていたが、心は麻痺したようになっていた。〈教皇のディスキー〉を与えられるということは、パクスの惑星総督よりも大きな権力を手にすることを意味する。

「本日ただちに、おまえにはハイペリオン星系へ発《た》ってもらう」それまでとおなじ、命令を与えるとき特有のきびきびした口調で、マルシン司令長官はつづけた。「ウー大佐」

長官の副官、ウー大佐が歩みより、デ・ソヤに赤い作戦命令ディスクをさしだした。デ・ソヤはうなずいたが、心中では悲鳴をあげていた。

(本日ただちにハイペリオン星系へだと! 大天使級の急使船でか! また死ねというのか。またあの苦しみを味わえというのか。いやだ。心やさしきイエスよ、大いなる神よ。どうかわたしをこの任務からおはずしください！）

「おまえには、わが最新鋭の急使船を指揮してもらう、大佐」マルシンはつづけた。「おまえをパケム星系に運んできたものと似ているが、六名の乗員を収容でき、いままで指揮していた熾光艦と同等の武装が積める船だ。自動復活システムもそなえている」

「承知いたしました」デ・ソヤは答えた。

（自動復活システムだと？　機械ごときが秘蹟を監督するのか？）

ルールドゥサミー枢機卿が、もういちどデ・ソヤの腕を軽くたたいた。

「ロボット・システムを使うことは、不本意ではある、わが子よ。しかしながら、この船はパクスも教会も存在せぬところへそなたを連れていかねばならぬかもしれぬのだ。神の下僕《しもべ》の手がとどかないところへいってしまったからといって、そなたの復活をやめるわけにはいくまい。安心するがよい、わが子よ、この復活装置には、教皇聖下みずからが祝福を与えられた。その機械が行なう復活の秘蹟は、真の復活ミサを通じて行なわれるのと同等の意味を持つ」

「ありがとうございます、猊下」不安な思いのまま、デ・ソヤは答えた。「しかし、いまひとつわかりません……教会の力のおよばないところと申されましたが……猊下はハイペリオンへゆけとおっしゃられたのではありませんでしたか？　あの惑星を訪ねたことはありませんが、あそこはたしか……」

長官が口をはさんだ。

「——そのとおり、パクス領だ。だが、もしも娘の捕獲に……」マルシンはいったんことばを切った。「……いや、救出に失敗すれば……なんらかの予測されざる事情によって、惑星外へ、星系外へ赴かねばならない可能性も出てこよう……したがって、船に自動復活槽を用意したほうがよいと判断したのだ」

デ・ソヤは一礼し、服従の意を表わしたが、混乱はつのるばかりだった。

「とはいえ、この子はかならずハイペリオンで保護できるものとわれわれは期待している」マルシン長官はつづけた。「あの惑星に到着ししだい、地上部隊司令官バーンズ＝アヴニ准将に面会し、〈教皇のディスキー〉を提示しろ。准将はハイペリオンに予備配置しておいたスイス護衛兵一個旅団の指揮官だが、到着と同時に、おまえの指揮下にはいる。おまえは同部隊の、事実上の指揮官となるのだ」

デ・ソヤは目をしばたたいた。

（スイス護衛兵一個旅団の指揮官？　自分は熾光艦の艦長だぞ！　地上部隊の用兵術なんて、大むかしの騎兵突撃くらいしか知らないというのに！）

マルシン司令長官がくっくっと笑った。

「おまえの正規の職務から少々はずれることは百も承知だが、デ・ソヤ神父大佐、この場合に重要なのは、おまえの指揮権確保にある。地上部隊の通常の指揮は准将がとるが、娘の救出にかけては、あらゆる戦力と資材を投入できる態勢をとらねばならん」

デ・ソヤは咳ばらいした。

「この子の身になにが起こるのでしょうか、もしも、その……たしか、名前はわからないとおっしゃいましたか？　その子の名前ですが」

「消えてしまう以前――」ルールドゥサミー枢機卿がいった。「この子はアイネイアーと名乗っておった。この子の身になにが起こるかについては……もういちど保証しよう、わが子よ、われらの目的は、パクスにおけるキリストの肉体がこの子のウイルスに冒されるのを防ぐことにあるが、そうするにあたって、この子に危害がおよぶことはない。じっさい、われらの任務は……そなたの任務は……この子の不死なる魂を救うことにある。それは聖下じきじきにおとりはからいになるであろう」

デ・ソヤは枢機卿の口調のなにかに、会見はこれでおわりだという含みを感じとり、立ちあがった。復活後、まだ完全にからだが回復していないため、くらりとした。

（きょうのうちに、また死なねばならないのか！）

身内にいまなお歓びが満ちあふれているにもかかわらず、デ・ソヤは泣きそうな思いに陥った。

マルシンも立ちあがった。

「デ・ソヤ神父大佐、おまえに対する今回の命令は、娘救出の任務がまっとうされ、わたしのもとへ、このヴァチカンにおける軍連絡将校の詰所へ娘を連れてくるまで有効となる」

「結果は数週間のうちにわかろう」まだすわったまま、ルールドゥサミー枢機卿がいった。

「この任務における責任はきわめて重大だ」司令長官はつづけた。「ありったけの信仰心と能力を投じて、教皇聖下のご希望どおり、少女を安全にヴァチカンまで連れてきたまえ――少女にプログラムされた反乱という破壊的ウィルスが、われらがキリストの兄弟姉妹たちに広まらないうちにな。われわれは、おまえが決して期待を裏切ることはないと確信しているぞ、デ・ソヤ神父大佐」

「ありがとうございます、長官閣下」

デ・ソヤはそう答えたものの、もういちどおなじ疑問を心のなかでくりかえしてから――(なぜ自分が?)――枢機卿のまえにひざまずき、指輪にキスをした。立ちあがってみると、司令長官は四阿の暗闇のなかへはいっていこうとしていた。そのまわりに控える影たちは微動だにしていない。

モンシニョール・ルーカス・オディィとマージット・ウー大佐がデ・ソヤの両脇についた。デ・ソヤはふたりに護送されるようにして、枢機卿に背を向け、庭園の外へと歩きだした。ちょうどそのとき――混乱とショックとでまだふらふらしながら、自分に与えられた任務の重大さに対する意欲と恐怖とで胸をどきどきさせつつ、うしろをふりかえったちょうどそのとき――離昇する連絡艇のプラズマの尾が、聖ペテロ大聖堂のドームを、ヴァチカンの家並みの小さな屋根を、ヴァチカン庭園を、脈動するブルーの炎で煌々《こうこう》と照らしだし、つかのま、その青いストロボ光が、湾曲した四阿のなかにたたずむ者たちの姿をはっきりと浮かびあがらせた。すでにこちらに背を向けているのは、マルシン司令長官だ。そのそばには、コンバット・アーマーに身を固めたスイス護衛兵の士官ふたりが立ち、控え銃《つつ》の姿勢でフレシェット銃をかかげている。だが、これからの何年にもわたって、何度となくデ・ソヤの夢と思考にとり憑いたのは、一瞬ながら見えた、ベンチにすわる第三の人物の姿だった。

四阿のベンチにすわる人物は、歩みさるデ・ソヤに哀しげな目をひたとすえていた。ブルーのプラズマの輝きにはっきりと浮かびあがる、その高い額と哀しげな顔——。それはなんと、ユリウス十四世教皇聖下——六千億以上もの信仰厚きカトリック教徒の霊父にして、広大なパクスに散らばるさらに四千億以上もの魂の事実上の支配者、たったいまフェデリコ・デ・ソヤを運命の航海へと送りだした人物そのひとのものだったのである。

10

晩餐の翌朝、ぼくたちはふたたび宇宙船のなかにいた。ぼくはアンドロイドのA・ベティックとともに、ふたつの塔をつなぐトンネルを通り、こんどは苦労せずに船内へはいった。マーティン・サイリーナスだけは、ホログラムを通じての同行だった。それは奇妙なホログラム・イメージだった。老詩人がトランスミッターか船のコンピュータかに表示させた自分の姿は、もっと若いころの——年老いたサテュロスではあるが、それでも自分の足で立ち、とがった耳の上にはちゃんと頭髪もある姿だったのだ。栗色のケープ、長袖のブラウス、ふくらんだズボン、薄いベレエ帽といういでたちからすると、この老人、この服装が流行していた時代には、よほどの伊達《だて》男《おとこ》だったにちがいない。この服装は、三世紀前、マーティン・サイリーナスが巡礼に参加するため、ハイペリオンにもどってきたときのものだろう。

「そう田舎っぺを見るような目でじろじろ見るな」ホログラムのイメージがいった。「それとも、船内ツアーはとっととやめて、さっさとくそったれなビジネスの話にはいるかや?」

昨夜のワインが残って威勢がよくなっているのでなければ、あれからさらに体調が回復し、いつも以上に口が悪くなっているのだろう。

「案内してください」とぼくはいった。

トンネルを抜けたあとは、船のリフトを使い、いちばん下のエアロックから船内にはいった。A・ベティックと詩人のホロは、下の階層から順に上へと案内していった。まずは、なんだかわからない装置やパイプとケーブルが縦横に走る機関室。そのつぎが、低温睡眠層。ここの低温保存室には、四つの低温睡眠槽があるはずだったが、うち一台はなくなっていた。マーティン・サイリーナスが自分で使うために持ちだしたのだろう。その上は、きのうぼくがはいったときに使った中央エアロックで——化粧板の裏には多数のロッカーが隠されており、宇宙服、全地形ビークル、飛行《フライ》バイクなどのほか、いくつかの古めかしい武器が収納されていた。その上の階層は、スタインウェイとホロピットのある、あのリビング・エリアだった。さらに螺旋階段を昇ると、そこはA・ベティックが〝航法室〟と呼ぶ階層で、なるほど、たしかに多少の電子航法装置も見られはしたが、それよりもずっと強い印象を与えたのは、本棚を埋めつくす書物と——それも、紙に印刷された本物の書物と——船殻の窓のそばにならぶ、何脚かの長椅子のほうだった。もう一階層上は船の最上区画で、中央にひとつだけベッドが置かれた円形の部屋になっていた。

「領事はよく、この部屋で音楽を聞きながら、外の景色を楽しんでおったもんじゃ」マーティン・サイリーナスがいった。「宇宙船よ？」

円形の部屋をとりかこむ湾曲した船殻が透明になった。頭上の船首部分もだ。まわりに見えるのは塔内部の暗い石壁ばかりだったが、船の真上からは、サイロの朽ちかけた屋根板を通して光がさしこんできていた。だしぬけに、室内に静かな音楽が流れだした。ピアノの独奏だった。なんと古風で、魅惑的なメロディーなのだろう。

「チェルチヴィクですか？」ぼくはたずねた。

老詩人は鼻を鳴らし、

「ラフマニノフじゃい」と答えた。ほのかな陽光を浴びたせいか、サテュロス的な顔が急に柔和に見えた。「だれが弾いとるかわかるかな？」

ぼくは耳をかたむけた。そうとう達者なピアニストだ。だれの演奏かは見当もつかない。

「領事ですよ」A・ベティックがいった。ひどく静かな口調だった。

マーティン・サイリーナスがうめくように指示した。

「宇宙船……壁を不透明に」

視界が船殻にさえぎられた。老詩人のホロが船殻まぎわの場所からふっと消え、螺旋階段のそばに出現した。しじゅうやっていることだが、何度見ても、これにはとまどわされる。

「さて。船内のくそったれ案内はこんなところじゃな。リビングルームにもどって、パクスをどうだしぬくか、そのくそ算段にとりかかるとするか」

地図は古めかしいしろもので——なんと、紙にインクで印刷されたものだった——つややかなグランドピアノの上に広げられていた。〈鷲〉《アクイラ》大陸は鍵盤の上に翼を広げ、〈馬〉《エクウス》大陸の馬頭はまるまりながら、上のべつの地図につながっている。マーティン・サイリーナスのホロは力強い足どりでピアノに歩みより、馬の目に相当する位置を短い指でぐっと押した。

「ここと——」

実体がないので、指が移動しても紙とすれあう音はしない。

「——ここじゃ。教皇はこの〈時観城〉から、空路延々、くそたれ部隊を動かして——」

重さのない指が、馬の目のすぐうしろで途切れる〈馬勒山脈〉の東端をとんとつつく。

「——遠くこの鼻づらの部分に進駐させた。連中は航空機をビリー悲嘆王の呪われた都の外に待機させ——」

指先が音もなく、〈時間の墓標〉の谷の北西数キロの地点をつついた。

「——谷そのものには多数のスイス護衛兵を展開させた」

ぼくはしげしげと地図を見つめた。打ち棄てられた〈詩人の都〉と谷を除けば、〈馬〉《エクウス》大陸の東側四分の一は一面の砂漠におおわれており、ここ二世紀以上ものあいだ、この一帯に踏みこんだ者はパクスの部隊しかいない。ぼくはたずねた。

「スイス護衛兵がいると、どうしてわかるんです？」

サテュロスの両眉が吊りあがった。

「わしにもそれなりの情報網があってな」

「その情報網で、部隊構成や装備までわかりますか？」

ホロは異様な音を発した。まるで老人が絨毯に痰を吐こうとしているような音だった。かみつくような口調で、老人はいった。

「部隊構成まで知る必要はない。おんしと〈スフィンクス〉——あすアイネイアーが現われる墓標のあいだには、三万人の兵士がいるといっておくだけで充分じゃろ。そのうち、三千はスイス護衛兵じゃ。さあて、どうやってこの警戒網を突破するかの？」

ぼくは声をたてて笑いそうになった。ハイペリオン自衛軍の全軍をもってしても、たとえ空中と宇宙からの支援があろうとも、五、六人のスイス護衛兵を〝突破〟することすらできはしない。その兵器、練度、防御システムは、それほどに優秀なのだ。笑うかわりに、ぼくはふたたび地図に見いった。

「〈詩人の都〉の外に航空機を残したといいましたね……そのタイプはわかりますか？」

詩人は肩をすくめた。

「戦闘機じゃよ。いうまでもないことじゃが、ハイペリオンでは電磁浮揚車《EMV》がまともに働かんでな、噴射推進式の機体を持ちこんどるじゃろ。たぶん、ジェット機じゃな」

「ジェット機にも、スクラム、ラム、パルス、空気吸入式と、いろいろありますが」

いかにも事情通のようないいかたをしたが、じつをいえば、ぼくが自衛軍時代に得た軍事知識は、武器の分解・手入れ・使いかた、悪天候のもとで武器を濡らさずに行軍する方法、行軍・武器の手入れ・分解をしていないときは一時間でも二時間でも眠るように心がけること、眠っているときに凍《こご》え死んでしまわないための対策、そして――これはしょっちゅうではなかったが――〈熊《ウルスス》〉の狙撃兵に射殺されないよう、頭を低くしておくこと、そういったことしかなかった。

「ジェット機の種類なんか、なんの関係があるんじゃ？」マーティン・サイリーナスは、うなるようにいった。三世紀ものあいだ眠りについていても、性格はまるくなっていないらしい。「戦闘機は戦闘機じゃろがい。その速度は……おい、宇宙船、あのとき計測した輝点のくそったれな速度はどのくらいじゃったかの？」

「マッハ3です」宇宙船が答えた。

「マッハ3じゃ」詩人がくりかえした。「この上空に飛来し、爆撃して、この一帯を灰燼《かいじん》に帰せしめ、北の大陸に帰りついても、まだビールがぬるくなっていないだけのスピードじゃな」

ぼくは地図から目をあげた。

「きこうと思っていたんですが――どうして連中、そうしないんです？」

詩人はこちらに顔を向けた。

「そうしないとは、なにをじゃ？」

「この上空に飛来し、爆撃して、この一帯を灰燼に帰せしめ、まだビールがぬるくならないうちに北の大陸に帰りつくことをですよ。彼らにとって、あなたは脅威だ。なぜあなたの存在を容認しておくんです？」

マーティン・サイリーナスはうめいた。

「わしは死人じゃ。やつらはわしがとうに死んだものと思いこんどる。死人がだれかの脅威になるはずはなかろ？」

ぼくはためいきをつき、地図に視線をもどした。

「軌道上には兵員輸送艦が待機しているはずですが、その護衛艦の種類までは知りませんよね？」

思いがけなく、宇宙船がおだやかな声で答えた。

「兵員輸送艦は、三十万トンのアキラ級量子船です。護衛しているのは、標準パクス級熾光艦が二隻――〈聖アントニウス〉と〈聖ボナヴェントゥラ〉です。高軌道上にはC^3司令艦も一隻きています」

「C^3とは、いったいなんじゃ？」

詩人のホロがうめくようにたずねた。

ぼくは詩人を見やった。一千年ちかくも生きていながら、どうしてこんな基本的なことを知らずにいられるんだろう？　詩人というのはおかしな人種だ。ぼくは説明した。

「指令《コマンド》、通信《コミュニケーション》、統制《コントロール》の略ですよ」

「すると、指揮をとっとるパクスの外道《げどう》めは、軌道上にいるということか？」

ぼくは自分の頬をこすり、地図を見つめた。

「とはかぎりませんね。機動艦隊の指揮官は軌道にいるでしょうが、作戦指揮官は地上にいるんじゃないかな。パクスは合同作戦に応じて指揮官を訓練します。それほど多数のスイス護衛兵がここへきているからには、それなりの大物が地上で指揮をとるでしょう」

「なるほど」詩人がいった。「で、どうやってこの囲みを突破し、わが小さな友人を助けだすつもりじゃ？」

「お話し中、失礼」宇宙船がいった。「軌道上にはもう一隻、宇宙船がいます。到着したのは三標準週間前で、その後、〈時間の墓標〉の谷へと降下艇を派遣しました」

「どんなタイプの宇宙船だ？」ぼくはたずねた。

ごく短い間があってから、

「わかりません」と宇宙船は答えた。「不思議な形状をしていますね。小型で……急使船サイズのようですが……推進特性が……奇妙なのです」

「たぶん、急使船だな」ぼくはサイリーナスにいった。「そいつのあわれな乗組員は、ここの指揮官が出発する前、パクス司令部がいいわすれたことを伝えるために、船内時間で数カ月、客観時間では何年ものあいだ、低温睡眠で眠ってやってきたわけだ」

詩人のホロの手が、ふたたび地図をなぞった。「本題から離れるな。さあ、どうやってこの下種どもからアイネイアーを救出するつもりじゃ？」

ぼくはピアノから離れた。答える自分の声は、怒りをふくんでいた。「ぼくにわかるわけがないでしょう。そもそっちは、このばかげた脱出行のプランを考える時間が二百五十年もあったはずじゃないですか」ぼくは大きく両手をひとふりし、宇宙船を差し示した。「このしろものに熾光艦をふりきれればいいんですがね。……宇宙船？ きみはパクスの熾光艦をふりきって量子化できるか？」

当然ながら、あらゆるホーキング駆動装置は光速を超える疑似速度を出せるから、ぼくらの脱出と生存、もしくは捕獲と破壊は、量子化ポイントへ先に到達できるかどうかにかかっている。

「はい、もちろん」宇宙船は即座に答えた。「記憶の一部には欠損がありますが、アウスターのコロニーを訪ねたとき、領事がわたしを改造させたことは憶えています」

「アウスターのコロニー……？」

ぼくは阿呆のようにくりかえした。そのことばを聞いただけで鳥肌が立った。なにしろぼくは、アウスターの新たな侵略に怯えて育った世代の人間だ。アウスターは究極の悪鬼というイメージがぼくらにはある。

「そうです」宇宙船の声にはプライドのようなものがにじんでいた。「軌道上のパクス燬光艦が相手なら、約二三パーセントも早く量子化速度に到達できます」

「向こうは半天文単位先からだって攻撃できるんだぞ」

ぼくはいった。もっとも、具体的な性能を知っているわけではない。

「そうですね。でも、心配にはおよびません……十五分先行できれば、ふりきれます」

ぼくは仏頂面《ぶっちょうづら》のホロと無言のアンドロイドにふりかえった。

「たしかにすごい話ですよ——いまのがほんとうならね。しかし、だからといって、問題の子をどうやって宇宙船に乗せるのか、十五分の差をつけてどうやってハイペリオンを飛びたつのか、考えつけるわけじゃない。燬光艦はいわゆるCOP——戦闘軌道哨戒《コンバット・オービティング・パトロール》と呼ばれる態勢をとっているはずです。どちらか一隻、または二隻ともが、数秒おきに〈馬《エクウス》〉大陸上空を通過し、百光分から大気上層までの範囲の空間を一立方メートルもあますことなく射程に収めているでしょう。高度三十キロから地表までの空間では、戦闘空中哨戒《コンバット・エア・パトロール》が行なわれているはずだ。たぶん、哨戒しているのはパルス推進のスコーピオン戦闘機——必要が生じたら低軌道まであがっていけるタイプだな。この宇宙船がスクリーンにとらえられたら、宇宙でも大気圏内でも、十五秒とたたずに捕捉されてしまうのがおちです。ましてや、十五分もだなんて」ぼくは老人のホロの、本人よりも若い顔を見つめた。「ただし、まだ話してくれていないことがあるのなら、事情はちがってくるかもしれませんがね。宇宙船？　アウスターはきみに、魔法の不可視技術《ステルス》かなにかを施したのか？　見えなくなるシールドかなにかを？」

「わたしの把握しているかぎりでは、施されていません」ちょっとの間を置いてから、宇宙船はつけくわえた。「自分の知らない機能があるはずはありませんよね？」

ぼくは宇宙船を無視し、

「というわけです」と、マーティン・サイリーナスに向かっていった。「例の女の子を助けてあげたいのはやまやまですが――」

「アイネイアーだ」老人がいった。

「パクスの手からアイネイアーを助けてあげたいのはやまやまですが、この子があなたのいうほどパクスにとって重要な人物なら……あろうことか、三千のスイス護衛兵をくりだすほどの重要人物なら……〈時間の墓標〉の谷の五百キロ以内に近づくことだって不可能ですよ。いくらこの宇宙船が優秀でもね」

ホロの歪みを通してさえ、サイリーナスの目に疑わしげな色が見てとれたので、ぼくはつづけた。

「いまのは本音です。たとえ向こうに宇宙や空中からの支援がないとしても、煅光艦も戦闘機も空中警戒レーダーもないとしても、現地にはスイス護衛兵がいる。つまり――」しゃべりながら、ぼくは意識せずして両のこぶしを握りしめていたように思う。「――連中はそれほど圧倒的に強いということです。スイス護衛兵は一個分隊につき五人で構成されています。その分隊のどれであろうと、こんな宇宙船を撃《う》ち墜《お》とすくらいわけはない」

サテュロスの眉が、驚きと疑念に吊りあげられた。「宇宙船？」

「それに、いいですか」ぼくはつづけた。

「はい、Ｍ・エンディミオン」

「きみに防御シールドの備えがあるか？」

「ありません、Ｍ・エンディミオン。アウスターの改良型遮蔽フィールドはありますが、あくまでも民生用です」

〝アウスターの改良型遮蔽フィールド〟がどんなものかはわからなかったが、ぼくはことばをつづけた。

「それは標準的な煅光艦の荷電粒子ビームやレーザーの槍《ランス》を防げるものか？」

「むりです」

「超光速の――もしくは通常のミサイルに耐えられるか？」

「むりです」

「ミサイルをふりきれるか？」

「むりです」

「乗船部隊の侵入をくいとめられるか？」

「むりです」

「パクスの戦闘艦に対抗しうる攻撃・防御能力があるか?」

「逃げ足の速さを除けば、M・エンディミオン、答えはノーです」

ぼくはマーティン・サイリーナスに向きなおり、静かな声でいった。

「これじゃどうしようもない。たとえその子のところへたどりつけたとしても、ぼくまでつかまってしまうのがおちだ」

マーティン・サイリーナスはにんまりと笑い、

「そうではないかもしれんぞ」といって、A・ベティックにあごをしゃくった。

アンドロイドは螺旋階段を昇っていき、一分弱でもどってきた。その手には、ひと巻きの筒状のものがかかげられていた。

「これが秘密兵器だとしたら――」ぼくはいった。「よほど決定的なものでないとな」

「そのとおりだとも」

詩人のホログラムは作り笑いを浮かべ、ふたたびA・ベティックにあごをしゃくり、筒状のものを広げさせた。

それは絨毯だった。長さは二メートル弱、幅は一メートル強。布地は擦りきれているが、複雑な意匠と模様はわかる。複雑に織りこまれた金糸はいまもきらきらと輝いて……

「これは……」みぞおちに一撃をくらったようなショックとともに、ぼくはその正体に気がついた。「……ホーキング絨毯じゃありませんか」

マーティン・サイリーナスのホロが、いまにも痰を吐きそうな音をたてて咳ばらいした。

「ただのホーキング絨毯ではないぞ。あのホーキング絨毯じゃ」

ぼくは思わずあとずさった。これは、まさか……あの伝説の絨毯なのか。その絨毯の上に、ぼくは自分の足で立とうとしているのか――

かつて存在したホーキング絨毯は、ぜんぶ合わせても数百枚しかない。そのなかの最初の一枚がこれだ。創ったのは、オールドアースの鱗翅類《りんしるい》研究の大家であり、電磁システム開発者であった伝説の人物、ウラディミル・ショーロコフ。創られたのはオールドアースが破壊された直後。当時、標準年で七十代だったショーロコフは、十代の姪アロティラを目にいれても痛くないほどかわいがり、その気を引こうと空飛ぶ絨毯を造りあげた。ところが、感情のもつれをともなう幕間《まくあい》ののち、姪は老人と口をきかなくなり、ショーロコフは失意のあまり、現在も使われているホーキング航法を完成させて数週間後、みずからの命を断つ。それから何世紀にもわたって、この第一号絨毯は行方不明となっていたのだが……マイク・オショーなる人物がカーヴネルの市場で見つけて買いいれ、それをマウイ＝コヴェナントに持ち帰り、同僚の宇宙船乗りマーリン・アスピックと使った結果、新たな伝説を生むにいたる。マーリンとシリの恋愛物語だ。この第二の伝説は、いうまでもなく、マーティン・サイリーナスの叙事詩の一部となったあの物語であり、彼の物語が信用できるならば、シリは領事の祖母にほかならない。『詩篇』のなかで、連邦の領事はまさにこのホーキング絨毯を使い（この場合、hawkingのhが小文字なのは、この名前がオールドアースの鳥である鷹《ホーク》に由来するからで、対するホーキング航法のHが大文字なのは、この光速を超える星間航法の原理に貢献したのが、〈聖遷〉前の科学者、ホーキング博士だったからだ）、ハイペリオン上のかなりの距離を踏破して、最後の伝説を作りあげた。〈時間の墓標〉を発って首都キーツへ、そこでこの宇宙船を解放し、さらにまた〈墓標〉へと飛んでもどった、大いなる飛行がそれである。

ぼくは片ひざをつき、うやうやしく絨毯に手をふれた。

「なにを大仰なまねをしとるか」サイリーナスがいった。「こんなもの、ただのくそ絨毯じゃい。おまけに、汚いったらありゃせん。こんなものはうちに置いておけんな。ほかのものまで薄汚れて見える」

ぼくは顔をあげた。

「そうです」答えたのはA・ベティックだった。「これはあのホーキング絨毯です」

「まだ飛べるのかい？」

A・ベティックはぼくのとなりに片ひざをつき、青い色の手を広げて、カーブを描く複雑な模様を軽くたたいた。ホーキング絨毯は板のようにぴんと平らになり、床から十センチの高さに浮かびあがった。

ぼくは首をふった。

「どうもわからない……電磁浮揚システムは、ハイペリオンでは働かないんじゃなかったのか。磁場が特殊なせいで……」

「大型の電磁システムはな」マーティン・サイリーナスが答えた。「EMVだの、浮きはしけだの、大型のシステムは全滅じゃ。しかし、この絨毯ならちゃんと浮くぞ。しかも、改良されとる」

ぼくはかたほうの眉を吊りあげた。

「改良？」

「これもアウスターの技術ですよ」宇宙船が答えた。「よくは憶えていませんが、二世紀半前に訪れたとき、アウスターは絨毯にもいろいろと改良を加えていました」

「なるほど」ぼくは立ちあがり、伝説の絨毯を片足で軽く踏んでみた。固いスプリングで支えられているかのように、絨毯はいったん沈みこんでから押し返してきて、そのままの位置に浮かびつづけた。「そうか。ここにあるのはマーリンとシリのホーキング絨毯で……ぼくがあの物語をちゃんと憶えているのなら……飛行速度は時速二十キロだったはず……」

「最高速度は時速二十六キロでした」

A・ベティックが訂正した。

ぼくはうなずき、浮いている絨毯をもういちど踏みつけた。

「充分な追い風が吹いていて、二十六キロということか。で、ここから〈時間の墓標〉の谷まではどのくらいだい？」

「千六百八十九キロです」宇宙船が答えた。

「〈スフィンクス〉からアイネイアーが出てくるまで、どのくらい時間の余裕があるんだ？」

「二十時間じゃよ」マーティン・サイリーナスが答えた。

若いイメージに飽きてしまったのだろう、いつのまにか老人のホロは、昨夜見たとおりの、ホバーチェアにすわる萎びた姿にもどっていた。

ぼくは腕時計を見た。

「時間がたりない……それなら、二日前には出発していないと」ぼくはグランドピアノのそばへもどった。「もっとも、そうしていたからといって、ちがいがあったかどうか。これは秘密兵器と呼べるほどのものなのか？　これにはぼくを……アイネイアーを……スイス護衛兵のレーザー・ランスや銃弾から護ってくれる、超高性能の防御装置でもあるのか？」

「ありません」A・ベティックが答えた。「防御能力があるものはいっさい積んでいません。せいぜい、絨毯上のものが風で飛ばないようにする遮蔽フィールドくらいです」

ぼくは肩をすくめた。

「じゃあ、どうすればいいんだ。この絨毯を谷まで運んでいって、パクスに交換を申しこむのか？　これと交換に子供を返してくれと？」

A・ベティックは片ひざをついたまま、浮かぶ絨毯のそばにとどまり、擦りきれた繊維をブルーの指でなでつづけた。

「アウスターの改良で、これの滞空時間は飛躍的に伸びました。千時間は飛びつづけることができます」

ぼくはうなずいた。たいした超伝導テクノロジーだ。しかし、だからといって、なんになるというのか。

「加えて、時速三百キロ以上で飛べるようにもなっています」アンドロイドはつづけた。

ぼくは唇をかんだ。なるほど、それならあすまでには現地に到着できる。五時間半のあいだ、空飛ぶ絨毯にすわっていることをがまんしさえすれば。しかし、そのあとは……？

「てっきり、この船でアイネイアーを連れだすものだとばかり思っていたんだが。この船に乗せて、ハイペリオン星系を脱出し……」

「そのとおりじゃよ」マーティン・サイリーナスがいった。いまは老いたイメージどおりの、疲れはてた声になっていた。「じゃがそのまえに、あの子をこの船に連れこまねばならんじゃろ」

ぼくはピアノのそばを離れ、螺旋階段に歩みより、そこでくるりとふりかえると、アンドロイド、ホロ、浮かぶ絨毯を見やった。

「どうもよくわかっていないみたいだけど」ぼくの声は意図する以上に大きく、鋭くなっていた。「相手はスイス護衛兵だぞ！　こんな絨毯で、連中のレーダー、動体センサー、その他各種のセンサーをぬって〈スフィンクス〉までたどりつけると思ってるんなら、あんたたちはいかれてる。時速三百キロ程度じゃ、格好のカモでしかない。ほんとうだ。スイス護衛兵がその気になれば――戦闘空中哨戒のパルス・ジェットなど出張るまでもない――軌道上の熌光艦ならなおのこと――そんな絨毯なんか、一ナノ秒のうちに撃墜されてしまう」

ぼくはことばを切り、目を細めてふたりを見つめた。

「ただし……ほかにまだ奥の手があるというんなら話はべつだが」

「もちろん、あるに決まっとろうが」マーティン・サイリーナスが、疲れはてたようすでサテュロスの笑みを浮かべた。「あるに決まっとる」

「ホーキング絨毯を塔の窓まで持っていきましょう」A・ベティックがいった。「まず、操縦方法をおぼえてもらわなければなりません」

「いますぐにかい？」

自分の声が急に小さくなるのをおぼえた。心臓が早鐘のように鳴りだしている。

「いますぐじゃ」マーティン・サイリーナスが答えた。「出発はあすの〇三〇〇時――それまでに習熟しておいてもらわにゃならん」

「どうしても？」

ぼくは空中に浮かぶ伝説の絨毯を見つめた。しだいに絶望が広がってくる。これはほんとうのことなんだ……自分はあす、死ぬんだ。

「どうしてもじゃ」

A・ベティックがホーキング絨毯のスイッチを切り、筒状にまるめた。ぼくは彼のあとにつづいて金属の螺旋階段をおり、通路をぬけて塔の階段へ出た。開いたままの塔の窓から、陽光がまばゆいほどに射しこんでいる。

(なんてことだ)

アンドロイドが石のでっぱりの上に絨毯を広げ、ふたたびスイッチをいれるのを見ながら、ぼくは思った。眼下の石畳まで、かなりの高さがあった。

(なんてことだ)と、ぼくはふたたび思った。

どくん、どくんと耳鳴りが鳴り響いている。あたりに老詩人のホロの姿はない。

浮かぶホーキング絨毯に乗るようにとA・ベティックが合図し、

「初飛行にはおつきあいします」と、静かにいった。

一陣の風が、付近の鬱金蔦の上のほうの葉をさやがせた。

(なんてことだ)

ぼくはもういちど心のなかで嘆くと、窓枠によじ登り、ホーキング絨毯に乗った。

11

問題の少女が〈スフィンクス〉から現われる予定時刻のきっかり二時間前、デ・ソヤ神父大佐の司令スキマー内に警報が響きわたった。

「侵入者を捕捉、針路1‐7‐2で超低空を北上中、速度2‐7‐4キロ、高度四メートル」六百キロ上空で戦闘軌道哨戒中のC^3司令艦から、防衛圏統制官が報告してきた。「侵入者までの距離、五百七十キロ」

「四メートル？」デ・ソヤはバーンズ＝アヴニ准将に顔を向けた。准将がついているのは、スキマー中央の戦闘情報管制CICコンソールだ。

「探知されないよう、超低空を低速で飛んでいるんだろう」

准将がいった。准将は小柄な女性で、白い肌と赤毛の持ち主だが、その肌も髪も、いまは戦闘ヘッドギアですっぽりとおおわれている。ここへ着任してからの三週間というもの、彼女が笑うところはいちども見たことがない。准将がうながした。

「戦術バイザーを……」

デ・ソヤは自分のバイザーをおろした。

輝点は〈馬《エクウス》〉大陸南端付近にあり、沿岸から北上中だ。デ・ソヤはたずねた。

「なぜもっと早く見つからなかったんです？」

「たったいま発進したばかりかもしれない」バーンズ＝アヴニが答え、自分の戦術ディスプレイの戦闘評価をチェックした。デ・ソヤが着任して一時間ほどは、バーンズ＝アヴニに〈教皇のディスキー〉を提示し、パクス最精鋭旅団の指揮を一介の艦長ごときに委ねなければならないと納得させるのに骨が折れたが、ひとたび事情を理解してからは、准将は全面的に協力してくれている。もちろん、旅団のじっさいの指揮は准将まかせだ。スイス護衛兵旅団の指揮官の多くは、デ・ソヤをたんなる教皇の代理と見ているらしい。その点はどうでもよかった。重要なのは子供だ。例の娘だ。地上軍の統制さえきちんととれているなら、あとは瑣末な問題でしかない。

「画《え》がはいらないな」准将がいった。「砂嵐が吹き荒れているようだ。到着はSアワー以前だろう」

〈スフィンクス〉が開く時間のことを、部隊では何カ月も前から〝Sアワー〟と呼んでいる。これほどの戦力を集中する対象がたったひとりの子供であると知っているのは、ごくひとにぎりの将校だけだ。スイス護衛兵は決して不平をいわないが、華々しい戦地から遠く離れた僻地《へきち》の、こんな砂だらけで住みにくい環境に派遣されては、喜ぶ者などいはしない。

「侵入者、依然北上中、針路1-7-2、速度2-5-9キロ、高度三メートル」C³統制官が報告した。「距離、五百七十キロ」

「そろそろ撃墜したほうがよさそうだ」バーンズ=アヴニ准将が、自分とデ・ソヤだけに通じる指令回線でいった。「きみの意見は？」

デ・ソヤは外を見た。スキマーはバンクして南へ向かいつつある。カマキリの目のようなキャノピーの外で地平線がかしぎ、千メートル下に点在する異様な姿の〈時間の墓標〉群が、猛烈な勢いで後方へ飛びすぎていった。南の空には、鈍い黄褐色が広がっている。デ・ソヤはいった。

「軌道から撃墜しますか？」

バーンズ=アヴニはうなずいたが、こういった。

「大佐は熾光艦の行動に慣れているからな……この場合は分隊をさしむけたほうがいい」准将は指令グローブで防衛圏南端の赤い星にふれ、戦術チャンネルのタイトビームに切り替えた。「グレゴリウス軍曹」

「はっ、准将」野太い声が応えた。

「侵入者をモニターしているか？」

「しています、准将」

「邀撃《ようげき》し、正体をつきとめ、破壊せよ」

「了解、准将」

デ・ソヤの見ているまえで、C^{3}のカメラ群が南の砂漠をズームアップした。砂丘のただなかに、突如として五人の人間が浮かびあがった。その五人が砂塵の上へ舞いあがるにつれ、カメレオン・ポリマーが薄れていく。これがふつうの惑星なら電磁反発で飛翔していくところだが、ハイペリオンではその手の装置が不安定なので、みな背中にかさばる反動式推進パックを背負っている。五人は数百メートルの幅に展開し、砂嵐渦巻く南へと驀進《ばくしん》しだした。

「赤外線に変更」バーンズ＝アヴニがいった。濃密になっていく砂塵を通して状況を把握できるよう、画面が可視光映像から赤外線映像に切り替わった。「侵入者を表示せよ」

南の状況がある程度わかるようになったが、侵入者はぶれた熱源としてしか映っていない。

「小さいな」准将がつぶやいた。

「航空機でしょうか？」デ・ソヤはたずねた。

宇宙空間用の戦術ディスプレイばかり見てきたので、地上の状況はよくわからない。

「小さすぎる。航空機とすれば、せいぜいモーター搭載のパラグライダーといったところか」

バーンズ＝アヴニの声には、いっさい緊張が感じられない。

デ・ソヤは眼下に目をやった。スキマーは〈時間の墓標〉の谷南端を飛び越え、なおも加速していく。砂嵐は金茶色の帯となり、前方の地平線をおおいつくしている。

「邀撃《ようげき》地点まで百八十キロ」

グレゴリウス軍曹が簡潔に報告した。デ・ソヤのバイザーは准将のそれに連動しており、軍曹の視点からの光景が見えている。というより、いまはなにも見えていない。分隊の各員をつつみこみ、吹きつのる風沙はあまりにも濃密で、周囲は夜のように真っ暗だ。これでは計器をたよりに飛行せざるをえない。

「推進パック、過熱しつつあり」軍曹とはべつの、やはり冷静な声が報告した。デ・ソヤは表示を確認した。キー伍長だ。「吸気口からどんどん砂がはいってくる……」

デ・ソヤはバイザーごしにバーンズ＝アヴニ准将を見た。られているところだ。もう一分ほどもこの濃密な砂嵐のなかを飛行させつづけたなら、ひとりないしそれ以上の兵員が墜落し、死んでしまうだろう。といって、侵入者の正体をつきとめそこねれば、あとでトラブルに発展しかねない。

「グレゴリウス軍曹」依然として冷静そのものの声で、バーンズ＝アヴニはいった。「ただちに侵入者を破壊せよ」

ほんの一瞬、通信ラインの向こうに間があった。それから、軍曹の声がいいかけた。

「准将、もうしばらくなら、このまま……」

軍曹の声の背後には、砂嵐の咆哮が聞こえている。

「ただちに破壊せよ、軍曹」准将はくりかえした。

「了解」

デ・ソヤは広域戦術ディスプレイに切り替えた。顔をあげると、准将がこちらを見ていた。

「あれは陽動だと思うか？　注意を引きつけておいて、その隙に別ルートから本物が侵入してくると？」

「可能性はあります」デ・ソヤは答えた。

ディスプレイを通じ、准将が防衛圏の全周にわたって、警戒態勢をレベル5にあげるのがわかった。レベル6は、もはや戦闘態勢だ。

「答えはじきにわかる」

准将がいったとき、グレゴリウスの分隊が発砲した。

砂嵐は煮えたぎる砂と電気の大釜だ。百七十五キロ離れていては、エネルギー兵器は信頼性が落ちる。グレゴリウスは鋼雨ダートを選び、みずから発射した。ダートは加速してマッハ6に達した。侵入者には回避しようがない。

「センサーはなさそうだ」バーンズ＝アヴニがいった。「自動操縦だな。プログラムされているのか」

ダートは熱源上空にさしかかり、三十メートル手前で爆発した。侵入者の針路めがけ、二万個のフレシェットが猛然と降りそそいだ。

「目標、撃墜」C^3統制官の声と同時に、グレゴリウス軍曹の報告がはいった。「やりました」

「発見し、正体を確認せよ」准将は命じた。

スキマーはすでにバンクし、谷へ引き返しかけている。

デ・ソヤはバイザー・ディスプレイごしに、ちらと准将を見た。准将は遠距離から侵入者を仕留めさせたが、分隊を砂嵐から引きあげさせようとはしない。

「了解」軍曹が答えた。よほど砂嵐がひどいのだろう、タイトビームにすらノイズがまじっている。

スキマーは谷の上を低く飛び、墓標群の上にさしかかった。もう何度めになるだろう、デ・ソヤはまたしても墓標のひとつひとつをじっくりと眺めた。通常の巡礼順路とは逆に——もっとも、ここ三世紀以上ものあいだ、巡礼はいちども行なわれていないが——最初に見えてきたのは、ほかの墓標よりもずっと南にある、〈シュライクの宮殿〉だった。無数の棘と鋸歯《きょし》におおわれたその控え壁は、かつての巡礼の日々以来、絶えて姿を見られたことのない怪物を思わせる。そのつぎに見えたのは、もっと地味な〈巌窟廟〉で、これはぜんぶで三つあり、峡谷のピンク色の岩壁に掘られていた。そのつぎが、中央に配置された巨大墓標、〈クリスタル・モノリス〉。そのつぎが〈オベリスク〉。そして、〈翡翠碑〉。最後に、複雑な形に彫りあげられ、封印された扉と大きく広げた翼を持つ〈スフィンクス〉。

デ・ソヤは腕時計を見た。

「あと一時間五十六分だ」バーンズ＝アヴニ准将がいった。

デ・ソヤ神父大佐は唇をかんだ。〈スフィンクス〉の周囲には何カ月も前からスイス護衛兵が非常線を張っているし、そのまわりにはもう一重《ひとえ》、さらに大きな包囲網がとりかこんでいるうえ、万が一予言がはずれた場合にそなえて、個々の墓標にも専任の警備兵たちが張りついている。谷の外でも大部隊が警戒中だ。軌道上では熾光艦二隻とC^3司令艦一隻も警戒に余念がない。谷の入口にはデ・ソヤ専用の降下艇が待機し、最前からエンジン出力をあげ、確保した少女を収容後、ただちに発進できる態勢をととのえており、地上より二千キロの高みには、子供用の耐Gカウチをそなえ、大天使級急使船〈ラファエル〉が待機している。

だが——とデ・ソヤは思った——なによりもまず、アイネイアーに聖十字架の秘蹟を受けさせなければ。それは軌道周回中の熾光艦〈聖ボナヴェントゥラ〉内の礼拝堂で行なわれることになるだろう。その後は時を置かず、眠っている少女を急使船へ運びこむ。それから三日後には、娘はパケムで復活させられ、パクス当局の手にわたされる予定だ。

デ・ソヤ神父大佐は乾いた唇をなめた。自分が味わったあのすさまじい苦痛、あれを無垢な子供に経験させることも心配だが、パクスに勾留されてからどのような目にあうか、それもまた心配でしかたがない。いったいどうしたら、ひとりの少女が——いくら過去からの子供、〈テクノコア〉と接触を持った子供とはいえ——広大なパクスや聖なる教会に対して脅威となりうるのか、デ・ソヤにはどうしても想像できなかった。

デ・ソヤ神父大佐は、そんな思いを抑えこんだ。自分は想像する立場にない。自分の役割は命令を実行し、上官の指示にしたがうことであって、それを通じてこそ、教会とイエス・キリストに仕えることができる。

「これです、侵入者は」

グレゴリウス軍曹の野太い声が報告した。

依然として吹きすさぶ砂嵐のなか、五人のスイス護衛兵は撃墜地点へたどりついていた。

「無人機ですね」キー伍長がいった。

デ・ソヤはバイザー・ディスプレイの解像度をあげた。映しだされたのは、ばらばらになった板きれと紙のかたまりだった。正体不明のねじくれた金属塊は、太陽電池で作動する単純な外づけ型パルス推進機の残骸らしい。

デ・ソヤはバイザーを上にスライドさせ、バーンズ＝アヴニ准将にほほえみかけた。

「また准将の演習でしたか。きょうはこれで五機めだ」

准将は笑みを返さず、

「つぎは本物がくるかもしれない」といって、戦術マイクに指示を出した。「レベル5を継続。Sマイナス六十分をもってレベル6に移行する」

全周波帯で、確認の応答があった。

「やはりわかりませんね。いったい何者が介入してくるというんです」デ・ソヤ神父大佐はいった。「それに、どうやって介入してこられるというんです」

バーンズ＝アヴニ准将は肩をすくめた。

「こうして話しているあいだにも、アウスターがいきなり超光速から実体化してくるかもしれない」

「群狼船団をあげて攻撃してこないかぎり、簡単にひとひねりされるのがおちですよ」

「世の中、簡単にいくことなどはありえない」と、バーンズ＝アヴニ准将は答えた。

スキマーが着陸した。エアロックが回転し、傾斜路が降りていく。パイロットがシートからふりかえり、バイザーを上にスライドさせた。

「准将、大佐、Sマイナス一時間五十分に〈スフィンクス〉へ着陸させよとのことでしたが、その一分前に到着しました」

デ・ソヤはスキマーのコンソールとの接続を切り離し、

「砂嵐が襲ってくるまえに、ちょっと脚を伸ばしてきます」と准将にいった。「いっしょにどうです？」

「いや」

バーンズ＝アヴニはバイザーをおろし、命令をつぶやきはじめた。

スキマーの外では、空気は薄く、電荷に満ちていた。頭上の空はまだハイペリオン特有の深い瑠璃色《ラピスラズリ》をしているが、砂嵐の接近にともない、峡谷の南端は砂塵にけぶっている。

腕時計を見た。あと一時間五十分。デ・ソヤはひとつ深呼吸をしてから、すくなくとも十分ほどは時計を見ないぞと心に誓い、そびえる〈スフィンクス〉の影に向かって歩きだした。

12

何時間もの作戦会議のあと、午前三時ごろまで睡眠をとるようにといわれ、ぼくは自室に引きとった。もちろん、眠れなかった。旅の前夜に寝つけないのはいつものことだが、とくに今夜はまんじりともできなかった。

ぼくの名前の由来となった都市は、真夜中を過ぎて完全に静まりかえった。外では秋風が収まり、満天の星々が冴えざえと輝いている。ぼくは一、二時間ほど、寝間着用のシャツを着たまま悶々としていたが、午前一時ごろになって、とうとうがばと起きあがり、昨晩あてがわれた丈夫な服を身につけ、荷物の中身を確認した。荷物をたしかめるのは、もう五度めか六度めだ。

だいそれた冒険に出るにしては、ささやかな持ちものばかりだった。着替えと下着、ソックス、懐中レーザー、水のボトル二本、ベルトにつける鞘に収めたナイフ——これはぼくの指定どおりのタイプだ——防寒ライニングつきの重いカンバス地のジャケット、寝袋がわりの超軽量毛布、慣性誘導コンパス、古いセーター、暗視ゴーグル、革の手袋ひと組。それらを見ながら、ぼくはつぶやいた。

「宇宙を探険するのに、ほかに必要なものはあったかな」

きょう着ていく衣服については、これも指定してある。着心地のよいカンバス地のシャツと、ポケットのたくさんあるオーバーベスト、湿原で鴨猟ガイドをしていたとき穿《は》いていたのとおなじ丈夫なホイップコードのズボン、婆さまの物語からぼくが勝手に〝海賊ブーツ〟と呼んでいる柔らかなハイブーツ（これはすこしきつかった）、必要ないときは折りたたんでベストのポケットにしまえる三角帽子。

ナイフをベルトにさしこみ、コンパスをベストのポケットにしまい、窓ぎわに立って、山の上を動いてゆく星々を眺めやる。午前二時四十五分、A・ベティックが迎えにやってきた。


老詩人は目覚めており、塔最上階のテーブルの端でいつものホバーチェアにすわっていた。頭上のカンバス地の屋根が巻きあげられて、冷たく燃える星々が見えている。壁ぎわの篝火では炎がはぜ、石壁のもっと高いところでは本物の松明《たいまつ》が燃えていた。テーブル上には朝食がならべられていたが――肉の唐揚げ、フルーツ、シロップをかけた粗挽き粉のパイ、焼きたてのパンなどだ――ぼくはコーヒーだけを口にした。

「食っておいたほうがいいぞ」老人がうめくようにいった。「つぎにいつ飯が食えるかわからんからな」

立ったまま、ぼくは老人を見つめた。コーヒーから立ち昇る湯気で顔があたたかい。空気はひんやりとしている。

「万事計画どおりにいけば、六時間以内に宇宙船へ乗りこめているはずでしょう。食べるのはそれからにしますよ」

マーティン・サイリーナスは鼻を鳴らした。

「ものごとが計画どおりにいったためしがあるかね、ロール・エンディミオン?」

ぼくはコーヒーをすすった。

「計画といえば、一種の奇蹟が起こるといいましたね。ぼくがあなたの幼い友人を回収するあいだ、その奇蹟がスイス護衛兵の注意を引きつけてくれると」

年老いた詩人は、しばし無言でぼくを見つめた。

「その点については、わしを信用することじゃ」

ぼくは嘆息した。そういわれそうな気がしていたのだ。

「口でいわれただけで、おいそれと信用できるようなことじゃないでしょう、ご老人」

詩人はうなずいたが、返事はしなかった。しばらく待って、ぼくはいった。

「いいでしょう。なにが起こるか見てみようじゃありませんか」ぼくは階段のそばに立つA・ベティックに向きなおった。「そのときがきたら、わすれずにちゃんと宇宙船を持ってきてくれよ」

「わすれませんとも」アンドロイドは答えた。

ぼくは床の上に広げられたホーキング絨毯に歩みよった。その上には、すでにA・ベティックがぼくの荷物を載せてくれていた。

「最後の指示は？」

どちらにいうともなく、ぼくはたずねた。

老人がホバーチェアで近づいてきた。松明の明かりのもとだと、ほんとうに齢ふりて見える。いつもより一段と萎《しな》びてミイラっぽい。その指は、黄変した指骨のようだ。しわがれ声で、詩人はいった。

「これだ。聞くがいい――

〝この大海に住まう孤独で哀れな男
衰え朽ちかけた肉体をかかえ
孤独に死す定めを背負いつつ
そのぶざまな生は十世紀にもおよぶ。その定めに
抗《あらが》える者がどこにいよう。いはしない。だから
百万たびも潮が寄せては返すあいだ
男は生に苦しんできた。だが、男はまだ死ねない、

ことが成就されぬかぎり。そして、男が徹底的に
魔法の淵を調べつくし、すべての
動き、形、音が意味するものを解釈せぬかぎり、
象徴＝本質へとまっしぐらに回帰する
あらゆる形と実質を探求せぬかぎり、
男が死ぬことはない。なかんずく、
男はこの歓びと哀しみの仕事を、全霊をあげて
はたさねばならぬ──嵐にまどうすべての恋人たちの
圧倒的な喪失感を
男はその一身にになう──いずれ
遅々とした時の歩みが荒《すさ》む空間を満たすそのときまで。
やがて、一切の労苦が実るとき、
天の力に愛され導かれるひとりの若者が
男の前に立つであろう。男は若者を導き
万事の手ほどきをする。選ばれた若者は
その仕事をなさねばならぬ。さもなくばどちらも
滅びてしまうから〟」

「いったい……」ぼくは問いかえした。「なんです、それは?」

「気にするな」と詩人。「とにかく、アイネイアーを救いだし、アウスターのところへ連れていき、生きたままここへ連れてこい。そうややこしいことじゃあるまい。羊飼いでさえできることじゃろうが」

「造園家見習い、バーテンダー、鴨猟のガイドもおわすれなく」ぼくはそういって、コーヒーカップを置いた。

「もうじき三時じゃな」サイリーナスがいった。「そろそろ出かけねば」

ぼくは吐息をつくと、「ちょっと待ってください」と答え、階段をおりてトイレにはいった。用をたしてからは、しばらくそこの冷たい石壁にもたれかかった。

(おまえ、気でもくるったのかい、ロール・エンディミオン?) 問いかけたのは自分自身だったが、その問いは婆さまのおだやかな声となって投げかけられた。ぼくは心のなかで答えた。(そのとおりだよ)

階段を昇り、上の階へもどる。自分の脚のふるえよう、心臓の高鳴りようは、われながら愕然とするほどだった。詩人に向きなおり、ぼくはいった。

「さあ、これで準備完了だ。母によくいわれましてね。出かけるまえには、かならずトイレにいっておけって」

齢一千歳《よわい》の老人はうめき声を発し、ホバーチェアをホーキング絨毯のそばに近づけた。ぼくは絨毯の上にすわり、飛行繊維を活性化させ、石の床から一メートル半ほどの高さに浮かびあがった。

「わすれるなよ、〈大峡谷〉にはいって、例の入口を見つけたら、あとはプログラムにまかせるんだぞ」

「わかってます、それはまえにも……」

「いいから、だまって聞かんかい」

古びた羊皮紙のような肌にくるまれた指が、しかるべき繊維の模様を指し示した。

「飛ばしかたは憶えたな。〈大峡谷〉にはいったら、まずそこ……つぎにそこ……それからそこ……この順番で模様をたたくんじゃ。さすればプログラムが操縦を引き継ぐ。手動操縦にもどすには、この中止模様をたたけばよい……」指が古びた糸の上の空間をなでた。「ただし、いったんなかにはいったら、けっして手動で飛ばそうとしてはいかんぞ。自力では出口を見つけられっこないからな」

ぼくはうなずき、乾いた唇をなめた。

「だれがプログラムしたのかは教えてもらってませんね。最後にこれで飛んだのは？」

サテュロスが真新しい歯を覗かせた。

「わしじゃ。何カ月もかかったが、自力でプログラムを組んだ。二世紀近く前のことになる」

「二世紀！」ぼくは絨毯からころげ落ちそうになった。「崖崩れでも起きてたらどうするんです？　地震で構造が変わってたら？　それ以来、なにかが途中に立ちふさがってたら？」

マーティン・サイリーナスは肩をすくめた。

「時速二百キロは出とるから——ま、死ぬじゃろな」老人はぼくの背中をどやしつけた。「さあ、いけ。アイネイアーによろしくな。マーティンおじさんが死ぬ前にオールドアースを見ようと、首を長くして待っていると伝えてやってくれ。古馴《ふるな》じみのろくでなしじじいが、〝すべての動き、形、音が意味するものの解釈〟をぜひとも聞きたがっておるとな」

ぼくはもう五十センチほど高くホーキング絨毯を浮かびあがらせた。

A・ベティックが進み出てきて、青い手をさしだした。ぼくはその手を握った。

「グッドラック、M・エンディミオン」

ぼくはうなずいたが、とくにいうべきことばもなかったので、ホーキング絨毯をさらに高く浮かびあがらせ、塔の外に飛びだし、螺旋を描きながら、空の高みへと昇っていった。

〈鷲《アクイラ》〉大陸のまんなかに位置するエンディミオン市から、〈馬《エクウス》〉大陸にある〈時間の墓標〉の谷まで直進コースで飛んでいくなら、ほぼ真北へ進まなくてはならない。だが、そうするかわりに、ぼくは東へ向かった。

きのうの試験飛行で——ぼくの疲れた心には、きょうのことに思えた——ホーキング絨毯の操縦がごく簡単であることはわかったが、それには時速数キロのスピードであればという条件がつく。塔の上空百メートルの高さに舞いあがると、ぼくは針路を定め——懐中レーザーを口にくわえ、慣性コンパスを照らし、見えないラインにそって絨毯の進行方向を決め、老詩人のくれた地形図をチェックしてから——加速模様に手のひらを置いた。絨毯は継続的に加速をつづけ、じきに風圧から身を護るため、弱い遮蔽フィールドが展開された。最後にひと目、塔を見ようとふりかえったが——窓からこちらを見つめる老詩人の姿が見えるかもしれないと思ったのだ——時すでに遅く、廃墟と化した大学町は早くも山間《やまあい》の闇に呑みこまれてしまっていた。

スピードメーターがないから、絨毯は最高速で東の高峰に向かっていると仮定せざるをえない。いまの高度よりも高みにある雪原に星明かりが反射していた。ぼくは用心のため、懐中レーザーをしまいこみ、暗視ゴーグルをかけ、しじゅう地形図で現在地を確認した。眼下の地形が隆起するたびに、こちらも高度をあげ、地面からつねに百メートルの高さをたもつ。星明かりを増幅する暗視ゴーグルを通すと、大岩、滝、なだれの跡、凍結した滝などは、みなグリーンに輝いて見える。飛翔する絨毯はまったくの無音だ。風を切る音さえ、保護用の遮蔽フィールドにさえぎられて聞こえない。何度か、羽なき鳥の急接近に驚いた大型動物が隠れ場所へ飛びこんでいくのが見えた。

塔を出発してから三十分後、大陸分水界——大陸の屋根ともいうべき大山脈を越えた。そのさい、幅五千メートルにおよぶ山塊の中央からはずれないように注意した。大山脈は猛烈に寒く、遮蔽フィールドが内部の空気に体温の一部を保持してくれてはいたが、ぼくは早々に防寒ジャケットと手袋を身につけた。

山脈を越えてからは、ごつごつした地面のそばにとどまるため、急速に降下した。眼下のツンドラは湿原に変わり、湿原は小ぶりの常青樹や三葉杉の森に変化していった。やがて高地の樹々がまばらになり、すっかり姿を消すころ、東の彼方がまるで夜明けのように明るくなりだした。いよいよ炎精林だ。

ぼくは暗視ゴーグルをリュックにしまった。行く手の光景は美しいと同時に、恐ろしくもあった。東の地平線全体を電気の鞭が音高く荒れ狂い、樹高百メートルにおよぶ雷吼樹《らいこうじゅ》間を球電が飛び跳ね、雷吼樹と爆発するプロメテウス樹や不死鳥蔦とのあいだの空間を無数の鎖雷が切り裂き、一千もの場所で炎が無作為に燃えあがる。マーティン・サイリーナスとA・ベティックからはあらかじめ警告を受けていたので、ぼくは高空に舞いあがった。高空に昇ると探知される危険が高くなるが、眼下に狂い舞う電気の大渦巻に呑みこまれてしまっては元も子もない。

それから一時間ほどして、燃える炎精林の彼方に日の出の兆《きざ》しが現われた。やがて空が白《しら》み、朝陽が昇って深い瑠璃色《ラピスラズリ》に変わるころ、炎精林はついに途切れ、前方に〈大峡谷〉が見えてきた。

この四十分間、折り目のはいった地形図をたよりに、ずっと〈羽交《はがい》高原〉上のルートをたどり、たえず高度をあげつづけてきたことは承知していたが、前方に〈鷲《アクイラ》〉のこの高地にしか見られない巨大な裂け目が見えてくると、自分がどれほどの高みに昇っているかが強く実感できた。

炎精林とはまたちがった意味で、〈大峡谷〉の眺めは慄然とするものだ。幅はせまいが、左右の岩壁は垂直に切りたち、崖上の平地から下に三千メートルもえぐれている。ぼくは大陸にうがたれた巨大な溝の南側の縁から侵入し、三キロ下の谷底を流れる河へと急降下した。〈大峡谷〉ははるか東へ連なり、果てが見えない。ぼくは絨毯を減速させ、ごうごうと音高く流れる河の水流に速度を合わせた。ほどなく、黎明の空が暗くなり、ふたたび星々が現われた。まるで深い井戸の底に落ちたような感じだった。威圧的な絶壁にはさまれた谷底の河は、みずからの結氷が作る氷山に激突し、ぼくがあとに残してきた宇宙船ほどもある巨岩を乗り越え、荒々しく逆巻《さかま》いている。ぼくは水しぶきの五メートル上にとどまり、さらに速度を落とした。もうそろそろのはずだ。

腕時計で時間を確認し、地図で現在地をたしかめる。この先二キロほどのどこかに……あった！

話に聞かされていたよりも大きい。すくなくとも、一辺が三十メートルはあり、完全な真四角だ。これが惑星迷宮への入口なのか。それには聖堂の入口、もしくは巨大な扉のような趣きがあった。ぼくはさらに減速して左にバンクし、入口のまんまえで停止した。腕時計によれば、〈大峡谷〉のこの場所にくるまで九十分弱。〈時間の墓標〉の谷はここから一千キロ北——高速巡航速度で四時間の距離だ。もういちど時計を見る。アイネイアーが〈スフィンクス〉から出現する予定時刻まで、あと四時間二十分。

ぼくはまえへ、洞穴のなかへと、ホーキング絨毯をゆっくり進めた。老人の『詩篇』にあった司祭の物語の細部を思い起こそうとしたが、記憶にあったのは、ここで——この迷宮の入口のすぐ内側で——デュレ神父とビクラ族がシュライクと聖十字架に遭遇したことだけだった。

シュライクはいなかった。驚くにはあたらない。あの怪物は、二百七十七年前の〈ワールドウェブ〉崩壊以来、まったく姿を目撃されていないのだから。聖十字架もなかった。これについても驚きはない。パクスがずっとまえに、洞窟内の岩壁から聖十字架を掘りつくしてしまったからである。

惑星迷宮についての知識はひとなみにある。旧連邦には九つの迷宮惑星が知られていた。それらはすべて地球型の惑星だが——大むかしのソルメフ・スケールで七・九だ——プレートテクトニクス的には死んでおり、その点においては地球よりも火星にちかい。迷宮をなす地下トンネルは、ハイペリオンをふくむ九つの惑星において、いずれも蜂の巣状に入り組んでいるが、なんのために造られたかは未解明のままだ。地下トンネルは人類がオールドアースをあとにする何万年も前から存在していたが、迷宮建設者に関する手がかりはいっさい見つかっていない。迷宮にまつわる神話は——『詩篇』もふくめて——ごまんとあるものの、謎は依然として謎のままにとどまっている。

ハイペリオンの迷宮も、構造の全貌が把握されているわけではない。ただし、ぼくがこれから時速二百七十キロで進んでいく部分だけは地図ができている。狂える詩人がみずから作った地図だ。これが信頼できる地図であればいいのだが。

背後から射しこむ陽光がとどかなくなると、ぼくはふたたび暗視ゴーグルをかけた。周囲の闇が深まるにつれ、首すじの毛が逆立つのをおぼえた。まもなく、暗視ゴーグルはまったく役にたたなくなった。光を増幅しようにも、その光が皆無なのだ。ぼくはリュックからテープをとりだし、懐中レーザーをホーキング絨毯の前部に固定して、ビームを最大に拡散させた。ごくかすかとはいえ、光さえあればゴーグルが増幅してくれる。それをたよりに——断面が一辺三十メートルの長い長い空洞には、ひび割れや崩壊がほとんど見られない——前方の分岐点が見えた。そこでトンネルは、右、左、下へと三方向に枝分かれしていた。

ひとつ深呼吸をし、手順にしたがってプログラムを起動した。ホーキング絨毯が勢いよく飛びだし、あらかじめセットされた速度へとぐんぐん加速しはじめる。遮蔽フィールドが補整していたにもかかわらず、からだがうしろへ引っぱられるほどの急加速だ。

絨毯が曲がる方向をまちがえ、この速度で洞窟壁に激突したなら、遮蔽フィールドといえども身を護ってはくれない。岩壁が猛烈な勢いで後方へ飛びすぎていく。ホーキング絨毯が鋭く右にバンクし、右折したのち、長い洞窟のまんなかでいったん水平にもどってから、下へおりる分かれ道へダイブした。

なまじ見えると恐ろしいので、ぼくは暗視ゴーグルをはずし、ジャケットのポケットにしっかりしまうと、急激な上下動とバンクをくりかえす絨毯の縁にしがみつき、目を閉じた。もっとも、目をつむらなくてもおなじことだった。周囲をつつみこむのは、絶対の暗黒だったからである。

13

〈スフィンクス〉の扉が開く十五分前、デ・ソヤ神父大佐は谷を歩きまわっていた。砂嵐が到来して一時間以上にもなるというのに、砂のブリザードはいまなお空中をおおいつくしている。谷内部には何百人ものスイス護衛兵が展開しているが、装甲戦闘車輛も砲床も、ミサイル発射台も監視哨も、猛烈な砂嵐につつまれていっさい見えない。もっとも、たとえ砂嵐で視界を奪われていなくとも、迷彩フィールドとカメレオン・ポリマーのおかげで、どのみちその姿は見えなかっただろう。吹きすさぶ砂塵のなかで、ものを見る役にたつのは赤外線だけだ。そのため、バイザーをおろし、しっかりとシールドしてあるのだが、微細な砂つぶはたえず戦闘服の襟から忍びこみ、口のなかに侵入してくる。きょうの砂は赤土の味がした。額や頬をおおう赤土の化粧に細い筋を残し、だらだらと流れる汗は、聖痕から流れ出る血のようだ。

「全員に告ぐ」

共通チャンネルを通じて、デ・ソヤは語りかけた。

「わたしは教皇勅命のもとに行動中のデ・ソヤ神父大佐だ。これから伝える命令は、追ってバーンズ＝アヴニ准将がくりかえすことになるが、これだけはみずから念を押しておきたい。いまから……十三分と三十秒後に、あの墓標のひとつから少女が現われる。その生命を脅かす行動はいっさいとってはならない。発砲も防衛行動も禁ずる。この点は、全パクス将兵はもとより、熾光艦の艦長から水兵にいたるまで、全パイロットから空挺部隊員にいたるまで、一兵の例外もなく肝に銘じておいてほしい……くだんの少女は、無傷のまま確保されねばならない。この警告に留意しなかった者は、軍事法廷を経て即時処刑される。今日《こんにち》この場にいる者たちが、われらが神とわれらが教会の期待にそえるよう、イエス、マリア、ヨセフの名において祈ろう……どうか、われらが努力が実を結びますように。ハイペリオン遠征隊司令官代理、デ・ソヤ神父大佐より、以上」

歩きつづけるデ・ソヤの耳に、戦術チャンネルを通して、アーメンのコーラスが聞こえた。唐突に、デ・ソヤは立ちどまった。

「准将？」

「聞こえている、神父大佐」

バーンズ＝アヴニの冷静な声が応えた。

「グレゴリウス軍曹の分隊を、わたしとともに〈スフィンクス〉のそばで待機させてほしいとおねがいしたら、周辺防衛に支障をきたしますか？」

ごく短いながら、間があった。こんな土壇場で計画の変更を要求されるとは、准将も思わなかったのだろう。じっさい、こうしているいまも、特別に選ばれたスイス護衛兵一個分隊のほかに、いつでも鎮静剤を打てる用意をととのえた医師一名と、生きている聖十字架を停滞コンテナに収めた衛生兵一名、この七名からなる〝歓迎委員会〟が編成され、〈スフィンクス〉の足もとに待機しているのだ。

「グレゴリウスとその分隊は、三分でそちらに着く」

准将がいった。戦術タイトビームを通じて命令が出され、確認の応答が返ってくるのが聞こえた。分隊の五人の男女は、またしても極度の悪天候を押して飛んでこなくてはならない。分隊がすぐそばに着陸したのは、二分四十五秒後のことだった。その姿は赤外線でなければ見えない。熱く白く輝いているのは推進パックだ。

「飛行パックをおろせ」デ・ソヤは命じた。「なにがあってもそばにいろ。わたしの背後を護れ」

「了解」

強風のうなりをぬって、グレゴリウス軍曹の野太い声が応じた。赤外線映像で、下士官の巨体が歩みよってくるのが見える。バイザーと戦闘スーツをつけた体軀《たいく》は見あげるばかりに大きい。そばによってきたのは、背後を護る相手の姿をその目で確認しておきたかったからだろう。

「Sマイナス十分」バーンズ＝アヴニ准将がいった。「センサー群、各墓標の周囲にただならぬ抗エントロピー場の発生を探知」

「感じます」デ・ソヤは答えた。

たしかに感じられた。谷に押しよせる時潮《ときしお》の波は、船酔いに通じる不快感をもたらした。この感覚に加え、激烈な砂嵐に翻弄されているため、足が地についていないような違和感がある。頭も朦朧《もうろう》として、酔っぱらったような感じだ。デ・ソヤは慎重に足を運びながら、〈スフィンクス〉へ引き返しはじめた。グレゴリウスとその分隊も、緊密なVの字を描いてついてくる。

〝歓迎委員会〟は、〈スフィンクス〉の階段に立っていた。そのそばまで近づくと、デ・ソヤは赤外線と無線でIDを提示し、鎮静剤のアンプルを手にした女医に向かって、少女にはけっして危害を加えてはならないと念を押してから——待った。グレゴリウスの分隊もいれて、いま階段上に立っているのは十三人だ。こうして見ると、重武装の戦闘分隊は、とうてい歓迎しているようには見えない。

「すこし退がれ」デ・ソヤはふたりの分隊長に指示した。「戦闘態勢は維持したままでいい。向こうからは砂嵐にまぎれて姿が見えないようにしておけ」

「了解」

十人のスイス護衛兵は十段ほど階段をおりた。それだけ退がっただけで、荒れ狂う砂のとばりにはばまれ、姿がまったく見えなくなった。だが、デ・ソヤにはわかっている。この十人が作る防衛線は、何者であれ、断じて突破しうるものではない。

「扉のそばへいこう」デ・ソヤは女医と聖十字架を持つ衛生兵にうながした。

スーツに身をつつんだふたりがうなずいた。デ・ソヤはふたりをともない、ゆっくりと階段を昇っていった。抗エントロピー場は、すでにかなり強力になってきている。デ・ソヤの脳裡に、子供時代の記憶が——母星の海で荒浪に胸までつかり、逆巻く海に引きずりこもうとする潮や引き波と戦ったときの記憶がよみがえってきた。そう、これはあのときの感じにそっくりだ。

「Sマイナス七分」バーンズ＝アヴニが共通チャンネルでいってから、デ・ソヤのみに聞こえるよう、タイトビームに切り替えた。「神父大佐、いったんスキマーを着陸させようか？スキマーに乗って上空から見たほうが状況をよく把握できるが」

「いや、かまいません。わたしは歓迎チームといっしょにいます」

ディスプレイを通じて、司令スキマーが上昇していき、高度一万メートルで停止するのが見えた。あの高さなら、砂嵐の影響もさほど受けることがない。優秀な指揮官ならみなそうであるように、バーンズ＝アヴニも現場の混乱に巻きこまれることなく、全体の行動を統制しようとしている。

デ・ソヤは専用チャンネルで、降下艇のパイロットを呼びだした。

「ヒロシ？」

「はっ」

「十分以内に離昇できるよう、準備しておけ」

「できています」

「砂嵐は問題にならないな？」

宇宙空間での戦闘を指揮する者の常で、デ・ソヤも大気というものにはまったく信用を置いていない。

「なりません」

「よし」

「Sマイナス五分」バーンズ＝アヴニ准将の冷静な声が通知した。「軌道上の探知機によれば、半径三十天文単位の宇宙空間にはいっさい動きがない。北半球の哨戒機もいっさいの飛行機械をとらえてはいない。地上の探知機の反応でも、〈馬勒山脈〉から沿岸にかけて、事前の報告なき動きはなしだ」

「戦闘軌道哨戒スクリーン、異常なし」C^3統制官がいった。

「戦闘空中哨戒、異常なし」スコーピオン編隊のリーダーが報告した。「上空は快晴です」

「これよりレベル6解除時まで、いっさいの無線およびタイトビーム通信を禁止する」バーンズ＝アヴニが指示した。「Sマイナス四分。センサー群に反応あり、谷全体における抗エントロピー場活動活発化。歓迎チーム、現状を報告せよ」

「いま、扉の前にいます」ドクター・チャトクラがいった。

「準備よし」キャフという名の、かなり若い衛生兵も応答した。衛生兵の声はふるえていた。この声からでは、キャフが男なのか女なのかわからない。

「準備は万全です」デ・ソヤはそういって、透明のバイザーごしに背後をふりかえった。

猛烈な砂塵にさえぎられ、石段のいちばん下の段は見えない。空気中のいたるところで放電がはぜている。デ・ソヤは赤外線に切り替えた。十人のスイス護衛兵はちゃんとそこに立っていた。どの武器も、文字どおり、熱く輝いたままだ。

砂嵐のうなりのただなかでさえ、通信管制にともない、恐ろしいほどの静寂がおりるのがわかった。ヘルメットと戦闘スーツ内部で、自分の呼吸する音が聞こえるほどだ。凍結された通信チャンネルからは、ヒス音やノイズしか伝わってこない。戦術・赤外線ディスプレイにもノイズがはいるのに嫌気がさして、デ・ソヤはバイザーを上にスライドさせた。封鎖された〈スフィンクス〉の扉は目の前三メートルたらずの距離にあるが、はためくカーテンのように密度が変化する砂塵にはばまれて、ちらちらと姿が見え隠れしている。デ・ソヤはもう二歩、扉へ歩みよった。ドクター・チャトクラと衛生兵もついてきた。

「あと二分」バーンズ＝アヴニがいった。「全火器、発射準備。高速レコーダーを自動モードにセット。救急チーム、スタンバイ」

時潮の不快感と戦うべく、デ・ソヤは目を閉じ、思った。

(宇宙というやつは、まったく不思議なものだな)

少女が出てきたら、数秒のうちに鎮静剤を打たなければならない。かわいそうだが、それが自分に与えられた命令だ。そして、眠らせたまま聖十字架をとりつけ、死の航海を経てパケムへと連れ帰る。どんな状況になろうとも、その子の声を聞く機会はないだろう。気の毒ではある。できることなら、その子と話をしてみたい。過去のこと、その子自身のことをたずねてみたい。だが……。

「あと一分。防衛線の火器管制を全自動にセットせよ」

「司令官!」だれかが叫んだ。デ・ソヤは急いで戦術バイザーをおろし、声の主を特定した。内部防衛線の科学担当中尉だった。「全墓標にて抗エントロピー場が極大に達しつつあり!墓標の扉が開きはじめました。〈巌窟廟〉、〈モノリス〉、〈シュライクの宮殿〉、〈翡翠碑〉……」

「しゃべるな。通信管制は全チャンネルで有効だ」バーンズ=アヴニがぴしりといった。

「状況は司令部でもモニターしている。あと三十秒」

未来に一歩踏みだした少女が真っ先に目にするのは、ヘルメットをかぶり、戦闘スーツを身につけ、バイザーをおろした三人の姿だ。デ・ソヤは少女の気持ちを気づかい、バイザーを完全に上へスライドさせた。こうしておけば、話をする余裕はなくとも、眠りに落ちる前に人間の顔を見ることはできる。それならすこしは安心できるだろう。

「あと十五秒」ここではじめて、准将の声に緊張が宿った。

砂塵の鉤爪がデ・ソヤのむきだしの目に襲いかかってくる。籠手《ゴーントレット》をはめた手で顔をおおい、砂をはらって、涙のにじむ目を扉にこらした。ドクター・チャトクラとともに、もう一歩まえへ踏みだす。

〈スフィンクス〉の両開きの扉は、大きく内側へと開かれていた。内部は暗い。赤外線を使いたいところだが、それでもバイザーはおろさない。少女に自分の目を見せてやろうと心に決めていたからだ。

暗闇のなかで影が動いた。その影に向かって、女医が足を踏みだしかけたが、デ・ソヤはすばやく腕をつかみ、制止した。

「待て」

影がはっきりとした形をとった。子供の姿だ。思っていたより背が低い。肩まである髪が強風にはげしく吹きなびいている。

「アイネイアーだね」

デ・ソヤは呼びかけた。いまのいままで、声をかけるつもりも、名前を呼ぶつもりもなかったのに。

少女はこちらを見あげた。黒い瞳にはすこしの恐怖も浮かんでいない。そこに宿っているのは……不安？　それとも哀しみか？

「アイネイアー、心配はいらない……」

そういいかけたとき、女医が注射器をかまえ、すばやく歩みよった。少女がさっとあとずさる。

そのとき——デ・ソヤ神父大佐は見た。

薄闇のなかに、第二の翳《かげ》が出現するのを。

同時に、すぐそばで、身の毛もよだつ絶叫がほとばしった。

14

この旅に出るまで、自分が閉所恐怖症だとは知らなかった。暗黒のカタコンベを高速で飛んでいるのに、遮蔽フィールドのおかげで風を切る音すら聞こえないせいもあり、周囲をとりかこむ石壁と暗黒の圧迫感はただごとではない。そんな息の詰まる飛行を二十分ほどつづけたのち、ぼくはとうとう耐えきれなくなり、いきなりオートパイロット・プログラムを解除すると、迷宮の床にホーキング絨毯を着地させ、遮蔽フィールドを切り、絨毯からおりるなり、思いきり叫び声をふりしぼった。

懐中レーザーをひっつかみ、壁を照らしだす。どこまでも真四角な石のトンネルがつづいている。遮蔽フィールドの外はむっとするほど暑かった。地下は地下でも、そうとう深くまできたにちがいない。ここには鍾乳石も、石筍《せきじゅん》も、蝙蝠《こうもり》その他のいかなる生きものも見あたらない。あるのはただ、無限の彼方へと伸びていく四角いトンネルばかりだ。ホーキング絨毯を照らしてみた。だらりと広がって、壊れてしまったように見える。発作的にスイッチを切ったため、解除のしかたが悪く、プログラムが消えてしまったのだろうか。だとしたら、ぼくはおわりだ。ここまでくるのに、何度もバンクし、分かれ道を進んできた。もはや自力で引き返すすべはない。

ぼくはもういちど叫んだ。こんどはすこしおちつきが感じられ、発狂寸前の絶叫というよりも、緊張を解放するための叫び声のように聞こえた。周囲を押しつつむ石壁や暗黒の圧迫感と必死になって戦った。吐き気は意志の力で締めだした。

あと三時間半。あと三時間半ものあいだ、この閉所恐怖症の悪夢のなかで、急激な動きをくりかえす空飛ぶ絨毯にしがみつき、暗黒のなかを突っ走らねばならない。そして、そのあとは？

武器を持ってくればよかった、といまさらながら思った。当初は無意味に思えたのだ。拳銃程度では、たったひとりのスイス護衛兵にさえ——自衛軍の不正規兵にさえ——傷ひとつ負わせることはできないだろう。だが、こう心細いと、武器のたのもしさがほしくなる。ぼくはベルトにつけた革の鞘から小ぶりのハンティング・ナイフを引きぬき、その鋼鉄の刃を懐中レーザーのビームで照らしてみて——笑いだした。

ばかげてる。

ぼくはナイフをもどし、絨毯の上にすわりこむと、〝レジューム〟コードをたたいた。ホーキング絨毯は硬化し、猛烈な勢いで前進を再開した。目的の場所へ向かって、ぼくは高速で運ばれていった。

デ・ソヤ神父大佐が巨大な翳《かげ》を見た——と思ったとたん、その翳は消え失せ、同時に悲鳴がほとばしった。あとずさる少女に向かってドクター・チャトクラが歩みより、デ・ソヤの視界をさえぎる。その刹那《せつな》、空気を切り裂く鋭い音が大きく響き——猛り狂う砂嵐のただなかでさえ、その音ははっきりと聞こえた——あっと思ったときには、女医の頭はヘルメットごと切断され、床にバウンドし、デ・ソヤのブーツのそばにころがっていた。

「おお、マリア……」

共通チャンネルがオープンになったままのマイクに向かって、デ・ソヤは思わずつぶやいた。ドクター・チャトクラのからだはなおも直立したままだ。そのとき、少女が——アイネイアーが——なにごとかを叫んだ。砂嵐の咆哮のなかではほとんど聞きとれない声だったが、その声にひと押しされたかのように、チャトクラのからだが石の床にどうと倒れた。衛生兵のキャフが意味不明の叫びをあげ、少女に駆けよりかけた。ふたたび黒い翳が宙を薙《な》ぎ——それをとらえたのは、目というよりも、むしろ勘《ヽ》だった——キャフの腕が胴体から切断された。少女は階段のほうへ逃げていく。デ・ソヤは取り押さえようとした。そのとたん、棘《とげ》と有刃鉄線《ゆうじん》におおわれた、ばかでかい金属の彫像のようなものに激突した。金属の棘は戦闘スーツの装甲をもやすやすと貫き——こんな、こんなばかなことが！——刺された五、六カ所の傷口から血が噴きだした。

「だめ！」ふたたび、少女が叫ぶ。「やめなさい！　命令よ！」

　身の丈三メートルの金属の怪物が、ゆっくりとふりかえった。赫々《かくかく》と燃える双眸《そうぼう》が少女を見おろし——この混乱のなかで、デ・ソヤはそんな印象を持った——ふっとかき消えた。安心させてやりたいという気持ちと、つかまえなければという義務感がないまぜになったまま、神父大佐は子供に一歩歩みよったが、なぜか左脚に力がはいらず、広い石段の上にがっくりと右ひざをついた。

　そのとき——少女が歩みよってきて、デ・ソヤの肩に手をかけ、ささやきかけた。砂嵐の絶叫とイヤフォンから聞こえる兵たちの苦痛の叫びのなかで、不思議にその声だけは、はっきりと聞きとれた。

「——だいじょうぶよ」

　そのとたん、デ・ソヤ神父大佐のからだは至福に満たされ、心は歓びに満ちあふれた。ひとりでに涙があふれだした。

　少女は立ちさった。と同時に、目の前に何者かの巨軀《きょく》がそびえたった。デ・ソヤはむだだと知りつつ、こぶしを握りしめ、立ちあがろうとした。あの怪物だ。あの怪物が自分を殺しにもどってきたにちがいない。

「わたしです！」

　巨軀の主が叫んだ。グレゴリウス軍曹の声だった。

巨漢の手を借りてデ・ソヤは立ちあがった。自力で立とうにも、左脚から流血していて使いものにならない。やむなく、グレゴリウスの太い腕につかまった。そのあいだも、グレゴリウスは油断なく、手にしたエネルギー槍《ランス》をかまえている。

「撃つな!」デ・ソヤは叫んだ。「あの子は……」

「消えました」グレゴリウスはそう答えるなり、撃った。純粋なエネルギーの槍が、火花をともない、渦巻く砂塵に吸いこまれていく。「くそッ!」

つぎの瞬間、神父大佐はグレゴリウスのアーマーでおおわれた肩にかつぎあげられていた。

共通チャンネルにあふれる悲鳴はますます増えていく。


腕時計とコンパスによれば、もうすぐそこにちがいない。このふたつ以外に、目的地に近づいたことを示すものはない。暗闇のなかの飛行はあいかわらずで、ホーキング絨毯が分かれ道を選び、果てしなくつづく迷宮内を猛スピードで飛んでいくあいだ、ぼくはずっとその縁にしがみついていることしかできなかった。トンネルが地表に向かい、昇り勾配に転じた気配はないが、それをいうなら、吐き気と閉所恐怖以外、なにも感じられる状態ではない。

この二時間、ずっと暗視ゴーグルをはめ、懐中レーザーのビームを最大に広げて行く手を照らしつづけてきた。時速三百キロともなると、岩壁はぶれてなにも見えない。それでも暗黒よりはまだましだった。

ただし、最初の光が見えたときも、ゴーグルをはめたままだったので、あやうく目がつぶれそうになった。あわててゴーグルをはずし、ベストのポケットにしまいながら、残像をふりはらおうと目をしばたたく。そのあいだも、ぼくを乗せたホーキング絨毯は、まばゆく光る長方形の出口めざし、猛スピードで進みつづけている。

老詩人は、第三〈巌窟廟〉は二世紀半以上ものあいだ閉鎖されているといっていた。〈崩壊〉以降、出入口が閉じてしまったのは、ハイペリオンにあるどの〈時間の墓標〉もおなじだが、第三〈巌窟廟〉の場合、その奥の迷宮に通じる口が岩の壁でじっさいに塞がれている点がちがう。あと数時間のうちに、ぼくは時速三百キロでその岩壁に激突してしまうかもしれない。

レーザーの光が前方に描く四角が急に大きくなった。しばらくまえから昇り勾配になっていたトンネルが、ここへきて急に水平になったためだろう。ぼくは寝そべったまま、ホーキング絨毯が減速するのを感じた。プログラムされたフライトプランが終点に近づいたのだ。

「たいしたもんだよ、ご老人」

ぼくは声に出していった。三時間半前にいったん停止して叫んだとき以来、自分の声を聞くのはひさしぶりだった。

加速繊維の上に手をかざす。心配なのは、歩く速度ほどに減速して外に出たとたん、あっさり狙い撃ちされてしまうことだ。奇蹟でも起こらないかぎり、スイス護衛兵に撃墜されずにはすまない――と、あのときぼくはそういった。それに対して、奇蹟はかならず起こると詩人は請けあった。まもなく、その真偽が明らかになる。

第三〈巌窟廟〉の出口に岩壁はなく、出口の向こうには、乾いた滝のように、濃密な砂塵が渦巻いていた。あの砂嵐が奇蹟なのか？　そうではないことを祈りたい。砂嵐のなかであろうと、スイス護衛兵はやすやすと標的を見つけてしまう。ぼくは出口のすぐ手前でホーキング絨毯を停め、リュックからとりだしたサングラスをかけると、バンダナで鼻と口をおおい、頭のうしろでゆわえてから、ふたたび絨毯の上に腹ばいになり、飛行繊維の上に手をかざし、加速繊維をたたいた。

ホーキング絨毯は出口を通過し、屋外に飛びだした。

右に急カーブを切り、いったん上昇してからすぐ下降して、できるかぎりの回避行動をとる。もちろん、自動追尾システムのまえには、こんなことは気休めでしかない。そうとわかってはいても、それでもあがかずにはいられなかった。生存本能が理屈に勝ったのだ。

行く手にはなにも見えない。砂嵐は猛々しく荒れ狂い、絨毯の先端から二メートル先はいっさいの視界が閉ざされている。こんなことになっていたとは……老詩人と打ち合わせをしたときも、現地が砂嵐に襲われていた場合など想定外だった。これでは高度さえわからない。

だしぬけに、剃刀《かみそり》のように鋭い飛び梁が絨毯の下一メートル足らずをかすめ、その直後、こんどは棘だらけの金属の支柱が頭のすぐ上をかすめた。さいわい衝突はまぬがれたが――

いまの墓標は〈シュライクの宮殿〉だ。ということは、正反対の方向に——南にきてしまったということか。向かうべきは谷の北側なのに。コンパスをとりだし、自分の愚かさをたしかめてから、ホーキング絨毯を方向転換させた。いましがた〈シュライクの宮殿〉をかすめたとき、ちらと見たところでは、絨毯の高度は地上二十メートルのあたりのようだ。いったん絨毯を停止させ、強風にはげしくゆられながら、ゆっくりと降下させた。やがて絨毯が吹きさらしの石の床のようなものに接触すると、こんどはそこから三メートル上に浮かびあがり、その高度を維持したまま、歩くよりもやや速い速度で北へ向かった。

（兵隊はどこだ？）

そんな口にされざる問いに応えるかのように、いきなり前方に、装甲スーツに身を固めたいくつもの黒い影がわらわらと現われた。奇怪なエネルギー槍《ランス》やずんぐりしたフレシェット銃を目にしたとたん、ぼくは思わず首をすくめた。が、銃口を向けている方向はこちらではない。自分たちの後方に向けて撃っている。どういうことだ？　あれはスイス護衛兵だぞ？　それが逃げているだって？　そんな話、聞いたこともないぞ。

そこでやっと、猛烈な風のおたけびにまぎれて聞きとりにくいが、谷じゅうが人間の悲鳴に満ちあふれていることに気がついた。どうしてそんなことがありうるのか、見当もつかない。こんな嵐のなかだ、兵たちはヘルメットをかぶり、バイザーをしっかりと閉めているだろう。それなのに悲鳴が聞こえる。この耳にはっきりと聞こえる。

一機のジェット機もしくはスキマーが轟音をふりまき、左右に自動追尾機関砲の弾丸をまきちらしながら、頭上十メートルほどのところをかすめすぎた。とばっちりをくらわずにすんだのは、たぶん機の真下にいたからだろう。あわてて急ブレーキをかける。同時に、前方の砂嵐が強烈な光と熱の爆発に輝いた。いまのスキマーだかジェット機だかが、前方の墓標のひとつに真っ向からつっこんだらしい。〈クリスタル・モノリス〉か〈翡翠碑〉のどちらかだろう。

左手でさらに発砲の閃光が見えた。墓標群を迂回しようと、ぼくはいったん右に飛び、また北西をめざした。だしぬけに、右手とまっすぐ前方とで悲鳴があがった。いく筋ものビームが砂嵐を切り裂いていく。そのうちの一本の標的は、さいわいはずれはしたが——このぼくだった。しかし、スイス護衛兵が狙いをはずす？　そんなことがありうるのか？

のんびり答えを待ったりはせず、ぼくは高速エレベーターのようにホーキング絨毯を降下させ、地面に激突すると同時に、横へごろごろころがった。頭上二十センチたらずのところをエネルギー・ビームが通過し、空気をイオン化させた。首にかけた慣性コンパスが、一回転するたびに顔にぶつかってくる。あたりには身を隠せる岩場も岩もない。まっ平らな砂地が広がるばかりだ。指で溝を掘ろうとしたとき、頭上でブルーのビームが交差し、おびただしいフレシェットが空気を裂く独特の音を引いて通過していった。あのまま飛びつづけていたら、いまごろはホーキング絨毯ごとズタズタにされていたにちがいない。

そのとき、猛烈な砂吹雪のなか、ぼくから三メートルと離れていないところに、なにか巨大なものがぬうっとそそり立った。二本の脚を大きく開き、しっかりと大地に立っている。一見、それは棘だらけの装甲スーツを着た大男のように見えたが――それにしては腕の数が多い。その巨軀を、いきなりプラズマ弾が直撃し、つかのま、棘だらけのシルエットがはっきりと浮かびあがった。直撃をくらっても、それは融けもせず、倒れもせず、ばらばらに吹っとびもしない。

(ありえない。ちくしょう、こんなこと、ありえない)

ぼくの心の一部は冷静さをたもち、戦闘中はいつもそうであるように、自分の思考が口汚くなっていることに気づいた。

ふと見ると、巨人の姿がどこにもない。左手でさらに悲鳴があがり、まっすぐ前方で爆発が起こった。

(こんな大殺戮のただなかで、どうやって子供を見つけだせるっていうんだ？　かりに見つけたって、どうやって第三〈巌窟廟〉までもどれるっていうんだ？)

予定では――計画では――老詩人の約束した奇蹟に兵たちが気をとられている隙にアイネイアーを救いだし、第三〈巌窟廟〉へ連れもどり、飛行繊維をたたいて最後のオートパイロットを起動し、〈馬勒山脈〉の縁にある〈時観城〉までの三十キロをひとっとびに飛び越えることになっていた。〈時観城〉にはA・ベティックと宇宙船が迎えにやってくる。向こうが先に着いた場合、待っていてくれる時間は、予定時刻から三分間だけだ。

どうしてこんな事態になったのか、知らないが、これほどの混乱が起きていようとも、軌道上の熈光艦や地上の対空砲台が宇宙船を探知しないとは思えない。あの宇宙船がサイロを飛びたってから地上付近に待機している時間は、最短でも三十秒はあるはずだ。探知されれば、この救出作戦自体、破綻《はたん》してしまう。

そのとき——とてつもない大音響が谷に轟きわたり、大地を震撼させた。なにか巨大なものが爆発したか——すくなくとも、爆弾が投下されたか——スキマーよりずっと大きなものが墜落したかのどちらかだ。強烈な赤い輝きが谷の北部全体を染めあげ、この砂嵐を通してさえ巨大な火球が見えた。その輝きに照らされて、装甲スーツを着た何十ものシルエットが浮かびあがった。あるいは駆け、あるいは宙を飛びながら銃を乱射する兵たちは、しかしつぎつぎに倒れていく。そのただなかに、ひとつだけ、ほかよりも小さく、装甲スーツも着ていないシルエットがあった。そのとなりには例の棘だらけの巨体がそそり立っている。純粋な破壊のふりまく猛々しい輝きのもとで、いまなおシルエットとなって浮かびあがる小ぶりの人影は、小さなこぶしをふりかざし、その巨体をおおう棘や刃を殴りつけていた。

「くそっ！」

ぼくはホーキング絨毯に這いもどろうとした。だが、この砂嵐ではなにも見えない。サングラスをおおう砂を払い落としながら、ぐるぐるとおなじところを這いまわるうちに、ようやく右手が絨毯をさぐりあてた。ほんの数秒離れていただけなのに、早くも絨毯は砂に埋もれかけていた。逆上した犬のように、ぼくは必死に飛行模様を掘りだし、絨毯を活性化させ、薄れゆく輝きに向かって飛翔させた。ふたつのシルエットはもう見えないが、コンパスで方位を確認するだけの冷静さはまだ残っていた。そのとき、ふたすじのビームが空中を焼き焦がした。一本は腹ばいになったぼくの背中の数センチ上、もう一本は絨毯の数ミリ下をかすめた。

「ちくしょう！　ばかやろう！」

だれにともなく、ぼくはどなった。

デ・ソヤ神父大佐の意識は朦朧としていた。からだのはずみぐあいからすると、グレゴリウス軍曹が自分を肩甲の上にかつぎあげ、走っているようだ。いくつかの黒い影が、砂嵐のなか、周囲をかこむように駆けているのがぼんやりと見える。ときおりその影たちが、見えない標的に銃を向け、プラズマ弾を発射する。グレゴリウスの分隊員だろう。とぎれとぎれの意識のなかで、デ・ソヤは必死に願った。もういちどあの娘《こ》に会いたい、話をしたい――。

グレゴリウスがなにかにぶつかりそうになり、たたらを踏んで立ちどまると、そばへ集まれと分隊に命じた。甲虫形の装甲戦闘車輌が、目の前の大岩の上でななめにかしぎ、迷彩シールドの切れた状態で擱座《かくざ》していた。左のキャタピラはなくなっており、後部機関砲の砲身は火にあぶられた鑞《ろう》のように融けてしまっている。右のブリスターは砕け散り、ぽっかりと穴があいていた。

「このなかへ」

グレゴリウスがあえぎながら指示し、デ・ソヤをそうっとブリスターから車内に押しこんだ。すぐさまグレゴリウスもはいってきて、エネルギー槍《ランス》のトーチビームを使い、車内を照らした。操縦席は、だれかが赤ペンキをスプレーしたような惨状を呈していた。後部隔壁にでたらめにぶちまけられたいろいろな色彩は、そのむかし博物館で見た、〈聖遷〉以前のばかげた〝抽象画〟を思わせる。唯一ちがうのは、この金属のカンバスに塗りたくられているのが、人間の肉体だということだ。

グレゴリウス軍曹は、かたむいた車輛の奥へとデ・ソヤを連れていき、下の隔壁にもたれかからせた。割れたブリスターから、さらにふたりの兵員がはいりこんできた。

デ・ソヤは自分の血をぬぐい、目のまわりについた砂をはらいながら、軍曹にいった。

「だいじょうぶだ、かまうな」

命令口調のつもりが、まるで子供のような、弱々しい声しか出てこなかった。

「いま手当てを――」グレゴリウスはうなるように答え、ベルトのパックから救急キットをとりだした。

「無用だ」デ・ソヤは力ない声でいった。「スーツに……」

すべての戦闘スーツには、密封剤と半自律型の救急ライナーが装備されている。ちょっとした切り傷や刺し傷なら、スーツが自動的に手当てをすませているはずだ。だが、自分のからだを見おろして、デ・ソヤは愕然とした。

　左脚がほとんどちぎれかけている。衝撃に強く、エネルギー耐性も高い、多層ポリマー構造の装甲スーツは、安タイヤにかぶさる下品な絵つきの泥よけフラップのように、ズタボロになってたれさがっていた。傷口からは白い大腿骨も覗いている。この状態で失血死せずにすんだのは、スーツが太腿の上のほうでぎゅっと収縮し、まにあわせの止血帯となってくれたからだろう。そのほかにも、胸甲の五、六ヵ所を貫き、肉体までも達する深刻な刺し傷があり、胸のディスプレイの医療センサーは赤くまたたいていた。

「おお、ジーザス……」デ・ソヤ神父大佐はつぶやいた。

　嘆声ではない。祈りのつぶやきだ。

「心配いりません」太腿に新たな止血帯を巻きながら、グレゴリウス軍曹がいった。「いったん衛生兵のところへお連れして、すぐに熾光艦の医務室へ送りとどけます」

　そこで軍曹は、疲れきったようすで操縦席の背後にうずくまっているふたりに顔を向けた。

「キー？　レティグ？」

「はい、軍曹」ふたりのうち、小柄なほうが顔をあげた。

「メリックとオットはどうした？」

「死にました。〈スフィンクス〉でやつに襲われて」

「通信網《ネット》から抜けるな」軍曹は指示し、デ・ソヤに顔をもどした。ついで、籠 手《ゴーントレット》をとり、巨大な手でデ・ソヤの胸の、とくに大きな刺し傷のひとつにふれた。「痛みますか？」

デ・ソヤはかぶりをふった。さわられている感触すらない。

「わかりました」軍曹は気がかりそうな顔でそう答え、戦術ネットで呼びかけをはじめた。

「あの娘《こ》だ」デ・ソヤはいった。「あの娘を見つけねば……」

「わかってます」グレゴリウスはそう答えたものの、依然としてべつのチャンネルで呼びかけをつづけている。

デ・ソヤはチャンネルにあふれる声に耳をかたむけた。騒然としたようすが伝わってくる。

「見ろ！　あれがもどってきた……」

「〈聖ボナヴェントゥラ〉！　〈聖ボナヴェントゥラ〉！　空気が大量に漏れてるぞ！　くりかえす、空気が大量に……」

「スコーピオン19号機より統制官へ……ジーザス……こちらスコーピオン19号機、左エンジンが死んだ、統制官……谷が見えない……針路を谷の外へ……」

「ジェイミー！　ジェイミー！　なんてことだ……」

「ネットを出ろ！　聞こえんのか、通信の秩序をたもて！　ネットから出ていけ！」

「天にましますわれらが父よ、御名が崇《あが》められますように……」

「気をつけろ、あの……ちくしょう……化け物め、命中弾をくらってるのに……ちくしょう……」

「標的多数……くりかえす……標的多数……火器が通用しない……標的多数……」

その先は悲鳴に断ち切られた。

「コマンド1、応答せよ。コマンド1、応答せよ」

ちぎれかけた脚の下に血がたまっていくにつれ、意識が遠のいていくのをおぼえながら、デ・ソヤはバイザーをおろした。戦術ディスプレイは混乱しきっていた。その混乱のなかで、バーンズ＝アヴニの司令スキマーにタイトビーム通信を送りだす。

「准将、こちらデ・ソヤ神父大佐。准将？」

通信ラインは不通になっていた。

「准将は死にました」グレゴリウスが報告し、デ・ソヤのむきだしの腕にアドレナリン・アンプルを押しつけた。いつのまにゴーントレットと装甲スーツをはずされたのだろう。軍曹はワイヤーを使い、ゆるんだ荷をつなぎとめるようにして、ぶらぶらの左脚を大腿骨の上のほうにゆわえつけた。「戦術ディスプレイにとらえたんです——この地獄のふたが開くまえに、司令スキマーが墜落するのを。准将は死にました。ブライドスン大佐も呼びかけに応えません。煅光艦のレニアー艦長も応答なし。C^3の艦長も同様です」

デ・ソヤは意識をたもとうと必死になった。

「なにが起こってるんだ、軍曹？」

　軍曹は顔を近づけてきた。バイザーをあげており、このときはじめて、デ・ソヤは巨漢が黒人であることを知った。

「スイス護衛兵になるまえ、自分は海兵隊員でしたが、あそこにはこんな事態を指すぴったりのことばがありました」

「チャーリー・フォックスか」デ・ソヤはにやりと笑おうとした。

「お上品な船乗りのいいかたではそうです」

　グレゴリウスはうなずき、部下のふたりに、割れたブリスターから外へ出ろとうながした。ふたりが外へ這いだしていく。グレゴリウスはデ・ソヤに手を伸ばし、赤ん坊のように抱きあげた。重そうなようすも見せずに、軍曹はつづけた。

「海兵隊ではね、こういうんです――ぐちゃぐちゃ《クラスター・ファック》だ」

デ・ソヤはふたたび気が遠くなりかけた。それでもなんとか、軍曹に砂の上へおろされたことはわかった。

「気を失わないでください、大佐！　くそっ《ガッデム》、聞こえてますか？　気を失わないでください！」

　グレゴリウスが叫んでいる。

「ことばに気をつけろ」

デ・ソヤはいった。意識がどんどん奈落へとすべり落ちていくが、意志の力ではどうしようもないし、またどうする気もない。

「わたしは神父だ、わすれたか……神の名を罵倒に使うことは、大罪だぞ……」

暗黒がぐっと押しせまってきた。自分がいまのせりふを最後まで口にできたかどうか、デ・ソヤ神父大佐にはわからなかった。

15

荒野で過ごした少年時代は、円陣を組んだキャラバンの内側で燃える泥炭から立ち昇る煙を目で追い、その煙が消えていく夕空にぽつりぽつりと星々が姿を現わし、その星々が冷たく超然とした輝きで暮れゆく瑠璃色《ラピスラズリ》の空を満たすのを眺めるうちに、やがて夕食へ、焚火のそばへと呼ばれるのがつねだったが、あのころ以来、ぼくはずっと、ものごとの皮肉というものを感じつづけている。あのころは、あまりにもたくさんの重要なことが、理解できぬままにどんどん流れ過ぎていったものだった。そう、あまりにも重要な瞬間が、ばかげたできごとの下に埋もれてしまった。子供心にもそれはわかっていた。以来、この齢になるまで、その思いはずっと変わらない。

薄れゆくオレンジ色の炎に向かって飛ぶうちに、ぼくはいきなり、例の少女に——アイネイアーに出くわした。最初に見たときは、小さなシルエットが巨大なシルエットに殴りかかっているように見えたのだが、砂嵐にホーキング絨毯をなぶられ、翻弄されつつ、一拍おいて現場に着いてみると、そこにいたのはアイネイアーだけだった。

出会ったた瞬間のぼくたちは、おたがい、惨憺《さんたん》たる格好をしていた。アイネイアーはショックと怒りの表情を浮かべており、砂か怒りかそれともほかのなにかのせいで真っ赤になった目を細め、小さな手でぎゅっとこぶしを作り、シャツと大きめのセーターは強風ではげしく吹きあおられ、肩まである髪も——茶色い髪のところどころにブロンドのメッシュがはいっているこどに気づいたのは、もっとあとになってからのことだ——もつれにもつれて狂ったように吹きなびき、頬をつたう涙と鼻水は砂にまみれ、足にはこれから乗りだす冒険におよそ似つかわしくないゴム底とカンバス地の子供靴をはき、いっぽうの肩に安っぽいリュックをかけた状態だった。ぼくはといえば、もっと悲惨で、もっと異様な姿に見えたにちがいない。なにしろ、ごつくて筋骨たくましい、あまり賢そうではない二十七歳の男が、顔の大半をバンダナとサングラスで覆い隠し、砂まみれの短い髪を強風で逆立たせ、やはりリュックの肩ひもをいっぽうの肩にかけ、ベストもズボンも砂と泥で汚れきったありさまで、空飛ぶ絨毯の上で腹ばいになっていたのだから。

少女が目を見開いた。迎えがきたことに気づいたらしい。だが、一瞬ののち、ぼくは思いいたった。彼女が認識したのは、ぼくではなく、ホーキング絨毯のほうにちがいない。

「乗って!」ぼくは叫んだ。

装甲スーツを着た兵たちが、発砲しながらそばを駆けていく。ほかにもたくさん、砂嵐にまぎれ、ぼやけた姿が見える。

少女はぼくを無視し、さっきまで殴りかかっていた巨体をさがそうとするかのように、くるりと背を向けた。少女のこぶしからは血が流れていた。

「このろくでなし！」少女は叫んだ。むしろ、泣き叫ぶといったほうがちかい。「ろくでなし！」

それが、ぼくがはじめて耳にする、救世主のことばだった。

「乗って！」ぼくはもういちど叫び、少女の手をとろうと絨毯から降りかけた。

アイネイアーはふりかえり、そこではじめてぼくの顔を見つめ——どういうわけか、吹きすさぶ砂嵐のなかでも、はっきりと聞こえる声で——こういった。

「マスクをはずして」

ぼくはバンダナを引きおろした。吐いたつばは、砂で赤く染まっていた。

それで満足したのか、少女は歩みよってきて、絨毯に飛び乗った。空中に浮かび、上下する絨毯の上で、ぼくが前側にすわり、ふたりのリュックをはさんで、少女がうしろ側にすわる。バンダナを引きあげ、ぼくは叫んだ。

「ぼくにつかまって！」

少女はそのことばを無視し、絨毯の縁を握りしめた。

つかのま、ぼくはためらい、袖をまくって腕時計を見た。宇宙船が〈時観城〉にタッチ・アンド・ゴーを行なうまで、もう十分とない。なのに、まだ第三〈巌窟廟〉の入口すら見つかっていないありさまだ。この大殺戮のただなかでは、もはや見つけられないかもしれない。その点を強調するかのように、装甲戦闘車が砂丘の向こうから飛びだしてきて、キャタピラで絨毯を踏みつぶしかけたが、急に左へ方向転換し、東にいる見えないなにかに向かって砲撃を開始した。

「つかまって！」

ぼくはくりかえし、絨毯を最高加速で発進させた。進みながら高度をあげていく。コンパスをにらみ、谷を出るまでは真北に進むことだけを心がけた。北以外は絶壁にかこまれている。この状態で岩壁に激突してはひとたまりもない。

すぐ下を、巨大な石造りのなにかがかすめていった。

「〈スフィンクス〉だ！」

背後で絨毯にしがみつく少女に向かって、ぼくは叫んだ。そう叫んですぐに、それがいかにまぬけなせりふであるかに気がついた。彼女はついさっき、この墓標から出てきたばかりなのだ。

ほぼ高度七百メートルに達したと思われるあたりで水平飛行に移り、スピードをあげた。遮蔽シールドはオンになっているが、シールドにかこまれた空気のなかでは、砂がなおも跳ねまわっている。

「この高度では、なにかにぶつかるわけには——」

背後の少女に叫びかけたとき、行く手にぬっとスキマーが現われた。砂嵐をついて、まっすぐこちらへ向かってくる。とても反応する時間があるとは思えなかったが、手が反射的に操作したらしく、絨毯は急降下した。あまりにも急激な動作だったので、遮蔽フィールドがなければ宙に勢いよく放りだされていただろう。スキマーは頭上一メートル弱のところをかすめていった。ちっぽけなホーキング絨毯は、怪物マシンの航跡に翻弄され、ふりまわされた。

「ばかやろう」アイネイアーが背後でつぶやいた。「このくそったれ」

やがて救世主となる人物の、二度めに耳にしたつぶやきがそれだった。

ぼくは絨毯を水平に立てなおし、地上になにか見えないかと、絨毯の縁から下方を覗きこんだ。これほどの高空を飛ぶのは愚かだ。それはわかっている。この一帯にあるあらゆる戦術センサー、探知機、レーダー、照準イメージャーは、こぞってこの絨毯をとらえているだろう。あとに残してきた混沌をべつにすれば、なぜまだ撃ってこないのか見当もつかない。ただし……ぼくはふたたび、肩ごしにふりかえった。少女はぼくの背中のすぐうしろでうずくまり、肌を刺す砂から顔をおおっている。

「だいじょうぶか？」ぼくは声をかけた。

少女はうなずき、その拍子に、額が背中にふれた。その感触から、なんとなく、少女が泣いているような印象を受けた。ぼくは叫んだ。

「ぼくはロール・エンディミオン！」

「エンディミオン……」少女はおうむがえしにくりかえし、頭を離した。目は真っ赤だったが、泣いてはいなかった。「そう」

「きみは、アイネイアーだね」

それだけいって、ぼくは口ごもった。気のきいたことばはひとつも思いつかなかった。それからは無言のまま、ぼくはコンパスをチェックし、針路を修整した。谷の外に広がる砂丘を飛び越えられるほど充分な高度が出ていればいいんだが。たいして期待もせずに、砂嵐の彼方に宇宙船の引くプラズマの尾でも見えないかと、顔をあげて目をこらした。なにも見えなかった。

「マーティンおじさんに遣《つか》わされてきたのね」

少女がいった。それは質問ではなかった。

「そのとおり」ぼくは答えた。「これからいくんだ……その、宇宙船のところへ……〈時観城〉で落ちあう手はずだが、遅れているから……」

その瞬間、右に三十メートルたらずの空間を、砂塵を引き裂き、雷撃が貫いた。少女もぼくも、ぎょっとして身を縮ませた。あれが落雷だったのか、それともだれかがぼくたちを狙ったのかは、今日にいたるも不明のままだ。もう何度めになるだろう、ぼくはまたしても、この大むかしの飛行装置の装備のなさぶりをののしった。なにしろ、速度計もなければ、高度計もないのだ。遮蔽フィールドの外で金切り声をあげている風の音からすれば、どうやら最高速で飛んでいるらしいが、幾重にも重なってゆらめく砂塵のカーテンにつつまれていては、どうやって確認できよう。迷宮のなかを飛ばしていたときも条件は悪かったが、すくなくともあのときはオートパイロットをあてにできた。こんどはスイス護衛兵の大軍に追われているというのに、もうじき速度を落とさなくてはならない。でなければ、まっすぐ前方のどこかにそそりたつ、〈馬勒山脈〉の垂直の岩壁に激突してしまう。時速約三百キロで飛べば、〈馬勒山脈〉と〈時観城〉までは六分とかからない。加速をはじめたときの時間は確認しておいた。もういちど腕時計を見る。あれから四分半。地図によれば、砂漠は〈馬勒山脈〉の絶壁で唐突におわっているはずだ。あと一分も飛べば……

そのとき、いくつものできごとが同時に起こった。

まずはじめに、いきなり砂嵐の外へ飛びだした。砂塵が徐々に薄れていったのではなく、毛布をはぎとるように、急に砂が消えさったのだ。見ると、絨毯はすこしずつ降下しつつあった。あるいは、地面が隆起していたのか。いずれにしても、そのままコースを維持すれば、あと数秒で前方の巨岩に激突してしまう。

アイネイアーが叫んだ。その叫び声を無視して、ぼくは両手で操作模様をひねった。猛烈なGがかかり、絨毯にはげしく押しつけられたものの、かろうじて巨岩を飛び越えられた。が、一難去ったのもつかのま、こんどは目の前に絶壁がそそりたった。絶壁までの距離は二十メートル。制動をかけても激突はまぬがれない。ショーロコフの設計どおりなら、理論上、ホーキング絨毯は垂直に飛べる。遮蔽フィールドのおかげで——彼の愛した姪にかけて、あくまでも理論上だが——乗り手がころげ落ちることはない。あくまでも、理論上はそうなっている。

いまこそ、その理論を実証するときだ。

絨毯を真上方向に加速させた。アイネイアーが両腕でしっかりとぼくの腰にしがみついてくる。急角度で上昇したとはいえ、絨毯が九十度上向くまでには二十メートルの距離を要し、その時点で絶壁は絨毯の数センチ〝下〟にまでせまっていた。本能的に、ぼくは思いきり絨毯に身を倒し、飛行制御模様には触れないように気をつけながら、絨毯の固い前縁をぐっと握りしめた。アイネイアーもおなじく本能的に身を倒し、いっそう力をこめてぼくの腰にしがみついた。おかげで、絨毯が崖の上に飛びだすまでの一分ほどのあいだ、満足に息ができない状態がつづいた。垂直上昇のあいだ、ぼくは決してうしろをふりかえらないようにした。真下に連なる一千メートルもの空間は、ただでさえ過負荷にあえぐ神経に耐えられる限度を越えている。

やっとのことで崖の上に出ると——だしぬけに、岩壁にうがたれた階段や石のテラス、ガーゴイルなどが見えた——ぼくは絨毯を水平にもどした。

〈時観城〉の東側のテラスやバルコニーには、スイス護衛兵の監視哨、探知ステーション、対空砲台などが設けられていた。山脈の岩塊を削りだした〈時観城〉そのものは、ここからさらに百メートル以上も上に聳《そそ》り立ち、真上には小塔やバルコニーがせりだしている。そのあたりにも、さらに多数のスイス護衛兵の姿が見えた。

そして、その全員が死んでいた。絶対に破られないはずの耐衝撃アーマーに身をつつんではいるが、からだが異様な角度にねじまがり、倒れているところから見て、いずれも死んでいることはまちがいない。何人かは一カ所に固まっており、そのただなかでプラズマ爆弾が爆発でもしたみたいに、全身がズタズタになっていた。

パクスのボディアーマーは、プラズマ手榴弾が至近距離で爆発しても耐えられる。それなのに、あの死体はズタズタになっている……。

「見ちゃいけない」

ぼくは絨毯を減速させ、〈時観城〉の南側へとまわりこみながら、うしろに叫んだ。手遅れだった。アイネイアーは目を大きく見開き、下の惨状を見つめていた。

「あいつのしわざだわ！」

またしても、アイネイアーが不可解な叫びを発した。

「あいつって？」

ぼくはたずねたが、そのとき、絨毯が〈時観城〉南側の庭園上空にさしかかり、そこに広がる新たな惨状が見えるようになった。何輌もの装甲戦闘車が炎上し、一機のスキマーがひっくり返っている。一帯にはさらに多数の死体が、性悪な子供のまきちらした玩具のように散らばっていた。装飾的な生垣のそばでは、低軌道までも届く荷電粒子ビーム《CPB》砲台がぐしゃぐしゃに潰され、炎上していた。

領事の宇宙船は中央噴水の六十メートル上空に浮かんでいた。その青いプラズマの噴射炎を受けて、噴水の池からはもうもうと蒸気が立ち昇っている。開かれたエアロックにA・ベティックが立ち、ぼくらに手招きしていた。

ぼくはエアロックめざし、まっしぐらに絨毯を進めた。すごい勢いがついていたので、ぴかぴかの通路に文字どおりすべりこんだとき、アンドロイドは横に飛びのかねばならなかった。

「発進だ！」ぼくは叫んだ。

だが、A・ベティックがすでに命令を出していたのか、あるいは、そもそも命令を出すまでもなかったのか。領事の宇宙船は、核融合駆動の轟きと船殻外の空気の金切り声とで猛烈な加速を実感させながら——慣性中和機構のおかげで、ジェリー状に潰されてしまうことはない——この二世紀来、はじめてハイペリオンをあとにし、宇宙空間へ飛びだした。

16

「おれはどのくらい気を失っていた？」

デ・ソヤ神父大佐は、衛生兵のシャツをつかみ、たずねた。

「ああ……三、四十分というところでしょうか」

衛生兵はシャツを引っぱったが、デ・ソヤの手をふりほどけない。

「ここはどこだ？」

痛みを感じはじめていた。かなりの痛みだ。片脚を中心に、全身へと広がっている。だが、耐えられなくはない。このさい、痛みは無視しよう。

「〈聖トマス・アキラ〉艦内です、神父大佐」

「兵員輸送艦か……」

朦朧として、頭がうまく働かなかった。自分の脚を見おろした。止血帯がはずされている。ひざから下はごくわずかな筋肉と皮膚だけでつながっている状態だ。グレゴリウスは鎮痛剤を投与したにちがいない。激痛を感じさせないほどの力はないが、それでもその影響でハイになっていた。

「くそっ」

「お気の毒ですが、その脚は切断せざるをえないそうです」衛生兵がいった。「手術室はフル稼働状態ですが、つぎは神父大佐の番です。負傷者の優先順位によれば……」

デ・ソヤは、自分がまだ若い衛生兵のシャツをつかんでいることに気づき、手を放した。

「だめだ」

「は……？」

「聞こえたろう。手術は受けない。〈聖トマス・アキラ〉の艦長に会うまではだめだ」

「しかし……神父大佐……手術しなければ、死んでしまうんですよ……」

「前にも死んだことはある」デ・ソヤはめまいと戦った。「わたしをこの艦に連れてきたのは軍曹か？」

「はい」

「まだここにいるか？」

「います、神父大佐。傷の縫合を受けているところ……」

「すぐにここへよこせ」

「ですが、神父大佐、まず手術を……」

デ・ソヤは若い衛生兵の階級章を見た。

「少尉」

「は、はい」

「この〈教皇のディスキー〉には気づいたか?」

デ・ソヤは自分の胸もとを見おろした。プラチナのディスキーは、首にかけた強靭な鎖で胸にぶらさがっている。

「はい、神父大佐、だからこそ、手術の優先順位を……」

「処刑されたくなければ……いや、そんなものではすますまい……破門されたくなければ、その口を閉じ、ただちに軍曹を連れてこい、少尉」

グレゴリウスは装甲スーツをぬいでいたが、それでも巨大に見えた。その巨体は、繃帯やまにあわせの救急パックで痛々しいほどだ。自分をかついで危険地帯の外へ脱出するあいだも、この軍曹は手ひどい傷を負っていたことになる。デ・ソヤはいつか必ずこの借りを返そうと心に書きつけた。むろん、いまは借りを返す余裕などないが。

「軍曹!」

グレゴリウスははじけるように気をつけをした。

「ただちにこの輸送艦の艦長を連れてこい。わたしが気を失わないうちに、大至急だ」

〈聖トマス・アキラ〉の艦長は中年のルーサス人だった。ルーサス人のつねで背が低く、いかにも屈強そうだ。頭は完全に禿げていたが、あごにはきちんと手入れした半白のひげをたくわえていた。

「デ・ソヤ神父大佐、艦長のランプリエール大佐です。事態は混乱のきわみにあります。軍医たちによれば、神父大佐はただちに手術の必要ありということですが。わたしにご用とは……？」

「現状を報告してくれ、艦長」

この艦長と顔を合わせるのははじめてだが、タイトビームで通信したことはある。艦長の声には、自分に対する敬意がうかがえた。そこでデ・ソヤは、目の隅に、グレゴリウス軍曹が部屋から出ていこうとしているのをとらえた。

「ここにいろ、軍曹。艦長。現状報告を」

ランプリエールは咳ばらいをした。

「バーンズ＝アヴニ准将は戦死なさいました。現在把握しているかぎりでは、〈時間の墓標〉の谷にいたスイス護衛兵の半数も同様です。負傷者は何千という数にのぼり、なおも回収中です。地上には衛生兵の部隊を派遣し、複数の移動医療センターを設置しました。本艦へは深刻な重傷者のみを運びこんでいます。死者は回収して標識をつけ、ルネッサンス・ベクトルへ帰還する途中、復活させます」

「ルネッサンス・ベクトル？」手術予備室のせまい空間のなかで、デ・ソヤはからだが浮きあがるような感じをおぼえた。いや、ほんとうに浮きあがっているのだ――ストレッチャーにからだを固定するストラップの内側で。「重力はどうした、艦長？」

ランプリエールは力なくほほえんだ。

「戦闘中、遮蔽フィールドがやられてしまったのです。ルネッサンス・ベクトルについては……あそこは本艦の基地ですから。任務が完了すれば帰投するようにとの命令を受けておりますし」

デ・ソヤは笑いだし、自分の声の異様さに気づいて、ようやく笑いをやめた。それはかならずしも、正気の笑いではなかった。

「だれが任務完了といった、艦長？　その戦いというのは、いったいなんのことだ？」

ランプリエール艦長はちらとグレゴリウス軍曹を見た。スイス護衛兵は気をつけの姿勢を崩さぬまま、隔壁をじっと見つめている。

「軌道上の支援艦にも、深刻な損害《デシメイテッド》が出たのです」

「深刻な損害が出た？」激痛で怒りっぽくなっているデ・ソヤは、思わず声を荒らげた。「それは文字どおり、十人にひとり《デシメイテッド》がやられたということか？　この艦の要員の一割が負傷者リストに載っているということか？」

「そうではありません。それどころか、人的損害は六割にせまります。〈聖ボナヴェントゥラ〉のラミレス艦長は死亡しました。副長もです。わたしの副長もやられました。〈聖アントニウス〉のクルーの半数は点呼に応えません」

「艦そのものも損傷を受けたのか？」

デ・ソヤ神父大佐はたずねた。意識をたもっていられるのはあと一、二分が限度だ……そしてたぶん……生命をたもっていられるのも。

「〈聖ボナヴェントゥラ〉で爆発がありました。機関部はぶじですが……」

すくなくとも、戦闘情報室より艦尾側の船室の半分は宇宙空間にさらされています。

デ・ソヤは目を閉じた。先ごろまで熾光艦の艦長を務めていただけに、艦体に穴があき、内部が宇宙空間にさらされるのは、彼にとって二番めに悪い悪夢だ。最悪の悪夢は、ホーキング駆動核そのものが内破することだが、その場合、苦痛と恥辱は一瞬ですむ。いっぽう、艦体のあちこちにそれだけ多数の穴が――このズタズタになった脚とおなじように――あこうものなら、待っているのは遅々として苦痛に満ちた死だ。

「〈聖アントニウス〉は？」

「やはり損害を受けましたが、行動は可能です。サティ艦長も生きていて……」

「あの娘は？」デ・ソヤはきいた。「娘はどこだ？」

視野の周辺に黒いしみが踊りだした。その数がしだいに増えていく。

「娘？」ランプリエールは問い返した。

グレゴリウス軍曹が艦長になにごとかを告げたが、デ・ソヤには聞こえなかった。だんだん耳鳴りがひどくなってくる。

「あ、ああ」ランプリエールがいった。「身柄の確保はなされたようです。一隻の宇宙船が娘を地表から回収し、加速して超光速に……」

「宇宙船だと！」意志の力をふりしぼり、デ・ソヤはせまりくる暗黒と戦った。「その宇宙船はどこからきた！」

隔壁とのにらみあいをつづけたまま、グレゴリウスが答えた。

「惑星上からです、神父大佐。ハイペリオンからです。例の……例のチャーリー・フォックス状態のあいだに、その宇宙船は大気圏内をひと飛びしたのち、城に着陸し……〈時観城〉のことです……娘および、娘を乗せて飛んでいた何者かを、乗り物ごと回収し――」

「娘を乗せて飛んでいた乗り物？」デ・ソヤは口をはさんだ。

耳鳴りがますます大きくなり、声が聞きとりにくい。

「ひとり乗りEMVの一種です」軍曹は答えた。「どうしてそれが機能するかは、技術者にもわからないそうです。とにかく、問題の宇宙船はそのふたりを回収し、大殺戮の隙をついて戦闘軌道哨戒をすりぬけ、光速を超えて量子化しました」

「大殺戮……」デ・ソヤは阿呆のようにくりかえした。気がつくと、よだれがだらだらとたれていた。手の甲であごをぬぐい、左脚の無残なありさまを見ないように努める。「大殺戮か。何者のしわざだ？　われわれは何者と戦っていたんだ？」

「わかりません」ランプリエールが答えた。「まるで、むかしの戦いのようでした……連邦のFORCE時代にもどって遷兵《ジャンプトルーブ》が転位ゲートから出現してきたような。つまり、装甲に身をつつんだ何千もの……何者かが……いたるところに、同時に出現したような……。戦闘自体は五分しかつづきませんでした。なにしろ、敵は何千もいたのです。それなのに、つぎの瞬間には、すべて消えうせていました」

デ・ソヤは身を押しつつむ暗闇に抵抗し、轟音のような耳鳴りをこらえ、懸命に耳をそばだてたが、艦長のことばはもうほとんど意味をなさなかった。

「何千？　なにがだ？　どこへ消えた？」

グレゴリウスが歩みよってきて、デ・ソヤを見おろした。「何千ではありません。敵は一体——シュライクです」

「あれは伝説の……」ランプリエールがいいかけた。

「敵はシュライク一体だけでした」輸送艦の艦長を無視して、黒人の巨漢はつづけた。「〈馬《エクウス》〉にいたスイス護衛兵の大半、およびパクス正規兵の半数を殺戮し、スコーピオン戦闘機全機をたたき落とし、軌道で警戒中の燬光艦二隻から戦闘能力を奪い、C^3司令艦上の全員を殺しつくし、ここにも名刺を残して、三十秒のうちに消えた——やつがもたらした被害はそれだけです。それ以外の被害は、パニックに陥った味方同士が撃ちあった結果にすぎません。敵はシュライク一体でした」

「ばかな！」ランプリエールが叫んだ。その禿頭《とくとう》が怒りで赤く染まっている。「あれは空想だ、おとぎ話の産物だ！　だいいち、それは異端だぞ！　きょうわれわれを襲ってきたものは、断じて……」

「だまれ」デ・ソヤは命じた。まるで長く暗いトンネルごしにしゃべり、ものを見ているようだった。なにをいうべきにせよ、急いでいってしまわなければ。「聞け……ランプリエール艦長……わが権限により――教皇の権限により、サティ艦長には、〈聖ボナヴェントゥラ〉の生存者を〈聖アントニウス〉に収容し、クルーの補充にあてる権限を与える。サティに命じろ、娘を追えと……娘を乗せた宇宙船を追えと……量子化座標をつきとめ、追跡して量子化し、どこまでも……」

「しかし、神父大佐……」ランプリエールがいいかけた。

「聞けっ！」耳のなかに轟く瀑布《ばくふ》の音も消し飛ぶ大音声《だいおんじょう》で、デ・ソヤはどなった。もう見えるのは、眼前に踊る黒い斑点だけだ。「聞け……サティ艦長に命じろ、どこまでもその船を追っていけと……たとえ一生かかっても……あの娘を確保しろと。これは最優先の命令だ。娘を確保し、パケムへ連れていけ。グレゴリウス！」

「はっ！」

「わたしを手術させるな。わたしの急使船はぶじか？」

「〈ラファエル〉ですか？　ぶじです。戦闘中は無人でしたので、シュライクは手をつけませんでした」

「ヒロシは……わたしの降下艇のパイロットは……ちかくにいるか？」

「いません。殺されました」

軍曹の割れ鐘のような声が、さらに大きな瀑布の轟きのなかでかろうじて聞きとれた。

「パイロット一名と降下艇を徴発しろ、軍曹。〈ラファエル〉へ運ばせるんだ。運ぶのは、わたし、おまえ、おまえの分隊の生き残り――」

「もはや、わたしのほかは二名だけです」

「聞け。その四人で〈ラファエル〉に乗りこむ。あとのことは船が承知している。船に伝えろ、われわれは娘の……宇宙船の……あとを追うと。〈聖アントニウス〉につづくと。その二隻がいくところ、われわれはどこまでも追っていく。……軍曹？」

「はっ、神父大佐！」

「おまえとおまえの部下は、復活派キリスト教徒だな？」

「そうです、神父大佐！」

「では、復活の心がまえをしておけ」

「しかし、その脚は……」ランプリエール艦長の声がいった。どこか遠くのほうから響いてくるような声だった。ドップラー効果のように、その声が遠くなっていく。

「復活すれば治っている」デ・ソヤ神父大佐はつぶやいた。

もう目をつむりたい。祈りを捧げたい。だが、目を閉じるまでもなく、すでに光は失われていた——まわりを押しつつむのは絶対の暗黒だ。自分の声がだれかにとどいているのか、そもそも自分が声に出してしゃべっているのか、それすらもわからぬままに、轟音と耳鳴りに向かって、デ・ソヤ神父大佐は命じた。

「急げ、軍曹。急げ！」

17

あれから何年もたったいま、このくだりを書く直前までは、子供のころのアイネイアーの姿を思いだすのはむずかしいだろうと思っていた。ぼくの記憶は、のちの年月、のちのイメージに――豊かな陽光のもと、軌道森林の居住莢のなかに浮かび、はじめて無重力で愛しあったとき目に焼きついた彼女の成熟した肢体、やはり豊かな陽光のもと、頭上で薔薇色に燃えたつ嵩山《ソンシャン》の絶壁を仰ぎ見ながら、空中寺院〈懸空寺《ジュアンコンスー》〉の渡り廊下を歩いていたあのときの姿などに――おおいつくされていて、少女のころの姿はごく希薄になっているのではないかと心配だったのだ。だが、そんなことはなかった。いまにも量子機構が作動し、シュレーディンガーのキャットボックスの毒ガスが噴出して、この物語が中断されるのではないかと気が気ではないにもかかわらず、ぼくはもはや、もっとあとの時代へ一足飛びに飛ぼうとは思わない。いまは書けるかぎりのことを書くまでだ。この物語がどこで断ち切られるかは運命が決める。

宇宙へと舞いあがっていくあいだ、A・ベティックは螺旋階段を通り、ぼくらをピアノのある部屋へと導いた。猛烈な加速をしてはいても、遮蔽フィールドのおかげで重力は一定だったが、ぼくはまだ興奮さめやらない状態だった。ごく短時間内に大量のアドレナリンがあふれたための後作用《あと》だろう。アイネイアーも砂にまみれ、髪が乱れに乱れており、まだ動転していた。

「ハイペリオンの姿を見せて」アイネイアーは宇宙船にいった。「おねがい」

宇宙船は希望に応え、ホロピットの向こうの壁を窓に変えた。〈馬《エクウス》〉大陸は眼下に遠ざかっている。赤い砂塵におおわれて、馬の顔はよくわからない。北を見れば、雲がかかる北極のあたりを上限に、ハイペリオンの地平線がはっきりとした弧を描いていた。それから一分とたたないうちに、惑星全体の姿が球として見えるようになった。点在する雲の下には、三つある大陸のうち、ふたつが見えている。息を呑むほど鮮やかな青の〈中つ海〉のただなかに、グリーンの浅瀬にかこまれて点々と連なっているのは、〈九尾列島〉だ。惑星はみるみる縮み、青と赤と白の球体となり、やがて背景に融けこんだ。船が猛烈な勢いで遠ざかっていることのあかしだった。

「熾光艦《きこうかん》はどこだ？」ぼくはアンドロイドにたずねた。「もう攻撃してきていても――この船をばらばらに吹きとばしていてもおかしくないのに」

「宇宙船といっしょに、各バンドのチャンネルをモニターしていたのですが」A・ベティックがいった。「熾光艦は……それどころではなさそうでした」

「わけがわからないな」興奮していて、ゆったりしたクッションに身を沈める気にもなれず、ぼくはホロピットの縁を歩きまわった。「あの戦い……いったいだれが……」

「シュライクよ」アイネイアーがいった。このときはじめて、彼女はぼくを正面から見た。「こんなことにならなければいいのに、とかあさんと話していたの。でも、なってしまったわ。残念。ものすごく残念」

　あの砂嵐のなかでは、ぼくのことばなど聞こえなかったのではないかと思いあたり、ぼくは歩きまわるのをやめて、ソファの肘かけに腰をおろした。

「そういえば、自己紹介どころじゃなかったね。ぼくはロール・エンディミオン」

　少女の目は澄んでいた。顔じゅう砂と泥まみれなのにもかかわらず、その瞳の美しさははっきりとわかった。

「憶えてる」と少女はいった。「エンディミオンね、詩とおなじ名前の」

「詩？　そういう詩があったとは知らなかった。ぼくの名前は、あの古い都市にちなんでつけられたものなんだ」

　アイネイアーはほほえんだ。

「わたしがその詩を知っているのは、とうさんが書いたものだから。こういう名前のヒーローを選ぶなんて、いかにもマーティンおじさんらしいわね」

〝ヒーロー〟ということばに、ぼくはむずがゆさをおぼえた。この冒険行自体、そんなことばなどなくとも、すでにいかれたものになりつつあるというのに。

少女は小さな手をさしだし、

「アイネイアーよ」といった。「でも、わたしの名前は知ってるわね」

アイネイアーの手はひんやりとしていた。

「老詩人の話だと、何度か名前を変えたそうだね」

少女はほほえみを浮かべたまま、

「また変えるわ、絶対に」といった。

それから、その手をひっこめ、こんどはアンドロイドに手をさしだした。

「アイネイアーよ。時の孤児といったところね」

A・ベティックは、ぼくよりもやさしく少女の手を握り、深々と一礼して名を名乗ると、

「これからお仕えいたします、M・レイミア」といった。

少女は首をふった。

「かあさんはM・レイミアだけど……だったけど……わたしはただのアイネイアーよ」彼女はぼくの表情の変化に気づいた。「かあさんを知ってるの？」

「有名だからね」どういうわけか、すこし顔を赤らめて、ぼくは答えた。「ハイペリオンの巡礼はみんな有名だ。もちろん、伝説としてだけど。あの物語は、口誦《こうしょう》の叙事詩として伝わっていて……」

アイネイアーが笑った。

「ふうん、そう、マーティンおじさんてば、あのろくでもない『詩篇』を書きあげたの」

認めるが、このときぼくは愕然とした。その驚きは顔に表われたにちがいない。その朝ポーカーをやっていなかったのは幸いだった。

「あ、ごめん」アイネイアーがいった。「どうやら、あのすごい字で殴り書きした詩が、値のつけようのない文化的遺産になっちゃったみたいね。あのひと、まだ生きてるの？　これ、マーティンおじさんのことよ」

「はい、M・レイ……生きておられます、M・アイネイアー」A・ベティックが答えた。「わたしは一世紀以上ものあいだ、あの方に仕える栄誉に浴しておりました」

少女は顔をしかめた。

「あなたって、よっぽど人間ができてるのね、M・ベティック」

「A・ベティックです、M・アイネイアー。それに、人間ができているわけではありません。あの方のことはずっと前から存じあげ、お慕いしておりました」

アイネイアーはうなずいた。

「ジャックタウンを出て〈詩人の都〉のマーティンおじさんを訪ねたとき、何人かアンドロイドに会ったけど、あなたは見たことがないわ。一世紀以上といったけど。いま何年？」

ぼくは教えた。

「ふうん。すくなくとも、わたしたち、その点は正しかったわけね」

アイネイアーはだまりこみ、遠ざかっていく惑星の姿を見つめた。ハイペリオンは、すでに明るく輝く小さな円盤と化している。

「きみ、ほんとうに過去からきたのか？」ぼくはたずねた。

ばかげた問いもあったものだが、この朝はいつもより頭の働きが悪かったと見える。アイネイアーはうなずいた。

「マーティンおじさんに聞いたのね？」

「ああ。パクスから逃げてるんだって？」

アイネイアーは顔をあげた。その目が光って見えたのは、うっすらと涙がにじんでいるせいだった。

「パクス？　いまはそう呼ばれてるの？」

ぼくは目をしばたたいた。パクスという概念に馴じみのない人間がいるということに驚きを禁じえなかったのだ。だが、これは現実だ。

「うん」とぼくは答えた。

「じゃあ、いまはなにもかも、教会が牛耳《ぎゅうじ》ってるのね？」

「まあ、ある意味では」

パクスという複雑な存在における教会の役割を、ぼくは説明してやった。

「やっぱり、教会がすべてを牛耳ってるんだわ。こんなことになるんじゃないかと気がかりだったのよ。この点でもわたしの夢は正しかったんだわ」

「きみの夢？」

「いいの、気にしないで」アイネイアーは立ちあがり、室内を見まわしてから、スタインウェイに歩みよった。鍵盤に指を走らせ、いくつかの調べを奏でる。「これ、領事の宇宙船でしょ？」

「そのとおりです」宇宙船が答えた。「あの紳士の記憶はぼんやりとしかないのですが。あなたは彼をごぞんじでしたか？」

アイネイアーはほほえみ、鍵盤をいじりつづけながら、答えた。

「ううん。かあさんは知ってたけどね。かあさんは領事にあれをプレゼントしたのよ――」アイネイアーは階段のそばに置いてある、砂にまみれたホーキング絨毯を指さした。「〈崩壊〉のあと、領事がハイペリオンを出発するときに。領事は〈ウェブ〉へもどっていったの。わたしの時代には、あのひとはもどってこなかったわ」

「というよりも、ついにもどることはありませんでした。わたしの記憶には欠損がありますが、あの方がどこかで死亡したことはたしかです」宇宙船の口調が変わり、もっとビジネスライクになった。「ところで、ハイペリオン大気圏を離れるさいには砲撃されましたが、以後は攻撃も追撃もなされていません。すでに惑星＝月圏を脱し、十分以内にはハイペリオン重力井戸の影響圏も脱します。量子化に先だって、コースを決めなくては。さあ、指示をどうぞ」

ぼくは少女を見やり、たずねた。

「アウスターのところかい？　老詩人からは、きみが彼らのところへいきたがってると聞いたんだが」

「気が変わったわ」アイネイアーはいった。「宇宙船、いちばん近い居住可能惑星はどこ？」

「パールヴァティーです。距離は一・二八パーセク。現地まで船内時間で六日半、客観時間で三カ月」

「パールヴァティーは〈ウェブ〉の一部だった？」

A・ベティックが答えた。

「いいえ。〈崩壊〉当時はちがいました」

「じゃあ、パールヴァティーからいちばん近い〈ウェブ〉の惑星はどこ？」

「ルネッサンス・ベクトルです」宇宙船が即座に答えた。「パールヴァティーからは船内時間で十日、客観時間で五カ月かかります」

ぼくは眉をひそめ、

「よくわからないな」といった。「ハンターたちは……つまり、ぼくが狩猟ガイドとして案内していた外世界人たちは、たいていルネッサンス・ベクトルからきた連中だった。あそこはパクスでも重要な惑星だ。出入りもはげしい。宇宙船も兵員も、あそこにはたくさんいると思う」

「でも、〈ウェブ〉でいちばん近い惑星なのね？」アイネイアーがいった。「それなら、転位ゲートがあったはずだわ」

「そうです」宇宙船とA・ベティックが同時に答えた。

「じゃあ、パールヴァティー星系経由で、ルネッサンス・ベクトルにコースを定めて」

アイネイアーの指示を受けて、宇宙船がアドバイスした。

「ルネッサンス・ベクトルが目的地なのでしたら、現地へじかに量子ジャンプしたほうが、船内時間で一日、客観時間で一カ月、旅程が短縮されますが」

「わかってる。でも、パールヴァティー星系を経由していきたいの」ぼくの目に疑問を読みとったのだろう、アイネイアーはつづけた。「だって、かならず追手はやってくるでしょう。量子化してこの星系を出るとき、ほんとうの目的地を知られたくないのよ」

「いまは追ってきていませんが……」A・ベティックがいいかけた。

「わかってる。でも、二、三時間もすれば追っかけてくるわ。それから先は、わたしが生きているあいだ、ずうっとね」アイネイアーは、宇宙船の人格がそこに宿ってでもいるかのように、ホロピットに視線を向けた。「さあ、指示を実行してちょうだい」

宇宙船は指示にしたがった。ホロディスプレイに映った星々の位置がずれだした。

「パールヴァティー星系への量子化ポイントまで二十七分」宇宙船が報告した。「いまだ攻撃も追跡もありませんが、熾光艦〈聖アントニウス〉に動きが見られます。兵員輸送艦にもです」

「もう一隻の熾光艦はどうした？」ぼくはたずねた。「なんといったかな……そうだ、〈聖ボナヴェントゥラ〉だ」

「一般周波数の通信内容およびセンサーによれば、艦に多数の穴があき、内部が宇宙空間にさらされたようです。いまは救難信号を出しています」宇宙船が答えた。「救難の呼びかけに〈聖アントニウス〉が応えていますね」

「なんてことだ……」ぼくはつぶやいた。「なにがあったんだ？　アウスターが攻撃してきたのか？」

アイネイアーがかぶりをふり、ピアノから離れさった。

「だから、シュライクのしわざよ。とうさんには警告を受けていたけれど……」

「シュライク？」意外そうな顔で、アンドロイドがいった。「わたしの知るかぎり、伝説においても古い記憶においても、シュライクと呼ばれる怪物がハイペリオンの地表を離れたことはありません。通常は、〈時間の墓標〉の周囲数百キロの範囲にとどまっていたはずです」

アイネイアーは、どすんとクッションに腰を落とした。目が赤く、ひどく疲れているようすだった。

「残念だけど、これからはその外にもさまよいだすの。しかも、とうさんが正しければ、これは始まりにすぎないわ」

「この三百年ちかく、シュライクは目撃されたことはおろか、うわさになったこともないんだぜ」ぼくはいった。

少女は考えに気をとられているようすでうなずき、

「知ってる。〈崩壊〉のまぎわに、墓標群が開いてからはね」といって、アンドロイドを見やった。「ね、わたし、おなかがぺこぺこ。からだも洗いたい」

「宇宙船に昼食の用意をさせましょう」A・ベティックは答えた。「上の主寝室と下の低温睡眠デッキにシャワーがあります。主寝室には浴槽も」

「お風呂、使わせてもらうね。量子ジャンプのまえに降りてくる。二十分したら会いましょう」螺旋階段へ向かう途中で、アイネイアーは立ちどまり、ふたたびぼくの手を握った。「ロール・エンディミオン。恩知らずみたいに見えたらごめんなさい。命懸けで助けてくれてありがとう。この旅につきあってくれてありがとう。わたしたちのだれひとりとして、どこへ到達するのか想像もできない——そんな大がかりで複雑な冒険に乗りだしてくれて、ほんとうにありがとう」

「どういたしまして」ぼくは馬鹿のように答えた。

少女はにっこりとほほえんだ。

「あなたもシャワーがいるわね。いつの日か、いっしょにシャワーを浴びることになるけれど、いまは低温睡眠デッキのシャワーを使ってもらったほうがよさそう」

ぼくはどう反応していいかわからず、目をしばたたきながら、螺旋階段を昇っていく少女を見送った。

18

デ・ソヤ神父大佐は〈ラファエル〉の復活槽で目を覚ました。この大天使級急使船の名前は、与えられた権限により、彼の命名になる。いうまでもなく、失われた愛を見つける大天使、ラファエルからとった名前だ。これまでにデ・ソヤは二回復活しているが、そのたびに司祭がいて、儀式にのっとり、秘蹟のワインに口をつけさせ、そのあとで習慣にしたがい、オレンジジュースをさしだしてくれたものだった。混乱した精神が働きだすまで、自分に語りかけ、事情を説明してくれる、復活の専門家たちもいた。

今回、目覚めてすぐにいだいたのは、湾曲した復活槽の壁がもたらす閉所恐怖だった。表示装置がまたたき、ディスプレイがいろいろなラインやシンボルを表示している。だが、字はまだ読めない。ものを考えられるだけでも幸運なくらいだ。ほどなく起きあがり、復活のベッドの縁から脚をたらした。

(脚が……二本ともある)

もちろん、一糸まとわぬ裸体だった。ピンク色の肌は、復活槽に充満する奇妙な霧のなかでつやつやと輝いていた。あばら、腹部、左脚——あの悪魔にズタズタにされた部分は、すべてちゃんとそこにあった。からだが完璧にもとにもどっている。左脚を胴体から切断しかけたあの恐ろしい傷は影も形もない。

「〈ラファエル〉？」

「はい、神父大佐」

天使のような声が答えた。つまり、性別がいっさい感じられない、中性的な声ということだ。デ・ソヤはそれに安らぎをおぼえた。

「ここはどこだ？」

「パールヴァティー星系です、神父大佐」

「ほかの者たちは？」

グレゴリウス軍曹と分隊の生き残り二名のことは、霧につつまれていながらも、かろうじて記憶に残っていた。三人とともに急使船に乗りこんだときのことはまったく憶えていない。

「こうして話しているいま、目覚めつつあります、神父大佐」

「あれからどのくらい時間がたった？」

「軍曹が神父大佐を船内に運びこんで以来、四日たらずです、神父大佐。短縮ジャンプは、神父大佐が復活槽内に収容されて一時間以内に実行されました。神父大佐復活に要した三日のあいだは、軍曹を通じて伝えられた神父大佐の指示にしたがい、惑星パールヴァティーから十天文単位の距離をたもっています」

デ・ソヤはうなずいた。そんなわずかな動きだけでもつらかった。復活の影響で、からだじゅうの細胞が痛む。しかしその痛みは、傷による痛みとはちがう、建設的な痛みだった。

デ・ソヤはたずねた。

「パールヴァティーのパクス当局には連絡したか？」

「していません、神父大佐」

「それでいい」

連邦時代、パールヴァティーは僻地の植民星だった。パクス時代のいまも僻地の植民星であることに変わりはない。恒星間宇宙船は――パクス軍のものも重商連のものも――駐留しておらず、小規模な分遣隊と、わずかばかりの古びた惑星間宇宙船があるのみだ。この星系内で娘をとらえるとしたら、〈ラファエル〉だけでやるしかない。

「娘の宇宙船のその後は？」

「本船量子化の二時間十八分前、未確認宇宙船が量子化しました」〈ラファエル〉が答えた。

「目標座標は、まぎれもなくパールヴァティー星系でした。未確認宇宙船の本星系到着予定時刻は、二カ月と三週間と二日と十七時間後です」

「ごくろうだった。グレゴリウスほかの者たちが復活し、服を身につけたら、作戦室によこしてくれ」

「承知しました、神父大佐」

「ごくろうだった」神父大佐はくりかえした。

(二ヵ月と三週間と二日か……慈悲深きマリアよ、約三ヵ月ものあいだ、こんな田舎惑星でなにをして過ごせばいいのです?)

なぜ自分はここへやってきたのだろう。あのときは頭が朦朧としていた。そのせいにちがいない。トラウマと苦痛と鎮痛薬とで、まともにものが考えられなかったのだろう。だが、ハイペリオンから見てここのつぎにちかいパクス所属星系はルネッサンス・ベクトルだ。パールヴァティーからは船内時間で十日、客観時間で五ヵ月の距離にある。娘の宇宙船が直接ルネッサンス・ベクトルに向かったとすれば、そのあとを追ってこちらが現地に着くのは、二ヵ月と三日半あとのことに……。いや待て、あのとき思考力が鈍っていたとしても――まともに考えられないのは、むしろいまのほうらしい――自分の判断は適切だった。まずここへきて、じっくりと考えるのが正解だ。

(パケムにジャンプすることもできる。パクス総司令部に……いや、教皇そのひとに、じかに指示を仰ぐこともできる。二ヵ月半、パケムで英気を養い、娘の宇宙船が到着する前に、ここへもどってくることもできる)

デ・ソヤはかぶりをふり、その動作にともなう不快感で顔をしかめた。自分に与えられた指示は明白だ。娘をつかまえたのち、はじめてパケムへもどること。ここでおめおめとヴァチカンにもどることは、失敗を認めることでしかない。その場合、べつの者が派遣されるかもしれない。出航前のブリーフィングでマージット・ウー大佐が強調していたのは、〈ラファエル〉が唯一無二の宇宙船——大天使級の急使船のうち、武装をそなえ、六人が乗りこめる、ただ一隻の宇宙船だということだった。パケムを発《た》って以来、航時差で経過した数ヵ月の客観時間のあいだに、同タイプの船がもう一隻くらいは就航しているかもしれないが、いまもどったところで意味はない。〈ラファエル〉がいまなお唯一の武装急使船だとすれば、いま自分にできるのは、船にもう二名の兵員を加えることだけだ。

（死と復活を軽々しく行なってはならない）

この点は、デ・ソヤが育つ過程で受けた教理問答で、何度となくたたきこまれたことだった。復活の秘蹟が存在し、信仰厚き者に与えられるからといって、厳粛さも慎みもなく、軽々しく行なってはならない。

（グレゴリウスたちとも相談して、今後の方針を決めよう。方針が決まったら、二ヵ月のあいだ、低温睡眠槽で待つ。娘の宇宙船到着後には、すぐあとから〈聖アントニウス〉も到着するはずだ。煅光艦と〈ラファエル〉ではさみうちにすれば、宇宙船の動きを制し、娘を収容し、なんなくパケムに連れ帰れる）

デ・ソヤの痛む脳には、以上はすべて筋が通っているように思えた。だが、心の一部はこうささやいていた。

（なんなく連れ帰れるというが……ハイペリオンでの任務でも、おまえはそう考えていたのではなかったか）

デ・ソヤ神父大佐はうめき、復活のベッドからおりると、シャワーと熱いコーヒーと衣服をもとめ、ふらつく足で歩きだした。

19

はじめてホーキング航法を経験したこのとき、ぼくはその原理をほとんど知らなかった。いまでも多少はましという程度だ。これが本質的に、西暦でいう二十世紀に生きていただれかの（偶然による）発明であるという事実を知って、当時のぼくは呆然としたものだが——いまだってそうだ——その驚きは、ホーキング航法の経験そのものの驚きには遠くおよばない。

超光速に遷移する数分前、ぼくたちはライブラリーに——宇宙船によれば、以前は航法デッキとして知られていた場所に——集まった。ぼくは予備の服に着替えたが、頭は濡れ髪のままだった。アイネイアーも濡れ髪で、厚手のローブだけを身につけていた。サイズがかなり大きめのところを見ると、領事のクローゼットででも見つけたのだろう。そうやってタオル地のローブに埋もれた姿は、十二歳という年齢よりもずっと幼く見えた。

「低温睡眠槽にはいったほうがいいんじゃないか？」

ぼくは提案した。

「どうして?」アイネイアーが問い返した。「せっかくのお楽しみを見たくないの?」

　ぼくは眉をひそめた。ぼくが話をしたことのある外世界のハンターや軍の教官たちはみな、超光速航行中は低温睡眠で過ごしたという。人間が星々の海を渡るとき、ふつうはそうやって過ごす。ホーキング場というやつが、肉体と精神によくない影響をおよぼすからだそうだ。ぼくはそれを、幻覚やおわることのない悪夢や形容に絶する苦痛だとイメージしていた。だから、できるだけ冷静に聞こえるように努めながら、アイネイアーにそういってみた。

「かあさんやマーティンおじさんの話だとね、人間は超光速航行にもちゃんと耐えられるそうよ」アイネイアーはいった。「むしろ楽しいくらいだって。慣れるのにはちょっと時間がかかるそうだけど」

「それに、この宇宙船はアウスターによって、超光速航行状態をしのぎやすいように改良されています」A・ベティックが横からいった。

　ぼくとアイネイアーは、ライブラリー区画のまんなかにある低いガラス・テーブルについていた。アンドロイドはいっぽうに立ったままだ。A・ベティックのことは、できるだけ対等にあつかおうとしているのだが、本人は召使いとしてふるまうといってゆずらない。結局いまは、平等主義にこだわるのをやめ、好きにさせることにしていた。

「そのとおりです」宇宙船が口をはさんだ。「加えられた改良のなかには、遮蔽フィールドの性能強化もはいっています。それによって、超光速航行の副作用は著しく軽減されます」

「副作用というのは、具体的にはどういうものなんだ？」

ぼくはたずねた。あまりにも無知なことを露呈したくはなかったが、知らないままでいて、よけいな苦しみを味わってもつまらない。

A・ベティックが、まずアイネイアーと、ついでぼくと視線を交わしてから、おもむろに口を開いた。

「何世紀も前、わたしも星々のあいだを旅したことがありますが……いつも低温睡眠にはいっていましたから。それも、船倉でです。わたしたちアンドロイドは、船倉に詰めこまれ、冷凍ビーフのように積みあげられて輸送されたと聞いています」

こんどはアイネイアーとぼくが顔を見交わした。青い肌の男と視線を合わせるのが気まずかったからだ。

宇宙船が、人間が咳ばらいするのとそっくりの音をたて、

「じっさいのところ」といった。「船内に乗っていた人間たちを観察した結果——ただし、これは信頼性に欠けるかもしれません、というのも……」

「〝記憶に靄《もや》がかかっているからです〟」

アイネイアーとぼくが異口同音にいった。ぼくたちはふたたび顔を見交わし、声をたてて笑った。

「ごめん、宇宙船」アイネイアーがいった。「つづけて」

「わたしがいおうとしたのは、こういうことです。観察の結果、超光速航行が人間におよぼす主要な作用は、視覚的混乱、フィールドのもたらす憂鬱、単純な退屈、このくらいです。低温睡眠はもともと長期航行のために開発されたもので、今回のような短期の旅に使われるようになったのは、そういった副作用を回避するためでした」

「で、きみの……その……アウスターによる改良は、そういった副作用を軽減できるのか？」

「そのように造られています。もちろん、退屈だけはべつですが。それはきわめて人間的な現象で、なんらかの治療法が発見されているとは思えません」ちょっとだまりこんでから、宇宙船はつづけた。「量子化ポイントには二分十秒後に到達します。全システムは最良の状態で機能中。追跡はまだなされていません。ただし、〈聖アントニウス〉が長距離センサーでこの船を走査しています」

アイネイアーが立ちあがった。

「下におりて、量子化の瞬間を見ましょう」

「下へおりて、見る？」ぼくはたずねた。「どこへ？ ホロピットかい？」

「ちがうわ」アイネイアーはすでに階段のところまでいっていた。「外よ」

この宇宙船には、なんとバルコニーがあった。まさか、そんなものがあるなんて。量子化を経て超光速の疑似速度を獲得すべく、船が宇宙空間を猛スピードで航行しているときでさえ、乗り手が船外に立ち、外のようすを見ることができるなんて。そういうものがあるとは、ぼくは知らなかったたし、たとえ聞かされていても、信じはしなかっただろう。

「バルコニーを出してくれる？」

アイネイアーの指示を受けて、宇宙船がバルコニーを外へせりださせ——スタインウェイもいっしょに動いた——開いたアーチをくぐって、ぼくたちは宇宙空間に歩み出た。もちろん、正確には〝宇宙空間〟ではない。ぼくみたいな田舎者の羊飼いだって、真空中に足を踏みだしたとたん、鼓膜が破裂し、目玉が飛びだし、体内の血が沸騰することくらいは知っている。しかし、見かけ上に関するかぎり、たしかに真空中に歩み出たように見えた。

「だいじょうぶかな……？」

手すりにもたれかかりながら、ぼくはつぶやいた。ハイペリオンは後方で小さな円盤と化し、ハイペリオンの太陽は左方向に輝いている。しかし、核融合駆動装置のプラズマ推進炎のおかげで——長さは十キロほどだ——宇宙にいるにもかかわらず、ものすごく高くて青い柱の上に不安定に乗っているような印象を受けた。それは高所恐怖症を誘発したし、宇宙空間のただなかに身ひとつで立っているという幻想は、広場恐怖症に似た不安をもたらした。このとき、この瞬間まで、自分が広場恐怖症をおぼえることがあるとは思ってもみなかった。

「一瞬でも遮蔽フィールドが切れようものなら」A・ベティックがいった。「このGにしてこの速度です、たちまち死んでしまうでしょう。宇宙船の中にいても外にいても、たいしてちがいはありません」

「放射線は？」

「当然ながら、フィールドは宇宙線や有害な太陽輻射を反射します」アンドロイドが答えた。「ハイペリオンの太陽を見つめても目がつぶれないよう、フィルターもかけてあります。それでいて、可視光はバランスよく通す仕組みです」

「ふうん……」

よくわからないまま、ぼくは手すりからあとずさった。

「量子化まで三十秒」宇宙船がいった。バルコニーにいてさえも、その声は空中から聞こえてきた。

アイネイアーがピアノ椅子にすわり、演奏をはじめた。知らない曲だったが、なんだか古めかしい感じがした。きっと二十六世紀の音楽なのだろう。

量子化の直前、宇宙船がまたなにかを——抑揚のないカウントダウンかなにかを——口にするだろうと思っていたのだが、なんのアナウンスもなかった。だしぬけに、ホーキング機関が核融合機関にとってかわった。つかのま、自分の骨が鳴っているかのような低い響きが轟いたかと思うと、すさまじい混乱が身内に湧きあがり、全身を駆けめぐった。からだの表と裏を、なんの苦痛もなく、しかし容赦なくひっくりかえされたような感覚といえばいいのか。だが、きちんと把握する間もなく、その感覚は消え失せた。

消え失せたのは、宇宙も同様だった。宇宙というのは、この場合、一秒前まで目にしていた周囲の眺めを指す。まばゆいハイペリオンの太陽も、遠ざかっていく惑星そのものも、船体をおおう明るい反射光も、その光のなかで見えたひときわ明るい星々も、ぼくらが乗っていたブルーの炎の柱でさえも――すべてが消えていた。そこにあるのは……いったいどう形容すればいいのだろう。

宇宙船はまだそこにあり、〝上と下〟に伸びていた。ぼくらが立っているバルコニーはまだ実体をたもっているように感じられたが――そのどこにも光があたっていない。自分で書いていてなんだが、これがどんなにばかげて聞こえるかはよくわかっている。ものが見えるためには反射光がなくてはならない。しかし現状は、ぼくの目の一部が機能するのをやめ、宇宙船の形と質量はとらえていながら、光だけをとらえられなくなったような感覚をもたらしていた。

宇宙船の彼方で大宇宙は収縮し、船首付近の青い球と、尾翼付近の赤い球に収斂《しゅうれん》していた。ドップラー効果の原理くらいは知っているが、これは似て非なるものだ。なぜなら、超光速に遷移するまで、この船の速度は光速の足もとにもおよばなかったのに、いまではホーキング場のなかで、光速をはるかに凌駕していたからである。それなのに、船の前後には青と赤の光の球が見える――目をこらせば、それぞれの球のなかには星々が見えただろう――しかもそれらは、見ている間にも、それぞれ船首と船尾方向に遠ざかっていき、ついには小さな青と赤の点に縮小した。その点と点のあいだの、広大きわまりないはずの空間には——なにもなかった。暗黒が広がっているという意味ではない。ただ虚無のみしかないということだ。たとえていえば、盲点を見ようとしたときのもどかしさ、あのたよりなさに似ている。その虚無感はあまりにも強烈だったので、誘発された混乱はほぼ瞬時に吐き気へと変化し、数秒前、一瞬ながら感じた肉体が裏がえる感覚、あれとおなじほど強烈にぼくの精神と五感を痛めつけた。

「神よ!」

手すりをぎゅうっと握りしめ、目を固く閉じ、やっとのことで声を絞りだした。むだだった。目をつむっても、虚無はそこにあった。ぼくはその瞬間、星間航行をする者たちがなぜ低温睡眠を選ぶのかを思い知った。

信じられないことに、不可解なことに、アイネイアーはピアノを弾きつづけていた。いかなる媒体にもゆがめられていない、純粋で澄みきった調べ。目を閉じているのに、A・ベティックが扉のそばに立ち、青い顔を虚無に向けているのが見える。いや、ちがう、彼の肌はもはやブルーではない——ここに色は存在しない。それでいて、その顔は黒でも白でも灰色でもなかった。生まれたときから光を失っていた人間は、こんな異様な形で光と色彩の夢を見るのだろうか。

「補整中です」宇宙船がいった。

その声も、アイネイアーのピアノの調べとおなじく、澄んだ響きをともなっている。

だしぬけに、虚無がひとりでに崩れさり、視力が回復し、船首と船尾にふたたび青と赤の球が見えるようになった。それから数秒のうちに、船尾の青い球が拡散し、筆記具のまわりを通過するドーナツのように広がって、船首の赤い球と融合した——と見えたとたん、なんの前触れもなく、前方のその球から、卵から無数の空飛ぶ生きものが飛びだすように、色のついた幾何学模様が奔出した。いま〝色のついた幾何学模様〟と書いたが、こんなことばでは、複雑な現実をとうてい表わしきれない。かつて虚無だったところを、無数のフラクタル的形状が脈動し、渦巻き、ねじくれながら満たしていく。渦を巻く幾何学模様からは、本体そっくりの模様がつぎからつぎへと枝のように突出し、それぞれが渦を描いて、本体とおなじコバルト色と血の色の輝きを持つ小さな相似形を大量に吐きだした。黄色い卵形のものはパルサーのように正確に脈打ち、光を爆発させている。宇宙のDNAのように見えるいくつもの藤色と藍色の螺旋が、回転しながらすぐ横を通過していった。そして、それらのおびただしい色彩群は、遠い雷鳴のように、地平線の彼方で砕ける濤声《とうせい》のように、耳で聞きとれた。

自分の口があんぐりと開くのがわかった。手すりに背を向け、ぼくは少女とアンドロイドに意識をこらそうとした。フラクタル宇宙の色彩はふたりの手前にもうごめいている。アイネイアーは依然として静かにピアノを弾いており、鍵盤の上に指を躍らせながら、ぼくを、そしてぼくの背後に広がるフラクタルの天を見つめていた。

「なかにはいったほうがいいんじゃないか……？」

ぼくはうながした。自分自身の声が、木の枝にたれる氷柱《つらら》のあいだを空気が吹きぬけるように、一語一語、きれぎれに聞こえた。

「すばらしい……」A・ベティックがつぶやいた。

アンドロイドは腕組みをしたまま、周囲をとりまく模様のトンネルに視線をすえている。

その肌はふたたびブルーにもどっていた。

アイネイアーが演奏をやめた。そこではじめて、ぼくの混乱と恐怖を感じとったのだろう、彼女はぼくの手をとり、船内へと導いた。そのあとから、バルコニーも船内に引きこまれた。船殻がふたたび形成され、ぼくはようやく、ふたたび呼吸ができるようになった。


「六日あるわね」アイネイアーがいった。

ぼくたちふたりは、ホロピットにすわっていた。ここのクッションがいちばんゆったりできるからだ。食事はもうすませたあとで、A・ベティックが冷蔵庫からよく冷えたフルーツジュースを持ってきてくれていた。すわって話しているあいだ、ぼくの手はわずかながら、なおもふるえていた。

「六日と九時間二十七分です」宇宙船が訂正した。

アイネイアーは隔壁を見あげた。

「あのね、宇宙船、ちょっと口を閉じててくれる？　どうしてもいわなければならないことがあるとか、こっちから質問した場合を除いて」

「承知しました、M……アイネイアー」

「六日よ」アイネイアーはくりかえした。「準備期間は」

ぼくはジュースを飲んで、

「準備って、なんの？」とたずねた。

「あのひとたちが待ちかまえてるでしょ。なんとかパールヴァティー星系にはいりこんで、じゃまされずにルネッサンス・ベクトルへジャンプする手だてを考えないとね」

ぼくはアイネイアーを見つめた。疲れているように見えた。シャワーから出て以来、髪はぼさぼさのままだ。『詩篇』にあった〈教える者〉の形容から、ぼくはもっと非凡な人物を想像していたのだが——トーガをまとい謎めいたことばを口にする、神童のイメージだ——この少女で唯一非凡なのは、黒い瞳の驚くほどの澄明さだけだった。ぼくはいった。

「どうして待ちかまえてるはずがある？　超光速通信FATラインは何世紀も前から使えなくなってるんだぜ。きみの時代とちがって、追っかけてくるパクスの宇宙船には、ぼくらがいくことをパールヴァティーに連絡できっこないよ」

アイネイアーはかぶりをふった。

「FATラインが使えなくなったのは、わたしが生まれる前のことよ。思いだして。かあさんは〈崩壊〉の最中にわたしを身ごもったのよ」アイネイアーはA・ベティックに目を向けた。アンドロイドはジュースを飲んでいたが、腰をおろしてはいない。「ごめんね、あなたのことを憶えてなくって。まえにもいったように、〈詩人の都〉はよく訪ねたから、アンドロイドはみんな知ってると思ってたんだけど」

A・ベティックは小さく一礼をした。

「わたしを憶えておられないのもむりはありません、M・アイネイアー。おかあさまが巡礼に出るずっと前に、わたしは〈詩人の都〉をあとにしていたのですから。はじめは兄弟たちとともにフーリー河で、そのあとは〈大叢海〉で働いていました。〈崩壊〉のあとは……務めを離れ……べつの場所にひとりで住んでいましたし」

「ふうん」アイネイアーがいった。「〈崩壊〉のあとは、めちゃくちゃだったものね。そうだわ。〈馬勒山脈〉の西では、アンドロイドが危ない目にあったんだっけ」

ぼくはアイネイアーの視線をとらえ、たずねた。

「それはさておき、どうしてパールヴァティーでだれかが待ちかまえてられるんだ？　追手にはぼくらを追い越せっこない。こっちが先に量子速度に達したんだから。どんなにがんばっても、追手がパールヴァティーに実体化するのは、ぼくらが到着して一、二時間後だろう」

「うん」アイネイアーはうなずいた。「だけど、なんとなく、そんな気がするのよ、きっと待ちかまえてるなって。この非武装船で戦闘艦をだしぬいて、なんとかふりきる手だてを考えないと」

それから何分間か話しあったものの、だれも妙案は――相談してみた宇宙船も――ひねりだせなかった。話しているあいだ、ぼくはずっと少女を観察していた。考えているときほほえみのような表情を浮かべる口もと、熱心にしゃべるときわずかに寄せる眉間《みけん》のたて皺。その声のおだやかさ。マーティン・サイリーナスがなぜこの子を危害から護ろうとしたのか、よくわかる気がした。

「だけど、どうして老詩人は、ぼくらが星系をあとにする前に連絡してこなかったんだろう?」ぼくは疑問を口にした。「あんなにきみと話したがってたのに」

アイネイアーは片手で髪を梳《す》いた。

「マーティンおじさんがタイトビームやホロで連絡してくるはずないわ。だって、この旅がおわってから会いましょうって約束したんだもの」

ぼくは少女を見つめた。

「すると、この計画はきみたちふたりで立てたのかい? つまり――きみの脱出方法も、ホーキング絨毯も――なにもかも?」

アイネイアーは、ふたたびほほえみめいた表情を浮かべ、考えこんだ。

「重要な細部はね、かあさんとわたしで計画したの。かあさんが死んじゃってからは、マーティンおじさんとも計画を練ったわ。おじさんが〈スフィンクス〉まで見送りにきてくれたのは、つい今朝のことだったけど……」

「今朝？」一瞬、混乱したものの、すぐに理解した。

「わたしにとっては、長い長い一日だったのよ」少女は憂い顔でいった。「今朝がた、ほんの何歩か歩いただけで、人類がハイペリオンにきてからの半分の年月を飛び越えてしまったんだもの。わたしの知ってた人間は――マーティンおじさんを除いて――みんな死んじゃってるわね」

「そうともかぎらないさ。パクスがやってきたのは、きみが消えて間もなくのことだ。きみの友人や肉親で、聖十字架を受けいれた者はたくさんいるかもしれないだろう。だったら、まだ生きてるよ」

「聖十字架を受けいれる……」少女はくりかえし、小さく身ぶるいした。「わたしに肉親はいないの。ただひとりの肉親はかあさんだけ。それに、わたしの友だちやかあさんの友だちで……聖十字架を受けいれる人が多かったとは思えない」

　ぼくたちはしばし無言で見つめあった。この少女がいかに遠い時代からきた存在であるかが、痛いほどわかった。ぼくがよく知っているハイペリオンの歴史的できごとは、この子が〝今朝〟〈スフィンクス〉に足を踏みいれたとき、まだ起こってはいなかったのだ。

「それはともかく」アイネイアーはいった。「ホーキング絨毯については、そんなにこまかいところまでは詰めていなかったのよ。〝今朝〟の時点では、領事の宇宙船がホーキング絨毯を載せてもどってくるかどうかわかっていなかったし。もっとも、〈時間の墓標〉の谷が立入禁止となったとき、迷宮を使うことは考えたのよ、かあさんとね。この点はうまくいったみたい。惑星外へと連れだしてくれる領事の宇宙船がもどってくるかどうかは賭けだったけど」

「どうだろう、きみの時代のことを話してくれないか」

アイネイアーは首をふった。

「そのうちね。でも、いまはいや。あなたはわたしの時代のことを知ってるでしょう。歴史と伝説を通してね。でもわたしは、あなたの時代のことを――夢で見た以外には――知らない。だから、先にこの時代のことを話してくれる？　どれだけ広いの？　どれだけ奥行きがあるの？　わたしの時間はどれだけあるの？」

最後の問いが意味するところはよくわからなかったが、それでもぼくは話しはじめた。パクスのこと――聖ヨセフにある大聖堂のこと……

「聖ヨセフ？」アイネイアーがいった。「それはどの街のこと？」

「以前、キーツと呼ばれてた街さ。首都だよ。ジャックタウンとも呼ばれてたんだっけ」

「ああ」細い手に持ったフルーツジュースのバランスをとりながら、アイネイアーはクッションにもたれかかった。「異端の名前は変えてしまったわけね。まあ、とうさんは気にしないわ」

彼女が父親のことを口にするのは、これが二度めだった。たぶんこれはキーツ・サイブリッドのことだろうと思ったが、わざわざたずねる気にはなれなかった。

「そういうことだね」ぼくは答えた。「古い街や名所の名前は、二世紀前、ハイペリオンがパクスに併合されたとき、変えられてしまったんだ。惑星名まで改名しようという話もあったそうだが、なんとかむかしのままで残ってる。パクスは直接統治してるわけじゃなくて、軍が命令を……」

そんな調子で、ぼくはしばらく、現代の技術、文化、言語、政府等の詳細を説明した。これまでに見聞きし、文字で読んだパクスの先進惑星のことを、パケムの栄光もふくめて語って聞かせた。

「ふうん」ぼくがことばを切ると、アイネイアーはいった。「じゃあ、ものごとはあんまり変わってないんだわ。技術は停滞していて……まだ連邦時代の水準にもどってないのね」

「それなんだが……その責任の一端はパクスにあるんだよ。教会は思考機械を――本物のAIを――禁制にしてしまって、人類に対しては、技術の進歩よりも精神の発達を強制してるから」

アイネイアーはうなずいた。

「それはそうだろうけど、二世紀半もあれば〈ワールドウェブ〉の水準にもどってもおかしくないでしょ？　つまりね、いまは暗黒時代かなにかだということよ」

むっとしている自分に気づき、ぼくはにやりと笑った。みずから所属しないことを選んだパクス社会を批判されて、腹をたてるとは。

「そうでもないさ」ぼくはいった。「わすれないでくれ、最大の変化は実質的な不死を認めたことなんだ。そのおかげで人口増加は注意深く規制され、表面的な変化にはあまり注意がいかなくなった。たいていの復活派キリスト教徒は、人生が長きにわたってつづくと思ってるから——すくなくとも数百年、運がよければ千年は生きられるだろうから——急いでものごとを変える必要がないんだよ」

アイネイアーは、まじまじとぼくを見つめた。

「じゃ、聖十字架による復活はちゃんと機能するのね？」

「ああ、もちろん」

「それなら、どうしてあなたは……聖十字架を受けいれなかったの？」

ここ数日で三度めになるが、ぼくはまたしても返答に窮し、肩をすくめた。

「つむじまがり、なんだと思う。ぼくは頑固者なんだ。まあ、若い連中にはぼくみたいなのがおおぜいいいて、聖十字架をつけようとはしないけど——みんな、永久に生きると思ってるからね——齢をとってくると、受けいれてしまうんだな、これが」

「あなたも？」

アイネイアーの黒い瞳は、心を射ぬくようだった。

またもや肩をすくめるのだけはこらえたものの、結局、手でおなじ意味のしぐさをして、ぼくは答えた。

「さあ、どうだろう」ぼくの〝処刑〟のこと、そのあとでマーティン・サイリーナスに〝復活〟させられたことは、まだ話していない。「先のことはわからないからね」

A・ベティックがホロピットにはいってきた。

「申しあげておいたほうがいいと思いまして。この船にはアイスクリームがたっぷりとストックしてあります。フレーバーも何種類か。お好きなものをお持ちしましょうか？」

この旅では、きみは召使いじゃないんだぞ——そういいかけたとき、アイネイアーが叫んだ。

「うん！ チョコレートの！」

A・ベティックがうなずき、にっこりほほえんで、ぼくに向きなおった。

「M・エンディミオンはいかがなさいます？」

長い一日だった。ホーキング絨毯を駆り、迷宮と砂嵐と大殺戮のただなかを駆けぬけ——アイネイアーによれば、あれはシュライクのしわざだそうだ！——さらには惑星外への、はじめての旅。たいへんな一日もあったものだ。

「チョコレートを」ぼくはいった。

「そうだな。やっぱり、チョコレートにかぎるよ」

20

グレゴリウス軍曹の分隊のうち、生き残ったふたりは、バシン・キー伍長とオーランファル・ギャスパ・K・T・レティグ上等兵といった。キーは小柄な男で、身のこなしも頭の回転も小まわりがきいた。対するレティグは背が高く、身の丈ではグレゴリウスに匹敵するが、軍曹とは正反対の、極端な細身の持ち主だった。レティグはランバート小惑星帯の出身で、放射線傷、骨と皮ばかりのからだ、強い独立心と、小惑星帯人《アストロイダー》の特徴を強くそなえていた。デ・ソヤが調べたところでは、この男は標準年で二十三歳になるまで、それなりのGがある惑星に足を踏みおろしたことはない。どの惑星でも戦えるようになったのは、RNA療法とパクスのきびしい軍事訓練により、たくましい肉体に強化されてからのことだ。極端に寡黙なA・G・K・T・レティグは、よく耳をすまし、よく命令にしたがい——ハイペリオンでの戦いでも実証されたように——よく生き残る。

キー伍長は、レティグとは対照的によくしゃべる男だった。作戦会議初日、復活したばかりで頭が朦朧としているはずなのに、キーの質問とコメントは、洞察力と頭脳の明晰さを感じさせた。

四人とも、死の経験に動揺していた。経験を重ねれば死もそれほどつらくはなくなるとデ・ソヤはみなに説いたが、自分自身のふらつく肉体とウィットとが、それはうそであることを裏づけていた。四人のパクス兵は、この船内で――カウンセリングとセラピーと歓待を受け持つ復活司祭もいない船内で――死のトラウマと折り合いをつけるべく、それぞれが自力で対処しなければならない。そのため、パールヴァティー星系における初日の作戦会議は、疲労や激情により、何度も中断を余儀なくされた。死の経験を経ても動揺していないように見えるのは、グレゴリウス軍曹ただひとりだけだった。

三日め、四人は〈ラファエル〉の小さなラウンジに集まり、とるべき行動を最終的に決定しようとした。

「二ヵ月と三週間後に、例の船はこの星系の、本船から一千キロたらずの地点に実体化する」デ・ソヤ神父大佐はいった。「そのさい、確実に宇宙船の動きを封じ、娘を回収せねばならない」

スイス護衛兵のだれひとりとして、娘の拘束は必要なことかとたずねる者はいなかった。そもそも、指揮官のほうから――この場合はデ・ソヤから――持ちかけないかぎり、彼らはこの問題を論じようとさえしない。どんな謎めいた命令であれ、必要とあれば命を賭してでも遂行する。それがスイス護衛兵なのだ。

「その船にほかにだれが乗っているのか、わかってないんですね？」キー伍長がたずねた。

これは以前にも議論したことだが、復活当初の数日間は、記憶が欠落しやすいのである。

「そうだ」デ・ソヤは答えた。

「その船の武装もわからないんですね？」心のなかのリストをチェックするかのように、キーがつづけた。

「そうだ」

「目的地がパールヴァティーなのかどうかもわからないんですね？」

「そうだ」

「可能性としては」キーがつづけた。「その船がここでべつの船とランデブーすることも考えられるわけだ。でなければ、その娘、惑星上でだれかと合流するつもりなのかも」

デ・ソヤはうなずいた。

「〈ラファエル〉には、前に乗っていた熾光艦のものほど高性能のセンサーはないが、オールトの雲からパールヴァティーそのものにいたるまで、すべてを走査している。娘の船の前にべつの船が実体化すれば、ただちにわかる」

「アウスターですか？」グレゴリウス軍曹がいった。

デ・ソヤはお手あげのしぐさをした。

「すべては推定にすぎん。わたしにいえるのは、この娘がパクスに対する脅威と考えられていることだけだ。したがって、アウスターが――その存在を知っているならば――この子を手にいれたがっていると結論するのも妥当だろう。その場合の備えはできている」

　キーがすべすべの頬をなでた。

「しかし、どうしても信じられませんね。その気になれば一日で故郷に飛んでもどれるなんて。あるいは、助けを呼びにもどれるなんて」

　キー伍長の故郷は、デネブⅢ《ドライ》のヤムヌ共和国だ。助けを呼びにいくのが無意味なことはすでに結論が出ている。いちばんちかくにいる戦闘艦は〈聖アントニウス〉で、デ・ソヤの命令がまもられていれば、同艦は娘の宇宙船にぴたりと喰らいつき、追撃している最中のはずだった。

「パールヴァティーのパクス守備隊司令官には、タイトビーム通信を送っておいた」デ・ソヤはいった。「本船のコンピュータにあった記録のとおり、パールヴァティーには軌道哨戒艇一隻と鉱石運搬船二隻しかなかった。司令官には、手持ちの宇宙船を残らず惑星＝月間の防衛拠点に配備したうえで、惑星上の全監視哨に警報を発令し、追って命令を待つよう指示してある。娘の船が本船の目の前をかすめ、惑星に着陸したら、あとはパクス軍が保護するはずだ」

「パールヴァティーとはどんな惑星です？」グレゴリウスがたずねた。この男の深く響くバスで声をかけられると、注意を向けずにはいられない。

「〈聖遷〉からまもなく、ヒンドゥー教の改革派が入植したところだよ」デ・ソヤは答えた。これについては、あらかじめ〈ラファエル〉のコンピュータにアクセスし、情報を把握してある。「砂漠の惑星で、人間が生きていけるだけの酸素はない。大気成分の大半は二酸化炭素だ。環境改造《テラフォーム》は完全ではなく、ここに住むためには、局所的に環境を改造するのでなければ、人間側が改造を受ける必要がある。人口の多い時期はなかった。〈崩壊〉前でも数千万。いまは五十万にも満たないだろう。住民の大半は、ひとつしかない大都市ガーンディィージーに集中している」

「キリスト教徒はどうです？」キーがたずねた。

これは好奇心だけからの質問ではないな、とデ・ソヤは思った。キーが気まぐれな質問をすることはまずない。

「ガーンディィージーの数千人が改宗している」デ・ソヤは答えた。「都市には新しい聖堂がひとつ。聖マラキ聖堂だ。復活派教徒のほとんどは名のある事業主で、パクス加盟を望んでいる。この連中が惑星政府を動かして——ここの政治形態は、選挙を経た一種の寡頭政治らしい——約五十標準年前、パクス守備隊を招いた。辺境にちかいから、アウスターのことが心配なんだろう」

キーはうなずいた。

「娘の宇宙船が着陸した場合、住民が進んで守備隊に報告するかどうか、その点が気になったんです」

「むりだろう」デ・ソヤはいった。「地表の九九パーセントは無人だ。入植されたことがないか、あっても砂丘や地衣類の平原にもどってしまっている。住民の大半はガーンディージー付近の大規模なボーキサイト鉱山周辺に固まって住んでいる状態だ。しかし、軌道哨戒をおこたらなければ、宇宙船の着陸地点までは追跡できるだろう」

「そこまでたどりつけるのなら、ですがね」グレゴリウスがいった。

「まあ、むりだろうな」

デ・ソヤはテーブル上のモニターに指先でふれた。用意しておいた作戦図が現われた。

「これが要撃プランだ。Tマイナス三日までは眠って過ごす。心配はいらない——低温睡眠は復活とちがって、長い後作用《あと》がないことを思いだせ。三十分もすれば霞《かすみ》は晴れる。つぎに……Tマイナス三日、アラームが鳴る。この時点で、〈ラファエル〉はループを描き、ここにいる——」

デ・ソヤは星図上に描かれた長円軌道の、三分の二の地点をつついた。

「——娘の宇宙船が超光速に突入した時点での速度はわかっている。ということは、飛びだしてくる速度もわかっているということだ。ほぼ〇・〇三Cというところだろう。したがって、パールヴァティーをめざし、ハイペリオンを脱出したときとおなじペースで減速するならば、こういうコースが推定される……」

長円軌道と多数の推定時刻が画面を満たした。

「……以上は推定にすぎないが、彼らの実体化ポイントは推定ではない……ここだ」

スタイラスで惑星から十天文単位の赤い点を指し示した。〈ラファエル〉のコースを示す長円軌道のラインが、点滅しながらそのポイントへと伸びていく。

「われわれはここで要撃する。実体化ポイントからは一分と離れていない地点だ」

グレゴリウスが自分のモニターに身を乗りだした。

「地獄から飛びだす獰猛《クロスデム》なコウモリのように、猛然と襲いかかるわけですな——おっと、野卑なことばをお詫びします」

デ・ソヤはほほえんだ。

「罪をゆるそう、わが子よ。そのとおり、速度はそうとうのものになる。向こうがパールヴァティー方向に減速を開始すれば、双方の速度変化量《デルタ・ブイ》もな。しかし、たがいの相対速度はほぼゼロに等しくなるはずだ」

「どのくらい近づくんです、大佐?」キーがたずねた。

頭上からのスポット照明を受けて、伍長の黒髪は光って見える。

「向こうが実体化したら、六百キロの距離から制圧にかかる。三分以内には石を投げられる距離に到達するだろう」

キーが渋面を作った。

「ですが、向こうが投げつけてくるものは？」

「わからん。だが、〈ラファエル〉は頑丈だ。賭けてもいい、この未知の宇宙船がどんな攻撃を仕掛けてこようとも、この船のシールドは持ちこたえられる」

レティグがぼそりといった。

「――賭けに負けてはつまりません」

この男の存在は、ほとんどわすれかけていた。デ・ソヤは椅子を回転させ、レティグに向きなおった。

「もっともだ。だが、こちらには至近距離という利点がある。向こうがどんな攻撃をしてくるにせよ、発射するだけの時間は、向こうにはまずない」

「では、こちらが使う武器は？」

深く響く声で、グレゴリウスがたずねた。

しばしの沈黙ののち、デ・ソヤは答えた。

「〈ラファエル〉の武装はすでに説明したとおりだ。相手がアウスターの戦闘艦なら、黒焦げにし、焼きつくし、打ちのめし、跡形もなく消してしまえる。乗員だけを静かに抹殺することもできる」

〈ラファエル〉はデスビームを搭載している。五百キロの距離から発射すれば、この武器の効果は絶大だ。

「ただし、それらの武器を使うことはない……万《ばん》やむをえず、向こうの船を行動不能にせざるをえない事態になればべつだが」

「そんなことをすれば、娘に危害がおよぶ危険はありませんか？」キーがたずねた。

「絶対確実に危害がおよばないとは断言できない。娘にも……何者かわからないが、同乗している者にもだ」デ・ソヤはふたたびことばを切り、息をついで先をつづけた。「だからこそ、諸君に乗りこんでもらうのではないか」

グレゴリウスがにやりと笑った。おそろしく大きく、おそろしく白い歯だった。巨漢はうれしそうにいった。

「〈聖トマス・アキラ〉を出るとき、四人ぶんの装甲与圧スーツをひっつかんできましたが――じっさいに乗りこむまえに、スーツを着て演習をしておきたいですね」

デ・ソヤはうなずいた。「三日でたりるか？」

グレゴリウスはまだにやにやしたまま、

「一週間はほしいところです」といった。

「わかった。要撃一週間前に起きよう。これが未確認宇宙船の概略図だ」

「未確認宇宙船……なのに、概略図が？」

各自のモニターに現われた宇宙船の概略図を見つめながら、キーがいった。宇宙船の一端は針のように尖り、一端には尾翼をそなえ、子供が描く典型的な宇宙船の姿をしていた。

「たしかに、その正体や登録情報は未確認だ」デ・ソヤは答えた。「だが、〈ラファエル〉が量子化するまぎわ、〈聖アントニウス〉がこの船の映像をタイトビームで送ってきた。〈聖ボナヴェントゥラ〉の記録と合わせてだ。アウスターの船ではなかったよ」

「アウスターでもなく、パクスでもなく、重商連でもなければ、量子船でも熾光艦でもない……」キーがいった。「では、いったいなんです？」

デ・ソヤは画面を未確認船の断面図に切り替え、

「自家用宇宙船だ、連邦時代のな」と、静かな声でいった。「製造されたのは三十隻前後しかない。製造年代は、すくなくとも四百年前――もっと古いかもしれない」

キー伍長が小さく口笛を鳴らした。グレゴリウスは巨大なあごをなでている。レティグでさえ、いつもは無表情な顔に驚きの色を浮かばせた。キー伍長がいった。

「この世に自家用宇宙船があったことさえ知りませんでした。つまり、超光速の、という意味ですが」

「連邦は大物たちに、褒賞として自家用恒星船を与えていたそうだ」デ・ソヤは説明した。「あのグラッドストーン首相だか大統領だかが一隻持っていたらしい。ホレース・グレノン＝ハイト将軍もだ……」

「将軍の場合、連邦が与えたわけじゃなさそうですがね」

くっくっと笑って、キーがいった。グレノン＝ハイト将軍は、連邦初期においてもっとも悪名の高い伝説の反逆者――〈ワールドウェブ〉というローマに対する、辺境のハンニバルだった人物だ。

「そのとおり」デ・ソヤ神父大佐はうなずいた。「将軍はソル・ドラコニⅦ《セプテム》の惑星政府から強奪したんだ。いずれにしても、コンピュータによれば、製造されたすべての自家用宇宙船は〈崩壊〉前に姿を消した。いずれも破壊されるか、FORCE用に改修されたのち、廃船にされたことになっている。だが――どうやらコンピュータはまちがっていたらしい」

「コンピュータのまちがいなど、いまにはじまったことではありません」グレゴリウスがいった。「この長距離映像は、武装や防御システムをとらえていましたか？」

「いや。自家用宇宙船は本来民間のもので、武装は積んでいないのがふつうだ。〈聖ボナヴエントゥラ〉のセンサーも、解析班がシュライクに皆殺しにされる前は、いかなる索敵レーダーやパルス波もとらえていなかった」デ・ソヤは語をついだ。「なにぶん、何世紀も行方不明だった船だからな。その間に改造されていると想定したほうがいい。とはいえ、たとえアウスターの最新兵器を搭載していたとしても、〈ラファエル〉にはその攻撃をはねかえし、肉薄することができる。ひとたびそばまで近づけば、向こうも高機動兵器は使えない。接舷してしまえば、エネルギー兵器も使いようがない」

「あとは白兵戦なわけだ……」グレゴリウスがつぶやき、概略図に見いった。「エアロックで待ちかまえているでしょうから、どこかに突破口を開かねばなりません。ここと……ここ……」

デ・ソヤは冷や汗が流れるのをおぼえた。

「船内の空気を噴出させるわけにはいかんぞ。娘が……」

グレゴリウスは鮫の笑みを浮かべた。

「心配ご無用。船殻に大型突入リングを設置するには一分とかかりません。装甲スーツに携行していき……船殻のここを内側に吹きとばし、突入する……」

軍曹はキーボードを操作し、概略図を拡大させた。

「設置は仮想体験《スティムシム》で訓練しておきますから、実地演習には三日もあてればいいでしょう。仮想訓練にはもう一週間ほしいところです」黒い顔がデ・ソヤのほうを向いた。「この調子だと、低温睡眠で眠りこけているひまはないかもしれませんよ」

指先で唇をたたきながら、キーがいった。

「質問です、大佐」

デ・ソヤは視線をふりむけた。

「いかなる状況においても、娘を傷つけてはならないことは承知していますが、それ以外の乗員はどうします？」

デ・ソヤは嘆息した。この質問がくるのを恐れていたのだ。

「わたしとしては、この任務ではもう、これ以上の死者を出したくない」

「わかりました」キーは鋭い目でデ・ソヤを見つめたまま、質問を重ねた。「しかし、もしも乗員たちが行く手をはばんだら？」

デ・ソヤ神父大佐はモニターの映像を消した。狭苦しいラウンジには、オイルと汗とオゾンのにおいがこもっている。

「わたしの受けた命令は、娘にはいっさい危害を加えてはならないというものだった」デ・ソヤは慎重にことばを選び、ゆっくりといった。「ほかの者については、なんの言及もない。もし娘の船にいる何者かが……あるいはなにかが……妨害しようとすれば、排除もやむをえないと考えろ。自分の身を護ることを最優先するんだ。自分の身が危険かどうかはっきりしないうちに撃たざるをえないとしても、それはやむをえない」

「つまり、皆殺しにしろと」グレゴリウスがつぶやいた。「目的の子供以外は。その他の乗員については、運命の選択は神まかせ。そういうことですね」

何度聞いても、この古い傭兵のジョークにはがまんならなかった。デ・ソヤはいった。

「娘にさえ危害がおよばなければ、必要と判断されるかぎり、どんな手段に訴えてもかまわん」

「われわれと娘のあいだに立ちはだかる者が、ただひとりだけだとしたら？」レティグがたずねた。ほかの三人は、一様にアストロイダーに顔をふりむけた。「……そして、その何者かがシュライクだったとしたら？」

ラウンジに沈黙がおりた。聞こえるのは、船内のどこにいても聞こえる音——船殻が膨らんだり縮んだりする音、ベンチレーターのささやき、機械類のうなり、ときおり響くスラスターの推進音などだ。

「もしもそれがシュライクなら……」

デ・ソヤ神父大佐はいいかけ、口ごもった。

「もしそれがあのシュライク野郎なら……」グレゴリウス軍曹があとを受けた。「やつも驚く仕掛けをいくつか見せてやりますよ。こんどばかりは、あの棘だらけのクソ外道《げどう》に目にもの見せてやる——おっと、口汚くてすいません、神父」

「きみの司祭としては」デ・ソヤはいった。「冒瀆的なことばに対して警告せざるをえない。だが、指揮官としてはこう命じよう。あの棘だらけのクソ外道に目にもの見せてやれ——たっぷりとな」

作戦会議は休会となり、四人は夕食をとったあと、各自で作戦を練りあげにかかった。

21

ごぞんじだろうか、旅でひときわ印象に残るのは——どんな長い旅であっても——最初の一週間かそこらだということを。それは旅がはじまったばかりで気分が高揚しているせいかもしれないし、五感が新しい環境に適応しようと努めているせいかもしれないし、もの珍しさでさえすぐに薄れてしまうせいかもしれないが……理由はさておき、ぼくの経験からいえば、見知らぬ場所を訪ねたり、見知らぬ人々に出会ったりする最初の数日こそは、その旅の残りのトーンを決定づけてしまうものだ。とくにぼくの場合は、残りの人生すべてを決定づけたといえる。

大いなる冒険の第一日め、ぼくたちは大半を眠って過ごした。アイネイアーは疲れきっていたし、ぼくのほうも——十六時間も爆睡してしまっては、自覚せざるをえない——へとへとの状態だった。ふたりが眠りこけていた航海の第一日めにおいて、A・ベティックがなにをしていたかは定かではないが——この時点ではまだ、アンドロイドも睡眠を必要とするが、人間の必要量のごく一部であることは知らなかった——私物を収めた小さなリュックを機関室に持ちこみ、眠るときはハンモックを吊り、大半の時間をそこで過ごしていたらしい。アイネイアーには、船の先端部にある〝主寝室〟を――初日の朝、隣接する浴室でシャワーを浴びてきたあの部屋を――使わせようとしたが、本人は低温睡眠デッキにある寝棚のひとつにこだわり、すぐさまそこを自分の寝場所にしてしまった。おかげでぼくは、最上階の円形の部屋中央に置かれた、大きくてふかふかのベッドの寝心地を楽しみ、じきに広場恐怖症も克服して、宇宙船に船殻を透明にさせ、外のホーキング空間に展開するフラクタル光を眺めても平気なほどになった。もっとも、あまり長いあいだとなると、さすがに透明にしてはおけなかった。脈動する幾何学図形は、いわくいいがたい形でぼくの神経を苛《さいな》みつづけたからだ。

図書室デッキとホロピット・デッキは、暗黙の了解により、共用スペースとなった。キッチンは――A・ベティックが呼ぶところの〝ギャレー〟は――ホロピット・レベルの壁面にセットされており、ふだんの食事はホロピット内の低いテーブルでとったが、ときには気分を変えて、航法室付近の丸テーブルまで料理を持っていくこともあった。

最初に目覚めて〝朝食〟を（ハイペリオン時間をそのまま使うなら船内時間では午後だったが、もう二度とあの惑星を見ることがないかもしれないのに、ハイペリオン時間にこだわる必要がどこにあろう？）とった直後、ぼくはすぐさま図書室を訪ねた。書物はみな古く、いずれも連邦時代かそれ以前に発行されたものばかりで、マーティン・サイリーナスの叙事詩をはじめ——『終末の地球《ザ・ダイング・アース》』という本だ——十人もの作家の古典的書物を見つけたときには驚きをおぼえた。それらはみな、子供のころに読み、長じて湿原の小屋で過ごした長い昼夜、あるいは河で働いていたときなどに、何度も読み返した本ばかりだったのである。

最初の日、そうやって本をあさっていると、A・ベティックがやってきて、書棚から緑色の装丁の小さな本をぬきだし、ぼくにさしだした。

「これなど、おもしろいかもしれませんよ」

タイトルには、『〈ワールドウェブ〉旅行ガイド：〈グランド・コンコース〉と〈テテュス河〉の旅』とあった。

「うん、たしかに……これはおもしろそうだ」

ふるえる手でページを開いた。手がふるえたのは、自分たちがほんとうに〈ウェブ〉を訪ねようとしているという事実のせいだったのだろう。そう、ぼくたちはまさに、元〈ウェブ〉の惑星を訪ねようとしているのだ！

「内容もですが、これらは存在自体が興味深いですね」アンドロイドがいった。「なにしろ、だれの手もとにも、あらゆる情報が瞬時に手にはいった時代のものですから」

ぼくはうなずいた。子供のころは、祖母の語る昔話を聞きながら、だれもかれもがインプラントを内蔵し、好きなときにいつでもデータスフィアにアクセスできた日々のことを想像しようとしたものだ。もちろん、そんな時代でさえ、ハイペリオンにはデータスフィアがなかったし、ハイペリオンが〈ウェブ〉の一部であったこともないが、何十億もの連邦市民の大半にとって、人生は視覚・聴覚・印刷情報によって構成された、際限なくつづく仮想体験《スティムシム》のようなものだったのだろう。そんな時代だけに、人類の大多数が文字の読みかたをおぼえなかったのもむりはない。識字率の向上は、〈崩壊〉後かなりたって恒星間社会が再建されたのち、教会とその意を受けたパクスの行政官らがかかげた、最初の目標のひとつだったそうだ。

航海初日のこのときのことはよく憶えている。絨毯が敷かれ、照明を受けて光るチーク材とサクラ材の化粧板にかこまれた船の図書室のなかで、ぼくは書棚から五、六冊の本をとり、テーブルへと持っていった。

まもなく、アイネイアーも図書室にやってきて、さっそく書棚から『終末の地球』をとりだした。

「この本、ジャックタウンにはなかったし、マーティンおじさんのところを訪ねていっても、絶対に読ませてくれなかったの」とアイネイアーはいった。「マーティンおじさん、いつもいってたわ、この本は自分が書いたなかで、唯一――未完のままの『詩篇』をべつにすれば――読むに値する本だって」

「どういう本なんだい?」読んでいるデルモア・デランドの小説から顔をあげずに、ぼくはたずねた。アイネイアーもぼくも、本を読み、話をしながら、リンゴをかじっている。A・

ベティックは螺旋階段の下に消え、いまは姿が見えない。

「オールドアースの最後の日々をつづったものよ」アイネイアーが答えた。「マーティンおじさんが北アメリカ自然保護区にあった一族の領地にいて、わがまま放題に育てられた子供だったころ、見聞きした実話をもとにしてるの」

ぼくは読んでいた本を下に置いた。

「オールドアースはどうなったと思う？」

アイネイアーはリンゴを飲みこんだ。

「わたしの時代では、みんな二三三八年の〈大いなる過ち〉でブラックホールに食われてしまったと信じてたわね。食われて消滅。きれいさっぱり」

ぼくはリンゴをかじり、うなずいた。

「たいていの人間は、いまだってそう信じてるさ。でも、老詩人の『詩篇』は、〈テクノコア〉がオールドアースを盗み、どこかへ運びさったと……」

「マゼラン雲でしょ？」アイネイアーがリンゴをもうひとかじりした。「それ、とうさんが殺された事件を捜査中、かあさんがとうさんといっしょに探りだしたことよ」

ぼくは身を乗りだした。

「おとうさんのことを聞かせてほしいといったら、いやかい？」

アイネイアーは小さくほほえんだ。

「べつに、いいわよ。わたしは一種の混血で、ルーサス人の女とクローンされたサイブリッドの子供なんだけど、べつに気にしてなんかいないし」

「きみはあまりルーサス人っぽくないね」

高G惑星の住人は、必然的に短軀で怪力の持ち主になる。たいていの者は蒼白く、髪の色は黒だ。アイネイアーは小柄だが、年齢からいうと一G惑星では標準の身長だし、茶色の髪にはブロンドのメッシュがはいり、からだつきもほっそりしていた。『詩篇』に描かれたブローン・レイミアの描写を連想させるのは、その聡明そうな黒い瞳くらいのものだ。

アイネイアーは笑った。耳に心地よい響きだった。

「わたし、とうさん似なのよ。ジョン・キーツは、小柄でブロンドで痩せていたの」

ぼくはちょっとためらってから、水を向けた。

「おとうさんと話をしたといったね……」

アイネイアーは横目でぼくをちらと見た。

「うん。知ってるでしょうけど、わたしが生まれるまえに、とうさんのボディは〈コア〉に殺されてしまったの。でも、これも知ってるわよね、かあさんがとうさんのペルソナを耳のうしろに埋めたシュレーン・リングにいれて、何カ月も持ち運んでいたことは」

ぼくはうなずいた。それも『詩篇』に書いてあることだ。

アイネイアーは肩をすくめた。

「とうさんと話をしたことは憶えてるのよ」

「でも、きみはまだ……」

「生まれてなかったわ。かあさんのおなかのなかにいたから。詩人の人格が胎児となにを話すのかって思う？　でもね、たしかに話をしたの。そのとき、とうさんの人格は、まだ〈テクノコア〉に接続されていてね。だから、見せてくれたわ……複雑すぎて説明できないけど。でも、ロール、信じて」

「信じるとも」ぼくは答え、図書室を見まわした。『詩篇』によれば、おとうさんの人格がシュレーン・リングを出たあと、しばらくこの船のＡＩに宿っていたそうだけど。それは知ってるかい？」

「うん」アイネイアーはにっこり笑った。「きのうね、眠ってしまう前に、船と一時間ほどお話ししたの。とうさん、たしかにここにいたわ。〈崩壊〉後の状況をたしかめるために、領事が旧〈ウェブ〉へもどっていったとき、とうさんの人格は、たしかにこの船の精神と同居していたのよ。でも、いまはここにいないし、宇宙船もとうさんがここにいたときのことはよく憶えていないし、とうさんがどうなったのかもまったく憶えていないの。領事が死んだあとでこの船を出ていったのか、それともべつのなにかが起こったのか――だから、とうさんがまだ存在しているかどうかもわからないわ」

「でも……」ぼくはできるだけあたりさわりのない言いかたをしようと努めた。「〈コア〉

はもうないわけだから、サイブリッド人格がどうやって存在できるのか、その……よくわからないんだが……」

「〈コア〉がないなんて、だれがいったの？」

告白しよう。このひとことに、ぼくは驚愕した。

「だって、マイナ・グラッドストーンと連邦が最後にとった行動は、転位ネットワーク、データスフィア、FATラインをはじめ、〈コア〉が巣くうあらゆる次元を破壊することだったはずじゃないか」ややあって、ぼくはやっとのことで声を絞りだした。『詩篇』でさえ、それは事実だと認めてる」

アイネイアーは、なおもほほえみを浮かべたまま答えた。

「そうね、たしかに、宇宙にあった転位装置は全滅したし、ほかのものも機能停止したわ。わたしのいた時代のうちにデータスフィアも消えてしまったし。でも、〈コア〉が滅びたなんてだれがいったの？　それって、蜘蛛の巣をいくつかはらったからって、蜘蛛がみんな死んだというようなものでしょ？」

ぼくは思わず、うしろをふりかえった。

「じゃあ、きみは……〈テクノコア〉がまだ存在していると思うのか？　あのAI群が、いまも人間を滅ぼそうとたくらんでるというのか？」

「なにをたくらんでるかは知らないけどね。〈コア〉が存在することはたしかよ」

「どうしてわかる？」

アイネイアーは小さな指を一本立ててみせた。

「第一に、〈崩壊〉後も、とうさんのサイブリッド人格は存在してたわ。でしょ？　とうさんの人格のもとは、〈コア〉が造ったＡＩだったのよ？　とすれば、〈コア〉はまだ存在していたことになるわ……どこかにね」

ぼくはじっくりと考えた。まえにもいったように、ぼくにとってサイブリッドとは——アンドロイドとおなじように——本質的に、謎の存在だ。小妖精《レプラコーン》の肉体的特徴を議論したほうがまだわかりやすい。

「第二に」アイネイアーはいって、二本めの指を立てた。「わたし自身、〈コア〉と連絡をとったことがあるの」

ぼくは目をしばたたいた。

「生まれる前にだろう？」

「うん。それと、かあさんといっしょに、ジャックタウンに住んでいたときにもね。かあさんが死んでからもよ」アイネイアーは持ってきた何冊かの本をかかえ、立ちあがった。「それに、つい今朝がたにも」

ぼくは彼女を見つめるばかりだった。

「わたし、おなかへっちゃった、ロール」アイネイアーは階段の入口でふりかえり、うながした。「ね、この老船のギャレーにどんなお昼がこしらえられるか、下へ見にいかない？」

ぼくたちはまもなく、船内の時間サイクルを決め、起きている時間と寝ている時間はおおむねハイペリオンの昼夜に合わせた。〈ウェブ〉時代、旧連邦はオールドアースの二十四時間を標準とする習慣を維持していたが、それがいかに重要なことであったかが、だんだんわかってきた。どこかで読んだのだが、地球型惑星や地球化された惑星の九〇パーセントでは、オールドアースの一日を基準に、誤差三時間内外の一日を維持していたそうだ。

アイネイアーは、あいかわらず好んでバルコニーをせりださせ、ホーキング空間の空のもとでピアノを演奏した。ぼくもときどきは外に出て、何分かつきあったが、船内でまわりをちゃんと壁でかこまれているほうがずっと安心できた。超光速環境に不満を漏らす者はいなかったが、ぼくはその影響をつねに感じていた。たとえば、ときおり訪れる感情やバランスの崩れ、つねにだれかに見られているような感覚、眠っているときに見るひどく奇妙な夢などだ。ぼく自身、胸が早鐘のように鳴り、口のなかがからからに乾き、夜具を汗に濡らして飛び起きたことが何度もある。よほどひどい悪夢を見ないかぎり、こんな状態になるものではない。それなのに、その悪夢の内容はまったく憶えていないのだ。ほかのふたりにも夢のことをたずねてみたが、A・ベティックは夢のことをいっさい口にしなかったし——アンドロイドが夢を見るのかどうかもわからない——アイネイアーは、自分も奇妙な夢を見るが、なにも憶えていないので話のしようがないとだけいった。

二日め、また図書室にすわっていたときのこと、アイネイアーが宇宙旅行を〝体験〟してみようといいだした。げんに宇宙旅行しているのだから、これ以上どうやって体験するのかとたずねると——このときぼくの頭にあったのはホーキング空間のフラクタルだ——アイネイアーは笑って、船内の遮蔽フィールドを切るようにと宇宙船に指示した。たちまちぼくらは、無重量状態に陥った。

子供のころは、よくゼロGにあこがれたものだ。若い兵士のころも、〈中つ海〉の塩水を泳ぎながら、目をつむり、ゆったりとからだを浮かせ、大むかしの宇宙旅行はこんな感じだったのかと夢想したことがある。

だが、じっさいにはまるでちがっていた。

ゼロG——とくに、アイネイアーの指示を受け、このとき宇宙船がもたらした急激なゼロGへの切り替えは、早い話、落下に等しかった。

すくなくとも、最初はそんな感じがした。

あわてて椅子をつかんだが、その椅子も落ちて*いる*。〈馬勒山脈〉の巨大ケーブルカーに乗っていたら、いきなりケーブルが切れたようなものだと思えばいい。上下はどっちだと内耳が抗議した。だが、この状態では上も下もない。

A・ベティックが、それまでいた下のデッキのどこかからふわりとあがってきて、冷静な声でたずねた。

「なにか問題でも？」

「ううん」アイネイアーが笑った。「しばらく宇宙空間を実感してみようと思って」

Ａ・ベティックはうなずき、頭から螺旋階段の穴につっこんでいって、下のどこかへ消えた。仕事のつづきをするつもりなのだろう。

アイネイアーはそのあとを追って床を蹴り、中央にある階段の降り口へジャンプした。

「ほらね？　船がゼロＧのときは、階段吹きぬけが中央通路になるのよ、むかしの量子船みたいに」

「危険じゃないかな」

ぼくは椅子の背から書棚へとつかまりなおした。そこではじめて、本という本が、伸縮性のコードで固定されていることに気づいた。固定されていないものは——ぼくがテーブルの上に置いた本、テーブルのまわりの椅子、べつの椅子の背にかけておいたセーター、食べていたオレンジなどは——みな宙に浮いている。

「そうでもないわ」アイネイアーは答えた。「でも、ちらかっちゃうわね。つぎに船内遮蔽フィールドを切るときは、きちんとかたづけてからにしましょう」

「でも、フィールドは……重要じゃないのかい？」

アイネイアーは、ぼくから見てさかさまに浮かんでいた。内耳はこの経験を快く思っていない。

「たしかにね、通常空間を移動中は、ものがつぶれたり吹っとんだりしないように、フィールドは欠かせないけど」階段の手すりをつかみ、全長二十メートルの吹きぬけに浮かんで、アイネイアーはいった。「ホーキング空間では、加速したり減速したりできないから……ほら、見て！」

アイネイアーは螺旋階段の手すりをつたい、船の中心を貫く吹きぬけにそって、さかさまのまま〝下〟のデッキへ消えていった。

「やれやれ」

ぼくはつぶやき、書棚をひと押しすると、いったん反対側の隔壁でバウンドしてから、少女を追って中央吹きぬけを降りた。

それからの一時間、ぼくらはゼロGならではの遊びにふけった。ゼロG鬼ごっこ、ゼロG隠れんぼ（重力の制約がないと、思いがけないところに隠れられるものだ）、ゼロGサッカー（ボールに使ったのは、船倉／通路デッキのロッカーから持ってきた、プラスティックの宇宙ヘルメットだった）、さらにはゼロGレスリングまでも。レスリングは思っていたよりもむずかしかった。はじめてアイネイアーをつかまえたときは、勢いあまって低温睡眠デッキの端から端までくるくる回転しながらよぎり、壁に思いきり激突してしまったものだ。

疲れはて、汗まみれになったころ（汗のしずくは、人がとり除くか、ベンチレーターの気流に押し流されるかしないかぎり、ずっと空中にただよいつづける）、アイネイアーがふたたびバルコニーを開くようにと宇宙船に命じた。ぼくは恐怖の悲鳴をあげたが、そこで宇宙船の静かな声が、外部フィールドはちゃんと張ってありますとなだめてくれた。ぼくたちは宙に浮かんだまま、ボルトで固定されたスタインウェイの上を飛び越え、さらには手すりも越えて、宇宙船と外部フィールドのあいだの虚空にただよっていき、十メートルほど外に出たあたりで、ふりかえって船を見た。ホーキング空間が一秒間に何十億回も折りたたまれては収縮するのにともなって、フラクタルがつぎつぎに爆発している。その冷たい花火にとりかこまれ、カラフルな光を浴びて、宇宙船は光り輝いていた。

ややあって、手足をばたつかせて船にもどり（押すものがない場所で宙を移動するのはひと苦労だった）、インターカムを通じ、A・ベティックにGがもどることを警告してから、一Gの遮蔽フィールドを復活させた。それまで宙に浮いていた、セーター、サンドイッチ、椅子、本、グラスからこぼれた水の小球などがいっせいに絨毯に落下し、アイネイアーもぼくも声をたてて笑った。

おなじ日の夜、就寝時間にはいり、宇宙船が照明を暗くしてからのこと――螺旋階段を伝ってホロピット・デッキに降り、夜中に食べる軽食を見つくろっていると、下の低温睡眠デッキの入口から小さな音が聞こえてきた。

「アイネイアー？」

小声で呼びかけてみた。返事はなかった。ぼくは階段の入口に歩みより、吹きぬけの中央にあいた暗い穴の下を覗きこんだ。二、三時間前、ゼロGでここを行き来したことを思いだすと、ひとりでに顔がほころんでしまう。もういちど呼びかけた。

「アイネイアー?」

やはり返事はない。依然として、あの小さな音が聞こえるだけだ。懐中電灯を持ってくればよかったと思いながら、ぼくは靴下をはいただけの足で金属の階段を降りていった。

低温睡眠槽の上のモニターがぼうっと放つ光で、あたりのようすがうすぼんやりと見えた。小さな音はアイネイアーのいるあたりから聞こえていた。目をこらしてみると、アイネイアーはこちらに背を向け、ベッドに横になっていた。肩まで毛布をかけているが、彼女が寝間着に選んだ領事の古いシャツの襟は見えている。ぼくは下の階に降り、足音をたてないようにしてそっと歩みよると、ベッドのそばにひざをついた。

「アイネイアー?」

少女は泣いていた。泣き声をこらえようとして、必死になっているのがわかった。

肩に手をかけた。やっとのことで、アイネイアーはふりかえった。計器の放つほのかな照明のもとでも、少女がしばらく前から泣きつづけていたことがわかった。目を真っ赤に泣き腫らし、頬も涙でびしょびしょだ。

「どうしたんだい、アイネイアー?」

ぼくは小声でたずねた。Ａ・ベティックがハンモックを吊って寝ている機関室は二デッキ下だが、吹きぬけは吹きぬけだ。

しばらくのあいだ、アイネイアーは無言だった。が、まもなくすすり泣きがおさまってきた。やっとのことで完全に泣きやむと、アイネイアーはいった。

「……ごめんね」

「いいんだよ。話してごらん。どうしたの？」

「ティッシュ、とって。そしたら話す」

ぼくは領事の残した古いローブのポケットをさぐった。ティッシュははいっていなかったが、上のデッキでケーキを食べていたとき使ったナプキンがあったので、それをさしだした。

「ありがとう」アイネイアーは鼻をかみ、布で鼻を押さえたまま、ぼそぼそといった。「ゼロＧじゃなくてよかったわ。あのままだったら、鼻水がそこらじゅうに浮かんじゃうもの」

ぼくは笑顔を浮かべ、軽く少女の肩をつかんだ。

「なにかが怖いのかい、アイネイアー？」

少女は小さく鼻を鳴らすような音をたてた。笑おうとしたらしい。

「なにもかもよ」と彼女はいった。「なにもかも怖いの。未来についてわかってることが、なんでもかんでも怖いの。何日かしたら、待ちかまえるパクスの人たちのところへ飛びこんでいくことがわかってるのに、どうやって切りぬければいいのかわからないし。ホームシックだし。もう二度と前の時代にはもどれないのよ。知ってた人たちは、マーティンおじさん以外、もうみんな死んじゃってるのよ。でも、いちばんつらいのは——ママに会えないこと」

ぼくは肩をつかむ手に力をこめた。ブローン・レイミアは、この子の母親は、すでに伝説の存在に——二世紀半前に生きて死んだ女性になっている。どこに埋められたにせよ、わずかに残ったその骨は、とうに塵に帰ってしまっているだろう。この子にしてみれば、母親と死に別れたのはつい二週間前のことなのに。

「かわいそうに」ぼくはささやきかけ、もういちどぎゅっと肩をつかんだ。領事の古いシャツの感触が手に伝わってきた。「でも、だいじょうぶ。きっとうまくいくよ。なにもかも」

アイネイアーはうなずき、ぼくの手を握った。その手はまだ涙に濡れていた。ぼくの大きな手につつみこまれてみると、その手の小ささは痛々しいほどだった。

「ギャレーにいかないか？　鬱金蔦の根のケーキとホットミルクでもどう？　おちつくよ」

アイネイアーは首をふった。

「いまは寝たほうがいいみたい。ありがとう、ロール」

アイネイアーはもういちどぎゅっと握りしめてから、ぼくの手を放した。その瞬間、ぼくは大いなる真実を知った。〈教える者〉であれ、新しい救世主であれ、やがてどんな存在になるのであれ——ブローン・レイミアの娘は、まだまだほんの子供——ゼロG下のたわむれで大喜びし、夜になれば心細くて涙を流す、小さな子供なのだ。

ぼくはそっと螺旋階段を昇り、上にもどりかけたが、頭が上のデッキに出るまえに立ちどまり、アイネイアーをふりかえった。少女は毛布をひきかぶり、また背を向けている。計器のほのかな光で、わずかに覗いた髪が見えた。

「おやすみ、アイネイアー」

聞こえないことを承知で、ぼくはそっとつぶやいた。

「きっとうまくいくよ、なにもかも」

22

　グレゴリウス軍曹と部下二名は、外扉の開いた出撃エアロックで待機していた。大天使級急使船〈ラファエル〉は、たったいま通常空間内に実体化した未確認宇宙船めがけ、急速に接近中だ。装甲与圧スーツがかさばるうえに、無反動ライフルとエネルギー兵器を両肩にかけているため、三人はいっただけでエアロックは満杯だった。宇宙空間に身を乗りだした三人の金色のバイザーに、パールヴァティーの太陽がぎらぎらと反射している。

「目標捕捉」デ・ソヤ神父大佐の声が全員のイヤフォンに響いた。「距離百メートル、依然接近中」

　彼我《ひが》の距離が縮むにつれ、尾翼をそなえた針のように細い宇宙船が視野にぐんぐんふくれあがっていく。と、その一部で遮蔽フィールドがぼやけ、閃光を発したかと思うと、目で追うよりも速く高エネルギーの荷電粒子《CPB》ビームが襲いかかってきた。グレゴリウスのバイザーは不透明になり、いったん透明にもどったのち、また不透明になった。着弾の閃光を防ごうと反応しているのだ。

「ようし、向こうの内懐《うちぶところ》に飛びこんだ」デ・ソヤが戦闘司令室《CCC》のカウチからいった。「ゆけっ！」

グレゴリウスは手で合図し、部下たちとともに、いっせいにエアロックから飛びだした。飛びながら、戦闘スーツにつけた推進パックのスラスターをふかし、細い針のようなブルーの炎でコースを修整する。

「フィールド接触……いまだ！」デ・ソヤが叫んだ。

相互の遮蔽フィールドが接触した。たがいにキャンセルされたのはほんの数秒だけだったが、それで充分だ。グレゴリウス、キー、レティグは、これで目標船の防御フィールド内へ侵入できたことになる。

「キー」

タイトビームで、キーにうながす。小柄な兵士はスラスターをふかし、減速中の船の船首へ向かった。

「レティグ」

装甲スーツを着たもうひとりの男が、船尾方向へ向かって加速しだした。

ぎりぎりまで待ってから、グレゴリウスは前進速度を殺し、最後の瞬間、みごとな前転を行なうと、スラスターを思いきりふかし、重い靴底を音もなく船殻に接触させた。ついで、ブーツの磁力装置を作動させ、ちゃんと足裏が船殻にくっついていることを確認してから、背筋を伸ばし、船殻に片ひざをたてた姿勢でしゃがみこむ。

「降着」タイトビームで、キー伍長の声。

「降着」一秒後、レティグの声も報告した。

グレゴリウス軍曹は腰のまわりにつけた突入リングのひもを引っぱり、船殻にふれさせ、密着装置をオンにした。リングの外にからだがはみださないよう気をつける。周囲をとりまく黒いリングは、直径一メートル半強だ。

「カウント3で展開する」マイクに指示した。「3……2……1……展開」

手首のコントローラーにふれたとたん、まばたきひとつするわずかな時間に、リングから極薄の分子ポリマーの膜が伸びだし、頭の上で閉じあわさって、そのままぐんぐん上へふくらみつづけた。十秒のうちに、軍曹を密封する透明な袋は長さ二十メートルに達した。装甲宇宙服を着てうずくまる男が巨大なコンドームにつつまれた図のできあがりだ。

「完了」キーが報告した。レティグもだ。

「炸薬設置」いうと同時に、グレゴリウスは船体に穿孔炸薬を円を描くようにとりつけ、ゴーントレットをはめた手をふたたび手首のコントローラーに持っていった。「カウント5から だ……」

足の下の宇宙船はしきりに自転し、スラスターをふかし、メイン・エンジンをランダムに噴射させている。だが、すでに〈ラファエル〉の遮蔽フィールドの制御下にあるため、三人が船殻から振りはなされることはない。

「5……4……3……2……1……点火」

炸薬が発火したが、音はもちろん、閃光も反動もなしだ。直径百二十センチの円形に切りとられた船殻が、船内へ勢いよく陥没する。湾曲した船体の向こうで、キーのポリマー・バッグがほのかにきらめいた。一気にふくらんだバッグが陽光をとらえたのだ。船殻の穴から空気が噴出し、周囲の空間を満たすにつれて、グレゴリウス自身のバッグもふくらんでいく。外部集音マイクを通じて、五秒ほどハリケーンのような音が荒れ狂ったのち、急に静かになるのがわかった。ヘルメット内蔵センサーによれば、すでにバッグ内は酸素と窒素でいっぱいだ。つかのまの減圧で、塵やほこりもいっしょに噴きだしてきている。

「全員、突入！」

グレゴリウスは叫びざま、無反動プラズマ・ライフルを両手に持ち、船内に飛びこんだ。

重力がない。デッキにころがる体勢をとっていたので、これには虚をつかれたが、数秒のうちに意識を切り替え、空中にとどまったまま一回転し、周囲のようすをさぐった。

どうやら共用エリアらしい。シートのクッション、古めかしい画像スクリーン、本物の本がならぶ書棚が見える。

だしぬけに、中央部の吹きぬけに男が出現した。

「動くな！」

共通周波数とヘルメットのラウドスピーカーを通じ、グレゴリウスはどなった。

だが、男は——シルエットとしてしか見えない男は——停まろうとしない。手にはなにかを持っている。

グレゴリウスは腰だめで撃った。プラズマ弾は男のからだに直径十センチの穴をえぐった。反動で回転する男の肉体から血とはらわたが飛びちり、飛沫《しぶ》く返り血がグレゴリウスのバイザーと胸甲にかかった。死んだ男の手から持っていたなにかが離れ、ただよいだす。床を蹴って螺旋階段へ向かいながら、ちらとそれに目をやった。本だった。

「くそっ」軍曹は毒づいた。

非武装の人間を殺してしまったか。これは減点だ。

「最上層に侵入、無人」キーが報告した。「これより階下へ」

「機関室に侵入」レティグが報告した。「男一名発見、逃走を試みたため射殺。娘の姿なし。上層へ昇る」

「娘は中層かエアロック層にいるはずだ」グレゴリウスはマイクにどなった。「用心して進め」

いきなり、照明がふっと消えた。ヘルメットのサーチライトとプラズマ・ライフルのビームライトが自動的に点灯する。塵、血球、浮遊する人工物のなかで、ビームがはっきりと見えた。螺旋階段めざしてジャンプし、吹きぬけの縁で停止して下の層を覗きこむ。

だれかが、もしくはなにかが、下の層から上へ、こちらへとただよってきていた。ヘルメットのライトをふりむけたが、その姿をとらえたのは、プラズマ・ライフルのビームライトのほうが先だった。

娘ではなかった。グレゴリウスは一瞬、とまどいをおぼえた。巨大な体軀、有刃鉄線、無数の棘、多すぎる腕、爛《らん》と燃える赫《あか》い目。一秒以内に判断しろ。吹きぬけにプラズマ弾をたたきこめば、下層にいる娘まで死ぬ恐れがある。といって、手をこまぬいていれば、死ぬのはこっちだ。こうしてためらっているあいだにも、剃刀のように鋭利な鉤爪が襲いかかってくるかもしれない。

〈ラファエル〉を出る直前、グレゴリウスはプラズマ・ライフルに死の杖《デスウォンド》をゆわえつけてきた。逡巡は瞬時に消え、横にジャンプし、ウォンドの狙いをつけ、引き金を引いた。

有刃鉄線におおわれた巨体が、ぐったりとしてそばをただよっていった。四本の腕には力なく、赫い目も輝きが消えている。グレゴリウスは思った。

(この化け物も、デスウォンドの前にはひとたまりもなしか。ということは、シナプスがあるわけだ)

そのとき、上に動きをとらえ、ライフルをふりむけた。キーだった。そこからは、ふたりそろって頭から先に吹きぬけへ飛びこみ、下へ向かった。

(いまだれかが内部フィールドをつければ、Gがもどってくる。となると、この姿勢はまず

い。注意しておかないと）

「娘を捕捉」レティグが報告した。「低温睡眠槽のひとつに隠れていました」

グレゴリウスとキーは共用層を通過し、低温睡眠層に出た。装甲スーツを着た長身の男が子供を押さえていた。ブロンドの混じった茶色の髪と黒い目の娘は、小さなこぶしでレティグの胸甲をむなしく殴りつづけている。

「この子だ」グレゴリウスは〈ラファエル〉にタイトビーム通信を送った。「船を制圧、娘を確保しました。今回は護衛ふたりと、あの怪物だけでした」

「了解」デ・ソヤの声がいった。「二分十五秒か。たいしたものだ。もう出てきていいぞ」

グレゴリウスはうなずき、確保した子供に最後の一瞥をくれてから――娘はもう暴れてはいない――スーツのコントロールを操作した。

目をしばたたく。となりには部下ふたりが横たわっていた。各自のスーツはケーブルで戦術仮想システムにつながっている。仮想体験をよりリアルにするために、デ・ソヤはほんとうに〈ラファエル〉の内部フィールドを切っていた。グレゴリウスと同時に、ほかのふたりもヘルメットをぬいだ。ふたりとも、顔が汗でびっしょりだ。グレゴリウスは、キーがかさばる戦闘スーツをぬぐのを手伝ってやった。

三人は作戦室で待つデ・ソヤのもとへ赴いた。戦術仮想空間《スティムシム》で会ってもいいのだが、反省会をするとなると、やはりじかに顔を合わせたほうがいい。

「みごとだった」三人が小さなテーブルのまわりにつくと、デ・ソヤがいった。

「抵抗がなさすぎます」軍曹はいった。「デスウォンドでシュライクを倒せるとは思えません。それに、航法室で遭遇したあの男……持っていたのは本でした」

デ・ソヤはうなずいた。

「しかし、対応はあれでよかった。倒される危険を冒すより、倒してしまったほうがいい」

「ですが、非武装の男ふたりというのは……」キー伍長がいった。「どんなもんでしょうね。三度めの訓練のとき、武装戦闘員が十人以上も出てきたのとおなじくらい非現実的ですよ。アウスターとの遭遇を前提にした訓練に比重を置くべきです。せめて、海兵隊レベルの相手を想定しないと」

「不思議なのは……」レティグがつぶやいた。

全員が彼を見やり、その先を待った。ややあって、レティグはことばをつづけた。

「毎回、娘を無傷で確保できることです」

「五回めの仮想訓練《シム》では……」キーがいいかけた。

「わかってます。あのときは予期せぬパターンで娘が死んでしまった。だけど、あれは船自体が自爆してしまったからでしょう。そういう事態になるとは思えない……一億マークの宇宙船に自爆装置をつけたなんて話、聞いたことがありますか？　ばかげてます」

ほかの三人は顔を見合わせ、肩をすくめた。

「たしかに、ばかげてはいる」デ・ソヤ神父大佐はいった。「しかし、さまざまなパラメータを加味して戦術をプログラムするのが……」

「わかってます」レティグ上等兵はさえぎった。その細面《ほそおもて》はナイフの刃のように鋭く、いかめしい。「おれがいいたいのは、銃撃戦になったとき、娘が流れ弾にあたる可能性はシムの例よりうんと大きいだろうと。それだけです」

この小型船で起居をともにし、訓練をつづけて何週間にもなるが、レティグがこれだけたくさんしゃべるところを見るのは、みなはじめてだった。

「そのとおりだな」デ・ソヤがいった。「つぎのシムでは、子供の危険レベル値をあげよう」

グレゴリウスは首をふった。

「大佐、シムはこのくらいにして、また実地演習にもどるべきです。なにしろ……」ちらと腕時計を見る。かさばる装甲スーツを着たまま腕時計を見るくせが身についてしまっているので、どうしても動きが大ぶりになる。「なにしろ……本物の目標と遭遇するまで、八時間しかないんですから」

「うん」キー伍長もいった。「同感ですね。もういちど船外に出て訓練したほうがいい――たとえ目標船をシミュレートできなくても」

レティグも同感のうめきを発した。

「わかった」デ・ソヤはいった。「だが、そのまえに飯を食おう──たっぷりとな。作戦のためとはいえ、この一週間でみな十キロちかく体重が減っただろう」

グレゴリウス軍曹はテーブルに身を乗りだした。

「作戦図を見せてもらえますか」

デ・ソヤはモニターに画像を呼びだした。〈ラファエル〉の細長い軌道と目標船の実体化ポイントはほぼ交差している。要撃点は赤く明滅していた。デ・ソヤはいった。

「もういちど現実空間で演習をしたら──全員、すくなくとも二時間は睡眠をとることにしたい。それから装備を点検し、リラックスする」モニターには船内時間と要撃時間が表示されていたが、それでもデ・ソヤは自分の腕時計を見た。「事故や不測の事態を回避するためだ。七時間四十分後に、われわれは娘を保護し……パケムへジャンプする準備にかかっていなくてはならない」

「大佐?」グレゴリウスはいった。

「なんだ、軍曹?」

「おことばを返すようですが……偉大なる神のしろしめすこのくそったれの宇宙では、事故や不測の事態を回避することなんぞできんのです。だれにもね」

23

「で」とぼくはいった。「きみの計画は？」

アイネイアーは読んでいた本から顔をあげ、ぼくを見た。

「わたしに計画があるなんて、だれがいったの？」

ぼくは大きく脚を広げ、椅子にすわった。

「だって、パールヴァティー星系に飛びだすまで、あと数時間しかないじゃないか。一週間前、きみはいったろ、連中がぼくらの行き先を知っている場合にそなえて、なんらかの計画をたてなきゃって。だから、その計画をきいてるのさ」

アイネイアーはためいきをつき、本を閉じた。A・ベティックが階段をあがってきて、図書室のテーブルのそばまでやってくると、椅子にすわった。彼にしてはめずらしいことだった。アイネイアーはいった。

「計画、といえるほどのものはないの」

じつは、こんな返事が返ってくることを恐れていたのだ。

この一週間はとても快適に過ごせた。たくさん本を読み、たくさん話をし、たくさん遊び――アイネイアーはチェスの名人で、碁が得意で、ポーカーの名手だった――平穏のうちに日々は過ぎた。今後の計画については、何度となく水を向けてみたが――最終目的地はどこなんだ？　なぜルネッサンス・ベクトルを選んだ？　アウスターを見つけるのも、この旅の目的なのか？――答えはいつも、丁重ではあったが、あいまいなものだった。アイネイアーが見せた最大の才能は、ぼくに話をさせることだったといえるかもしれない。ぼくはあまりたくさんの子供を知らない。自分が子供のころでさえ、キャラバンのグループにはほかにほとんど子供がいなかったし、ほかの子と遊んでもあまり楽しくなかった。婆さまといるほうがずっとずっとおもしろかったからだ。だが、これまでに出会った子供たちやティーンエイジャーのだれひとりとして、他人の話にこれほど好奇心を示す者、聞きじょうずな者はいなかった。アイネイアーはぼくに羊飼い時代の話もさせた。造園家見習い時代の話には目を輝かせた。はしけの船頭と狩猟ガイド時代の話は、何度も何度もくりかえしねだった。というよりも、アイネイアーが興味を示さなかったのは、軍隊時代の話だけだった。とくに興味を持ったのは、ぼくの犬のことだった。ただし、イジーの話をするのは――仔犬時代のこと、鳥猟犬として訓練したときのこと、死んだときのことなどは――ちょっぴりつらかったが。

アイネイアーは、A・ベティックの控えめな口さえ開かせ、何世紀にもおよぶ用役《ようえき》のことを聞きだした。そのさい、ぼくもよく聴き手に加わった。アンドロイドが見聞きしてきたことがらは、驚嘆すべきものばかりだった。さまざまな惑星のこと、ビリー悲嘆王によるハイペリオン入植のこと、〈馬《エクウス》〉全土に吹き荒れたシュライクの初期の殺戮のこと、老詩人の詩で有名になった最後の巡礼のこと——。マーティン・サイリーナスと過ごした数十年の話でさえ驚異に満ち満ちていた。

アイネイアー本人は多くを語らなかった。しかし、ハイペリオンを離れて四日めの晩、〈スフィンクス〉を通じて未来へやってきたのには、自分を追いもとめるパクスの手から逃れるばかりではなく、自分の運命の道を見つける目的もあったのだと打ち明けた。

「それ、救世主になるということかい？」

好奇心をそそられて、ぼくはたずねた。

アイネイアーは笑った。

「ちがうわよ。建築家になること」

ぼくは驚いた。いわゆる〈教える者〉が建築家として生計を立てるなんて、『詩篇』にも書いてなかったし、老詩人もひとこともいっていなかったのに。

アイネイアーは肩をすくめた。

「わたしがなりたいのは、建築家なの。夢で見たところでは、わたしに建築を教えられる人物は、この時代に住んでいたのよ。だからここへきたの」

「きみに建築を教えられる人物？〈教える者〉はきみだと思ってたんだけど」

アイネイアーはホロピットのクッションにどすんともたれかかり、片脚をソファの背にはねあげた。

「だって、ロール、いまのわたしがものを教えられるはずないでしょ？　わたしはまだ標準年で十二歳だし、ハイペリオンを出るのだって、こんどがはじめてなのよ？　だいたい、今週になるまで、〈馬《エクウス》〉大陸を離れたことだってなかったんだから。そんな人間に、どうしてものが教えられるっていうの？」

これには答えようがなかった。

「わたし、建築家になりたい」アイネイアーはくりかえした。「夢のなかでは、わたしを指導してくれる建築家は、あそこのどこかにいたんだけど……」

そういって、アイネイアーは船殻へ指をふり動かした。これはつまり、いま向かっているところ——旧連邦の〈ウェブ〉のことだろうとぼくは解釈した。

「それ、何者だい？　男？　女？」

「男の人よ。名前はまだ知らない」

「住んでる惑星は？」

「わからないの」

「ほんとうにこの世紀でいいのかい？」声にいらだちを表わすまいとしながら、ぼくはたずねた。

「うん。たぶん、あってると思う」

ぼくといっしょに過ごしたこの週、アイネイアーはめったに怒ったそぶりをしなかったが、いまのこの声はそれにいちばんちかいものだった。

「その人物は、ただ夢で見ただけかい？」

アイネイアーはさっと身を起こした。

「ただ夢で見ただけじゃないの。わたしの夢はね、わたしにとってはたいせつなものなのよ。それは夢というよりも……」いいよどんだ。「もうじきわかるわ」

ぼくは露骨にためいきをつくのをこらえた。

「建築家になって、そのあとは？」

アイネイアーは爪をかんでいた。いいくせではないので、ぼくはその都度《つど》、注意するようにしていた。

「そのあとって？」アイネイアーは問い返した。

「だからさ、老詩人はきみにいろいろ期待してるんだよ……救世主になるのはその一部にすぎないんだけど——いつそうなるつもりだい？」

「ロール」アイネイアーは立ちあがった。低温睡眠槽にもどるつもりなのだろう。「気を悪くしないでほしいんだけどね。そんなこと、いちいち詮索しないで、ほっといてくれる？」

そんな口のききかたをしたことを、アイネイアーはあとで詫びた。はじめて訪ねる星系へ実体化する一時間前、おなじテーブルをかこんでいたときのことだ。計画のことをきいたらまたむっとするだろうかと思いながら、ぼくは質問をくりかえした。

アイネイアーは怒らなかった。かわりに、爪をかみかけたが、途中で思いとどまり、こういった。

「そうよね、ロールのいうとおり。計画がいるよね」アイネイアーはA・ベティックに視線を向けた。「なにかいい考えはない？」

アンドロイドはかぶりをふった。

「マスター・サイリーナスと何度も相談したのですが、M・アイネイアー、パクスはなんらかの手段を通じてわたしたちの行き先に先まわりし、わたしたちは捕捉されてしまうだろう、というのが結論でした。もっとも、それはありえないことのようにも思えます。追跡してくる熾光艦は、この船より速くホーキング空間内を進めはしないのですから」

「だけど、わからないぞ」ぼくはいった。「この何年かのうちに案内したハンターのなかには、パクスが……というか、教会が……超高速船を開発したといううわさを口にしてた者たちがいたんだ」

A・ベティックはうなずいた。

「わたしたちもそのようなうわさを耳にしたことがあります、M・エンディミオン。しかし、もしパクスがそのような船を開発したのだとしたら……これは連邦もなしえなかった快挙ですが……すべての軍艦や重商連の商船に、そのような装置を装備させておかないはずがありません」

アイネイアーが軽くテーブルをたたいた。

「どうやって先まわりするかは、このさいどうでもいいの。だって、先まわりされる夢を見たんだもの。そのときからずっと計画を立てなきゃと思ってはいたんだけど……」

「シュライクは？」ぼくはいった。

アイネイアーは横目でぼくを見た。

「シュライクがどうしたの？」

「つまりさ。ハイペリオンでは、みごとにデウス・エクス・マキナを演じてくれたろう。だからこんども、おなじように……」

「冗談じゃないわ、ロール！」アイネイアーは大声を出した。「ハイペリオンにいた兵隊たちを殺戮してくれなんて、あれにたのんだわけじゃないのよ！　あんなことをしてほしかったわけじゃないの！」

「わかってる、わかってる」

なだめようとして、ぼくは少女の袖に軽くふれた。A・ベティックは、領事の古いシャツをアイネイアーにちょうどいいサイズに仕立てなおしていたが、それはまだせいぜい数着しかない。

アイネイアーが脱出時の殺戮に動揺していたことは知っていた。あとで聞いたことだが、それは二日めの晩に泣いていた理由のひとつでもあったそうだ。

「悪かったよ」ぼくは心からいった。「あの……存在……をあてにしたわけじゃない。ただ、だれかがまたぼくらの行く手に立ちはだかったら、もしかすると……」

「それはないわ」アイネイアーは否定した。「たしかに夢は見たわよ、ルネッサンス・ベクトルへいくのをだれかにじゃまされる夢を。でもその夢では、シュライクは助けにこなかった。今回は自力でやるしかないの」

「じゃあ、〈コア〉は？」

おそるおそる、ぼくはたずねた。アイネイアーが初日にその話をして以来、ぼくはこのときはじめて、〈テクノコア〉の名前を口にした。

だが、アイネイアーは考えにふけっているようだった。すくなくとも、ぼくの質問は頭から無視した。

「行く手にどんな困難が待っているにしても、自力で切りぬけなくちゃね。でないと……」

そこで上をふりあおぎ、少女は声をかけた。「宇宙船？」

「はい、M・アイネイアー」

「いまのやりとり、聞いてた？」

「もちろんです、M・アイネイアー」

「なにかいい方法はある？」

「パクスの宇宙船が待ちかまえていた場合、つかまらずにすむ方法ですか？」

「そうよ」

アイネイアーの声には険があった。この宇宙船を相手にしていると、みんないらいらしてくるようだ。

「独自の方法は思いつきません。そのむかし、通りかかった恒星系を通過するさい、領事がどうやって地元当局の追及を回避したのか、ずっと思いだそうとしてきたのですが……」

「どうやったの？」

「前にもいったように、わたしの記憶は完全ではありませんから……」

「わかってるわよ」とアイネイアー。「だから、どうなの？　地元当局を回避する気のきいた方法を憶えてるの？　憶えてないの？」

「主要な方法は、全速でふりきることでした。前にもいったように、アウスターはわたしの遮蔽フィールドと核融合駆動装置を改造しました。後者の改造のおかげで、わたしは標準的な量子船よりも速く量子化速度に到達できます。すくなくとも、以前、星々を飛びまわっていたころはそうでした」

A・ベティックが腕組みをし、アイネイアーが見ているのとおなじ隔壁に話しかけた。

「つまり、当局者が……この場合はパクスの宇宙船が……パールヴァティーもしくはその付近から発進してきた場合、向こうの手がとどかないうちに、ルネッサンス・ベクトルへジャンプできるということですね」

「ほぼ確実に」宇宙船は答えた。

「再ジャンプの準備にはどのくらいかかるんだ？」ぼくはたずねた。

「再ジャンプの準備？」

「要するに、実体化してからルネッサンス・ベクトルへ量子ジャンプできるまでのあいだ、パールヴァティー星系にいる時間のことさ」

「三十七分です。これは方向転換、航法チェック、システム・チェックもふくむ時間です」

「実体化したとき、目の前にパクスの船が待ちかまえていたらどうするの？」アイネイアーがたずねた。「その場合、役にたちそうなアウスターの改造は受けてる？」

「思いつけるかぎりではひとつもありません。知ってのとおり、遮蔽フィールドは強化されていますが、戦闘艦の搭載兵器をしのげるようなものではありませんから」

アイネイアーはためいきをつき、テーブルにもたれかかった。

「わたしも方法は考えたのよ、何度も何度も。でも、なんにも思いつけないの」

A・ベティックは、考えこんだような顔になっていた。もっとも、彼はいつもそんな顔をしているのだが。

「この船を塔に隠し、保守をしていたときに見つけたのですが……」A・ベティックはいった。「ほかにもうひとつ、アウスターの加えた改造があります」

「どんなやつだい？」これはぼくだ。

A・ベティックは、下を——ホロピットがある、一階層下のデッキを指差した。

「船の変形能力ですよ。バルコニーを突出させられるのはその一例です。大気圏内を飛行中であれば翼を伸ばすこともできます。各デッキに自由に出入口を開くこともできますから、外に出る必要が生じた場合、旧来のエアロックを経由しなくてもすみます」

「すごいわ」アイネイアーがいった。「でも、それがなんの役にたつの？　思いっきり変身して、パクスの熾光艦かなにかになれるんならともかく。そんなこと、できる、宇宙船？」

宇宙船はやわらかな声で答えた。

「できません、M・アイネイアー。アウスターは驚異的な圧力学的エンジニアリングを施してくれましたが、質量保存則というものを考慮しなければなりません」ちょっとだまってから、宇宙船はつづけた。「申しわけありません、M・アイネイアー」

「いいのよ、ばかげたアイデアなんだから」

アイネイアーはすわったまま、急に背筋を伸ばした。どうやらなにか思いついたらしい。A・ベティックもぼくも、彼女の考えの連鎖をじゃますまいとだまっていた。二分が経過した。やっとのことで、彼女は口を開いた。

「宇宙船？」

「はい、Ｍ・アイネイアー」

「エアロック……でなければ、ただの開口部を……船殻のどこにでも造れる？」

「一部、造れない部分はあります、Ｍ・アイネイアー。通信ポッドと航法関連エリアには、どうしても――」

「でも、居住区画ならどこにでも造れるのね？」アイネイアーはさえぎった。「そこなら自由に穴をあけられるのね？　船殻の上部を透明にしたみたいに？」

「できます、Ｍ・アイネイアー」

「そうしたら、空気が勢いよく噴出してしまう？」

宇宙船は、ちょっと傷ついたような声になった。

「そんな事態をわたしがゆるすはずがありません、Ｍ・アイネイアー。ピアノ・バルコニーをせりださせたときのように、外部フィールドの強度はそのまま維持できますから――」

「じゃあ、エアロックだけじゃなくて、各デッキに出入口を開いて、しかも減圧させないことはできるのね？」

こんなに執拗なアイネイアーは、このときはじめて見た。いまはもう、すっかりおなじみになってしまったが。

「できます、Ｍ・アイネイアー」

Ａ・ベティックもぼくも、口をはさまずにやりとりを聞いていた。アンドロイドはどうかわからないが、ぼくのほうは、アイネイアーがなにをもくろんでいるのか見当もつかなかった。ぼくは身を乗りだし、たずねた。

「それ、計画の一部なのかい？」

アイネイアーはにやりと笑って見せた。のちのち、ぼくが〝いたずらっぽい笑顔〟と思うにいたる笑みだ。アイネイアーは答えた。

「計画と呼べるほどのものじゃないけどね。それに、パクスがわたしの身柄をほしがる理由が、わたしの思ってるものとちがっていたら……うまくいかないわ」いたずらっぽい笑顔に皮肉な笑みが混じった。「どのみち、うまくいかないかもしれないけど」

ぼくは腕時計を見た。

「あと四十五分で実体化だ。そうしたら、だれかが待ちかまえているかどうかわかる。うまくいかないかもしれないその計画、話しておく気はあるかい？」

アイネイアーは話しはじめた。説明は長くはかからなかった。話がおわると、アンドロイドとぼくは顔を見合わせた。

「たしかに、きみのいうとおりだよ」ぼくはアイネイアーにいった。「計画と呼べるほどのものじゃないし……うまくいかないだろうな」

アイネイアーの笑顔は翳《かげ》らなかった。おもむろに、彼女はぼくの手をとり、手首をひねっ

て、腕時計の盤面を上に向けさせると、

「あと四十一分……」といった。「いい結果になればいいんだけどね」

24

〈ラファエル〉は長円軌道の最終部分にさしかかり、光速の〇・〇三パーセントのスピードでパールヴァティーの太陽方向に向かっていた。大天使級の急使船／戦闘艦は、不格好だが──なにしろ、巨大なドライブ・ベイ、でたらめにつけたような通信ポッド群、回転アーム、兵器プラットフォーム、つきだしたアンテナ・アレイなどがごちゃごちゃと固まるなか、あとで思いだしたかのように、生命維持球と降下艇がくっついているだけなのだ──進行方向に対して百八十度回転し、船尾から目標船の実体化ポイントへ突き進んでいくいまは、完全な戦闘艦と化していた。

「目標実体化まで一分」デ・ソヤは戦術チャンネルで告げた。

三人のスイス護衛兵は、すでに外扉の開いた出撃口に待機している。返事をしないのは、するまでもないとわかっているからだ。目標船が実空間に実体化してから二分ほどは──バイザーの高倍率をもってしても──標的の姿が見えないが、三人はそれも承知している。

コントロールパネルにとりかこまれ、耐Gカウチにからだを固定した状態で、デ・ソヤ神父大佐はゴーントレットをはめた手をオムニ・コントローラーにかけた。戦術ジャックを介して、〈ラファエル〉とは完全に一体化している。戦術チャンネル経由で三人の息づかいを聞き、目標船が近づいてくるのを感じとりながら、デ・ソヤはいった。

「ホーキング航法による歪《ひず》みを探知、角度三十九度、座標0－0－0、3－0－9、1－9－9。実体化ポイントは0－0－0、九百キロの地点だ。九九パーセントの確率で一隻だけと見ていい。相対速度は秒速十九キロ」

目標船がだしぬけに、レーダー、t－ディラック、その他のあらゆる探知装置で見えるようになった。

「とらえたぞ」デ・ソヤ神父大佐は待機するスイス護衛兵らにいった。「すべて予定どおりに……ん？」

「どうしました？」グレゴリウスの声がたずねた。

三人はすでに、武器、弾薬、突入リングのチェックをすませ、三分以内に飛びだせる状態にある。

「目標が加速しはじめた。ほとんどの仮想訓練《シム》では減速すると想定していたが――」デ・ソヤは戦術チャンネルを通じ、あらかじめプログラムしておいた代替策をとるよう〈ラファエル〉に指示すると、兵員たちに叫んだ。「つかまれっ！」

その時点で、すでにスラスターが噴射し、〈ラファエル〉は反転をはじめている。

「作戦に支障はない」デ・ソヤはいった。メイン・エンジンが猛烈な推進を開始し、百四十七Gが加わった。「加速中はフィールド内にとどまっていろ。あと一分で目標と速度を同調できる」

グレゴリウス、キー、レティグは答えない。だが、三人の息づかいははっきりと聞こえた。

二分後、デ・ソヤはいった。

「映像をとらえた」

グレゴリウス以下の三人が出撃口から身を乗りだした。目標船は核融合推進炎の棒の先に乗ったボールのようだ。グレゴリウスがバイザーの倍率をあげ、フィルターを解除し、目標船を見すえた。キーがいった。

「シムとそっくりおなじだ」

「そういう考えは捨てろ」軍曹が一喝した。「本物がシムとおなじであったためしはない」

もちろんグレゴリウスにも、部下ふたりがそれを承知していることくらいわかっている。ただ、惑星アーマガストのパクス訓練所で三年間教官を務めた経験から、どうしてもこういう反応をしてしまうのだ。

「速い」デ・ソヤはいった。「初回の試みでとりつけなければ、二度とはつかまえられまい。速度を同調していられるのは、五、六分がせいぜいだ」

「三分あれば充分です」グレゴリウスがいった。「横づけしてください、大佐」

「もうじきだ。向こうも必死にこっちを走査してる」〈ラファエル〉はステルス性を考慮して造られてはいない。あんのじょう、あらゆる計器は目標船のセンサーがこちらをとらえていることを記録していた。「距離、一キロ――依然、攻撃してくる気配はない。目標船はフィールドをフルに展開している。速度変化量《デルタ・ブイ》減少中。距離、八百メートル……」

グレゴリウス、キー、レティグが、プラズマ・ライフルを両手に持ち、腰をかがめた。

「三百メートル……二百メートル……」

目標船はなんの反応も見せない。猛烈な勢いながら、加速ペースは一定している。これまでの演習シムでは、速度を同調させて目標船のフィールドを一時中和するまで、猛追跡を強いられる設定がほとんどだった。どうもうまくいきすぎる。デ・ソヤははじめて不安をいだいた。

「最小射程距離内に侵入――出撃！」

デ・ソヤの指示を受け、三人のスイス護衛兵は推進パックからブルーの炎を噴出させ、いっせいに出撃口を飛びだした。

「フィールド中和……いまだ！」デ・ソヤは叫んだ。

目標船のフィールドは、永遠とも思えるあいだ――戦術シムの演習とは勝手がちがい、なんと三秒間も――持ちこたえた。が、ついに屈した。

「フィールド、融合！」

デ・ソヤが叫ぶまでもなく、すでにグレゴリウスたちはそれに気づいており、いちはやく回転し、減速しながら、各自の所定の位置へ——キーは船首へ、グレゴリウスは古い図面では航法デッキがあるはずの位置へ、レティグは機関室へ——降下していきつつあった。

「降着」グレゴリウスの声が報告した。

一秒後、ほかのふたりも降着を報告してきた。

「突入リング、設置」あえぎながら、グレゴリウスが指示する。

「設置」キーがいった。

「設置」レティグもだ。

「カウント3で開く」と軍曹。「3、2、1……展開」

ポリマーの透明袋が陽光にきらめいた。

耐Gカウチについたデ・ソヤは、デルタ・ブイに注意した。加速度は二百三十G以上になっている。ここでフィールドが消滅しようものなら……いや、いまはそんなことを考えている場合ではない。〈ラファエル〉は全力をあげて速度を同調させている。あと四、五分もすれば、目標船に引き離されるか、むりをして全核融合システムを噴射させるか、どちらかの選択をせまられるだろう。戦術空間とディスプレイに映る装甲スーツの部下たちを見まもりながら、デ・ソヤは思った。

（急げよ）

「完了」キーが報告した。

「完了」玩具じみた格好の船の、尾翼付近の位置から、レティグも報告した。

「炸薬設置」グレゴリウスが命令し、自分の炸薬を船殻に張りつけた。「カウント5で点火……5、4、3……」

「デ・ソヤ神父大佐――」

だしぬけに、声が割ってはいった。少女のような声だ。

「待て!」デ・ソヤは命じた。

あらゆる通信チャンネルに娘のイメージが現われた。ピアノのそばにすわっている。三ヵ月前、ハイペリオンの〈スフィンクス〉で見たのとおなじ、あの子供だ。

「待機!」

手首の点火ボタンに指をあてがったまま、グレゴリウスが指示した。ほかのふたりが指示にしたがう。全員、バイザーに送りつけられてくる娘のイメージを見つめている。

「どうしてわたしの名前を知った?」

問いかけてすぐ、デ・ソヤはその問いの愚かさに気がついた。どうやって名前を知ったかなどどうでもいい。三分以内に部下を目標船内に突入させなければ。さもないと、部下たちを向こうの船に乗せたまま、〈ラファエル〉は遠くとり残されてしまう。その場合についても、対策はシミュレートしてあるが――娘確保後、兵員が船のコントロールを奪い、減速させ、デ・ソヤが追いついてくるのを待つのだ——あまり好ましいシナリオではない。デ・ソヤはボタンを押し、自分のイメージを目標船に送りこんだ。

「こんにちは、デ・ソヤ神父大佐」娘の声には急いだふうがなく、外見にはすこしのストレスもうかがえなかった。「あなたの部下が船に押しいろうとしたらね、わたし、この船を減圧して、死んじゃうわよ」

デ・ソヤは目をしばたたいた。

「自殺は大罪だ」

画面上で、娘がまじめな顔でうなずいた。

「そのとおりよね。でも、わたしはキリスト教徒じゃないの。それに、あなたたちといっしょにいくくらいなら、地獄に落ちたほうがまし」

デ・ソヤは食いいるようにイメージを見つめた。娘の指のそばには、いかなるコントロール装置もない。

「大佐」グレゴリウスが秘話タイトビームで通信してきた。「向こうがエアロックを開放したら、ただちに突入し、船内から完全に空気がなくなるまえに、娘を移送バッグでくるみます」

画面からは、娘がじっとこちらを見つめている。デ・ソヤは唇を動かさぬまま、亜音声で軍曹にタイトビーム通信を送った。

「あの子は聖十字架をつけていない。万一死なれでもしたら、蘇生させられる保証はない」

「ただの減圧程度でしたら、即座に〈ラファエル〉の手術槽に運びこめば、蘇生させられる可能性は充分にあります。娘のいる層から完全に空気がなくなるまで、三十秒はかかるでしょう。それならやれます。約束します」

「わたし、本気よ」画面の娘がいった。

つぎの瞬間、キー伍長の足もとで、船殻の一部が円形に開き、空気が勢いよく噴出した。突入リングの袋が風船のようにふくらみ、キーが回転しながらその袋に押しこまれ、もろともに外部遮蔽フィールドにぶつかり、そのままフィールドにそって船尾方向へとすべっていきはじめた。船の核融合推進炎に焼き焦がされないうちにと、キーは死にものぐるいで推進パックを噴射させ、どうにか姿勢を安定させた。

成型炸薬の点火ボタンに指をあてがったまま、グレゴリウスが叫んだ。

「大佐！」

「待て」デ・ソヤは声帯振動感知マイクで指示した。

心臓が凍りつきそうなほど心配なのは、娘のたよりないワイシャツ姿だ。いまや双方の船のあいだには、コロイド粒子と氷の結晶が充満している。

「ここと最上階とは隔絶されてるわ」娘はいった。「でも、部下の人を引き返させなければ、ほかのデッキも開放するわよ」

それから一秒とたたないうちに、エアロックが勢いよく開き、グレゴリウスの突入リングが設置された部分にも直径二メートルの穴があいた。だが、そこにはもう、グレゴリウスの姿はなかった。娘が口をきいてすぐに袋を切り裂き、べつの場所へ移動していたのだ。軍曹はからだを回転させながら、噴出する空気と微小なかけらから逃れ、推進パックを点火して船尾方向に五メートル離れると、船殻にブーツをくっつけた。その心のなかには、船の概略図が大写しになっていた。娘はこのすぐ内側——ほんの数メートルの範囲内にいるはずだ。娘がこの部分に穴をあけたら、即座に突入し、袋をかぶせ、二分以内に〈ラファエル〉の手術槽にかつぎこむ。戦術ディスプレイをチェックした。レティグのほうは、足もとに穴があく数秒前、べつの場所へ移動をすませている。いまは船殻から三メートルの位置で待機しているところだ。グレゴリウスはタイトビームで呼びかけた。

「大佐！」

「待て」デ・ソヤはくりかえした。それから娘に向かって、「危害を加えるつもりは——」

「それなら、部下の人を呼びもどして」娘はぴしゃりといった。「いますぐよ！　でないと、このデッキにも穴をあけるわよ」

フェデリコ・デ・ソヤは、時間がゆっくりと流れだすのをおぼえながら、とるべき道を必死に考えた。加速停止時間までもう一分とない。船につながる戦術コネクションでも、じっさいのパネル上でも、警報と警告表示がしきりにまたたいている。部下を置き去りにしたくはない。だが、この場合、なによりも重要なのは娘だ。自分に与えられた命令は絶対であり、明確だった。〝生きたまま娘を連れ帰ること〟。それ以外のなにものでもない。

戦術仮想環境全体が赤く明滅しはじめた。一分以内に減速しなければ、船が自動的に介入し、減速を実行するという警告だ。コントロールパネルもおなじ警告を出している。デ・ソヤは腹を決め、音声マイクのチャンネルをいれると、共通バンドとタイトビームの両方で部下に命じた。

「グレゴリウス、レティグ、キー……〈ラファエル〉へ帰還せよ。急げ！」

グレゴリウス軍曹の身内には、怒りといらだちが宇宙線バーストのようにあふれかえったが、スイス護衛兵たる者、命令には絶対服従しなくてはならない。

「了解、帰還します！」

と、吠えるように答えると、成型炸薬を引きはがし、船殻を蹴って大天使へとジャンプした。ほかのふたりも、推進スラスターをふかし、極細のブルーの炎を引いて追いかけてきた。融合したフィールドがつかのまちらつき、そのわずかな隙に、三人の装甲兵はフィールド外へ出た。最初に〈ラファエル〉へ到着したのはグレゴリウスだった。手すりをつかみ、部下ふたりを放りこむようにして出撃口へ押しこむ。ついで自分も船内にはいり、部下たちが固定ネットにしがみついていることをたしかめてから、マイクに報告した。

「船内に帰還、身体保持完了」

「加速を停止する」

娘にも聞こえるように、デ・ソヤは共通バンドでいった。戦術空間からリアルタイムに切り替え、オムニ・コントローラーを操作する。

一一〇パーセントの推力を切り、目標船のフィールドから自船のフィールドを分離すると同時に、〈ラファエル〉はみるみる引き離されだした。こうなったら、目標船の核融合推進炎にさらされないよう、距離はなるべく大きくとったほうがいい。あらゆる探知装置は目標船が非武装であることを示しているが、使いようによっては、宇宙空間に百キロも伸びる核融合推進炎も立派な武器になるからだ。〈ラファエル〉の外部フィールドは最強にセットしてあり、攻撃への対応もフルオートマチックに設定してある。百万分の一秒単位で対応できるレベルだ。

娘の宇宙船は加速をつづけ、長円軌道面からはずれていった。パールヴァティーは目的地ではなかったらしい。

（アウスターと合流するのか？）

〈ラファエル〉のセンサー群は、パールヴァティーの軌道哨戒艇のほかに動きをとらえていないが、太陽圏の外にアウスターの群狼船団が待機している可能性は否定できない。

二十分後、娘の宇宙船が〈ラファエル〉の前方数十万キロに達した時点で、答えが明らかになった。

「ホーキング空間の歪《ひず》みを探知した」出撃口のネットにつかまる三人に、デ・ソヤは知らせた。「目標船は量子化しようとしている」

「どこへです？」グレゴリウスがきいた。

巨大な軍曹の声には、いま一歩で失敗したことへの怒りは表われていない。

デ・ソヤは無言でデータを再チェックし、答えた。

「ルネッサンス・ベクトルの星系だ。それも、同惑星のかなりちかくに」

グレゴリウスとふたりのスイス護衛兵はだまりこんだ。デ・ソヤには口に出されぬ疑問がよくわかった。なぜルネッサンス・ベクトルへ？　あそこはパクスの拠点のひとつだぞ……二十億のキリスト教徒、何万もの兵員、何十隻ものパクス艦艇がいるんだぞ。なぜあそこなんだ？

「もしかすると、あそこの状況を知らんのかもしれん」

デ・ソヤはインターカムを通じ、考えを口にした。それから、戦術空間に切り替え、長円軌道面の上に浮かび、目標船が超光速の彼方に量子化して、この太陽系から消えさるところを見まもった。〈ラファエル〉は正尾追撃コースをとっている。量子化ポイントまでは五十分の距離だ。デ・ソヤは戦術空間を降り、全システムをチェックすると、三人にいった。

「もう出撃口から出てきてもいいぞ。突入装備はすべて固定しておけ」

三人の意見はもとめなかった。大天使をルネッサンス星系にジャンプさせることについては、議論の余地がなかったからだ。すでにコースは設定され、〈ラファエル〉は量子ジャンプに向けて加速しつつある。それに、もういちど死ぬ心の準備があるかどうかもたずねなかった。もちろん、前回とおなじように、こんどのジャンプでも死は避けられないが、娘の船に先駆けること五カ月で到着する先は、パクスの力が絶大な星系だ。唯一問題なのは、〈聖アントニウス〉がこのパールヴァティー星系に実体化する数時間後まで待ち、艦長に状況を説明していくかどうかということだった。

結局、デ・ソヤは待たないことにした。五カ月も先んじるのだから、何時間か待っていたところで大差はないが、たったそれだけの時間といえども、待つ気になれなかったのだ。デ・ソヤは〈ラファエル〉に通信ブイの用意を命じ、〈聖アントニウス〉のサティ艦長にあてて命令を記録した。ただちにル《R》ネッサンス・ベ《V》クトルへ量子ジャンプし――そこまでの旅は、娘の船とおなじく、船内時間で十日、客観時間で五カ月かかる――RV星系へ実体化すると同時に、戦闘態勢にはいれ。

命令を記録したブイを射出し、パールヴァティー司令部に警戒態勢解除をタイトビームで伝えてから、デ・ソヤは耐Gカウチを三人のスイス護衛兵にふりむけ、切りだした。

「いかに無念だったかはよくわかる」

グレゴリウス軍曹はなにもいわず、その黒い顔は石のように無表情だった。だが、デ・ソヤはその沈黙の裏にメッセージを読みとった。あと三十秒あれば娘を確保できたのに——そう思っているのだ。

まあ、なんと思ってもいい。十年以上にもわたって男女の兵士たちに命令し、もっと勇敢でもっと忠実な部下たちを、良心の呵責《かしやく》をおぼえることも充分な説明をすることもゆるされぬまま死地に赴かせてきた自分だ。巨大なスイス護衛兵に睨まれても、すこしも怯《ひる》むことはない。

いまであろうとあとであろうと、この点は議論の対象になりえないことをほのめかす口調で、デ・ソヤはいった。

「あの場合、あの娘は威嚇を実行したにちがいない。だが、それはもはや問題ではない。目的地はわかった。ルネッサンス・ベクトルは、パクス版図のこの星域において、いかなる者も——アウスターの群狼船団でさえも——制止されずに出入りすることのできない、おそらく唯一の星系だ。娘の船が到着するまで五カ月の準備期間があり、しかも今回は単独行動をしなくてもすむ」

デ・ソヤはいったんことばを切り、息をついだ。

「三人とも、よくやってくれた。パールヴァティー星系における今回の失敗は、おまえたちのせいではない。ルネッサンス星系に到着ししだい、ただちに原隊に復帰できるよう、とりはからう」

グレゴリウスは部下たちを見もせずに、ふたりの気持ちを代弁した。

「せっかくのおことばですが、神父大佐、われわれの希望をいわせていただけるのでしたら、娘を安全にネットに確保し、パケムへ連れていくまで、神父大佐および〈ラファエル〉と行動をともにしたく思います」

デ・ソヤは驚きを顔に出すまいとした。

「ふむ……それは現地に着いてからの判断だな。ルネッサンス・ベクトルには海軍の艦隊司令部がある。高官もおおぜいいるはずだ。その点は現地で決定することにしよう。いまはすべての装備を固定してくれ……二十五分以内に量子ジャンプを行なう」

「大佐」

「なんだ、キー伍長？」

「今回は、死ぬまえに告解を聞いていただけますか？」

デ・ソヤはこんども、無表情をたもとうと努力した。

「よかろう、伍長。ここでのチェックをおえたら、十分のうちにラウンジへいく。そこで告解を聞こう」

「ありがとうございます、大佐」キーがほほえんだ。

「ありがとうございます」レティグもいった。

「ありがとうございます、神父」グレゴリウスもうなるような声でいった。

デ・ソヤは装備の固定に向かう三人を見送った。移動しながら、早くもごつい装甲スーツをぬごうとしている。その瞬間、直感的に未来がかいま見えた気がして、自分の双肩にかかった責任の重さをいやというほど実感した。

(神よ、どうかわたしに、あなたの意志を遂行する力をお与えください……イエスの名において、どうかお力を……アーメン)

重い耐Gカウチを司令コンソールにふりむけ、デ・ソヤは量子化と死のまえの最終チェックを開始した。

・

25

　以前、ハイペリオン生まれの鴨猟ハンターを湿原に案内したとき、そのひとりだった飛行船のパイロットに仕事の内容をたずねたことがある。それは週にいちど、〈馬《エクウス》〉を発《た》って〈九尾列島〉を点々と経由し、〈鷲《アクイラ》〉に向かう便のパイロットを務めていた男だった。

「飛行船の操縦かい？」と、男はいった。「むかしとおんなじさ。ずうっと退屈なばかりだよ。ときどきそいつが、大パニックで中断されるがね」

　この船の旅も、ちょっとそれに似ていた。退屈しているというつもりはない。大量の本と古いホロ、おまけにグランドピアノのそなわった船旅なのだから、十日くらいでは退屈のしようがないし、旅の道連れと知りあうだけでも楽しいものだ。だが、心地よいけだるさのなかで、しばらくは時間の進みがゆっくりと感じられる時期がつづいた。なんといっても、アドレナリンのあふれる、あんな幕間を経験した直後なのだ。

　パールヴァティー星系で、アイネイアーが自殺するぞと——カメラに映らないところにすわるぼくらもろともにだ！——脅しをかけたのはいいが、もしもあそこでパクスの船が引きさがらなかったなら、たいへんな事態になっていただろう。ぼくは以前、〈九尾列島〉のひとつフェリックスで、十カ月ほどブラックジャックのディーラーをやっていたことがある。そのとき、おおぜいのギャンブラーたちを見た経験から判断するなら、この十二歳の少女がポーカーをやればそうとうの名手になるにちがいない。あとでぼくは、あのときはほんとうに威嚇を実行するつもりだったのか、最後の与圧デッキを真空にさらすつもりだったのかとアイネイアーにたずねてみた。彼女は例のいたずらっぽい笑みを浮かべ、右手であいまいなしぐさをしただけだった。なにかを払いのけるような、いやな考えを空中からはたき落とすような、そんなしぐさは、のちの長い年月のうちに、すっかりおなじみのものになる。

「それに、どうやってパクスの船長の名前を知ったんだ？」ぼくはたずねた。

未来の救世主の力をうかがわせる啓示のようなものを期待しての問いだったのだが、アイネイアーはこう答えただけだった。

「あのひと、一週間前、〈スフィンクス〉から出たときに、出口で待っていたひとりだったのよ。そのとき、だれかがあのひとの名前を呼んだんだと思う」

これは疑わしかった。あの神父大佐が〈スフィンクス〉にいたのなら、パクス軍の標準的手続きによれば、装甲スーツを身にまとい、秘話チャンネルで通信していたはずだからだ。とはいえ、この子がうそをつく理由もない。

（なんでいまさら、理屈や正気を追いもとめる？）そのときぼくは自問した。（そんなもの、

とうにかけらもなくなってるじゃないか）

パールヴァティー星系からの劇的な脱出のあと、アイネイアーがシャワーを浴びに下のデッキへいっているあいだに、宇宙船はＡ・ベティックとぼくをなだめた。

「心配いりませんよ、おふたかた。わたしが減圧などでおふたりを死なせるはずがないじゃありませんか」

アンドロイドとぼくは顔を見合わせた。あの状況で宇宙船にそれだけのことができたのか、それともアイネイアーが船に特殊な指示を与えておいたのかは、判然としなかった。

旅の第二行程がはじまって数日のうちに、ぼくは自分の置かれた状況とそれに対する自分の反応が気になってきた。主要な問題は、この旅のあいだ、自分が受動的——というよりも、ほとんど役たたずであったことだ。ぼくは二十七歳で、軍隊経験もあり、惑星のあちこちで——いくらハイペリオンという後進惑星とはいえ——いろんな経験を積んできた。なのに、これまで直面した最大級の緊急事態において、万事を子供に託してしまうなんて。あの状況において、Ａ・ベティックが受動的だったのはわかる。なんといっても、彼はバイオプログラミングと何世紀にもわたる習慣により、人間の決定にしたがう条件づけができてしまっているのだから。しかし、このぼくが無能なでくのぼうでいていいわけはない。マーティン・サイリーナスがわざわざぼくの命を救い、この狂気の旅へ送りだしたのは、アイネイアーを保護させ、護りぬかせ、彼女がいかねばならないところへいく手助けをさせるためだったはずだ。それなのに、これまでにぼくがしたのは、空飛ぶ絨毯を操縦したことを除けば、少女がパクスの戦闘艦と交渉しているあいだ、ピアノの陰に隠れていたことしかない。

パールヴァティー星系を脱出して最初の数日間、宇宙船をふくむぼくたち四人は、パクスの戦闘艦のことを話しあった。アイネイアーが正しくて、デ・ソヤ神父大佐なる人物が〈スフィンクス〉開放のときハイペリオンにもいたのなら、パクスはホーキング空間内の近道をゆく方法を見つけたことになる。それが意味するところは慄然とするものだったので、ぼくは思わず身ぶるいした。

だが、アイネイアーはそんなに心配してはいないようだった。それから数日がたち、みんなはまた、あの心地よい、多少狭苦しくはあるが、いつもどおりの船旅におちついた。夕食がおわって、ピアノを弾くアイネイアー。みんなで図書室の本を読みふけり、領事がどこへいったかの手がかりをもとめてホロや航法ログをひっくりかえし（手がかりはたくさんあったが、決定的なものはひとつもなかった）、夜になるとトランプに興じ（アイネイアーはたいへんなポーカーの名手だった）、ときどき運動をする日々。運動は、宇宙船にたのんで、螺旋階段の部分だけを一・三Gにしてもらい、四十五分のあいだ、六層ぶんの階段を駆け昇っては駆け降りるということをくりかえした。からだのほかの部分はともかく、じきにぼくのふくらはぎ、太腿、足首は、木星型惑星に住むゾウのように太くなってしまった。

ひとたびフィールドを局所的に調整できると知ってからは、アイネイアーはもう、やりたいほうだいだった。眠るときはいつも低温睡眠デッキにゼロGの球を作らせるようになったし、図書室のテーブルをビリヤード台に変形できるとわかってからは、すくなくとも一日に二ゲームをやらなくては承知せず、そのたびにGの強さを変えさせた。ある晩、航法デッキで本を読んでいると、物音が聞こえたので、ぼくは下のホロピット・デッキに降りてみた。船殻の一部が絞り開きに開き、ピアノは船内の定位置にあるが、バルコニーだけが外へせりだして、巨大な水の球が——直径八メートルから十メートルはあるだろう——バルコニーと外部遮蔽フィールドのあいだに浮かんでいた。

「なにごとだい？」

「おもしろいよ！」

うごめき、脈動する水の球から、声が飛んできた。見ると、バルコニーの上に浮かぶ水球の底で、濡れ髪の頭がさかさまにつきだしている。床から二メートルほどの高さだ。

「おいでよ！」アイネイアーだった。「水はあたたかいから」

ぼくは思わず身を引き、手すりに体重をかけ、この局部的な球状フィールドが一瞬でも崩壊したらどんなありさまになるのか、できるだけ考えまいとした。

「A・ベティックはこれを見たのかい？」ぼくはたずねた。

アイネイアーは白い肩をすくめさせた。バルコニーの向こうでは、フラクタルの花火が脈動しながら展開し、その異様な色彩を水球の表面に映りこませている。水球自体は全体に青のかたまりだ。表面や内部でところどころ青色が薄くなっているのは、気泡が躍っている部分だった。その姿は、写真で見たオールドアースを思わせた。

アイネイアーは頭から水中に潜り、つかのま、水中を蹴る白い影となったのち、五メートル上の湾曲した水面から顔をつきだした。はねるしぶきは、弧を描いて水球の表面にもどっていき——水はフィールドの強弱の差でまとまっているのだろう——水面に複雑な同心円の波紋を広げた。

「おいでよ」アイネイアーがふたたびさそった。「楽しいよ！」

「水着を持ってないんだ」

アイネイアーはしばしその場に浮かんでいたが、あおむけにのけぞるようにして、また水中に潜った。ついで、ぼくから見て水球の下側から、さかさまに頭をつきだした。

「わたしも持ってないもん。水着なんていらないよ！」

これがジョークでないことは、アイネイアーが潜っているあいだ、背骨の浮き出た背中やあばらなどがちらちら見えることでわかった。まだ少年のような尻は、フラクタル光を映しこみ、池からつきでたふたつの小さなマッシュルームのようだ。十二歳の未来の救世主の背中は、親戚のマースおばさんが生まれたばかりの孫を湯浴みさせている場面のホロスライドのように、まったく性的な要素を感じさせなかった。

「おいでよ、ロール！」

アイネイアーはもういちど呼びかけ、水球の反対側めざして潜った。

ぼくはちょっとためらってから、服をぬぎすてた。ただし、パンツはぬがない。寝間着がわりに使っている長いアンダーシャツもだ。

二メートル上に浮かぶ水球にどうやって飛びこんだらいいのかわからず、ぼくはしばらくバルコニーに立ちつくした。

「ジャンプするのよ、バカねえ！」

水球の上のほうのどこかから声がかかり、ぼくはいわれるままにジャンプした。

ゼロGへの移行は、一メートル半ほどの高さからはじまった。なにより驚いたのは、水がおそろしく冷たかったことだ。

ぼくは水中で回転し、あらゆる方向から水が圧迫してくるのを感じながら、懸命に向きを変え、湾曲した水面の上に顔を出し、あまりの冷たさに叫び声をあげた。叫びを聞きつけてバルコニーへようすを見にきたらしく、気がつくとA・ベティックが腕組みをして手すりにもたれかかり、片脚に体重をかけ、反対の脚をその脚に交差させて、じっとこちらを見あげていた。

「水はあたたかいぞ！」歯をガチガチ鳴らしながら、ぼくはいった。「はいってこいよ！」

アンドロイドはほほえみ、辛抱強い親のようにかぶりをふった。ぼくは肩をすくめ、身を翻し、球の内側に潜った。

一、二秒して、やっと気がついた。水泳というものは、もともとゼロGでの空中遊泳によく似ており、したがってこの水球内で動くのも、ふつうの水泳と大差ない。水の抵抗のおかげで、ゼロGでの空中遊泳よりは水泳にちかいが、そのかわり、水球内のどこかで大きな気泡に出くわし、そこに顔をつっこんで息をついでから、また水球内を泳ぎまわるという楽しみかたができる。

しばらく泳ぎまわるうちに、方角がわからなくなり、ちょうど目の前にあった気泡に首をつっこんで、呼吸をととのえた。ふと真上を見たとたん、アイネイアーの頭と肩とが、いきなり気泡内に現われた。ぼくを見おろし、手をふる彼女のむきだしの胸には、冷たい水のせいか、それとも冷たい空気のせいか、鳥肌が立っていた。

「おもしろいでしょ？」

水しぶきをはねあげ、両手で濡れ髪をなでつけながら、気泡のなかでアイネイアーはいった。濡れているために、ブロンドと茶色の髪がいつもよりずっと黒っぽく見える。ぼくはじっと少女の顔を見つめ、彼女の母親の——黒髪のルーサス人私立探偵の面影をさぐろうとした。むだだった。そもそもぼくは、ブローン・レイミアの顔のイメージを見たことがなく、『詩篇』の描写を通じて特徴を知っているだけなのだ。

「むずかしいのはね、水球の表面にちかづいたとき、外へ飛びださないようにすることよ」

アイネイアーはいった。気泡がゆらめき、だんだん小さくなって、周囲から湾曲した水の壁が近づいてきた。「水面まで競争しようよ！」

アイネイアーは一回転し、水を蹴った。ぼくはあとを追おうとしたが、気泡を横切るというミスをやらかしてしまったために――Ａ・ベティックにもあの子にも、ぼくが必死で手足をばたつかせる場面を見られていなければいいんだが――水球の表面に出たのは、アイネイアーの三十秒遅れになってしまった。しばらくのあいだ、ぼくたちは水面に浮かんだ。船とバルコニーは水球の向こうにあり、姿が見えない。水面は四方へと湾曲して、すこしいったところで滝のように落下している。頭上では真紅のフラクタルが拡散し、爆発し、収縮し、また拡散していた。

「星が見られたらなあ……」

そういってしまってから、自分が声に出してそういったことに驚いた。

「わたしもよ」

奇怪な光のショーを見あげるアイネイアーの顔には、哀しみの影がちらついている気がした。ややあって、少女はいった。

「なんだか寒くなってきちゃった」よくよく見ると、口を強く引き結び、歯をガチガチ鳴らすまいと懸命になっている。「このつぎに船にプールを造ってもらうときは、冷水を使わないようにたのまなきゃね」

「そう願いたいな」

ぼくたちは水球の表面をまわりこみ、下側へと泳いでいった。やがて前方に、バルコニーが壁のようにそそりたった。一見、なんの変哲もない壁のようだが、A・ベティックが横向きに立っているので、そこだけ異様に見える。アンドロイドはアイネイアーのために大きなバスタオルをさしだしていた。

「目を閉じてて」アイネイアーがいった。

ぼくはいわれたとおりにした。アイネイアーは大量の水しぶきをはねあげて——ゼロG下で、しぶきはたちまち小さな水球となり、ぼくの顔にぶつかった——表面張力を破って飛びだし、水球の外に浮かんだ。一秒後、彼女のはだしの足がバルコニーの床に着地する音が聞こえた。

ぼくはもう何秒か待ってから、目をあけた。A・ベティックはすでに、大きなバスタオルでアイネイアーをくるみこんでいた。本人はバスタオルのなかで身をすくめ、懸命に寒さをこらえようとしているが、歯の根が鳴るのはとめようがない。

「き、き、気をつけて」がたがたふるえながら、アイネイアーがいった。「み、み、水から、で、で、出てすぐに、か、か、回転しないと、あ、あ、頭から、お、落っこちて、く、首の骨、お、お、折っちゃうよ」

「ご忠告、どうも」

ぼくはそう答えたが、アイネイアーとA・ベティックがバルコニーから出ていくまで、水からあがるつもりはなかった。ふたりが立ちさるのを見送って、ぼくは水を蹴り、水球を飛びだして、Gがもどってくるまえに手足をばたつかせ、百八十度回転した。が、回転に勢いがつきすぎて、背中から勢いよく床にぶつかってしまった。

手すりには、手まわしよく、A・ベティックがもう一枚のバスタオルをかけていってくれていた。それを引きよせ、顔をぬぐう。それから、宇宙船に声をかけた。

「もうゼロGのマイクロフィールドを消してもいいぞ」

そう口にした瞬間、自分のミスに気づいたが、もう手遅れだった。指示を撤回する間もなく、二トンちかい水がどっとバルコニーに崩れ落ちてきたのだ。数メートルの高さから巨大な滝のように落下する大量の冷水——その真下にいたら、ぼくはひとたまりもなく死んでいただろう。大いなる冒険にしては、なんとも皮肉な末路ではある。さいわい、瀑布の縁から二メートル離れたところにすわっていたため、大洪水に押し流されてバルコニーの床にたたきつけられ、手すりを越えてあふれていく水の渦に巻きこまれるだけですんだ。もしも水の勢いで手すりの外へ放りだされ、船尾方向へ十五メートルも落下したあげく、長球状の遮蔽フィールドの底にたたきつけられていたなら、長球形ビーカーの底で溺れ死ぬ虫とおなじく、悲惨な運命をたどっていたにちがいない。

大量の水が音高く流れ落ちていくあいだ、ぼくは手すりをしっかりと握りしめ、耐えつづけた。

「悪いことをしました」

自分のミスに気づき、ふたたびマイクロフィールドを張ってこぼれた水を回収しながら、宇宙船がいった。ホロピット・デッキの開かれた戸口には一滴の水も流れこんでいないようだ。

マイクロフィールドがゆれる水球を持ちあげるのをよそに、ぼくはびしょぬれのバスタオルを拾いあげ、船内へいたる入口に歩きだした。背後で絞り開きのドアが閉まったとき——あの大量の水は、保存タンクにもどされ、飲料水用に浄化されたり、反応質量に使われたりするのだろう——ぼくははたと立ちどまった。

「宇宙船！」

「はい、M・エンディミオン」

「いまの、まさか、たちの悪いジョークじゃないだろうな」

「あなたの命令にしたがって、ゼロGマイクロフィールドを崩壊させたことですか、M・エンディミオン？」

「そうだ」

「あれはささやかな見落としによって生じた結果ですよ、M・エンディミオン。たちの悪いジョークなどとはとんでもない。信じてください、わたしにはユーモア感覚などという困ったものはないのです」

「ふうん」

いまひとつ釈然としないものを感じつつも、ぼくはそうつぶやくと、びしょぬれの靴と服をかかえ、ペタペタと濡れた足音をたてて、からだを乾かし、乾いた服を着るために、上の階へとあがっていった。

翌日、ぼくはA・ベティックのいう〝機関室〟に彼を訪ねた。そこには海上航行船の機関室を思わせる要素もあるにはあったが——熱いパイプ、どことなく発電機的な形のばかでかい物体、キャットウォーク、金属のプラットフォーム等々だ——A・ベティックは、この空間が主に、各種の仮想型コネクターを通じ、船の機関やフィールド・ジェネレーターとのインターフェイスを提供する場所であることを、じっさいに仮想技術を用いて説明した。じつをいうと、ぼくはこれまでコンピュータ生成の現実を楽しめたためしはなく、今回も二、三度ほど船の仮想イメージを体験しただけでさっさと接続を切ってしまった。そんなものよりも、ハンモックのそばにすわり、話をして過ごすほうがずっといい。A・ベティックは、何十年にもわたってこの船のメンテナンスを手伝ってきたこと、この船が飛ぶことはもう二度とないだろうと思いこみかけていたことを語ってくれた。それだけに、航海がはじまってほっとしているようだった。

「ずっとまえから、老詩人があの子のお守《も》りに選んだだれかといっしょに旅に出るつもりだったのかい？」

アンドロイドはぼくをまっすぐに見つめた。

「一世紀ほど前から、そうなればよいと思ってはおりましたが、M・エンディミオン。現実味のある話と思ったことはありませんでした。それを現実にしてくださったことにお礼を申しあげます」

心のこもった謝意に、ぼくはしばしとまどった。

「礼をいうのはパクスから逃げきってからのほうがいいんじゃないかな」この話題はおわりにしようとして、ぼくは話題を変えた。「ルネッサンス星系でも、連中は待ちかまえてるだろうから」

「そのようですね」青い肌の男は、とくに心配しているふうでもなかった。

「船内を真空にさらすというアイネイアーの脅迫、こんども通用すると思うかい？」

A・ベティックは首をふった。

「M・アイネイアーを生け捕りにする方針はそのままでしょうが、あのはったりはもう、通用しないでしょう」

ぼくは両の眉を吊りあげた。

「あれ、はったりだったんだろうか？　本気であのデッキを真空にさらしそうな印象だったけど」

「そうは思いません」A・ベティックは答えた。「もちろん、あのおじょうさんのことはよく知りませんが、ハイペリオンでの旅のあいだに、彼女の母上をはじめとする巡礼の方々とは数日をともにする栄誉を得ました。M・レイミアは生きることを楽しみ、ほかの方々の生命も尊重なさる方でした。ひとりだったのであれば、M・アイネイアーが脅しを実行することもあったかもしれませんが、あなたやわたしを道連れにするまねのできる方とは思えませんん」

それについては、これ以上いうことがなかったので、ぼくたちはまた話題を変えた。この宇宙船のこと、目的地のこと、〈崩壊〉以来の長い年月のあいだに、〈ウェブ〉の各惑星が大きく変貌してしまったこと。

「ルネッサンス・ベクトルに着いたら」ぼくはいった。「別れるつもりかい?」

「別れる?」A・ベティックが驚きを見せたのは、このときがはじめてだった。「どうしておふたりと別れてしまうのでしょう?」

ぼくは片手でとまどいぎみのしぐさをして、

「だって……つまり……きみはずっと自由を手にいれたがってただろう。だから、着陸した最初の文明惑星で……」

それ以上失言を重ねないうちに、ぼくはことばを切った。

「この旅への同行をゆるしていただいたことで、わたしの自由は獲得されました」アンドロイドはおだやかに答え、ほほえみを浮かべた。「それに、M・エンディミオン、たとえルネッサンス・ベクトルへの滞在を望んだところで、現地の人々が受けいれてはくれません」

それに対して、ぼくは前から思っていたことを口にした。

「だけど、肌の色を変えることもできるだろう。船の外科医システムにかかれば……」

ぼくはふたたび口を閉ざした。相手の表情に、ぼくには理解できない微妙ななにかがよぎったのだ。

「ごぞんじのように、M・エンディミオン……わたしたちアンドロイドは、機械のようにプログラムされているわけではないのです……やがて〈コア〉知性に進化するにいたる初期のDNA応用AIのように、基本パラメータや三原則《アシモテイヴエイター》を組みこまれているわけでもありません……ただ、本能が設計される段階で、一定の禁忌が……なんと申しましょうか……強力に刷りこまれておりましてね。そのひとつは、いうまでもなく、理にかなうときは人間の命令にしたがわねばならず、人間に危害がおよぶのを看過してはならないというものです。このアシモティヴェイターは、ロボット工学やバイオエンジニアリングよりも古くから存在するものだと聞いています。しかし、ほかの……本能……は、自分の肌の色を変えることをよしとしません」

「それはなにがあっても変えられないということか？　たとえば、きみの青い肌を変えなければぼくらの命が危ういという場合でも、それでも変えられないと？」

「いいえ、そんなことはありません。わたしは自由意志を持つ者ですから、それは問題なくできます。その行動が最優先のアシモティヴェイターに抵触しない場合――たとえば、あなたとM・アイネイアーを危害から護るような場合には、とくにそうです。しかし、それを選択すると……わたしはおちつかない気分になるのです。非常におちつかない気分になるのです」

よくわからないままに、ぼくはうなずいた。それからしばらくのあいだ、ぼくたちはほかのことを語りあった。

おなじ日、ぼくはメイン・エアロックがあるデッキを調べ、船外活動《EVA》用ロッカーや武器庫の中身をリストアップした。最初に見たときに思ったよりもたくさんの備品があり、一部はひどく古めかしいものだったので、それがどんなものかを、いちいち宇宙船に確認しなければならなかった。EVAロッカーの中身は、みんなおおむね見当がついた。宇宙服、有毒大気用スーツ、宇宙服用クローゼット下の収納庫にコンパクトにしまいこまれた四台の飛行《フライ》バイク、頑丈なハンドランプ、キャンピング用品、浸透マスクや足ひれや水中銃等のスキューバ用品、電磁浮揚ベルト一本、工具箱三箱、充実した救急パック二セット、暗視・赤外線ゴーグル六組、ビーズ型のマイク付通信機とビデオカメラのついた超軽量ヘッドセット六台、コムログ各種。ヘッドセットについては、宇宙船に用途をきいてみた。データスフィアのない惑星に育ったので、こういうものを使う機会がなかったのである。コムログは年代の幅が広く、数十年前に流行《はや》った細い銀鎖に宝石をあしらってあるタイプから、掛け値なしの骨董品——小型の本ほどもあるごついしろものにいたるまで、さまざまなタイプがあった。そのどれもが、通信機としての機能を持つほか、大量のデータを記録し、地域のデータスフィアにアクセスすることができ、ひときわ古いものともなると、惑星のFATライン中継機に接続し、メガスフィアに接続する機能まで持っていた。

ぼくはブレスレット型の銀鎖タイプを手のひらに乗せてみた。重さは一グラムもない。とはいえ、使い道があるわけでもなかった。惑星外のハンターたちから、ふたたび原始的なデータスフィアを発達させはじめた惑星もわずかながらあると聞いていたが——たしかルネッサンス・ベクトルもそのひとつだったと思う——FATライン中継機が無用の長物になって、もう三世紀ちかくがたつ。FATライン——すなわち、連邦が依存しきっていた超光速通信の共通バンドは、〈崩壊〉以降、まったく使えなくなってしまったのだ。ぼくはそのコムログを、ビロードを張ったケースにもどしかけた。

宇宙船がいった。

「それを持っていくと、わたしから離れているとき、役にたつかもしれませんよ」

ぼくは肩ごしに上を見あげた。

「どういうことだ？」

「情報です。わたしの巨大な基本データログをコムログにダウンロードしてくだされば、わたしも光栄というものです。そちらも随時情報をとりだせますし」

ぼくは唇をかみ、考えた。宇宙船の完璧を欠くデータを手首にはめて持ち歩くことに、いったいどれだけの価値があるのだろう。どこからともなく、子供時代に聞いた祖母の声が聞こえてきた。

（情報はね、どんなときでも宝物だよ、ロール。人間が宇宙を理解しようとするときには、愛と誠実さのつぎにだいじなのが情報なんだ）

「いい考えだね」ぼくは細い銀鎖タイプを手首にはめた。「で、いつこれにきみのデータバンクをダウンロードできるんだ？」

「もうおわっています」と宇宙船は答えた。

武器庫のほうは、パールヴァティー星系に到着するまえに、丹念にチェックしておいた。スイス護衛兵を一瞬でも足どめできるようなものはひとつもなかった。今回、もういちど武器庫を調べにかかったのは、べつの目的を念頭に置いてのことだ。

むかしの道具の古めかしさには、違和感があった。宇宙服、フライバイク、ハンドランプ——その他、この船に搭載されている一般の道具は、みな古めかしく、時代遅れに見える。現代式の道具などは影も形もない。あらゆるものの大きさ、デザイン、色は、歴史の教科書のホロからぬけでてきたもののようだった。だが、武器となると話はまたべつだ。たしかに古くはあるが、どれもみな、ぼくの目にも手にも、しっくりとなじむものばかりだった。

領事がハンターだったことはまちがいない。銃架に十挺以上もの散弾銃がかかっていたことからもそれはわかる。いずれもよく手入れされ、きちんと収納されていた。このうちのどの一挺でも、このまま湿原に持っていけば、すぐさま鴨撃ちに使えるだろう。小ぶりの三一〇口径垂直二連からごつい二十八番径水平二連まで、種類はさまざまだ。そのなかから、年代物だが、保存状態の完璧な十六番径ポンプ・アクションをとりだし、実包とともに床に置いた。

小銃とエネルギー銃は美しかった。領事はコレクターだったにちがいない。というのも、陳列してあったのは、殺人道具であると同時に、みごとな芸術品でもあったからである。ストックの渦巻装飾、青い鋼、手に吸いつくような造り、完璧なバランス。二十世紀から一千年以上を経たいま、個人用武器は信じられないほど強力で安く、金属のドアストップのように醜悪だが、そんな世の中にも、わずかながら——領事やぼくのように——手製や限定生産の美しい銃をいつくしむ人間が存在する。ここの銃架には、数挺ずつの大口径猟銃とプラズマ・ライフル（自衛軍時代の基礎訓練で知ったことだが、これは誤称ではない。もちろん、プラズマ弾は、銃口から射出されたときには純粋なエネルギーの塊だが、カートリッジが蒸発する前は、旋条《ライフル》によって安定を得ているのだ）、二挺の精緻な彫刻が施されたレーザー・ライフル（こちらは誤称で、構造よりも語感を優先させたらしい。その形は、まだそう遠くないむかし、M・ヘリグのやつがイジーを殺した武器と似ていなくもなかった）、一挺のマットブラックのFORCE制式アサルト・ライフル（三世紀前、フィドマーン・カッサード大佐がハイペリオンに持ってきたのもこれとそっくりのものだったのだろう）、一挺の大口径プラズマ・ライフル（どこかの惑星で、領事が恐竜を狩るのに使ったやつにちがいない）、そして最後に、三挺の拳銃があった。デスウォンドは見あたらなかった。これにはわが意を得た。あの下種な武器は大きらいだ。

手にとって調べるため、プラズマ・ライフルの一挺と、FORCE制式アサルト・ライフル、それに拳銃三挺をとりだした。

FORCEのライフルは、領事のコレクションのなかでは例外的に醜悪だったが、これがいかに有用な武器かは、調べてみてよくわかった。なにしろ、じつに多彩な武器がそなわっていて——十八ミリ口径プラズマ・ライフル、可変ビーム・コヒーレント・エネルギー銃、グレネード・ランチャー、BHEE（高エネルギー電子ビーム《ビームス・オブ・ハイ・エナジー・エレクトロンズ》）銃、フレシェット・ランチャー、広角閃光装置、熱源探知ダート発射器——これ一挺あれば、部隊の料理以外ならなんでもできてしまう。いや、野戦中は、可変ビームを低出力にセットすれば、調理さえできるだろう。

パールヴァティー星系に実体化する以前、このFORCEのライフルを使って、スイス護衛兵にあいさつしてやろうかと思ったこともあった。だが、最新式のスーツなら、このライフルが発射できるすべてを喰らってもびくともしないし——正直いって、これを使うことにより、かえってパクス兵をいきりたたせるほうが怖かった。

詳細に検分してみると、これほど柔軟性の高い武器であるのなら、船から遠くへ探険に出た場合でも、相手が原始的であるかぎり——たとえば、穴居人、ジェット戦闘機、あるいは自衛軍にいたころの装備の貧弱な兵隊などが相手であるかぎり——役にたちそうな感触はある。しかし、結局、これを選ぶのはやめにした。おそろしく重いので、かつてFORCEで使われていたサーボ機構つき戦闘スーツを身につけていなければ持ち歩けないし、この銃にあう規格のフレシェット、グレネード、BHEEパックは実在せず、十八ミリ・パルス・カートリッジももはや入手不可能で、エネルギー兵器のオプションを使うにしても、船のそば、もしくは大出力のエネルギー供給源のそばでなければ使えないからだ。ぼくはアサルト・ライフルだけを銃架にもどし、そこでふと、これは伝説のカッサード大佐の武器そのものかもしれないと思いいたった。このライフルは、領事の個人的なコレクションとは傾向が異なるが、領事はカッサードを個人的に知っていた。もしかすると、感傷的な理由で残してあったのかもしれない。

その点をたずねてみたが、宇宙船は憶えていなかった。

「本物だとしたら、驚きの一語につきるな」と、ぼくはつぶやいた。

拳銃のほうはアサルト・ライフルより古めかしかったが、ずっと使いでがありそうだった。

三挺ともコレクターズ・アイテムだが、弾丸も弾倉もまだまだ手にはいる。これから訪ねる先の惑星ではどうかわからないが、すくなくともハイペリオンでは入手可能だった。三挺のうち、最大の拳銃は、六〇口径のスタイナー＝ジン・フルオート・ペネトレーター。威力は絶大だが、重いのが難点だ。弾倉テンプレートは拳銃そのものとおなじほどの重さがあり、銃弾消費量も異常に多い。この拳銃は銃架にもどしてしまおう。残り二挺は、もっととりまわしがよさそうだった。一挺は小型・軽量で、M・ヘリグがぼくを殺そうとした武器の曾祖父筋にあたる、きわめて携帯性のいいフレシェット・ピストルだ。そのそばには数百発の、細長い卵型をした輝く弾丸もあった。この卵はマガジンに五発まで装塡でき、卵の一発一発には数千本の微小な矢弾が収められている。精密な狙いを必要としない者にはぴったりの武器だろう。

最後の一挺には目を見張った。なんと、オイルを塗った専用のホルスターに収められているではないか。かすかにふるえる手でホルスターから拳銃をぬきだした。四五口径のセミオートマチック拳銃など、年代物の古書でしか見たことがない。しかも、発射するのは実包で、薬莢は真鍮製だ。弾倉テンプレートのように、一発撃つたびに薬莢を形成するものとはわけがちがう。加えて、握りには模様が刻んであり、照星は金属製で、全体はブルーを帯びた鋼鉄製だった。両手に持って、ぼくは年代物の拳銃をためつすがめつした。これは千年の歴史があるしろものにちがいない。

ホルスターごと収めてあったケースを見てみた。四五口径弾が五箱あった。ぜんぶで数百発だ。銃弾も拳銃本体とおなじくらい古いにちがいないと思ったが、製造タグを見るとルーサス製で、約三世紀前に造られたことがわかった。

(『詩篇』には、ブローン・レイミアが年代物の四五口径を持っていると書いてなかったか?)

この点を、あとでアイネイアーにたずねてみたところ、かあさんが拳銃を持っているところは見たことがないという返事が返ってきた。

ともあれ、これとフレシェット・ピストルなら持ち歩くのにちょうどよさそうだ。ただ、四五口径弾がまだ使用に耐えるかどうかはわからなかったので、一発を装填してバルコニーにいき、外部フィールドに当たっても跳弾させないよう宇宙船にたのんでから、外に向けて銃をかまえた。が、引き金が動かない。そこでやっと、この手の銃には手動の安全装置がついていることを思いだした。それを見つけ、解除してから、もういちど引き金を引く。とんでもない轟音が轟きわたった。しかしこれで、この銃がまだ使えることはわかった。ぼくは拳銃をホルスターにもどし、ホルスターをユーティリティ・ベルトにつけた。なかなか収まりがいい。もっとも、手持ちの四五口径弾を撃ちつくしたら、この銃はまたしまいこむしかない。どこかに実包を造ってくれる、アンティーク銃の愛好クラブでもあればいいんだが。

(まあ、数百発はあるんだし、これを撃ちつくすようなことになるはずはないな)

ぼくはそんな見当はずれのことを思った。このときはまだ、なにも知らなかったのである。あとでアイネイアーとアンドロイドに会ったとき、ぼくは選んできた散弾銃と、プラズマ・ライフル、フレシェット・ピストル、四五口径拳銃を見せた。

「見知らぬ土地をうろつくことになったら――だれも住んでいない、得体の知れない場所をうろつくことになったら――どうしても武器がいるからね」

そういって、ぼくはフレシェット・ピストルをふたりにさしだした。だが、どちらも手にとろうとはしなかった。アイネイアーは、武器はいらないといった。アンドロイドは、自分には人間を撃つことができないし、猛獣に襲われたときはぼくが護ってくれると信じているといった。

ぼくは不満の声をもらしたが、結局、ライフル、散弾銃、フレシェット・ピストルを脇に置き、

「なんにせよ、これだけは身につけておこう」といって、四五口径をひとなでした。

「その服によく似あうね」

アイネイアーはそういって、小さくほほえんだ。

今回は、土壇場で泥縄式に作戦会議をするようなまねはしなかった。パクスが待ちかまえているとして、アイネイアーの自殺の脅しがこんども通用するとはだれも思っていない。今

後の展開に関するいちばんつっこんだ話しあいは、ルネッサンス・ベクトルに実体化する二日前に行なわれた。その夕べは、まず最初にたっぷりと食事をとった。A・ベティックが出してくれた料理は、河鱏《マンタ》のフィレに軽いソースをかけたものだった。この料理には、船のワイン・セラーをあさり、〈嘴〉の葡萄園でできた上等のワインを合わせた。食事がすんで一時間ほどは、アイネイアーが弾くピアノやアンドロイドが吹く自前のフルートを聴きながら、のんびりと話をしていたが、やがて話題は今後のことに移った。

「宇宙船。ルネッサンス・ベクトルのことで、なにか教えてもらえることはある？」アイネイアーがたずねた。

宇宙船がこまったときには、いつも独特の短い間があることにぼくは気づいていたが、今回もその間があった。

「申しわけありません、M・アイネイアー。数世紀前の航法情報と軌道接近地図以外、あの惑星についてはお話しできるほどの情報がありません」

「わたしはあの惑星にいったことがありますよ」A・ベティックがいった。「やはり何世紀も前のことですが。あの惑星に関するラジオやテレビの放送については、ずっとモニターしていましたし」

「ぼくは惑星外ハンターの話を小耳にはさんだ程度だな。いちばん裕福だった連中のなかには、ルネッサンス・Vからきた連中もいたから」ぼくは手ぶりでアンドロイドをうながした。

「まず、きみのほうからどうぞ」

A・ベティックはうなずき、腕組みをした。

「ルネッサンス・ベクトルは、連邦でもひときわ重要な惑星のひとつでした。ソルメフ・スケールによれば、環境は地球に酷似し、入植は初期の播種船によって行なわれ、〈崩壊〉の時点では都市化が惑星全土におよんでいました。有名だったのは大学と医療センターで——〈ウェブ〉の市民でも裕福な者だけが受けられるパウルセン処置は、たいていはあの惑星で行なわれていました——それから、奇怪な建築物——とくに美しさを謳《うた》われたのは、〈イネイブル城砦〉という山塞でしたね——それと、工業力。FORCEの戦闘艦の大半はあの惑星で建造されたものです。そもそも、この宇宙船からして、あそこで造られたものでしょう——ミツビシ＝ハヴチェク・コンプレックスの製品ですから」

「ほんとうですか？」宇宙船がいった。「たとえ知っていたとしても、そのデータは失われています。非常に興味深いですね」

もう十回めにもなるだろうか、アイネイアーとぼくは、またしても不安な思いで目を見交わしあった。過去を思いだせず、自分が造られた場所もわすれている——そんな宇宙船に恒星間航行のような複雑なことをまかせるのは、心配でしかたがない。

（しかしまあ、きっとだいじょうぶだろう）もう十回め、またしてもぼくは思った。（げんに、ぶじパールヴァティー星系に実体化して、また量子化できたんだから）

「ルネッサンス・ベクトルの首都はダヴィンチです」A・ベティックがつづけた。「しかし、ひとつしかない大陸とひとつしかない大洋は、全域が都市化されていますから、首都とその他の地域の差はほとんどありません」

「パクスに所属する惑星のなかでも、あわただしいところらしいね」ぼくもいった。「〈崩壊〉後、真っ先にパクスに加盟した惑星のひとつがあそこだそうだ。軍事力はそうとうのものだよ。ルネッサンス・Vにもルネッサンス・Mにも、軌道上と月面に守備隊がいるし、両惑星のあちこちにも基地がたくさんある」

「ルネッサンス・M?」アイネイアーがたずねた。

「ルネッサンス・マイナーのことですよ」A・ベティックが答えた。「これは太陽から見て二番の惑星なんです。ルネッサンス・Vは三番めで。マイナーにも人は住んでいますが、ベクトルには遠くおよびません。その本質は大規模な農業惑星で、巨大な自動化農場が惑星の大半に広がり、ベクトルの食料供給源となっています。転位ネットワークの崩壊後も、両惑星はその役割分担のおかげでうまくやってきました。パクスによって定期的な星間通商が再開されるまえに、ルネッサンス星系は完全な自給自足体制をととのえていたそうです。ルネッサンス・ベクトルは工業製品を製造する。ルネッサンス・マイナーは、ベクトルの五十億の人口のために食料を供給する。そういう関係です」

「現在のルネッサンス・Vの人口は?」ぼくはたずねた。

「ほぼ以前のままですから——五十億プラス・マイナス数億といったところでしょう。以前にも申しあげたように、パクスはかなり早い時期にルネッサンス星系を訪れ、聖十字架を供給し、それに合わせて産児制限を導入しました」

「前にいったことがあるといったね」ぼくはアンドロイドにたずねた。「どんな感じのところだった？」

「じつはですね」アンドロイドは残念そうな笑みを浮かべた。「ウィリアム王の新王国建国に先だってアスクウィスからハイペリオンへ輸送されていく途中、ルネッサンス・ベクトルの宇宙港に三十六時間滞在していただけなのです。その間、低温睡眠から解かれはしましたが、船を出ることはゆるされませんでした。ですから、あの惑星についてじかに見聞きした範囲はそう広くありません」

「いまは人口のほとんどが復活派キリスト教徒なの？」

アイネイアーがたずねた。さっきから少女は考えにふけり、内にこもっているような印象がある。ふと見ると、またしても爪をかんでいた。

「はい、そのとおりです」A・ベティックが答えた。「残念ながら、五十億のほぼ全員がそうです」

「パクス軍の軍事プレザンスも誇張じゃない」ぼくもことばをそえた。「ハイペリオン自衛軍を訓練しにきたパクス部隊はルネッサンス・Vの連中だった。あそこは対アウスター戦争における一大要塞惑星であり、主要中継点なんだ」

アイネイアーはうなずいたが、やはりよそごとに気をとられているような顔をしていた。

ぼくはなにを考えているのかきかないことにし、かわりにこうたずねた。

「どうしてあそこにいくんだい？」

アイネイアーは顔をあげ、まっすぐにぼくを見た。その黒い瞳は美しかったが、そのときは、どこか遠くを見ているように思えた。

「テテュス河を見てみたいの」

ぼくはかぶりをふった。

「テテュス河は転位ネットワークで造りあげたものだろう。〈ウェブ〉の外には存在していなかった。そもそもあれは、一千もの河をすこしずつつなぎあわせたものじゃないか」

「知ってる」アイネイアーはいった。「でも、〈ウェブ〉時代、テテュスの一部であった河を見てみたいの。テテュスのことはかあさんからいろいろと聞いてるわ。〈グランド・コンコース〉にそっくりだけど、もっとのんびりした交通手段だって」はしけに乗って、惑星から惑星へ、何週間も、ときには何カ月もかかって旅するのに使ってたんだってね。

ことばを荒らげそうになるのを、ぼくはかろうじてこらえた。

「厳重な防衛網を突破してルネッサンス・ベクトルにたどりつくのは、まず不可能だ。それはわかってるだろうに。かりにたどりつけたとしたって、テテュス河はもう存在していない……どの河のどの部分がテテュスの一部をなしていたかは知らないがね。だいたい、なんでそんなにテテュス河を見たがるんだ？」

少女は肩をすくめかけたが、思いなおしたらしく、正直に答えた。

「憶えてる？　教えを請わなきゃならない……教えを受けたい……建築家がいるっていったこと」

「憶えてる。だけど、その名前も、どの惑星に住んでるのかもわからないんだろう？　それなら、なぜわざわざルネッサンス・ベクトルなんかから捜索をはじめるんだ？　せめて、ルネッサンス・マイナーからにしたってよさそうなもんじゃないか。でなけりゃ、この星系はスキップして、もっと人のすくないところ——たとえば、アーマガストあたりにいくとかさ」

アイネイアーは左右に首をふった。よくよく見ると、髪にはいつもよりていねいにブラシがいれてあり、ブロンドのメッシュがはっきりと見えた。

「わたしの夢のなかではね」と、アイネイアーはいった。「その建築家の建てた建物のひとつが、テテュス河のそばにあるの」

「テテュス河が流れていた惑星は何百とあるんだぞ」本気でいっていることを示そうと、ぼくはぐっと身を乗りだした。「なかには、パクスにつかまったり殺されたりする心配のない惑星だってあるだろうさ。それなのに、ルネッサンス星系からはじめなくちゃならないのか

?」

「そんな気がするのよ」アイネイアーは静かに答えた。

ぼくは自分の大きな手をひざがしらに置いた。たしかにマーティン・サイリーナスは、この旅が簡単だとも筋の通ったものだともいわなかった——ぼくをヒーローにするといっただけだった。

「わかったよ」ふたたび、ぼくはいった。われながら、声に力がないのがわかった。「で、今回はどんなプランを立ててるんだ？」

「プランなんてないわ。パクスが待ちかまえていたら、真実を伝えるだけ。これから船をルネッサンス・ベクトルに着陸させるつもりだって。たぶん、着陸させてくれると思う」

「で、かりに着陸させてくれたら？」

この船が何千ものパクス兵に囲まれている場面を想像しながら、ぼくはいった。

「それからは、そのときしだいよ」アイネイアーはにっこりとほほえみを浮かべた。「ね、ふたりとも、六分の一Gビリヤードをやらない？　こんどはお金を賭けて」

きついことばを吐きそうになるのをこらえ、ぼくはおだやかな口調でたずねた。

「賭けるったって、持ちあわせなんかないだろう？」

アイネイアーの笑みが大きくなった。

「じゃあ、負けなければいいのよ。そうでしょ？」

26

娘がルネッサンス星系へやってくるのを待つ百四十二日のあいだ、デ・ソヤ神父大佐は毎晩、一日の例外もなく、彼女の夢を見た。ハイペリオンの〈スフィンクス〉ではじめて娘と出会ったとき以来、その姿はしっかりと目に焼きついていた。ひどく細身で、まなざしには油断がなく、砂嵐や目の前のものものしい兵隊たちを見ても怯えた色は見せずに、顔を覆おうとするかのように、あるいはそのまま駆けよってデ・ソヤを抱きしめようとするかのように、小さな両手をあげかけていた、あのときの姿――。夢のなかで、少女はしばしばデ・ソヤの愛娘《まなむすめ》となり、いっしょにルネッサンス・ベクトルの運河通りの雑沓《ざっとう》をそぞろ歩き、ダヴィンチの聖ユダ医療センターに入院しているデ・ソヤの姉、マリアのことを話しあったりした。夢のなかで、デ・ソヤは娘と手をつなぎ、巨大な医療コンプレックスのそばの通い慣れた運河通りを歩きながら、こんどはどうやって姉の命を救うつもりでいるかを語った。こんどこそ、最初のときのように、マリアを死なせたりはしない――。

現実の世界において、フェデリコ・デ・ソヤが家族とともにルネッサンス・ベクトルへやってきたのは、彼が六歳のときのことだった。それまで一家は、辺境の惑星マドゥレ・デ・ディオスでもひときわ辺鄙《へんぴ》な地域、ラノ・エスタカドに住んでいた。人家のまばらな岩と砂漠の惑星に住む者たちは、ほぼ全員がカトリック教徒だったが、パクスの復活派に属する者は皆無だった。もともとデ・ソヤ一家は、マリア派運動の分派に属し、住んでいた惑星、新《ヌエボ》マドリードが投票でパクス加盟を決め、全キリスト教会がヴァチカンの傘下に収まることになったとき、分派の者たちとともに同惑星を捨てて、マドゥレ・デ・ディオスに移り住んだのである。マリア派はヴァチカンの正統信仰が認める以上に深くキリストの聖母を崇めていたため、六万人におよぶ異端のカトリック教徒は、砂漠だらけの惑星で敬虔なコロニーを築き、一種の抗議として聖十字架の受容を拒んだ。幼いフェデリコが育ったのは、そんな世界だった。

あるとき、惑星外から持ちこまれたレトロウイルスが農場地帯に猛威をふるい、当時十二歳だった姉のマリアも感染して病の床についた。赤死病にかかった者は、三十二時間以内に死ぬか回復するかのどちらかだったが、マリアの場合、病気が長びき、かつて美しかった顔は見るも悲惨な赤いあばただらけとなってしまった。一家はマリアを、風の吹きすさぶ荒れ地をはさんでラノ・エスタカドの南にある、シウダ・デル・マドゥレの病院に連れていったが、そこにいたマリア派の医者には、祈ることのほかになにもできなかった。ところが、たまたまシウダ・デル・マドゥレには、新たにパクスからやってきたばかりの復活派伝道団がきており、地元民から一線を画されつつも許容されていたが、その司祭が——親切な人物で、名前はマーといった——死にゆく娘に聖十字架をつけさせるよう、フェデリコの父親の説得を試みた。当時のフェデリコはまだ幼かったので、両親の苦悶に満ちた議論のことはあまり憶えていないが、家族全員で——母と父、ふたりの姉とひとりの弟といっしょに——現地のマリア派教会を訪ね、ひざまずき、聖母の導きととりなしを祈ったことはよく憶えている。

結局マリアは、ルネッサンス・ベクトルの有名な医療センターのひとつへ入院することに決まり、一家はラノ・エスタカドのマリア派協同組合の農場主たちから、惑星外への旅費と入院費用の拠出を受けた。一家といっても、弟とほかの姉たちは近所の農場に預けられたが、どういうわけか、当時六歳だったフェデリコだけは、両親と死にかけている姉とともに、長い旅に連れていかれることになった。一家の者が本物の冷凍睡眠を——低温睡眠よりも危険だが、ずっと安くすむ——経験したのは、このときがはじめてだった。幼いフェデリコは、ルネッサンス・ベクトルに滞在した数週間、冷凍睡眠中の骨の髄までこごえる冷たさを何度も何度も思いだしたものである。

はじめのうち、ダヴィンチのパクスの医者たちは、マリアの代謝系に赤死病が蔓延するのをくいとめ、血を流すあばたの一部を消すことにすら成功したかに見えた。が、現地時間で三週間がたったころ、レトロウイルスは勢いを盛り返した。ふたたび、パクスの司祭が——こんどは病院付の司祭たち数人が——フェデリコの両親を説得し、手遅れにならないうちに、マリア派の教義に目をつむり、死にゆく子供に聖十字架をつけさせるようにと働きかけた。デ・ソヤが両親の決断にともなう苦悩を理解できるようになったのは、ずっとのち、成人してからのことである。それはまさに、もっとも深い信仰を失うか、愛する娘を失うかの選択だったのだ。

いま、デ・ソヤは夢のなかで、自分の娘となったアイネイアーと手をつなぎ、おなじ医療センターのそばの運河通りを歩きながら、姉マリアがなによりもたいせつにしていた宝物を——小さな磁器製のユニコーンをプレゼントしてくれたときのことを語って聞かせた。それは姉が昏睡状態に陥る数時間前のことだった。デ・ソヤは夢のなかで、ハイペリオンで遭遇《そうぐう》した十二歳の少女の小さな手を引いて歩き、そのときの事情をあれこれ語って聞かせた。懊《おう》悩《のう》のはてに、自分の父親が——肉体も信仰も強固きわまりなかった男が——ついにひざを屈し、娘に聖十字架の秘蹟を施してくれとパクスの司祭たちに頼むにいたったこと。病院の司祭たちは承諾したが、マリアに聖十字架を与える条件として、両親とフェデリコも正式に汎カトリック教に改宗するようもとめてきたこと。

さらに、地元の大聖堂で——聖ヨハネの大聖堂で——簡単な洗礼の儀式を受けたうえで、フェデリコと両親が聖母を優先する信仰を捨て、イエス・キリストが唯一の主であり、自分たちの宗教生活にとってヴァチカンの力が絶対であると宣言させられたこと。

その晩のうちに、両親とともに初聖体と聖十字架を受けたことを、デ・ソヤははっきりと憶えている。

マリアに対する聖十字架の秘蹟は、午後十時に行なわれる予定になっていた。だが、時すでに遅く、マリアは午後八時四十五分に死んだ。教会の定めとパクスの法により、聖十字架を受ける前に脳死した者は、秘蹟を受けることはできない。

新たに帰依した教会に対して憤りも見せず、裏切られた思いをいだくこともなく、フェデリコの父親はこの悲劇を、自分に対する、一家に対する、ラノ・エスタカドのマリア派すべてに対する、神の——小さいころからずっと祈りを捧げてきた神、聖母という宇宙的女性原理と一体になった心やさしき神の子ではなく、より猛々しい、汎カトリック教会が信じる新旧両聖書の神の——懲らしめと受けとった。そして、埋葬するために、娘の遺体に白い衣を着せ、母星に帰ったフェデリコの父親は、パクス流カトリックの熱烈な伝道者となった。農業社会が赤死病の猛威に脅《おびや》かされていたこともあって、布教は順調に進んだ。七歳の年、フェデリコはシウダ・デル・マドゥレのパクス学校にいれられ、姉たちはラノの北にある修道院にいれられた。かくして、父親の存命中に——フェデリコが聖トマス神学校に入学するため、マー神父とヌエボ・マドリードに赴くまえに——マドゥレ・デ・ディオスに生き残ったマリア派の者たちは、ひとり残らずパクス・カトリックに改宗してしまっていた。マリアの悲惨な死が、ひとつの惑星全体を復活派へと改宗させたのである。

もっとも、夢のなかでは、悪夢のなかでのみ馴じみ深かったルネッサンス・ベクトルのダヴィンチの通りを歩いているあいだ、デ・ソヤ神父大佐は、娘にはそんなことをいっさい説明しなかった。娘は、アイネイアーは、そういったことをすべて知っているようだったからだ。

娘の宇宙船が到着するまでの百四十二日というもの、ほぼ毎晩のように、デ・ソヤは娘に、自分がいかにして赤死病を治療し、姉を救う秘密を発見したかを語って聞かせた。はげしい動悸にあえぎ、汗びっしょりになって目覚めた一日めの朝、マリアを救う秘密とは聖十字架のことだろうと思ったが、翌晩の夢で、そうではないことがわかった。

その秘密とは、マリアのユニコーンを返すことにあるようだった。自分にできるのは——と、デ・ソヤは、娘であるアイネイアーに説明した——通りの迷宮のなかに病院を見つけだし、ユニコーンを返すことだけだ。そうすれば姉は助かる。なのに、肝心の病院をどうしても見つけることができない。迷宮は混沌として、手も足も出なかった。

五カ月後、パールヴァティー星系からくる娘の宇宙船が到着する前夜、おなじ夢の一バリエーションのなかで、デ・ソヤはついに聖ユダ医療センターを見つけだし、眠る姉のもとへたどりついた。しかし、そこで慄然たる思いとともに気がついたのは、いつのまにかユニコーンをなくしていたことだった。

夢のなかで、このときはじめてアイネイアーが口をきいた。ブラウスのポケットから小さな磁器のユニコーンをとりだして、娘はこういった。

「ほら。これ、ずうっとここにあったんだよ」

ルネッサンス星系でデ・ソヤが過ごした数ヵ月間の現実は、文字どおりの意味でも象徴的な意味でも、パールヴァティーの経験から遠く隔たったものだった。

デ・ソヤ、グレゴリウス、キー、レティグは知らなかったが——なにしろみんな、復活槽のなかでジャム状の死体と化していたからだ——星系内に実体化して一時間のうちに、〈ラファエル〉はパクス艦に捕捉された。〈ラファエル〉のコンピュータが送りだした識別信号とデータを受けて迎えに出向いてきたのは、高速偵察艇が二隻に、煅光艦が一隻。捕捉後ただちに、四人の遺体はルネッサンス・Vのパクス復活センターに送ることが決定された。

パールヴァティーでの孤独な目覚めとちがって、デ・ソヤとスイス護衛兵の三人は、しかるべき儀式と処置のもとで意識をとりもどした。じっさいには、デ・ソヤ神父大佐とキー伍長については復活が順調にいかず、いったん復活槽にもどされ、さらに三日をあてて完全復活にこぎつけたという。〈ラファエル〉の自動復活機能にそこまでの配慮ができたかどうか、あとでその話を聞いたデ・ソヤには、推測することしかできなかった。

それぞれに復活司祭／カウンセラーのついた四人がようやく再会したのは、星系内に実体化して一週間がたってからだった。グレゴリウス軍曹は司祭につきまとわれるのをわずらわしがり、一刻も早く任務に復帰したがったが、デ・ソヤとほかのふたりは、じっくりと時間をかけて休養をとり、死のダメージを癒せることを歓迎した。

〈ラファエル〉がRV星系に実体化して約二ヵ月後、デ・ソヤはランプリエール艦長と再会をはたした。兵員輸送艦〈聖トマス・アキラ〉が、ハイペリオンで虐殺された兵千八百人以上を冷凍船倉に満載し、さらに二千三百の負傷兵を収容して、所属するルネッサンス星系のパクス基地へと帰ってきたのである。ルネッサンス・Vとパクス軌道基地の病院と聖堂は、すぐさま手術と復活にとりかかった。

デ・ソヤは復活をすませたバーンズ=アヴニ准将につきそい、彼女が意識をとりもどしたときもベッドのそばにいた。本来は赤毛の小柄な女性は、復活後は頭髪が一本もなくなり、再生したての皮膚もつややかで赤く、病院のガウンを着て横たわる姿はひとまわり縮んでしまったようで、デ・ソヤは胸が痛んだ。だが、彼女の攻撃性と態度は、すこしも変わってはいなかった。

意識をとりもどしてすぐに、彼女はたずねた。

「いったいなにがあったんだ？」

デ・ソヤはシュライクの殺戮のことを話した。自分が半年間にわたって娘を追いかけていること、バーンズ=アヴニが冷凍状態で船倉に保存され、ハイペリオンから四ヵ月半をかけてここへやってきたこともだ。それに対し、准将はひとこと、こういっただけだった。

「いまだになんの成果もあげていないのか？」

デ・ソヤは苦笑した。いまのところ、自分に対して率直にものをいうのは、この地上部隊司令官だけだ。自分が文字どおりの負け犬であることは、だれよりも自分がいちばんよく知っている。単一の目標を達成するのに——たったひとりの子供を保護するのに——パクス部隊を動員した大がかりな作戦を二度も指揮し、二度とも無残な失敗におわってしまったのだから。デ・ソヤとしては、せめて解任してほしいところだった。できれば軍事裁判にかけてほしかった。だから、娘の船が到着する二カ月前、たまたま急使船がやってきたとき、デ・ソヤはその急使たちを呼び、ただちにパケムへもどって作戦失敗を報告したのち、パクス総司令部の指示を受けてもどってくるようにと命じた。急使たちに託したメッセージには、解任されるまでのあいだ、ルネッサンス星系で娘を保護するべく、引きつづき徹底した準備を進める旨《むね》も付言しておいた。

今回使える戦力は膨大なものだ。パクス軍でも精鋭を謳われる海兵隊が数千と、ハイペリオン作戦でいったんは潰滅したスイス護衛兵旅団を筆頭に、地上戦力はゆうに二十万を数え、海上・宇宙双方でも大規模な海軍力を動員できる。いまルネッサンス星系におり、〈教皇のディスキー〉で自由に動かせる艦艇は、熾光艦二十七隻に——うち八隻はオメガ級だ——熾光艦に先行して偵察にあたる高速偵察艇が百八隻、通信・司令・制御を司るC^3艦が六隻、その護衛をになう高速攻撃艇が三十六隻、二百機以上もの宇宙／大気圏内両用スコーピオン戦闘機と七千人のクルーを擁する攻撃母艦が一隻（名前は〈聖マロ〉）、〈ブレシアの誇り〉から〈ヤコブ〉へと改名された老朽巡航艦が一隻、〈聖トマス・アキラ〉をふくむ兵員輸送艦が二隻、さらには祝福級の駆逐艦二十隻に、前哨防衛艦五十八隻を数え――前哨防衛艦は、三隻あればいかなる惑星をも（あるいは機動艦隊をも）効率的に防衛できるしろものだ――そして、これはいずれも海の上専用だが、近接戦闘では絶大な威力を発揮するフリゲート艦を筆頭に、掃海艇、連絡艇、無人戦闘艇といった小型艦艇も、都合百隻以上を動員できた。締めくくりに、〈ラファエル〉もある。

二隻めの急使船をパケムに送りだしてから三日後、アイネイアーの船が到着する七週間前に、〈マギ〉機動艦隊が到着した。〈メルキオル〉、〈ガスパル〉、そして以前はデ・ソヤが指揮していた〈バルタザル〉の三隻だ。むかしの仲間の到来を知って喜んだのもつかのま、その仲間たちのまえで自分が処分を受けることに思いいたり、デ・ソヤの気持ちは沈んだが、それでも彼は、機動艦隊がまだルネッサンス・ベクトルから六天文単位の距離にあるうちから、早々と〈ラファエル〉をあとにし、出迎えに赴いた。〈バルタザル〉に足を踏みいれると同時に、ストーン神母中佐が最初にしたことは、デ・ソヤが置いていくことを余儀なくされた私物のバッグをさしだすことだった。きちんと折りたたまれた衣服の上には、フローフォームに丹念にくるまれて、亡き姉マリアからの贈り物、磁器のユニコーンものせてあった。

再会したハーン大佐、ブーレーズ神母大佐、ストーン神母中佐に、デ・ソヤは正直に状況を打ち明け、自分の築いた捕獲態勢を説明したうえで、娘の宇宙船が到着する前に新指揮官が派遣されてくるであろう旨を伝えた。が、二日後、その予想ははずれることになる。ルネッサンス星系に実体化した大天使級急使船には、ふたりの人間が乗っていた。ひとりは艦隊司令長官マルシンの副官、マージット・ウー大佐で、もうひとりはイエズス会のブラウン神父だった。ブラウン神父は、モンシニョール・ルーカス・オディの——オディはヴァチカン国務次官であると同時に、国務長官シモン・アウグスティノ・ルールドゥサミー枢機卿の親友でもある——特別顧問を務める人物だ。

ウー大佐は、デ・ソヤ宛ての封印命令書を携えてきており、それにはウーの復活を待たずに開封するべき旨が記されていた。デ・ソヤはすぐさま命令書を開いた。そこに書いてあった指示は単純明快だった。〝任務を続行し、娘を確保せよ。貴官が解任されることはない。ウー大佐、ブラウン神父ら、当局の高官がルネッサンス星系に赴くのは、デ・ソヤ神父大佐の任務遂行を見とどけ、そのために必要ならば、あらゆるパクスの人員を自由に使える全権を保証するためである〟

この全権は、〈ラファエル〉到着以来、不承不承ながらも受けいれられてきた。ルネッサンス星系には、パクス艦隊の提督が三人、パクス地上軍の司令官が十一人おり、そのだれひとりとして、一介の神父大佐に命令されることに慣れていなかったが、〈教皇のディスキー〉の権威のまえに、しぶしぶながらしたがっていたのだ。しかしいま、パケムからの梃入《てこい》れを得て、デ・ソヤは自分の作戦を見なおし、あらゆるレベルの指揮官や民間人の指導者に面会し、各大都市——ダヴィンチ、ベネデッティ、トスカネッリ、フィエラヴァンティ、ボッティチェルリ、マザッチョ等の市長にも協力を要請することができた。

娘の宇宙船到来を来週に控え、作戦も練りあがり、部隊配備の詳細な方針も定まって、ようやく個人的なことに思いをめぐらし、しばし自由行動をとる余裕の持てたデ・ソヤ神父大佐は、作戦会議の制御された混沌や戦術シミュレーションを離れ、直属の護衛に任命したグレゴリウス、キー、レティグすらも連れず、ひとりでダヴィンチの通りを歩き、聖ユダ医療センターを訪ね、姉マリアの思い出にふけった。どういうわけか、夜ごとの夢に現われる通りや病院のほうが、現実に訪ねてみるよりもずっと存在感が強かった。

かつての保護者、マー神父のもとも訪ねてみた。マー神父は長年のあいだ、ダヴィンチの裏側にあるフィレンツェの昇天ベネディクト会修道院で院長を務めていたので、デ・ソヤはさっそく現地へ飛び、長い午後、ずっと老人と語りあって過ごした。八十代後半にはいって、〝そろそろ迎えるであろうはじめての甦りを楽しみにしている〟マー神父は、デ・ソヤの記憶にある三十年ちかく前とちっとも変わっておらず、楽天的で忍耐強くて、なによりも親切だった。惑星マドゥレ・デ・ディオスは、比較的最近も訪ねたそうだ。

「ラノ・エスタカドは廃墟と化していたよ」と老司祭はいった。「どの農場にも人影はなかった。シウダ・デル・マドゥレには数十人が住んでいるが、これもみな、パクスの研究者ばかりだ。あの惑星が環境改造《テラフォーム》に値するかどうか調査しているんだな」

「知っています」デ・ソヤはうなずいた。「家族の者は二十標準年以上も前に、ヌエボ・マドリードにもどりました。姉たちは教会のためにつくしています。ロレッタはネヴァーモアの尼僧《にそう》に、メリンダはヌエボ・マドリードの司祭になりました」

「弟のエステバンは？」

やさしい笑みを浮かべて、マー神父はたずねた。

デ・ソヤはひとつためいきをつき、答えた。

「昨年、ある宇宙戦闘において、アウスターに殺されました。乗っていた戦闘艦ごと蒸発させられたんです。遺体は回収されませんでした」

マー神父は、ひっぱたかれでもしたかのように目をしばたたいた。

「はじめて聞いたよ……」

「でしょうね。民間にはまだ伝わっていないでしょう。はるか彼方の——かつての辺境よりもずっと向こうでのできごとでしたから。戦死の報は、家族のもとへもまだ正式には届いてはいません。わたしが知っているのは、たまたまその方面より帰投してきた、ある艦長から話を聞いたからです」

マー神父は、すっかり禿げあがり、老人斑の浮いた顔を左右にふりふり、静かにいった。

「エステバンは、われらが神の約束した唯一の復活に同化したのだな」その目には、涙がにじんでいた。「われらが救い主イエス・キリストの、永遠の復活に」

「そのとおりだと思います」デ・ソヤはことばを切り、ちょっと間を置いてから、たずねた。

「いまでもスコッチをたしなまれますか、マー神父？」

老人はうるんだ目をあげ、デ・ソヤの目を見つめた。

「たしなむといっても、薬がわりだがね、デ・ソヤ神父大佐」

デ・ソヤは黒い眉をほんのすこし吊りあげてみせた。

「じつは、このまえの復活からまだ回復の途中でしてね、マー神父。薬があれば、わたしもありがたいのですが」

老司祭は真顔でうなずいた。

「じつは、最初の復活にそなえて、一本だけ用意してあるんだよ、デ・ソヤ神父大佐。ほこりまみれになっているだろうが、見つけてこよう」

あくる日の日曜日、デ・ソヤは聖ヨハネ大聖堂で——ずっとむかし、自分が聖十字架を授かったあの大聖堂で——ミサを献げた。参与した信徒は八百人を超え、そのなかには、マー神父、ブラウン神父、マルシン司令長官の懐刀として知られる副官ウー、グレゴリウス軍曹、キー伍長、レティグ上等兵なども混じっており、みなそれぞれに、デ・ソヤの手から聖体を拝領した。

その晩、デ・ソヤはふたたびアイネイアーの夢を見た。そしてついに、娘に向かって、こうたずねた。

「どうしてわたしに娘ができるはずがある？　わたしはつねづね、独身の誓いをたてたことを誇りに思っているんだぞ」

娘はほほえみ、だまって彼の手を握った。


娘の宇宙船が実体化するまでいよいよ百時間とせまり、デ・ソヤは艦隊を配備させた。実体化ポイントは危険なほどルネッサンス・ベクトルの重力井戸にちかく、相手は大むかしの船だけに、専門家の多くは分解してしまわないかと不安をいだいた。たとえ重力トルクで壊れなくとも、惑星のこれほどそばで実体化し、着陸するとなると、猛烈な減速を行なわなくてはならない。はたして問題の船がそれに耐えられるかどうか。その不安が表明されることはめったになかったが、内心、心配している者は多かった。同様に、やはり口にされることはなかったが、長期間ルネッサンス星系に足止めされていることに対しても、士官たちは不安をいだいていた。艦艇の多くは、辺境やアウスター領域の奥深くへ赴く途中、この星系に立ちよったにすぎない。そして士官というものは、時間の浪費をきらう。

実体化十時間前、デ・ソヤ神父大佐がすべての兵科士官を会議に召集したのは、なによりもまず、そんな表に出ない緊張をほぐすためだった。この手の会議は、通常、タイトビームのリンクで持たれるものだが、デ・ソヤはじっさいに、兵科士官全員を攻撃母艦〈聖マロ〉

に集合させたのだ。巨艦の主ブリーフィングルームには、それほどの人員を収容できるだけの広さがあったのだ。

デ・ソヤは最初に、何週間も何カ月もかけて演習してきたシナリオの見直しからはじめた。娘がもういちど空気の開放をほのめかしたら、すぐさま三隻の煬光艦が――かつてデ・ソヤが指揮した〈マギ〉機動艦隊が――急接近し、クラス10の遮蔽フィールドで船をくるみこんで、乗員全員を麻痺させ、そのままの状態で保持する。ついで、〈ヤコブ〉が接近し、その巨大なフィールド・ジェネレーターで船を曳航していく。

娘の船がパールヴァティーを離脱したときとおなじ要領で星系を出ていこうとした場合、高速偵察艇と高速戦闘機の編隊で動きを封じ、煬光艦で行動不能にする――。

デ・ソヤはいったんことばを切った。

「質問は？」

ずらりとならぶ何列もの椅子には、おおぜいの士官がすわっている。そのなかには、ランプリエール大佐、ウー大佐、ハーン大佐、ブラウン神父、ブーレーズ神母大佐、ストーン神母中佐、バーンズ＝アヴニ准将など、よく見知った顔がいくつもあった。作戦室のうしろのほうに休めの姿勢で立っているのは、グレゴリウス軍曹、キー伍長、レティグ上等兵の三人だ。錚々たる顔ぶれの集まった部屋に三人が入室をゆるされているのは、デ・ソヤ直属の護衛としての立場からである。

マージット・ウー大佐がいった。

「娘の船が、ルネッサンス・ベクトル、ルネッサンス・マイナー、またはいずれかの月に着陸しようとしたら？」

デ・ソヤは低い演壇をおりた。

「前回の作戦会議でも議論したように、娘の船が着陸を試みれば、その時点で判断する」

「判断基準はなんだね、神父大佐？」C^3艦〈聖トマス・アクィナス〉のセラ提督がきいた。

つかのま、デ・ソヤはためらった。

「基準はいくつかあります、提督。まず、船がどこへ向かうか。より安全なところへ――娘にとってです――向かうようなら、そのまま着陸させる。船が脱出する可能性が万にひとつでもあれば、途中で行動不能にする」

「脱出の可能性があるだろうか？」バーンズ＝アヴニ准将がたずねた。ふたたび漆黒の制服に身をつつんだ女性士官は、以前のようにタフで有能そうに見える。

「ないとはいえません。ハイペリオンであんなことがあった以上は。しかし、いかなる可能性も、できるかぎり小さくします」

「あのシュライクという化け物が現われたなら……」ランプリエール大佐がいいかけた。

「その点は何度も演習したとおりだ」とデ・ソヤは答えた。「作戦を変更する理由は見つからない。今回はコンピュータ制御による火器管制への依存度を大幅にあげて臨む。ハイペリオンであの怪物が一ヵ所にとどまっていた時間は二秒にも満たなかった。これでは人間の反応速度では対応しきれないし、自動火器管制システムも混乱に陥る。今回はシステムのプログラムを書き換えた。個人用戦闘スーツの火器管制システムについてもだ」

「では、海兵隊がその船に乗りこむということですか？」最後列にすわる、高速偵察艇の艇長がいった。

「ほかのすべての手段が失敗した場合にはな」デ・ソヤは答えた。「でなければ、娘とその同乗者が麻痺停滞フィールドにとらえられ、意識を失ったあとでだ」

「怪物に対しては、デスウォンドを使用してよろしいのですね？」駆逐艦の艦長がたずねた。

「かまわん。デスウォンドの使用によって、娘に危険がおよばないかぎりは。ほかに質問は？」

室内に沈黙がおりた。

「最後に、昇天修道院のマー神父が祝福を授けてくださる」デ・ソヤ神父大佐はいった。

「全員の武運を祈る」

27

なぜそうするのかよくわからないままに、ぼくらは全員、船の先端部にある領事の寝室に集まり、通常空間への実体化を見まもった。領事の巨大なベッドは——この二週間、ぼくがずっと使ってきたベッドは——部屋の中央にあるが、折りたたんでソファのようにすることもできる。いまもぼくはそうやっていた。ベッドのうしろには、ふたつの不透明なキューブがあるが——ワードローブと、シャワー／トイレだ——船殻が透明になると、それらのキューブは黒いブロックとなり、周囲と頭上を埋めつくす星の海に埋もれてしまう。今回、ホーキング速度から通常空間に降りるときも、ぼくらは船殻を透明にしてくれるようにと船にたのんでおいた。

実体化をおえ、減速する方向に船が向きを変えるまぎわ、最初にちらりと見えたのは、惑星ルネッサンス・ベクトルの姿だった。距離はかなりちかく、黒い星空をバックにブルーと白の円板となって輝き、三つある月のうちふたつまでが見えている。ルネッサンスの太陽は左のほうに輝いており、惑星と月を明るく照らしていた。だが、星が何十も見えているのは妙だ。通常は、太陽の光で星々が覆い隠されてしまい、ごく明るいひとにぎりの恒星しか見えないはずなのに。アイネイアーはそれを宇宙船にたずねた。

「あれは星ではありません」

宇宙船が答えたとき、ゆっくりとした転回がおわった。核融合駆動装置が轟音を放ってよみがえり、船は惑星に向かって猛烈な減速を開始した。ふつう、実体化というものは、惑星や月のこんなちかくでは行なわない。実体化時の速度しだいでは、巨大な重力井戸により、船がひしゃげてしまう恐れがあるからだ。しかし宇宙船は、ぼくらの危惧をしりぞけ、改良されたフィールドがあるので、どんな問題でもなんなく処理できると請けあった。とはいえ、対処できる問題は、あくまでも重力に関してのことにかぎられる。

「あれは星ではありません」宇宙船はくりかえした。「半径十万キロ以内に五十隻以上の宇宙船がいて、加速中なのです。軌道上の防衛拠点には、さらに数十隻が待機しています。接近中の船のうち、三隻は——推進炎の特徴から判断して、熾光艦ですね——二百キロ以内におり、さらに接近しつつあります」

一同、無言だった。三隻が間近に接近中であることは、わざわざ指摘されるまでもない。三条の核融合推進炎が、真上からぼくらに向かって長大な尾を伸ばしていたからだ。船の上部を炙《あぶ》る推進炎は、顔に向けられた熔接トーチの炎のように見えた。

「通信がはいっています」宇宙船が報告した。

「映像は？」アイネイアーがたずねた。

「音声のみです」

宇宙船の声は、いつもよりも簡潔でビジネスライクに聞こえた。ＡＩも緊張することがあるんだろうか。

「聞いてみましょう」アイネイアーがいった。

「……いまルネッサンス星系に実体化した宇宙船に告ぐ」声がいっていた。この声には聞き覚えがある。パールヴァティーで聞いたあの声——そう、デ・ソヤ神父大佐とやらの声だ。声はくりかえした。「たったいまルネッサンス星系に実体化した宇宙船に告ぐ」

「どの船から通信してきているか、わかりますか？」

ぐんぐん接近してくる三隻の熾光艦を見つめながら、Ａ・ベティックが問いかけた。その青い顔は、頭上からのプラズマ推進炎が放つブルーの光を浴びて、いっそう青く見える。

「わかりません」宇宙船が答えた。「タイトビーム通信ですが、その発信源は特定できていません。これまでに確認した七十二隻の宇宙船のどれかからかもしれません」

なにかいわなくてはならない、なにか知的なことを口にしなければならない——そんな思いにとらわれて、あろうことか、ぼくは「ホイッ」と口走ってしまった。猟犬をけしかけるときの掛け声だ。アイネイアーがちらとぼくをふりかえり、また近づいてくる熾光艦の推進炎に視線をもどして、静かにたずねた。

「ルネッサンス・Vへの到着時刻は？」

「この速度変化量《デルタ・ブイ》を維持すれば、十四分後です」宇宙船は答えた。「しかし、このレベルでの減速は、惑星の直径の四倍以内の距離では違法でしょう」

「このレベルを維持して」

「たったいまルネッサンス星系に実体化した宇宙船に告ぐ」デ・ソヤの声がくりかえした。「乗船受けいれの準備をせよ。なんらかの抵抗を示せば、ただちに意識を失うことになる。くりかえす、たったいまルネッサンス星系に実体化した宇宙船に……」

　アイネイアーはぼくを見あげ、にっこりと笑った。

「こんどはもう、減圧のはったりは効きそうにないね、ロール」

　さっきの〝ホイッ〟以上に知的なことばを思いつけず、ぼくは手のひらを上向け、お手あげのしぐさをした。

「たったいまルネッサンス星系に実体化した宇宙船に告ぐ。これより接舷する。外部遮蔽フィールドを融合させるあいだ、いっさい抵抗してはならない」

　このとき、なぜだかわからないが、アイネイアーとA・ベティックが頭上をふりあおぐかたわらで——三隻がとうとう一キロ以内にせまり、三条の推進炎の間隔が広がって正三角形をなし、この船を包囲するにおよんで、熾光艦の姿が肉眼でも見えるようになった——ぼくは少女の顔を見つめていた。緊張してはいるようだ。口のはたに緊張のふしがうかがえる。

にもかかわらず、アイネイアーは完璧に冷静さをたもち、夢中になって燬光艦の姿に見いっていた。大きく見開いた黒い目がきらきらと輝いている。

「実体化した宇宙船に告ぐ」ふたたび、デ・ソヤの声がいった。「三十秒以内にフィールドを融合させる」

アイネイアーが部屋の縁に歩いていき、見えない船殻に手をふれた。ぼくの視点からは、自分たちがうんと高い山の円形の山頂に立っており、周囲に明るい星々とブルーの彗星の尾が輝くなか、アイネイアーが絶壁のはずれに立っているように見えた。

「宇宙船。パクスのぜんぶの船にわたしの声が聞こえるように、ワイドビームの音声通信を送って」

デ・ソヤ神父大佐は、戦術空間と現実空間の双方から成りゆきを見まもった。戦術空間で黄道面に立てば、減速中の目標船を包囲するパクス艦隊を一望のもとに見おろせる。各艦艇は車輪のスポークやリム状に連なる光点となって見えていた。車軸ちかく、娘の宇宙船と重なりあってほとんど識別不可能なのは、〈メルキオル〉、〈ガスパル〉、〈バルタザル〉の三隻だ。その外には、車軸とその周辺の四隻にぴたりと同調して、十隻以上もの燬光艦がとりまいているほか、アイネイアーの船を追ってきた〈聖アントニウス〉も、パールヴァティー星系で距離を縮めたのだろう、予想外に早く実体化し、猛然と正尾追撃にかかっている。さらに、燬光艦包囲陣の一万キロ外側には、ゆっくりと回転する車輪の縁にそって、祝福級駆逐艦隊、六隻のC^3艦のうちの三隻、攻撃母艦〈聖マロ〉が展開し、ルネッサンス・ベクトルの惑星＝月間空域に向かって減速しつつあった。デ・ソヤがすべてを見まもっているのは、〈聖マロ〉の戦闘司令室《CCC》からだ。本音をいえば、〈マギ〉機動艦隊と行動をともにし、娘の宇宙船に接近したかったが、指揮官がのこのこ現場に出向いていいはずはないし、それはちゃんとわきまえている。なにより、ストーン神母大佐が（つい先週、セラ提督によって昇進させられたところだ）やりにくくなるようなまねは避けたい。彼女が名実ともに艦長として燬光艦を指揮するのは、今回がはじめてなのだから。

ゆえにデ・ソヤは、〈聖マロ〉から展開を見まもるにとどめた。大天使級急使船〈ラファエル〉は、前哨防衛艦隊や護衛の攻撃艇編隊とともに、ルネッサンス・Vの停泊軌道に待機している。いったん戦術空間を降り、〈聖マロ〉CCCの、赤い照明で照らされ、士官でごったがえす現実空間をちらと見てから、すぐにまた核融合推進炎だらけの戦術空間へ意識をもどした。捕獲艦隊が形作る、回転する車輪の上下には、さらに多数の光点が展開し、巨大な球を形成している。娘の船がどの方向へ逃げても捕捉できるよう、さらに何十隻もの艦艇が大包囲網を敷いているのだ。

ふたたび現実空間に意識をもどし、おおぜいの士官が詰めるCCC内の、赤い光で照らされたいくつかの顔に注意を向けた。オブザーバーのウーやブラウンのほかに、バーンズ＝アヴニ准将の顔も見える。彼女がここに詰めているのは、〈マギ〉艦隊に分乗する海兵隊五十名とタイトビームで連絡をとりあうためだ。CCCの片隅には、グレゴリウスとふたりの部下の姿もあった。乗船部隊に加われないと知り、三人ともひどく落胆したが、それでもあえてここに残したのは、パケムへ娘を移送するさい、直属の護衛として連れていきたかったからだ。

デ・ソヤはキーを操作し、ふたたびタイトビーム・チャンネルで娘の船に連絡した。

「実体化した宇宙船に告ぐ」自分の鼓動の音が、バックグラウンド・ノイズのように大きく聞こえた。「三十秒以内にフィールドを融合させる」

なによりも気がかりなのは娘の安全だ。なにかが起こるとしたら、今後の数分間だろう。シミュレーションで徹底的に作戦を練りあげた結果、娘に危害がおよぶ可能性は六パーセントにまで減少しているが……デ・ソヤにしてみれば、六パーセントという数字はあまりにも大きすぎた。なにしろ、この百四十二日というもの、夜ごとに娘の夢を見るほど気にかけてきたのである。

だしぬけに、共通バンドがざわめき、CCCのスピーカーから娘の声が流れた。

「デ・ソヤ神父大佐」画像はない。「フィールド融合や乗船の試みはしないで。そんなことをしたら、悲惨な結末を迎えることになるわ」

デ・ソヤはちらと状況表示ディスプレイを見た。フィールド融合まで十五秒。これさえ乗りきれば……自殺の脅しをかけられても乗船の妨げにはならない。フィールドが融合して百分の一秒とたたずに、〈マギ〉の熌光艦三隻ともが麻痺ビームを照射する。

「よく考えて、神父大佐」娘のおだやかな声がつづけた。「この宇宙船をコントロールしているのは、連邦時代のAIよ。わたしたちを麻痺させれば……」

「フィールド融合中止！」

デ・ソヤは叫んだ。自動的に融合が行なわれる二秒前のことだった。〈メルキオル〉、〈ガスパル〉、〈バルタザル〉から了解の信号がとどいた。

「シリコンでできていると思っているかもしれないけど」娘はいった。「この船のAIコアは、百パーセント有機体――DNAタイプのプロセッサー・バンクを使用してるの。わたしたちを麻痺させれば、AIも麻痺して意識を失うのよ」

「くそっ、なんたることだ――」だれかがののしった。

はじめは自分のつぶやきかと思ったが、ふりかえってみると、ウー大佐が小声で毒づいているのがわかった。

「こちらは……八十七Gで減速中」アイネイアーはつづけた。「この船のAIを気絶させれば……AIは内部フィールドや機関をぜんぶコントロールしているから……」

デ・ソヤは〈聖マロ〉と〈マギ〉艦隊の技術バンドに切り替えた。

「いまのは事実か？　麻痺ビームで向こうのAIは気絶するのか？」

もどかしい間が、すくなくとも十秒ほどつづいた。やっとのことで、工学の学位を持つハーン大佐がタイトビームで応答してきた。

「わからない、フェデリコ。本物のAIバイオテクノロジーについては、詳細の大半が失われたか、教会によって封じられているんだ。それを暴くことは大罪であり……」

「わかった、それはいい」デ・ソヤはかみつくようにいった。「だが、娘のことばが真実である可能性はあるのか？　わかる者がいるはずだ。目標船に麻痺ビームを照射すれば、DNAベースのAIも麻痺するのか？」

〈聖マロ〉の機関長、ブラムリーが答えた。

「神父大佐、設計者なら、そのような事態を想定して、脳を保護する措置を講じているのではないかと……」

「たしかか？」

「断言はできません」ブラムリーは一拍おいて答えた。

「だが、目標船のAIが有機体なのは事実なんだな？」

「そのとおりだ」ハーン大佐がタイトビームで肯定した。「電子的インターフェイスやバブル・メモリーまわりを除けば、あの時代のAIが交差螺旋構造のDNAをベースにしている可能性は……」

「わかった」デ・ソヤは複数のタイトビームを通じ、全艦艇に命じた。「全艦、現状を維持。

娘の宇宙船には、断じて……くりかえす……断じて、コース変更や量子化をさせてはならない。向こうがそのような試みに出たら、ただちにフィールドを融合させ、麻痺ビームを照射しろ」

〈マギ〉艦隊その他の艦艇から了解信号がとどいた。

「……だから、悲惨な結末は避けてちょうだい」アイネイアーの放送はおわりに差しかかっていた。「わたしたちはルネッサンス・ベクトルに着陸しようとしているだけなの」

デ・ソヤ神父大佐は娘の船にタイトビームをつなぎ、

「アイネイアー」と、やさしい声で語りかけた。「それなら、われわれを乗船させ、惑星に送りとどけさせてくれないか」

「どうせなら、自力で着陸したいわ」

娘の声に、デ・ソヤはおもしろがっているような響きを聞きとった。

「ルネッサンス・ベクトルは大きな惑星だ」デ・ソヤは応じながら、戦術ディスプレイを見つめた。船が大気圏に突入するまで、あと十分。「どこに着陸するつもりだね？」

一分ほど沈黙がつづいた。それから、

「ダヴィンチのレオナルド宇宙港あたりがよさそうね」

「あの宇宙港は二百年以上も前に閉鎖されている。その船のメモリーバンクには、そんなむかしの記録しかないのか？」

通信チャンネルに沈黙がおりた。デ・ソヤはいった。

「ダヴィンチの西地区に、パクス＝重商連の宇宙港がある。そこでいいか？」

「いいわ」アイネイアーが答えた。

「そのためには、いったん針路を変更し、軌道に乗り、宇宙交通コントロールの管制にしたがって着陸してもらわねばならない。これよりデルタ・ブイの変更データを送る」

「だめ！」娘がいった。「この船が自力で着陸するわ」

デ・ソヤはためいきをつき、ウー大佐とブラウン神父をふりかえった。バーンズ＝アヴニ准将がいった。

「わたしの海兵隊なら二分以内に乗船できる」

「娘の船は、あと……七分で大気圏に突入します。あの速度では、ほんのちょっとした計算ミスも致命的だ」デ・ソヤはバーンズ＝アヴニに答え、娘にタイトビームを送った。「アイネイアー、ダヴィンチ上空には宇宙船や航空機がひしめいていて、誘導なしに着陸するのはむりだ。たったいま、軌道割りこみパラメータを送った。その船に、それにしたがうよう指示してほしい――」

「ごめんね、神父大佐」娘はいった。「わたしたち、もう着陸コースに乗ってるの。宇宙港の交通コントロールに侵入データを送らせてくれれば助かるわ。もういちどあなたと話すのは、この船が地上に降りてから。とりあえず……いまは……おしまい」

「くそっ！」デ・ソヤは毒づき、パクス＝重商連の交通コントロールを呼びだした。「聞いていたか、コントロール？」

「侵入データを……送信中です」管制官が答えた。

「ハーン、ストーン、ブーレーズ。聞いたか？」

「聞いていました」ストーン神母大佐が応答した。「制動をかけます……三分十秒後に」

デ・ソヤは戦術空間に切り替え、包囲網の車軸と車輪がばらばらになりだすのを見まもった。制動軌道に乗るため、燬光艦が急激に減速していく。燬光艦は大気圏に突入できるようにできていないためだ。目標船は大気圏突入に先だち、猛烈な勢いで減速しつつあった。惑星周回軌道上の〈聖マロ〉は、ほぼその針路上に位置している。

「降下艇の用意」デ・ソヤは命じた。それから、惑星通信チャンネルを開いて、「CAP！」

「ここに、神父大佐」戦闘機隊指揮官、クラウス中佐が応えた。彼女が指揮する四十七機のスコーピオンは、ダヴィンチ上の高空で戦闘空中哨戒《CAP》にあたっている。

「目標船の追跡は？」

「しっかりとらえています」

「念のためにいうが、わたしの直接命令がないかぎり、絶対に発砲してはならん」

「ラジャー」

〈聖マロ〉からは……十七機の戦闘機が発進し、目標船を追って大気圏に降下する。加えて、わたしの降下艇一隻もだ。識別装置を059にセット」

「ビーコン、059、了解。降下してくるのは、目標船、および戦闘機十七機、降下艇一隻」

「以上」

デ・ソヤはCCCパネルに接続したコードを引きぬいた。戦術空間が消え失せた。降下艇へは、ウー大佐、ブラウン神父、バーンズ＝アヴニ准将、グレゴリウス軍曹、キー伍長、レティグ上等兵がついてきた。降下艇のパイロットで、カリン・ノリス・クックという名の中尉は、全システムをグリーンの状態にして待機していたため、全員がストラップを締め、降下艇が〈聖マロ〉の発進チューブから飛びだすまで、一分とかからなかった。何度も訓練してきた成果だ。

大気圏に突入しながら、デ・ソヤはふたたび、降下艇のネットを通じて戦術空間にはいった。

「娘の宇宙船に翼あり」パイロットが昔ながらの隠語で報告した。もう千年も前から、〝乾いた足〟は大気圏内を飛ぶ航空機を、〝濡れた足〟は海上をゆく船を、〝翼あり〟は宇宙から大気圏への突入を意味する符牒として使われているのだ。

もっとも、映像を見るかぎり、目標船は文字どおり翼を広げたわけではない。データによれば、あの年代物の宇宙船には若干の変形能力があるようだが、今回は翼を生やしてはいなかった。前哨防衛艦のカメラは、目標船が核融合推進炎の柱に乗り、バランスをとりつつ、船尾から先に大気圏へ突入していく姿を映しだしている。

ウー大佐がデ・ソヤのほうに身を乗りだし、ほかの者に聞こえないよう、声をひそめた。

「ルールドゥサミー枢機卿は、あの娘がパクスに対する脅威だとおっしゃった」

デ・ソヤ神父大佐は小さくうなずいた。

「その脅威が、ルネッサンス・Vの何百万もの住民に対する脅威、という意味だったとしたらどうする?」ウーはささやきつづけた。「核融合機関だけでも強力な武器となる。都市上空で熱核爆発が起きたなら……」

聞いているだけで、デ・ソヤの身内に冷たいものが宿った。が、すでにこれは考慮しつくした問題だ。

「そんなことはさせない」デ・ソヤはささやきかえした。「娘がなにかに推進炎を向けたら、ただちに船を麻痺させ、機関を破壊し、船が落下するにまかせる」

「その場合、娘は……」ウー大佐がいいかけた。

「墜落を生き延びてくれることを祈るのみだ。何千もの……何百万もの……パクス市民を見殺しにするわけにはいかない」

デ・ソヤは耐Gカウチにもたれかかり、宇宙港を呼びだした。降下艇のまわりでは、イオン化した空気の層が金切り声をあげているが、タイトビームはそれを貫いて地表に到達する。外の映像を見ると、艇は明暗境界線を夜側に越えようとしているところだった。宇宙港のあたりは真っ暗だろう。

「こちら宇宙港コントロール」パクスの交通管制官が応答した。「目標船はこちらの指示したコースで減速中。デルタ・ブイの大きさは……明らかに違法ですが……なんとか許容範囲です。全航空交通を半径千キロの範囲で制限しました。着陸予定は……四分三十秒後です」

「宇宙港封鎖完了」おなじネットで、バーンズ＝アヴニ准将が報告した。

宇宙港の内部と周囲には数千のパクス兵が詰めている。ひとたび娘の宇宙船が着陸してしまえば、二度と飛びたたせることはない。デ・ソヤはリアルタイムの実況映像を見た。ダヴィンチの街の灯《ひ》は、地平線から地平線まで、見わたすかぎりどこまでも広がっている。娘の宇宙船も航空灯をつけ、赤と緑のビーコンを点滅させていた。と、宇宙船の一カ所から強力な着陸灯がともり、雲を貫いて下方を照らしだした。

「侵入中」管制官の冷静な声がいった。「減速率はわずかです」

「目標視認！」戦闘機隊のクラウス中佐がネットで叫んだ。

「距離をたもて」デ・ソヤはタイトビームを送った。スコーピオンは数百キロの彼方からでもひと刺しできる。減速中の船の周囲に蝟集《いしゅう》させたくはない。

「ラジャー」

「目標侵入中、計器着陸装置、降下率減少を報告。タッチダウンまで三分」管制官は、そこで娘の宇宙船に呼びかけた。「未確認船に告ぐ、貴船の着陸を許可する」

アイネイアーは返事をしなかった。

デ・ソヤは戦術空間に視線を移した。娘の宇宙船は赤い熾火《おきび》となり、パクス宇宙港の上空一万メートルに浮かんでいる。デ・ソヤの降下艇と戦闘機隊はその一キロ上方に位置し、怒った昆虫のように旋回しているところだ。いや、むしろハゲワシか、と神父大佐は思った。ラノ・エスタカドにもハゲワシはいた。もっとも、播種船で入植した者たちがなぜハゲワシを持ちこんだのかは、だれにもわからない。ただ、あの惑星の支柱だらけの平原は——支柱だらけなのは、一辺三十キロの格子状に、大気生成装置が設置されていたからだ——乾燥して風が強く、どんな死体も数時間のうちにミイラ化してしまう。

デ・ソヤは頭をふるい、よけいな考えを閉めだした。

「着陸まで一分」管制官が報告した。「未確認船に告ぐ、貴船の降下率はゼロになりかけている。デルタ・ブイを調整し、指示された経路にそって降下されたい。未確認船は、応答を……」

「妙だぞ」ウー大佐がつぶやいた。

「神父大佐」降下艇パイロットのカリン・クックがいった。「目標船が降下を停止しました。現在、宇宙港の二千メートル上空に浮かんでいます」

「見えている、中尉」デ・ソヤは答えた。

目標宇宙船の、赤と緑のライトが点滅している。尾翼付近の着陸灯は、二キロも下にある宇宙港のエプロンを照らすほど明るい。宇宙港に停泊中のほかの宇宙船は、みな闇に沈んでいる。その大半は格納庫に収まっているか、二次的誘導路に退避しているかだ。上空を旋回中の戦闘機隊は、デ・ソヤの降下艇ともども、ライトをつけていない。複数のタイトビームを介して、デ・ソヤは指示した。

「全艦艇および航空機に告ぐ、距離をたもて、けして発砲するな」

「未確認船に告ぐ」管制官がいった。「貴船は経路を離れつつある。ただちに降下を再開されたい。未確認船に告ぐ、貴船は管制空域を離れつつある。ただちに管制にしたがい、降下を再開されたい……」

「まずいな」バーンズ＝アヴニがつぶやいた。

彼女の部隊は、幾重もの同心円を描き、宇宙港を包囲している。だが、肝心の娘の宇宙船は、もはや宇宙港の上にはいない。ダヴィンチの中心部へただよっていきつつある。ふいに、船の着陸灯がまたたき、消えた。

「あの船の核融合機関に点火の兆しはない」デ・ソヤはウー大佐にいった。「いまは反発装置だけで浮いている」

ウーはうなずいたが、けっして満足してはいなかった。大都市の中心部上空に浮かんだ核融合駆動船は、むきだしの首にあてたギロチンの刃も同然だからだ。

「CAP」デ・ソヤはいった。「当降下艇はこれより、目標船の五百メートル以内に接近する。そばを離れるな」

操縦席に合図を出す。パイロットは艇を降下させ、獲物を狙う捕食動物のように、弧を描きながら娘の船に近づいていった。後部カウチにすわるグレゴリウスとふたりのスイス護衛兵は、完全装備の装甲スーツに身を固め、待機している。

「あの船、いったいどうするつもりなんだ？」バーンズ＝アヴニ准将が小声でいった。

戦術空間を通じて、デ・ソヤは准将が包囲網の百名ほどに命じ、推進パックで空に舞いあがらせ、浮遊する目標船のあとを追わせるのを見た。降下艇のカメラでは、不可視状態で空を飛ぶ兵員の姿はとらえられない。

そのとき、デ・ソヤは思いだした。〈時間の墓標〉の谷から娘を奪いさった、あの小型飛行機、または飛行パックのことを。すぐさま、地上コントロールと軌道の前哨艦隊を呼びだした。

「センサー担当員。目標船から小型の物体が飛びだしてもちゃんと探知できるか？」

主要前哨艦から応答があった。

「はい、心配いりません。目標船から微生物より大きなものが飛びだせば、かならず探知できます」

「よし」

デ・ソヤは考えた。なにかわすれていることはないか？　アイネイアーの船はダヴィンチ上空に浮遊し、時速約二十五キロで、ゆっくりと北北西へ向かっている。風に乗って流される、縦長の飛行船といったふぜいだ。その上空には、デ・ソヤの降下艇に随行して大気圏に侵入してきた戦闘機隊が舞っていた。船の周囲には、ハリケーンの目のまわりにそそりたつ風の壁のように、CAPのスコーピオン編隊が旋回している。下に目を向ければ、都市の建物や橋すれすれの高さを、各自のスーツ・バイザーに装備された赤外線センサーや戦術空間からのデータをもとにして、宇宙港所属の海兵隊や兵員が飛びまわり、船を追跡中だ。

娘の船は電磁反発システムで宙に浮かんだまま、ダヴィンチの超高層ビルや産業地区上空を音もなく飛びつづけた。ハイウェイの照明、建物の灯火、運動場の緑の芝を浮かびあがらせるフラッドライト、四角い駐車区画を煌々《こうこう》と照らす照明などで、都市はまばゆく光り輝いている。高架ハイウェイのリボンには何万台もの地上車がいきかい、そのヘッドライトが都市の光のショーにさらに花をそえていた。

「目標船が横倒しになっていきます」パイロットが報告した。「なおも電磁反発場で浮揚中」

なるほど、画像と戦術ディスプレイの両方で、アイネイアーの船がゆっくりと横倒しになり、垂直から水平へと姿勢を変えていくのが見えた。だが、翼は現われない。横倒しになったことで、一見、乗り手にはつらそうに思えるが、じっさいには変化はないだろう。〝上〟と〝下〟の関係は、いまも内部フィールドがコントロールしているにちがいないからだ。目標船は、風にただよう銀色の飛行船という趣きをいっそう強めながら、ダヴィンチ北西を流れる河や鉄道操車場の上を飛び越えた。交通コントロールは応答をもとめたが、通信チャンネルはいまだ沈黙したままだ。

デ・ソヤ神父大佐は考えた。なにかわすれていることはないか？

アイネイアーが船体を横に倒してくれと船にいったとき、ぼくはもうすこしで冷静さを失うところだった。

感覚的には、バランスを崩して倒れこむのとまったく変わらない。それまでぼくたち三人は、円形の部屋の端に立ち、崖っぷちの下を覗きこむようにして、透明の船殻から地上を見おろしていた。千メートル下に広がるのは広大な光の海だ。そこへ向かって、船体が徐々にかしいでいく。A・ベティックとぼくは、思わず部屋の中央へあとずさった。ぼくなどは、バランスをたもとうと、思わず両手をばたつかせたほどだ。が、ひとりアイネイアーだけは部屋の端にとどまり、外のようすをじっと見つめていた。大地が大きくかしぎ、ついには光り輝く建物群が無限の壁となってそそりたった。

ぼくはもうすこしでソファにへたりこむところだったが、かろうじて立ちつづけ、巨大な壁と化した地面が〝下〟へと流れていくのを見つめながら、懸命にめまいをこらえた。船が前進するにつれて、無数の通りや長方形の格子をなすブロックが〝上〟から〝下〟へと通りすぎていく。ぼくは地面に背を向け、背後の都市が放つ明かりにまぎれてかろうじて見える、わずかな明るい星を見つめた。雲が都市の光に照り映え、オレンジ色に輝いている。

「どこへ向かうつもりなんだ？」ぼくはたずねた。

ときどき宇宙船が、周囲を旋回する航空機の存在や、こちらを走査しているセンサーの数を報告する。宇宙港交通コントロールの執拗な応答要求には、絶対に応えないようにと指示してあった。

アイネイアーは、最初から河を見たがっていた。その河がいま、巨大な壁の上方に見えた。河は黒々とした帯となって、都市の光のあいだを蛇行している。ぼくたちは上空からその河をたどり、北西へとただよっていった。ときおり、はしけやレジャーボートが河面《かわも》を走っていくが、こちらは横倒しになっているので、船の明かりは都市の〝壁〟を上下に這っているように見える。

ぼくの問いには答えず、アイネイアーは宇宙船に問いかけた。

「宇宙船。この河、ほんとうにテテュス河の一部だったのよね？」

「わたしの地図によれば、そうです」宇宙船は答えた。「もちろん、わたしの記憶には欠落が……」

「あそこを！」

A・ベティックが叫び、暗い河の先を指さした。

ぼくにはなにも見えなかったが、アイネイアーには見えたらしい。というのは、彼女はすぐさま、船にこう指示したからだ。

「高度をさげて——急いで！」

「安全マージンはすでに越えています。さらに高度をさげると……」

「いいから！」アイネイアーは叫んだ。「優先命令、コード〝前奏曲——嬰ハ音〟！　早く！」

宇宙船は前進しながら、高度を落としはじめた。

「あのアーチへ向かって」アイネイアーは暗い河ぞいに、都市の壁のまっすぐ〝上〟を指さした。

「アーチ？」ぼくはつぶやいた。が、すぐにそれが見えた。黒い弧だ。都市の明かりを背景に、そこだけ黒々としたアーチがそびえている。

A・ベティックが少女を見やり、

「もうなくなっているのではないかと……撤去されているのではないかと思っていました」

アイネイアーが白い歯をこぼれさせた。

「撤去できないのよ。あれを壊すには核爆弾でも持ちださないと……ううん、それでもだめかもしれない。あのアーチの建設を指導したのは〈テクノコア〉だもの。半永久的にもつように造ったの」

宇宙船は反発場に乗り、アーチめざして急速に接近しはじめている。ここまで近づいてみると、河に巨大な指輪のようにまたがるアーチがはっきりと見えた。転位ゲートだ。かつては、この古い構造物を中心に工業団地が発展していたらしい。だが、いまや鉄道操車場や倉庫街は閑散として、ひび割れたコンクリートから雑草が生え、赤錆びたワイヤーや廃棄された機械の巨体がころがっていた。転位ゲートはなお一キロメートル先だ。そのアーチを通して、都市の明かりが見える……いや、あれは明かりではない。アーチでかこわれた空間そのものがほんのりと輝いているのだ。まるで金属のアーチの上から、水のカーテンが落ちているかのように。

「あそこにつっこむのか！」ぼくは叫んだ。

そのことばをいいおえるかおえないかのうちに、すさまじい爆発が船体をゆるがし、船は河へ墜落しはじめた。

「旧転位ゲートだ！」デ・ソヤは叫んだ。

一分前から巨大なアーチは見えていたが、いまのいままで、いくつもかかっている橋のひとつだろうと思いこんでいたのである。だが、そのアーチへ向かって、目標船は高度をさげていく。

「船は転位ゲートへ向かっている。ここは旧テテュス河の一部だったにちがいない！」

戦術空間にはいった。まちがいない——娘の船はアーチめざして加速していく。

「おちつけ」バーンズ＝アヴニ准将がいった。「転位ゲートは死んでいる。〈崩壊〉以来、機能していない。あれはもう——」

「艇を近づけろ！」デ・ソヤはパイロットにどなった。

降下艇が加速しだした。全員がカウチのクッションにぐっと押しつけられた。降下艇内には遮蔽フィールドがないのだ。

「もっと近づけろ！　間合いを詰めろ！」デ・ソヤはパイロットに叫び、ワイドバンドの指令チャンネルで命じた。「全機、目標へ接近！」

「戦闘機隊のほうが先に追いつきます」三Gで操縦席に押しつけられながら、パイロットのクックがいった。

「CAP指揮官！」デ・ソヤは呼びかけた。高G加速で声がひきつっている。「目標を狙撃、機関部と反発装置だけを狙え。すぐにだ！」

幾本ものエネルギー・ビームが夜をつんざいた。娘の船は銃弾を浴びたけもののように、空中でぐらりとよろめき、転位ゲートの数百メートル手前で河へ落下した。すさまじい蒸気爆発が起こり、もうもうたる蒸気のきのこ雲が夜空にそそりたった。

高度千メートルを維持したまま、降下艇はバンクし、その蒸気の柱をまわりこんだ。あたりには旋回する航空機や飛翔する海兵隊員がうようよしている。通信チャンネルは興奮したやりとりであふれかえっていた。

「静まれっ！」デ・ソヤはワイドバンドで一喝した。「CAP指揮官、目標船が見えるか？」

「見えません」クラウスの声が応えた。「爆発にともなう蒸気と破片が多すぎて……」

「あれは爆発だったのか？」デ・ソヤはつぶやいた。それから、千キロ上空の前哨防衛艦にタイトビームを送って、「レーダーは？　センサーはどうだ？」

「目標船は水中に没しました」

「そんなことはわかっている、馬鹿者！　水面の下を走査できんのか？」

「できません。空中・地上ともに干渉エコーが多すぎます。透過レーダーでは、こまかい区別が――」

「くそっ。ストーン神母大佐」

「はっ」軌道上の煅光艦から、かつての副長が応じた。

「攻撃しろ。ゲートをだ。河もろとも潰せ。まる一分間、全門斉射を加えろ。ゲートが融けるまでつづけるんだ。いや、待て……攻撃開始は三十秒後とする」つぎに、空中哨戒の戦術バンドに切り替えて、「付近の全航空機および将兵に告ぐ……三十秒後に、この付近一帯は荷電粒子ビーム《CPB》攻撃にさらされる。散れっ！」

命令と同時に、クックが降下艇を急激にバンクさせ、マッハ一・五で宇宙港へもどりだした。

「待て、待て！」高Ｇにあえぎながら、デ・ソヤはパイロットに叫んだ。「退く距離は一キロにとどめろ。見とどけねばならん」

映像・戦術双方のディスプレイは、カオス理論の見本のような状況を呈していた。何百もの航空機と飛翔兵たちが、攻撃から逃れるため、ゲートからいっせいに逃げ散っていく。一帯からすべてのレーダー反応が消えたとき——だしぬけに、宇宙からスミレ色のビームが降りそそいだ。太さ十メートルの、直視不可能なほどまばゆいＣＰＢの槍《ランス》は、いにしえの転位ゲートをみごとにとらえた。コンクリート、鋼鉄、強化プラスティックがみるみる融けだし、熔岩の川となって本物の河の左右に連なる土手へ流れだしていく。河水そのものは瞬時に蒸発し、都市上空の全包囲数キロにわたって衝撃波と蒸気が押しよせた。こんどのきのこ雲は成層圏にまでも達した。

ウー大佐、ブラウン神父、その他の全員が、デ・ソヤ神父大佐を見つめていた。一同の考えがいまにも聞こえてきそうだ。娘を生かしたまままとらえるのではなかったのか——。

デ・ソヤはみなを無視し、パイロットに命じた。

「このタイプの降下艇のことはよく知らん。空中停止はできるか？」

「数分でしたら」パイロットは答えた。ヘルメットの下の顔は汗にまみれている。「五十メートルほど上空がいい」

「転位ゲートの上に赴き、その上で空中停止しろ」デ・ソヤは命じた。「蒸気爆発にともなう熱と衝撃波は――」

「しかし……」パイロットはいいかけた。

「いいから、やれ、中尉」デ・ソヤ神父大佐の声は平板だったが、そこには有無をいわせぬものがあった。

降下艇はアーチの上に浮かんだ。蒸気とすさまじい雨が一帯を満たしているが、サーチライトのビームと高性能レーダーで、下のようすはかろうじてわかる。転位ゲートはまばゆく白熱していたが、それでもまだ立っていた。

「なんということだ」バーンズ＝アヴニ准将がつぶやいた。

ストーン神母大佐が戦術バンドで連絡してきた。

「神父大佐、目標には命中しましたが、壊れてはいません。もういちど攻撃しますか？」

「いや、いい」デ・ソヤは答えた。

アーチの下で焼灼《しょうしゃく》され、いまだ高熱をたもつ河の傷痕に、河水がもどってきつつあった。融けた鋼鉄とコンクリートの土手に水が接するにつれて、ふたたびもうもうと蒸気が立ち昇る。そのすさまじい音が、艇外ピックアップを通してはっきりと聞こえた。河のあちこちでいくつもの渦が猛り狂い、流れこんだ破片を呑みこんでいる。

デ・ソヤは戦術ディスプレイとモニターから顔をあげ、ふたたび自分を見つめるいくつもの顔を見返した。

——パケムからの命令は、娘を生かしたままとらえることではなかったのか。

「バーンズ＝アヴニ准将」デ・ソヤは丁重にいった。「部下の飛翔兵に命令していただけますか。ただちに着陸し、河とその周辺を捜索するようにと」

「わかった」

バーンズ＝アヴニは答え、指令ネットにはいり、命令を発した。だが、その視線がデ・ソヤ神父大佐の顔から離れることは、けっしてなかった。

28

河底を徹底的にさらった結果、宇宙船も遺体も見つからず、出てきたのは娘の宇宙船のものとおぼしき破片だけだった。以後の数日間、デ・ソヤ神父大佐は軍事裁判と破門を覚悟した。今回の結果を携えて、大天使級急使船がパケムへ派遣され、それから二十時間のうちにおなじ急使船が、しかし人間の急使だけは交替して、上層部の判断を持ち帰ってきた。調査委員会が開かれることになった。この知らせを聞いたとき、デ・ソヤは納得した。この委員会によって、自分はパケムへ召喚され、軍事裁判ののち、究極の処罰を受けるにちがいない……。

驚いたことに、委員会の長は、篤実な人柄のブラウン神父だった。国務長官であるシモン・アウグスティノ・ルールドゥサミー枢機卿の代理を務める彼のとなりには、パクス艦隊司令長官マルシシンの代理として、ウー大佐もすわっていた。委員会のほかのメンバーには、あの大災害のさい、現場に立ちあっていた提督二名と、バーンズ＝アヴニ准将も加わった。弁護人をつけてもよいといわれたが、デ・ソヤは断わった。

五日におよぶ聴聞のあいだ、神父大佐は逮捕されることもなく、監禁されることすらなかったが、聴聞が終了するまでのあいだ、ダヴィンチ郊外にあるパクス軍基地の外へ出ることは禁じられた。その五日間、デ・ソヤは基地の敷地内の河にそって散歩し、地元のテレビや直接アクセス・チャンネルでニュースを見ながら、ときおり空をふりあおいでは、自動システムを除けば乗り手もなく、ひっそりと静かなままの〈ラファエル〉は、いまごろ停泊軌道のどこにいるのだろうと考えた。つぎにあの船の船長となる人間は、こんどこそ栄誉を勝ちとってくれればいいのだが。

おおぜいの友人が訪ねてきた。グレゴリウス、キー、レティグは、名目上はいまも直属の護衛だったが、もはや武器を――デ・ソヤ本人とおなじように――携行してはおらず、事実上の軟禁同様に、パクス基地内に滞在させられていた。ブーレーズ神母大佐、ハーン大佐、ストーン神母大佐らも、証言のために訪れたあと、デ・ソヤのもとに立ちよってくれた。その足でまた辺境にもどるのだ、と三人はいった。その晩、ブルーの尾を引いて夜空を離昇していく数隻の降下艇を見あげながら、デ・ソヤはうらやましさをおぼえた。〈聖アントニウス〉のサティ艦長は、自艦にもどり、べつの星系で任務につくまえに、デ・ソヤと一杯のワインを分かちあった。ランプリエール大佐でさえ、証言のあとに顔を見せたが、この禿げた男の形ばかりの同情には、さすがに怒りをおぼえた。

五日め、委員会に呼びだされた。奇妙な状況ではあった。デ・ソヤはいまなお〈教皇のディスキー〉を持っており、理屈のうえでは非難も告発もされない立場にある。だが、ユリウス教皇聖下は、ルールドゥサミー枢機卿を通じ、この調査委員会を望んだらしい。デ・ソヤはデ・ソヤで、軍人として、またイエズス会士として受けた訓練から、命令には服従する心がまえができていた。免責など望んではいない。オールドアースの中世以来、船の船長には伝統があり、それにしたがうなら、艦長の大権というコインには裏表の両面がある。船上のあらゆる人間、あらゆるものに対し、神のごとき権力をふるう反面、船に対する損傷と任務の失敗に対しては、それがいかなるものであれ、艦長は全面的に責任を負わなくてはならない。

今回は自分の船を損傷させたわけではなかった。かつて指揮した機動艦隊にも、いま指揮している新造船〈ラファエル〉にもだ。それでもデ・ソヤは、自分の失敗が致命的なものであることを強く意識していた。ハイペリオンでもルネッサンス星系でも、パクス軍の充分な戦力が与えられていながら、まだ十二歳の娘ひとりを捕獲することに失敗したのだ。それについては弁解の余地がなかったので、自分が審問されるさいには、そのとおりのことを述べた。

「では、ルネッサンス・ベクトルの転位ゲートに対し、攻撃を命じたのはなぜだね？」

デ・ソヤの陳述のあと、駐留艦隊の提督、クームズ神父大将がたずねた。

デ・ソヤは片手をあげ、すぐにその手をおろした。

「あの時点で、娘がこの惑星へやってきた目的は、転位ゲートにたどりつくためだったと判断したからです。娘を引きとめる唯一の望みは、転位アーチを破壊することにあると判断したのです」

「しかし、アーチは破壊されなかった……」ブラウン神父がいった。

「はい」

「あなたの経験からいって、デ・ソヤ神父大佐――」ウー大佐がたずねた。「CPB槍《ランス》をまる一分間照射して破壊できなかった標的はあるだろうか」

デ・ソヤはちょっと考えた。

「軌道森林やアウスター群狼船団の小惑星群ならば、まる一分間のランス攻撃でも破壊しつくせないでしょう。それでも、そうとうのダメージは与えられるはずです」

「それなのに、転位ゲートは破壊できなかった……?」ふたたび、ブラウン神父がたずねた。

「わたしの把握しているかぎりでは」

ウー大佐がほかの委員たちに向きなおった。

「惑星工兵隊長レクストン・ハムの宣誓供述書によれば、転位ゲートを構成する合金は――攻撃から四十八時間は放熱をつづけたものの――いっさいのダメージを受けていないそうです」

委員たちはそれから何分間か、自分たちだけで話しあった。ややあって、ふたたび審問がはじまり、まず、セラ大将がたずねた。

「デ・ソヤ神父大佐、きみは——転位ゲート破壊の試みが娘の船を破壊するかもしれない可能性に気づいていたかね？」

「はい、大将」

「それによって——」セラはつづけた。「娘が死ぬ可能性にもか？」

「はい、大将」

「だが、きみが——特別に——受けた命令は、娘をパケムへ連れていくことにあったはずだ……無傷のままで。ちがうか？」

「おっしゃるとおりです、大将。わたしはそのとおりの命令を受けました」

「では、なぜその命令に逆らった？」

デ・ソヤは大きく息をつき、話しはじめた。

「この場合は、大将、計算されたリスクと考えたからです。わたしの受けた指示では、できるだけ短い時間内に娘をパケムへ連れていくことが最重要とされていました。土壇場の数秒間において、娘には転位ゲートを通り、危険から逃れる能力があるかもしれないと思いいったとき、わたしはゲートを破壊することにこそ——娘の宇宙船を、ではありません——最後の希望があると直感したのです。正直にいって、すでにあの船がゲートを通りぬけてしまったのではないかという感触もありました。もちろん、まだゲートには到達していなかったのかもしれません。あらゆる証拠は、娘の宇宙船が損傷を受け、河に落下したことを示しているのですから。あの船に水中を進み、ゲートを通りぬける能力があるかどうかはわかりませんでした。もっとも、それをいうなら、あのゲートが水中にある物体を転位させられるかどうかもわからなかったわけですが」

ウー大佐が両手を組みあわせた。

「貴官の知るかぎり、神父大佐、あの晩以来、転位ゲートが機能する兆しは見せていないのだね？」

「わたしの知るかぎりでは、大佐」

「貴官の知るかぎり――」ウーはつづけた。「なんらかの転位ゲートが――旧〈ウェブ〉のいずれかの惑星、もしくは宇宙にあるなんらかのゲートが、二百七十標準年前の転位ネットワーク〈崩壊〉以来、機能を再開する兆しを見せたことは？」

「ありません、わたしの知るかぎり」

ブラウン神父が身を乗りだした。

「では、神父大佐、なぜあの少女にそのゲートのひとつを開くことができると思ったのか、どうしてわざわざあの特定ゲートから脱出しようとしたのか、それを説明することもできるのだね？」

デ・ソヤは両手を広げてみせた。

「神父、わたしは……いえ、わかりません。つかまりたくないという強い意志を持った娘が、わざわざ河にそって飛んだのは……やはり、わかりません、神父。ただあの晩は、ゲートを使うことのみが、唯一筋の通った説明に思えたのです」

ウー大佐がほかの委員たちを見やった。

「ほかにご質問は？」

だれも質問を口にしない。ウー大佐はいった。

「以上だ、デ・ソヤ神父大佐。当委員会の結論は、明朝通達する」

デ・ソヤは一礼し、退出した。

その晩、基地内の川ぞいの小径《こみち》を歩きながら、デ・ソヤは今後のことを想像しようとした。軍事裁判にかけられ、司祭職を剝奪されても、勾留はされなかったとしたら？　これほどの失態のあとだ、自由の身でいることは収監されるよりなおつらい。委員会では、破門のことは——懲罰のことも——言及されなかったが、有罪の判決がくだるのはまちがいないだろう。さらには、パケムに連れもどされ、より高次の審問を受けたあと、教会から究極の懲罰を受けることになると見ていい。それほどの懲罰は、よほどの失態を犯した者か異端者でないかぎり受けることはないが、自分の失態を正面から見すえれば、それに値するものであることは明白だ。

翌朝、委員会の開かれている低い建物に呼ばれた。昨夜はひと晩じゅう議論がなされていたらしい。デ・ソヤは長いテーブルにつく十二人の男女のまえに、気をつけの姿勢で立った。「デ・ソヤ神父大佐」委員を代表して、ウー大佐がいった。「当調査委員会は、最近のできごと——とりわけ、アイネイアーとして知られる子供の身柄を確保するにあたっての、指揮の失敗および指揮官の失策に関し、その性質と結果に対するパクス軍総司令部およびヴァチカンの下問に応えるために召集された。五日間におよぶ調査と数百時間におよぶ証言および宣誓により、当委員会は、当該任務の達成にあたり、可能なかぎりの努力と準備がなされたものと結論する。調査の結果、アイネイアーとして知られる子供——および、その子供とともに旅する何か、もしくは何者かは——約三百年間機能していなかった転位ゲートを通じ、脱出していたことが判明した。この事実は、貴官にも、貴官の指揮のもとで動いていた他のいかなる士官にも、予想しえなかったものである。転位ゲートがふたたび機能しえたという事実を、当然ながら、パクス軍最高司令部と教会はおおいに憂慮している。それが意味するところは、パクス軍最高司令部およびヴァチカンの最高首脳部により、今後も調査されるところとなろう。

この任務における貴官の役割についてだが、ぶじに保護すべき子供の命を危険にさらした懸念はあるものの、それ以外の点においては、貴官の行動は責任感にあふれ、適切であり、任務の優先順位を的確にまもり、合法的であったと判断する。当委員会は——公式には調査の権限しか持たないが——貴官が任務を継続し、引きつづき〈ラファエル〉と命名された大天使級急使船を使用し、〈教皇のディスキー〉による大権を行使し、任務遂行に必要と判断される資材と人員の徴発を認めることを進言するものである」

デ・ソヤはしばらく、気をつけのまま立ちつくしていた。それから、何度か目をしばたたいたのち、たずねた。

「大佐——?」

「なんだね、神父大佐?」

「それはつまり、今後もグレゴリウス軍曹とふたりの部下を直属の護衛として同行させてもよいということでしょうか?」

ウー大佐は——不可解にもその権限は、テーブルについている提督や惑星地上軍司令官たちのそれを超えていた——ほほえんだ。

「神父大佐。貴官にその気があれば、当委員会のどの委員でも直属の護衛として連れていってよい。貴官に下賜された〈教皇のディスキー〉の大権は、依然として絶対である」

デ・ソヤは笑みを返さなかった。

「ありがとうございます、大佐……委員各位。しかし、グレゴリウス軍曹とふたりの部下だけで充分です。では——今朝のうちにも出発します」

「出発するとは、どこへだね、フェデリコ?」ブラウン神父がいった。「記録を徹底的に調査したにもかかわらず、あの船が転位ゲートでどこへいったかは手がかりすらつかめていない状態だ。テテュス河の転位接続にはさまざまなルートがあり、つぎにどの惑星に通じているかのデータは完全に失われてしまっている」

「おっしゃるとおりです、神父」デ・ソヤはいった。「しかし、かつてテテュス河で連結されていた惑星は、せいぜい二百なにがしであったはず。娘の船はそのいずこかにいるにちがいありません。大天使級急使船を使えば——移動後の復活時間を考慮しても——二年以内には、そのすべてをまわれる計算です。さっそく出発します」

さすがにこれには、テーブルにつく男女の委員たちも、声もなく見つめ返すばかりだった。彼らの前に立つ男は、これから何百回となく死を、そして困難な復活をくりかえす覚悟でいるのだ。委員たちの知るかぎり、復活の秘蹟がはじまって以来、それほどの苦痛と再生のサイクルをくりかえした者はひとりもいない。

ブラウン神父が立ちあがり、祝福を授けるため、片手をかかげ、抑揚をつけていった。

「父と子と聖霊の御名において《イン・ノミネ・パトリス・エト・フィーリィ・エト・スピリトゥス・サンクティ》——神とともにいきなさい、デ・ソヤ神父大佐。われらが祈りも、あなたとともにある」

29

転位ゲートの数百メートル手前で命中弾を受けたとき、ぼくはこんどこそ終わりだと確信した。ジェネレーターがやられた瞬間、内部遮蔽フィールドが消え、それまで〝前方〟に見えていた地表の壁は突如として〝下〟になり、宇宙船はケーブルの切れたエレベーターのように落下しだしたのだ。

そのあとにつづく感覚は、ぼくには説明しがたいものだった。内部フィールドが〝耐墜落フィールド〟と呼ばれるものに切り替わったことは知っている。いっておくが、これは誤称ではない。それからの何分間かは、ゼラチンの巨大な容器に押しこまれたように感じられたからだ。われながら、このゼラチンというのは言いえて妙の表現だと思う。ともかく、耐墜落フィールドは一ナノ秒のうちに展開し、一平方センチもあますことなく船内にゆきわたった。そして、その状態のまま、宇宙船は河に飛びこみ、河底の泥にバウンドしてから、核融合エンジンをふかし——巨大な蒸気の柱を作りだすためだ——沈泥と蒸気と水と内爆する土手からふりそそぐ破片を貫いてしゃにむに前進し、与えられた最後の命令を実行に移して、とうとう転位ゲートを通過してのけた。ゲートを通過したのは、沸騰する河面の三メートル下でだったが、それでも転位に支障はなかったと見える。あとで船に聞いてみたところ、船尾がまさにゲートを通過しようとするとき、上と背後の水が突如として超高熱の蒸気と化したそうだ。パクスの宇宙船か航空機にCPBで狙い撃ちされたらしい。皮肉なことに、船が完全に転位するのに必要な数ミリ秒のあいだビームをそらしてくれたのは、そのビームがみずから作った水蒸気だったという。

そのあいだ、そんな詳細をなにも知らないままに、ぼくはただ見ることしかできずにいた。目を大きく開いていたのは、耐墜落フィールドの圧迫のおかげで閉じるに閉じられなかったからだ。ぼくはその状態のまま、ベッドの足もとにとりつけられた外部モニターの映像やまだ透明のままの船首船殻を通し、外のようすを見まもりつづけた。蒸気と河面から射しこんでくる陽光のなか、転位ゲートがちらつき、よみがえったかと思うと、つぎの瞬間、船は蒸気の雲をぬけだし、ふたたび岩と河底に激突し、河岸に乗りあげた。頭上には青空が広がり、太陽が輝いていた。

ついで、モニターがぜんぶ消え、船殻も不透明になった。それから何分間か、ぼくたちは洞窟のなかのような暗闇に閉じこめられていた。ぼくは両手を大きく広げ、走るような格好で右脚をうしろに引き、声なき絶叫を発するように口をあんぐりとあけ、まばたきもできない状態のまま空中に浮かんでいた。というか、正確には、ゼラチン質の耐墜落フィールドにからめとられていた。はじめのうちは、このまま窒息してしまうのではないかと気が気ではなかった。なにしろ耐墜落フィールドは、ぼくの口のなかにまではいりこんでいたからだ。だが、まもなく、自分の鼻とのどが酸素をとりこめることがわかった。どうやら耐墜落フィールドというやつは、連邦時代の深海ダイビングに使われていた高価な浸透マスクとよく似た働きをするらしい。人間の顔やのどに密着するフィールドを通して、空気が滲《し》みこんでくるのだ。あまり気持ちのいい経験ではなかったが——窒息という考えはどうも苦手だ——おかげで不安はやわらいだ。かわってつのりだしたのは、この暗黒と閉所恐怖症じみた感覚、そして巨大でねばつく蜘蛛の巣につかまったような不安感だった。永遠にも思えた闇のなかでの数分間、ぼくは船が壊れてしまい、永遠にこのままの状態がつづき、耐墜落フィールドを解除するすべもなく、それぞれ情けない姿勢のまま、三人とも飢え死にしてしまうのではないかと心配でたまらなかった。いつの日か、船のエネルギー・バンクがからになり、耐墜落フィールドが切れたとき、ぼくらの成れの果てである白骨は、目に見えない占い師が投げる骨のように、船殻の内側に落下してカラカラと音を立てるのではないか……。

　じっさいには、五分とたたないうちに、フィールドがゆっくりと弱まりだした。ついで、照明がともり、ちらつき、非常用照明に切り替わった。ぼくたちのからだも、ついさっきまで壁であったところにそうっと降ろされた。船殻がふたたび透明になったが、泥と破片でおおわれていて、光はほとんど射しこんでこなかった。

フィールドにからめとられているあいだは、A・ベティックとアイネイアーを見ることができなかったが——ふたりとも、ぼくの凍りついた視野のうしろにいたのだ——フィールドからやんわりと降ろされて、ようやく姿が見えるようになった。いきなり自分の口から悲鳴がほとばしり、ぎょっとした。それは墜落の瞬間、いまにものどが発しようとして、そのままになっていた悲鳴だった。

しばらくのあいだ、ぼくたち三人は、湾曲した内壁にじっとすわり、自分たちの手足や頭をなでさすり、ちゃんと動くかどうかをためし、怪我のないことをたしかめて過ごした。それから、アイネイアーがぼくたちを代表して、

「まったくもう！」と毒づくと、湾曲した船殻の床に立ちあがった。脚がわなわなとふるえている。

「宇宙船！」アンドロイドが呼ばわった。

「はい、A・ベティック」

宇宙船の声は、いつもと変わらず冷静だった。

「ダメージは受けましたか？」

「はい、A・ベティック。いましがた、全体の損傷評価をおえたところです。フィールド・コイル、反発装置、ホーキング駆動装置にかなりの損害をこうむっています。船尾船殻の一部と、四枚の着陸フィンのうちの二枚もです」

「宇宙船……」

　立ちあがり、透明な船首船殻を通して外を見ようとしながら、ぼくはいった。頭上の湾曲した壁からわずかに陽光が射しこんでいるが、船殻外部の大半は泥と砂と破片におおわれている。船は〝船底〟から三分の二ほどの高さまで黒々とした河水につかっており、船体を洗う水音がはっきりと聞こえた。どうやらこの船は、河底を何メートルもえぐったあと、河岸の砂浜に乗りあげたらしい。ぼくはふたたび声をかけた。

「宇宙船――センサーはまだ生きてるか？」

「レーダーとカメラだけですが」

「追手は？　転位ゲートをぬけて追いかけてきたパクスの戦闘艦はいないか？」

「いません。わたしのレーダー探知圏内には、地上にも空中にも、非有機的物体は見あたりません」

　アイネイアーが垂直の壁――絨毯を敷いた床に歩みより、たずねた。

「兵隊も追ってきてないのね？」

「いません」

「転位ゲートはまだ機能していますか？」A・ベティックがたずねた。

「いません」宇宙船はくりかえした。「わたしたちが転位して十八ナノ秒後に、ゲートは機能を停止しました」

ぼくはすこし安心し、怪我でもしていないかとアイネイアーを見やった。くしゃくしゃになった髪と目に宿る興奮を除けば、ごくふつうに見える。彼女はほほえみを浮かべ、問いかけた。

「さて、どうやって外に出たらいいかしら、ロール？」

ぼくは上をふりあおぎ、方法を考えた。中央螺旋階段は頭上三メートルのあたりにある。

「宇宙船？」ぼくは声をかけた。「船外に出るまでのあいだだけでいいから、遮蔽フィールドを復活させられるか？」

「申しわけありません。フィールドがダウンしていて、しばらく修理できません」

「上の船殻を変形させて、穴をあけられるかい？」

閉所恐怖の感覚がふたたびもどってきつつあった。

「残念ながら……。いまはバッテリーで機能していて、変形には現状の許容範囲をはるかに超えるエネルギーが必要なのです。ただし、メイン・エアロックは機能します。外に出るなら、そこをあけますが」

ぼくたち三人は顔を見合わせた。

「やあれやれ……」ややあって、ぼくはいった。「横倒しになった船のなかを、三十メートルも這っていかなくちゃならないわけだ」

アイネイアーは、まだ螺旋階段の吹きぬけを見あげていた。

「ここの重力、ちがうわ――感じる？」

たしかに、感じられた。すべてが軽い。さっきから気づいていながら、それは内部遮蔽フィールドの一種のせいだと思っていたのだが――考えてみると、もう内部フィールドはないのだ。となると、そう、ここは異なる惑星で、重力も異なることになる！　ぼくはその意味に気づき、少女を見つめ返した。

「じゃあ、あそこまでジャンプしろというのか？」

ぼくは壁と化した床のベッドを見あげ、そのそばの螺旋階段を指さした。

「ううん。でも、ここの重力はハイペリオンよりすこし小さいでしょ。だから、ふたりでわたしをあそこに放りあげて。上にたどりついたら、ロープかなにかを投げおろすから、いっしょにエアロックまで這っていこうよ」

ぼくたちはそのとおりのことをした。ぼくとA・ベティックとで、両手を組んであぶみを作り、アイネイアーを上に放りあげたのだ。アイネイアーは本来の床にあいた吹きぬけの縁に手をかけ、バランスをとり、手を伸ばしてベッドからたれた毛布を引っぱると、その一端を螺旋階段の手すりにゆわえつけ、反対端をぼくたちにたらした。A・ベティックとぼくは、それをつたって這い登り、そこからは三人そろって、側面と上の螺旋階段につかまりながら、用心深く中央支柱の上を歩いていき、赤い光のともる混乱した船内をゆっくりと移動して、図書室を通りぬけ――書棚には落下防止コードが張ってあるにもかかわらず、本とクッションは下側の船殻に落ちてしまっていた――ホロピット階層にはいった。固定具のおかげで、スタインウェイはちゃんとそのままの場所にあったが、固定されていなかった私物はみな下の船殻にころがり落ちていた。ここでいったんストップし、ぼくだけが船殻に降りて、カウチの上に置いておいたリュックと武器を回収した。拳銃のホルスターをベルトにとめ、リュックのなかにいれておいたロープを上へ投げあげる。装備があるだけで、今後のことに対し、ずっと的確に対応できる気がした。

通路の階層に出た。船尾側の機関部にダメージを与えたものは、ロッカー区画にも多大な損傷をもたらしていた。通路のあちこちは黒焦げになり、外側へゆがんでいて、ロッカーの中身は裂けた壁のあちこちに散乱している。エアロックの内扉は開いていたが、頭上数メートルの高さだ。ぼくは船殻の斜面をつたい、最後の垂直な二メートルほどはフリークライミングで攀《よ》じ登って、内扉の上にしゃがみこみ、ほかのふたりにロープを投げおろした。それから、外扉に飛びつき、明るい陽光のもとに這いあがった。船の外に出てからは、赤い光のともるエアロック内部に手をおろし、アイネイアーの手首をさぐりあて、上へ引っぱりあげた。つづいて、A・ベティックにもおなじことをした。そこでようやく、三人そろって周囲を見まわした。

まったく見知らぬ新世界!

この瞬間、ぼくの身内を駆けぬけた感動と興奮は、どれだけ時間をかけても説明しきれるものではない。墜落はしたし、追われてはいるし、いろいろとたいへんな目にもあってきたが――いま自分が見ているのは、はじめて訪れたよその惑星なのだ！　その事実がもたらす感覚は、惑星上をさんざん旅してきたぼくが予想していたよりもずっと奥深いものだった。環境はハイペリオンにそっくりだ。呼吸可能な空気、青い空――もっとも、ハイペリオンの瑠璃色《ラピスラズリ》よりずっと明るい青だが――頭上に浮かぶ白い雲、背後に流れる河――河の幅はルネッサンス・ベクトルのそれよりも広い――河の両脇には岸ちかくまでジャングルがせまり、右側には見わたすかぎりどこまでも、左側には植物に埋もれた転位ゲートを越えてその向こうまで、樹々が途切れることなく連なっている。前方を見れば、船首は文字どおり河底をえぐり、河岸の砂嘴《さし》に乗りあげていたが、その砂浜から先はふたたびジャングルがはじまり、せまいステージにおおいかぶさるぼろぼろの緑のカーテンとなって、密生した葉がたれさがっていた。

こう書くと馴じみ深いようだが、同時にまったく異質でもある。まず、空気のにおいがちがうし、重力がもたらす感覚も異なり、陽光がまぶしすぎるうえに、ジャングルの〝樹々〟はこれまでに見たどんな樹ともちがっており――羽毛のような緑の裸子植物というのが、ぼくにできるせいいっぱいの表現だ――頭上には見たこともない形のひよわそうな白い鳥の群れが、ぼくらがこの世界に侵入してくるときにたてたすさまじい大音響に驚き、いまなお飛びまわっていた。

船体の上を砂浜のほうへ歩いていった。やわらかな風がアイネイアーの髪をなびかせ、ぼくのシャツを引っぱっている。空気にはかすかにスパイスのにおいがした。シナモンかタイムのようでいて――もっと微妙で豊かな香りだ。外から見た船首は透明ではなかったが、それはこの時点で船が船殻を透明にしていないからなのか、それとも外からは透明のように見えないのか、どちらともいえなかった。横倒しになっていても、船の高さはかなりあり、船体の傾斜も大きかったので、砂浜にこれほど深くめりこんでいなければ、降りるのはひと苦労だっただろう。ぼくはふたたびロープを使って、まずA・ベティック、ついでアイネイアーを砂浜に降ろし、最後にリュックを背負って――その上には折りたたんだプラズマ・ライフルをゆわえつけておいた――船体をすべりおり、砂の密な浜辺に勢いよくころがりこんだ。はじめての異星におけるぼくの第一歩を出迎えたのは――そもそも第一歩ですらなかったが――口いっぱいの砂だった。

少女とアンドロイドが助け起こしてくれた。それから、アイネイアーが目をすがめて船体を見あげ、たずねた。

「どうやって船にもどるの？」

「はしごを造ってもいいし、倒木を立てかけてもいいし――」ぼくは背中のリュックをたたいた。「――ホーキング絨毯も持ってきてある」

ぼくらは砂浜とジャングルに注意をもどした。砂浜はせまく、船首から森までは数メートルほどしかない。明るい陽光のもとで見る砂は、砂色ではなく、もっと赤い色にきらめいていた。いっぽうのジャングルは鬱蒼として暗い。砂浜を吹く風はさわやかだが、密生した樹々の下からは、むっとする暑さが伝わってくる。二十メートルほど上では、裸子植物の葉が巨大な昆虫の触角のようにゆれていた。

「ちょっと待ってて」

ぼくはいい残し、樹々の下に足を踏みいれた。下生えは密で、大半は衣類にへばりつくタイプのシダだ。土壌は大量の腐植土でできており、土というよりスポンジを踏んでいるような感触がある。あたりには湿気と腐敗のにおいが充満していたが、ハイペリオンの沼沢地とはまったく傾向がちがった。大自然のなかで暮らした経験から、ぼくは吸血壁蝨《ダニ》や鰐梭魚《ワニカマス》の同類を警戒し、足もとに注意して進んだ。裸子植物の幹には、蔦植物が螺旋状に巻きつき、地上まで這いおりている。上を見あげると、頭上の薄闇のなかに、縦横に交錯する蔦の網も見えた。基本装備のなかに山刀を加えておくべきだったか。

ジャングルを十メートルほど進んだとき、いきなり目の前一メートルほどの、重たげな赤い葉でおおわれた大きな茂みが爆発し、無数の〝葉〟がジャングルの天蓋の下を逃げまどった。生物たちの革のような翼がたてる音は、ハイペリオンの入植者が播種船で持ちこんだ大《オオ》蝙蝠《コウモリ》の羽音にそっくりだった。

「くそっ」

ぼくはつぶやき、植物をかきわけながら、湿っぽい密林の外へ出た。よろよろと砂浜に出たときには、シャツが破れていた。アイネイアーとA・ベティックは期待するような目でぼくを見た。

「ジャングルがずっとつづいてるだけだ」とぼくはいった。

ぼくたちは水辺に歩いていき、部分的に水没した倒木の上にすわって宇宙船を見あげた。故障して横たわる宇宙船は、オールドアースの野生動物ホロに出てきた、浜辺に乗りあげた巨大な鯨を思わせた。

「また飛べるようになるのかな」

ぼくはつぶやき、チョコレート・バーを三つに割って、ひとかけをアイネイアーに、もうひとかけを青い肌の男にさしだした。

いきなり、ぼくの手首から声がいった。

「はい、飛べるようになると思いますよ」

ぼくはたぶん、十センチかそこら飛びあがったと思う。コムログ・ブレスレットのことをすっかりわすれていたのだ。

「宇宙船？」

自衛軍時代に使った携帯無線機とおなじ要領で、ぼくは手首を口もとに持っていき、ブレスレットに語りかけた。

「そんなことをする必要はありません」宇宙船の声がいった。「ロもとに持っていかなくても、すべて明瞭に聞こえます。さきほどの質問——わたしがまた飛べるようになるかという ことですが。その答えには、ほぼ確実に、という註釈がつきます。ハイペリオンにもどり、エンディミオン市に到着したら、もっと複雑な修理を加えなくてはならないでしょう」

「そうか。きみに……なんといううんだっけ……自己修復機能か、それがあってほっとしたよ。原材料はいるかい？　交換用の部品は？」

「必要ありません、M・エンディミオン。お気づかい、ありがとうございます。おおむね、現存する物質を再配置し、損傷した特定ユニットを造りなおすだけですみます。修理に長く はかかりません」

「長くはかからないって、どのくらい？」

アイネイアーがたずねた。チョコレート・バーを食べおえ、指をなめている。

「標準時間で六カ月です」宇宙船は平然と答えた。「予想もしない障害に遭遇しなければ、ですが」

ぼくたち三人は顔を見合わせた。ジャングルに視線をもどす。太陽はさっきよりもかたむき、ななめの陽光が裸子植物の樹冠を照らして、より深い薄闇にその影を投げかけている。

「六カ月……？」ぼくは問い返した。

「予想もしない障害に遭遇しなければ、です」船はくりかえした。

「どうする？」ぼくはふたりの道連れに問いかけた。

アイネイアーが河の水で手を洗い、ばしゃばしゃと顔にかけてから、濡れた髪をうしろへかきあげ、

「ここ、テテュス河でしょ」といった。「このまま下流に進んでいったら、つぎの転位ゲートが見つかるわよ」

「またあのトリックが使えるのかな？」

アイネイアーは顔の水をぬぐい、たずねた。

「トリックって？」

ぼくは片手でそっけないしぐさをした。

「なに、たいしたことじゃない。三世紀ちかく死んでいた機械を動かしただろ、あのトリックのことさ」

アイネイアーの黒い目が訴えるような色を帯びた。

「ほんとうにあんなことができるかどうか、自信がなかったのよ」無表情な顔でぼくたちを見つめているA・ベティックに顔を向け、もういちどいった。「ほんとうよ」

「そのあんなことができなかったら、どうなってたんだろうな」ぼくは静かにたずねた。

「つかまってたでしょうね。でも、あなたたちふたりは逃がしてくれたと思うの。わたしだけがパケムに連れていかれて。それっきり、わたしのことは二度と耳にしなくなったはずよ。

あなたたちはもちろん、ほかのだれもね」

その平板で感情のない言いかたに、ぼくはぞっとした。

「まあいいさ、うまくいったんだから。だけど、どうやってやったんだ？」

アイネイアーは、すでにおなじみになった独特のしぐさで片手を動かした。

「よく……わからない。ただ、夢で見てわかってたの。ゲートがたぶん、わたしを通してくれるって……」

「きみを通してくれる？」

「うん。たぶん、わたしを……認識して……通してくれたんだと思う」

ぼくは両ひざに手をつき、脚を伸ばした。ブーツのかかとが赤い砂にめりこんだ。

「まるで転位ゲートに知能があるみたいな、生きてる生物みたいな言いかたじゃないか」

アイネイアーは五百メートルほど後方のアーチをふりかえり、

「ある意味で、そうなの」といった。「説明はむずかしいんだけど」

「どっちにしても、パクス兵がゲートをくぐって追ってこられないことはたしかなんだ？」

「うん。ほかの人間だと、ゲートは作動しないの」

ぼくは両の眉を吊りあげた。

「じゃあ、どうしてA・ベティックとぼくは……それに宇宙船は……通過できたんだ？」

アイネイアーはほほえんだ。

「わたしといっしょだったからよ」

ぼくは立ちあがった。

「まあ、この件はあとでまた整理しよう。いまは行動プランを立てなきゃ。まず、あたりを偵察するか、それとも先に必要なものを船からおろしてしまうか」

アイネイアーが河の黒っぽい水を見おろし、つぶやいた。

「〝ロビンソン・クルーソーは、服をぬぎ、自分の船まで泳いでいくと、ポケットいっぱいにビスケットを詰めこんでから、また岸へ向かって……〟」

「なんだい、それ？」

リュックを持ちあげながら、ぼくは眉をひそめた。

「なんでもない」アイネイアーは首をふり、立ちあがった。「〈聖遷〉前の、古い本の一節よ。むかしむかし、マーティンおじさんが読んで聞かせてくれたの。あのひと、いつもいってたわ、校閲屋どもはいつの世も無能でろくでなしばっかりだ、千四百年のむかしでもそれは変わらんって」

ぼくはアンドロイドを見つめた。

「いってる意味、わかるかい、A・ベティック？」

A・ベティックは薄い唇をかすかにひくつかせた。いまではもう、それが彼なりのほほえみだということがわかっている。

「M・アイネイアーを理解することは、わたしの仕事ではありません、M・エンディミオン」

ぼくはためいきをついた。

「わかったよ、本題にもどろう。暗くなるまえに偵察するか、それとも宇宙船から必要なものをとりだすか。どうする?」

「わたしは偵察するほうがいいな」アイネイアーがいった。それから、暗くなってきたジャングルの奥を見やって、「でも、ジャングルはちょっと……」

「だな」

ぼくはうなずき、リュックの上のほうに詰めておいたホーキング絨毯をとりだすと、砂の上に広げた。

「さてさて、この惑星でも使えるかどうか……」ぼくはだまりこみ、コムログを口もとに近づけた。「宇宙船、そもそもここは、どの惑星なんだ?」

一秒ほどためらいがあった。宇宙船が自分の問題にかかずらっていて、こっちに気がまわらないかのような間だった。

「申しわけありません、メモリーバンクがごぞんじの状態で、なんともいえません。もちろん、航法システムを使えばわかりますが、それにはまず、星の観測をしなくては。ただし、この惑星のこの地域には、いまのところ、人為的な電波やマイクロ波の送信はありません。

頭上の静止軌道には、中継衛星その他の人工的物体は存在していません」

「そうか」ぼくはアイネイアーを見た。「じゃあ、アイネイアー、ここはどの惑星なんだ？」

「どうしてわたしが知ってるはずがあるの？」

「だって、ぼくらをここへ連れてきた当人じゃないか」

思わずきついいいかたになったが、事実ぼくは、このときアイネイアーにいらだちを覚えていたのだ。

アイネイアーはかぶりをふった。

「わたしは転位ゲートを作動させただけよ、ロール。ともかく、なんとかっていう神父大佐とたくさんの船から逃げることしか頭になかったの。それだけ」

「そして、最終的には、例の建築家を見つけると」

「そう」

ぼくはジャングルを、ついで河を見わたした。

「あまり建築家がいそうなところじゃないな、ここは。きみのいうとおりだ。このまま河をくだって、つぎの惑星にいくしかないだろう」

そのとき、さっき通過してきた、蔦のからまる転位ゲートが目にとまった。なぜ船が河岸に乗りあげたかがよくわかった。ゲートから五百メートルほどのこのあたりで、ちょうど河が曲がっていたのだ。船はまっすぐに進んできて、ここで浅瀬をえぐり、河岸に乗りあげたらしい。

「待てよ」ぼくはいった。「あのゲートを再プログラムして、べつの惑星へいくことはできないのか？　そうすれば、わざわざもうひとつのゲートまでいかずにすむだろう？」

A・ベティックが船から離れ、転位アーチがよりよく見える位置に立ち、静かにいった。

「テテュス河のゲートは、ほかの何百万もの個人用ゲートと性質がちがうのです。それに、〈グランド・コンコース〉や、宇宙にある大型のゲートともです」彼はそこでポケットに手をつっこみ、小さな本をとりだした。タイトルは『〈ワールドウェブ〉旅行ガイド』だった。

「テテュスはおもに、船旅と娯楽目的で造られたようです。ゲートとゲートのあいだの距離は、惑星によって、数キロから数百キロとさまざまで……」

「数百キロ！」ぼくは叫んだ。

もうひとつのゲートは、せいぜい河のつぎの屈曲部あたりにあると思っていたのに。

「そうです」A・ベティックはつづけた。「要するに、その設計思想は、旅行者がさまざまな惑星をめぐり、景観を楽しみ、旅情を堪能することにあったのです。その目的から、どこかへ移動できるのは下流のゲートだけであり、しかもその接続先はランダムに切り替わるようプログラムされていました。つまり行き先は、常時シャッフルされるのです。トランプのカードとおなじように」

ぼくはかぶりをふった。

「老詩人の『詩篇』には、〈崩壊〉のあと、河はズタズタに分断されて……砂漠の水たまりのように干あがってしまったと書いてあったが」

アイネイアーが咳ばらいのような音をたてた。

「マーティンおじさん、ときどき法螺《ほら》を吹くのよ、ロール。〈崩壊〉後にテテュスがどうなったかなんて、見たわけじゃないわ……だって、ずっとハイペリオンにいたんだもの。あのひと、〈ウェブ〉にはもどらなかったのよ。わりとね、話をでっちあげるほうなの」

過去三百年における最大の文学的偉業に対して──それを書きあげた伝説の老詩人に対しても──身もふたもないいいかたもあったものだが、このときぼくは笑いだし、しばらくげらげら笑いつづけた。ようやく笑いがおさまったときには、アイネイアーがおかしな目でぼくを見ていた。

「だいじょうぶ、ロール？」

「ああ。ただ──あんまり可笑《おか》しくってね」ぼくはふりかえり、ジャングル、河、転位ゲート、さらには河岸に打ちあげられた宇宙船という鯨に向かって大きく手をひとふりした。

「どういうわけか、可笑しくってたまらない」

アイネイアーはよくわかるという顔でうなずいた。

アンドロイドに向かって、ぼくはいった。

「そのガイドブックには、ここを思わせる特徴の惑星が出てないかな？　ジャングル、青空……ソルメフ・スケールでは九・五あたりだろう。そんな惑星はかなりめずらしい。どうだい、出てないかい？」

A・ベティックはページをめくっていった。

「いままで目を通したかぎりでは、ここを思わせる惑星のことは出ていません、M・エンディミオン。あとでもっと丹念に読んでみます」

「それより、あたりのようすを探っておかなくちゃいけないんじゃないの」アイネイアーがいった。早く探険したくてたまらないらしい。

「そのまえに、船から重要なものをとりだしておかなくちゃ。リストはここに……」

「それをやってたら、何時間もかかっちゃうわ。仕事がおわるまえに、陽が沈んじゃうかもしれない」

「それでも、だめだ」これについては譲らないつもりだった。「まず、準備をととのえてからでないと……」

「こうしてはどうです」A・ベティックがおだやかに口をはさんだ。「あなたとM・アイネイアーは……偵察をする。そのあいだに、わたしはあなたのリストにある必要なものを船から出しておく。今夜は船内で寝たほうが賢明だと思われるならべつですが」

ぼくたちは河岸に乗りあげ、動くこともできない船を見やった。そのまわりを河水が迂回している。水面からわずかに上のあたりには、歪みと黒焦げになった突起のようなものが見えた。誇り高き尾翼の成れの果てだった。この横倒しになったしろもののなかで、赤い非常灯に照らされたまま、あるいは中央デッキの暗闇のなかで眠るのかと思うと、ぞっとしなかった。ぼくはいった。

「船内のほうが安全だろうが、とりあえず、河くだりに必要な資材をおろして、どこで寝るかはそれから決めよう」

それからの何分間かは、アンドロイドとぼくとで、なにを持ちだすかの相談をした。プラズマ・ライフルは持っているし、四五口径もベルトのホルスターに収めてあるが、できれば選りわけておいた十六番径の散弾銃と、船外活動用EVAロッカーで見たキャンピング用品も出しておきたかった。どうやって河をくだるかはまだ考えていなかった。ホーキング絨毯に三人とも乗ることはできるだろうが、さらに荷物もとなると、これはむりだ。そこで、宇宙服クローゼットの下にあるロッカーから、四台あるフライバイクのうち、三台をとりだすことにした。あそこにあった浮揚ベルトも、出しておくと便利かもしれない。それと、加熱キューブ、寝袋、フローフォームのマット、懐中レーザー。最後に、ヘッドセット型の通信機を各自に一台ずつ。

「そうだ、山刀もあったら出しておいてくれ。小さなEVAクローゼットに、ナイフや多目的ナイフを収めた箱がいくつかあった。山刀がはいってたかどうかは憶えてないが、もしあれば……出しておいてくれ」

A・ベティックとぼくは、せまい砂浜の端に歩いていき、河の縁に倒木を見つけ、それを船の横まで引きずっていき——これには大汗をかき、ぼくはずっとののしりつづけた——それを湾曲した船体に立てかけ、上へ昇れるよう、間にあわせのはしごにした。

「ああ、そうだ、ひっくり返ったロッカーに縄ばしごがないか、見ておいてくれないか」ぼくはいった。「それと、ゴムボートかなにかも」

「ほかにはなにか？」A・ベティックも、いまの作業で疲れてしまったようだ。

「そんなところかな……まあ、サウナでもあれば、それもたのむよ。あとは、充実したバーと。荷ほどきのあいだ音楽でも聞けるように、十二重奏楽団もあるといいね」

「できるだけさがしてみましょう」アンドロイドは木のはしごを昇り、船体の上部へもどっていった。

重労働をぜんぶA・ベティックに押しつけ、探索に出かけるのは気が引けたが、下流の転位ゲートがどのくらい離れているかは、早々に調べておいたほうがいい。といって、アイネイアーがひとりでホーキング絨毯に乗って探索にいくことなど、ゆるせるはずもない。アイネイアーがうしろにすわるのを待って、ぼくは始動繊維の模様をたたいた。絨毯は硬化し、濡れた砂から数センチ上に浮かびあがった。

「ウィック」

「え？」

「〝すごい《ウィキッド》〟の略。マーティンおじさんが子供のころ、オールドアースで使われてた子供のスラングだって」

ぼくはためいきをつき、飛行繊維をたたいた。絨毯は螺旋を描いて舞いあがり、たちまち樹冠を越える高さに昇った。太陽は地平線に大きくかたむいている。あっちを西と想定しよう。念のため、上流のゲートも調べておくか。

「宇宙船？」ぼくはコムログ・ブレスレットにいった。

「はい？」宇宙船のこの口調を聞くたびに、なにか重要な仕事を中断させたような気になってしまう。

「いま応答しているのはきみなのか、それともコムログにダウンロードされたデータバンクなのか？」

「通信可能範囲にいるかぎり、M・エンディミオン、応答しているのはわたしです」

「通信可能範囲はどのくらいだ？」

ぼくたちは河の上三十メートルの高さで水平飛行に移った。A・ベティックが開いたエアロックの横に立ち、手をふっている。

「二万キロメートルか、もしくは惑星の曲面で電波がとどかなくなるか——どちらか早いほうです。さっきもいいましたが、この惑星には、わたしに探知できる中継衛星がありませんので」

ぼくは前進模様をたたいた。絨毯は上流へ、蔦におおわれたアーチへと進みはじめた。

「転位ゲートを通りぬけても通信できるかい？」

「機能中のゲートをということですか？　そんなこと、どうやればできるのでしょう、M・エンディミオン？　その場合、あなたは何光年も彼方にいるのですよ？」

この宇宙船と話していると、なんとなく馬鹿か田舎者あつかいされているような気がすることがある。ふだんはいっしょにいて楽しいが、たとえ別れなくてはならなくなったとしても、あまり残念には思わないだろう。

スピードがあがるにつれて、風を切る音が大きくなってきた。その音にかき消されないように、アイネイアーがぼくの肩に身を乗りだし、耳もとにどなった。

「むかしのゲートには光ファイバーのラインが通してあってね。それで通信ができたの……FATラインほど使いやすくはなかったけど」

「じゃあ、河をくだるあいだ、宇宙船と連絡をとりつづけようとすれば」ぼくは肩ごしにいった。「電話線を引くしかないってわけか？」

目の隅で、アイネイアーが笑うのが見えた。そのジョークから、ふと思いついたことがあった。

「万が一、上流のゲートを通ってべつの惑星へいけた場合——どうやって船にもどるんだ？」

アイネイアーは片手でぼくの肩につかまった。上流のゲートはぐんぐん近づいてくる。

「そのままどんどん進みつづければ、一周してもとのところにもどってくるわ」風音に負けない声で、彼女はいった。「テテュス河はね、大きなループを描いてるの」

ぼくはふりかえり、少女の顔を見つめた。

「本気でいってるのか？　テテュス河が結んでる惑星は――いくつだっけ――二百くらいはあるんだろ？」

「すくなくとも、二百。わたしたちの知ってるかぎり」

よくわからないままに、ぼくはもういちどためいきをつき、ゲートの手前で減速した。

「もし河の各セクションが百キロもつづいているとすれば、この惑星にもどってくるまで、二万キロは飛ばなくちゃならない勘定になるぞ」

アイネイアーは返事をしなかった。

ぼくはゲートの上に浮かび、このアーチの巨大さをはじめて実感した。材質は金属のようで、表面にはさまざまな模様、区画、刻み目などがあり、謎めいた文字のようなものまで刻まれていたが、ジャングルは無数の蔦の触手を伸ばし、アーチの複雑な表面の側面から上部にいたるまで、ほぼ全面をおおいつくしていた。錆のように見えた赤いものは、蔦の太い部分に群れをなしてぶらさがる〝コウモリ翼の葉〟であることがわかった。あれには近づかないほうが賢明だ。

「作動したらどうする?」アーチの下、二メートルほど手前に浮かんで、ぼくはいった。

「やってみて」とアイネイアー。

ゆっくりと、ホーキング絨毯を進める。ほとんど動いていないくらいの速度で、絨毯の先端がアーチの真下の見えないラインを越えた。

なにも起こらない。アーチの下をくぐりぬけた。それから、絨毯を旋回させ、南側からもういちどくぐった。転位ゲートは河の高みにかかる、装飾におおわれた巨大な金属の橋でしかなかった。

「死んでる」ぼくはいった。「ケルシーの金玉みたいに」

それは婆さまが、あたりに子供がいないときにかぎって、好んで使うスラングだった。そこでぼくは、すぐうしろに子供がいることを思いだし、顔を赤らめ、

「ごめん」と、肩ごしにあやまった。

長年、兵隊、はしけの船頭、カジノの用心棒などを務めているうちに、すっかり野卑になってしまったようだ。

だが、アイネイアーは頭をのけぞらせ、大笑いした。

「ロールったら。わたしはね、しょっちゅうマーティンおじさんのところにいってたのよ、わすれた?」

ぼくらは船の上にもどり、A・ベティックに手をふった。アンドロイドは備品を砂の上に降ろしているところで、ぼくらを見あげ、青い手をふった。

「つぎのゲートがどのくらい先にあるか、下流に飛んでみるかい？」

「もちろん！」とアイネイアーは答えた。


ぼくらは下流に飛びつづけた。乗りあげた地点以外には、砂浜やジャングルの切れ目はまったく見あたらず、どこまでいっても、樹々や蔦は河縁ぎりぎりまで迫っていた。どちらの方位に飛んでいるのかわからないと不安なので、リュックから慣性誘導コンパスをとりだし、スイッチをいれた。このコンパスは、磁場が気まぐれであてにできなかったハイペリオンでは重宝したものだが、ここではなんの役にもたたなかった。宇宙船の誘導システムとおなじように、基準点がわからないと、ちゃんと機能しないのだろう。ゲートをくぐって転位した時点で、現在地の把握は贅沢となってしまったわけだ。

「宇宙船」ぼくはブレスレット・コムログにいった。「磁気コンパスの方位を教えてくれるか？」

「はい」即座に返答が返ってきた。「しかし、この惑星の地磁気でいう北がどちらなのか正確にはわからないため、どちらに向かっているかは推測するしかありません」

「推測でもかまわない、教えてくれ」

ぼくは絨毯をわずかにバンクさせ、大きな屈曲部をまわりこんだ。河幅はふたたび広がり、一キロほどにもなっていた。流れは速そうだが、急流というほどでもない。カンズ河ではしけに乗り組んでいたころ、河の渦、沈み木、砂州などの見つけかたは身につけてある。この河なら、くだるのは楽そうだ。

「進行方向は、おおむね東南東の方角です」コムログがいった。「速度は時速六十八キロ。センサーが示すところでは、ホーキング絨毯の遮蔽フィールド出力は八パーセント。高度は……」

「わかった、わかった」ぼくはいった。「東南東だな」

太陽は背後に沈みつつある。この惑星の自転方向は、オールドアースやハイペリオンとおなじらしい。

やがて河はまっすぐになり、ぼくはすこし絨毯の速度をあげた。ハイペリオンの迷宮では、時速三百キロちかくですっとばしたが、必要にせまられないかぎり、ここではあんなまねはしたくない。この古びた絨毯の飛行繊維には、まだまだかなり飛べるだけのエネルギーがチャージされているはずだが、必要以上に早く消耗させるのは無意味だ。ぼくは心のなかに、出発前、船の端子から繊維にチャージしなおしておくようにとメモした。たとえ乗っていくのがフライバイクだとしてもだ。

「見て」アイネイアーが左を指さした。

ずっと北のほうに、目に見えて地平線に近づいた夕陽に照らされて、岩石丘の頂上、またはとてつもなく巨大な人工物のようなものが、樹海の上にぬっとつきだしていた。

「ちょっと見ていかない?」アイネイアーがいった。

寄り道などするべきではない。それは承知している。ぼくたちには目的があり、タイムリミットもある。陽はまさに沈もうとしていたし、危険を冒して得体の知れない構造物に寄り道してはならない理由は一千通りも思いついた。へたをすれば、あの岩石丘もしくは塔のようなものは、この惑星のパクス中央司令部かもしれないではないか。それなのにぼくは、「いいとも」と答え、なんてばかなまねをするんだと頭のなかで自分を罵倒しながら、ホーキング絨毯を北へとバンクさせていた。

構造物は思ったよりも遠かった。絨毯の速度を時速二百キロにあげても、そばまでいくのに、まる十分はかかった。

「失礼ですが、M・エンディミオン」手首から宇宙船の声がいった。「コースを離れて北北東に向かっているようですね? さっきまでのコースから約百三度ずれていますよ」

「ほぼ真北に、ジャングルからつきだしてる巨大な塔か岩山があるんだ。それを調べようと思ってさ。レーダーには映ってるかい?」

「いいえ」宇宙船の声には、またもやそっけない響きが感じとれた。「こうして泥につっこんでいる状態では、視界がかぎられてしまいますから。地平線に対する傾きが二十八度より下の範囲はとらえきれません。そこはわたしの探知範囲ぎりぎりのところです。あと二十キロも進めば姿を見失ってしまいます」

「それはかまわない。ざっと調べたら、すぐ河へもどる」

「なぜです？」宇宙船はきいた。「下流へくだる目的とはなんの関係もないものを、なぜ調査したりするのです？」

アイネイアーが身を乗りだし、ぼくの手首をつかんで自分の顔に近づけた。

「それはね――人間だからよ」

宇宙船は返事をしなかった。

ようやくそばまでたどりついてみると、塔は樹海から百メートルもの高さにそびえたっていることがわかった。下層部分は、巨大な裸子植物にぎっちりとかこまれていて、緑の海原にそそりたつ風雨にさらされた岩山のようなふぜいだ。

だが、塔は自然の造った岩塊であると同時に、人間の手になるもののようにも見えた。すくなくとも、岩山になんらかの知性が手を加えたものらしい。塔の直径は七十メートルほどあり、赤い岩――おそらく、砂岩かなにかでできていた。沈みゆく夕陽が――いまはもう、樹海の連なる地平線から十度ほどの高さしかない――豊かな赤い光で塔をいっそう赤く染めている。東と西の面のそこここには開口部があり、アイネイアーもぼくも、はじめは自然のものと――風蝕か水蝕によるものだろうと――思ったが、それが人為的に掘られたものであることはすぐにわかった。東面には多数の窪みがある。それも、人間が手足をかけるのにちょうどいい間隔でだ。ただし、窪みはみな、浅くて細いものばかりだった。あんなに浅いステップと手がかりだけをたよりに、百メートル以上もの高さをフリークライミングしていくことを思うと、背筋がぞっとした。

「もっと近づける？」アイネイアーがきいた。

それまでぼくは、五十メートルの距離をとって塔のまわりを旋回していた。

「これ以上近づかないほうがいい。もう射程距離内だから。うっかり刺激して、槍や矢が飛んできたらたいへんだ」

「この距離なら、矢はとどいてるわよ、とっくに」

アイネイアーはそういったが、それ以上近づけとせっつきはしなかった。

一瞬、赤い岩にうがたれた長円形の穴のなかで、なにかが動いたような気がした。が、それはすぐに、夕陽のもたらす錯覚だとわかった。

「もういいかい？」

「もっと見たい」

絨毯がバンクして旋回するあいだ、アイネイアーの小さな手はぼくの肩をしっかりとつかんでいた。向かい風がぼくの短い髪をはためかせている。ふりかえると、少女の髪もうしろに吹きなびいているのが見えた。

「だけど、そろそろ本来の目的にもどらなきゃ」

ぼくはそういって、ホーキング絨毯を河のほうへ向け、ふたたび加速した。四十メートル下に広がる裸子植物の森は、ふわふわとしてやわらかで、その気になればその上に着陸できそうなほど密生し、途切れ目がないかのように見える。だが、そうせざるをえなくなった場合のことを考えると、身内に緊張が走った。

（まあ、A・ベティックのところには飛行ベルトもフライバイクもある。必要が生じれば、いつでも助けにこられるわけだけどな）

さっき河を離れた地点から南東へ一キロほど進んだところで、ふたたび河の上に出た。そこからは、地平線の彼方まで、三十キロほどが見わたせた。転位ゲートは見あたらなかった。

「どっちにいく？」

「もうちょっと進んでみない？」

ぼくはうなずき、左にバンクすると、河の上からはずれないように飛びつづけた。ときおり見かける白い鳥やコウモリに似た赤い生きもののほかに、動物の姿らしきものはない。赤いモノリスの側面にうがたれた足がかりのことを考えていると、アイネイアーがぼくの袖を引っぱり、ほぼ真下を指さした。

見ると、なにかおそろしく巨大なものが河面のすぐ下を移動していた。水面を赤く染める夕陽の反射で、細部はほとんどわからないが、革質の肌、棘の生えた尾らしきもの、側面の鰭《ひれ》と細毛のようなものが識別できる。全長は八メートルから十メートルはあるだろう。もっとよく見る間もなく、巨大生物は水中に沈み、姿が見えなくなった。

「河鱏《マンタ》みたいだったね」

ぼくの肩ごしに、アイネイアーが叫んだ。絨毯はふたたび高速で飛んでおり、始動した遮蔽フィールドのたてる風切り音で声が聞きとりにくくなっている。

「いや、もっとでかい」とぼくはいった。

河鱏《マンタ》なら、この手でハーネスをとりつけ、あやつったことがあるが、長さも幅も、いまのやつほどでかい個体は見たことがない。

そのとき――唐突に、ホーキング絨毯の操縦性が不安定になった。ぼくはとりあえず、絨毯を三十メートルほど下の、樹冠ぎりぎりの高さまで降下させた。年代物の絨毯がなんの前触れもなく息絶え、墜落するはめになっても、乗り手が死にいたらないようにするためだ。

つぎの屈曲で、河は南へと曲がり、河幅が急激にせばまりだした。まもなく前方から、深い轟きと盛大な水しぶきがせまってきた。滝だった。滝が向こうへ、下流へと流れ落ちている。

それほどすごい滝ではなかったが――落差は十メートルから十五メートル程度だろう――落下する水の量は膨大だった。なにしろ、幅一キロぶんの河水が、左右を絶壁にはさまれた、せいぜい百メートルほどの岩場に押しこまれているのだから、水流の速さも水量もすさまじいにちがいない。滝を越えると、さらにいくつかの小滝と岩場を経て大きな滝つぼがあり、そこからは河幅が広くなって、流れも比較的おだやかになっていた。一瞬ぼくは、さっき見た巨大な生物が、この滝をくだるつもりだったのではないかなどとばかなことを考えた。

「もうゲートは見つからないな。いつまでもさがしていると、暗くなる前に船に帰りつけなくなる」ぼくは背後をふりかえった。「そもそも、下流のゲートがあればの話だがね」

「あるわよ」

「すくなくとも、百キロはきたんだぜ」

「テテュス河の各セクションは、平均すればそのくらいだっていってたでしょ、A・ベティックが。ここのゲートは、二、三百キロ先にあるかもしれない。それに……ゲートの数も経由してる河の数も、ものすごくたくさんなのよ。おなじ惑星でも、セクションの長さが変わってしまうことだってあるんだし」

「だれに聞いた？」

「かあさんに。あのひと、探偵だったでしょ？　離婚問題の依頼で、ある既婚男性とそのガールフレンドがテテュス河をくだるのを、三週間も尾行したんだって」

「離婚問題って、なんだ？」

「いいの、それは」アイネイアーはあぐらをかいたまま、くるりとうしろに向きを変え、いまきた方向を見やった。その顔のまわりで、髪が風になびいている。「そうね、もうA・ベティックと船のところへもどりましょう。あしたまたくればいいわ」

ぼくは絨毯を回頭させ、西へ向けて加速させた。滝を乗り越えるとき、顔や手に水がかかり、ぼくたちは大はしゃぎした。

「M・エンディミオン？」コムログがいった。宇宙船ではなく、A・ベティックの声だった。

「聞こえる」ぼくは応えた。「いまもどってるところだ。二十五分から三十分ほどで帰りつくと思う」

「承知しています」アンドロイドの冷静な声が答えた。「ホロピットを通じて、塔や滝、その他のいろいろなものを見ておりましたから」

アイネイアーとぼくは顔を見交わした。彼女とおなじく、ぼくも珍妙な表情をしていたにちがいない。

「このコムログ、画像も送れるのか？」

「もちろんですとも」宇宙船の声がいった。「三次元《ホロ》か二次元か、どちらかの映像を。わたしたちはホロでモニターしていました」

「もっとも、少々奇異な感じではありましたが」A・ベティックがいった。「なにしろ、いまのホロピットは、壁の〝窪み〟ですのでね。ともあれ、こうして連絡したのは、そちらの現在地を確認するためではありません」

「じゃあ、なんの連絡だい？」

「お客がきたようです」A・ベティックは答えた。

「あの河の大きな生きもの？」アイネイアーが問い返した。「河鱏《マンタ》みたいで、もっと大きなやつ？」

「そうではありません」A・ベティックの冷静な声がいった。「シュライクです」

30

　はたから見れば、ホーキング絨毯はかすんで見えたにちがいない。それほどの猛スピードで、ぼくは絨毯を駆った。シュライクのリアルタイム・ホロを送れないかどうか宇宙船にたずねてみたが、船殻のセンサーは大半が泥にまみれていて、砂浜のようすをはっきりとらえられないとの返事だった。

「砂浜にいるのか、あいつは？」

「一瞬前まではそうでした。つぎの荷物を降ろそうと船殻の上に出たときのことです」A・ベティックがいった。

「つぎの瞬間には、ホーキング機関の緩衝リング内にいました」これは宇宙船だ。

「なんだって？　船のあの部分には入口がないはず――」それ以上馬鹿をさらさないうちに、ぼくはことばを切った。「――で、いまはどこにいるって？」

「よくわかりません」A・ベティックが答えた。「これから通信機のひとつを持って、船体の上に出てみます。宇宙船がわたしの声をそちらに中継してくれるでしょう」

「ちょっと待った……」

「M・エンディミオン」アンドロイドはさえぎった。「わたしが連絡したのは、急いでもどってきてくださいというためではなく、あなたとM・アイネイアーに、もうしばらくのあいだ……その……観光、を楽しんできてくださいというためだったのです。宇宙船とわたしが、あの……訪問者……の意図を確認するまで」

ぼくの感覚では、これは筋が通っていた。ぼくの役目はこの子を護ることにある。銀河系でもっとも恐るべき殺戮機械が待ちかまえているというのに、そんな危険のもとへまっしぐらにこの子を連れていってどうする？　この長い一日のせいで、どうやら頭の働きが鈍っていたらしい。ぼくは飛行繊維をたたき、減速して東へ向きを変えた。

そして、速度をあげようとしたとき——ぼくの手をアイネイアーの小さな手がぐっとつかんだ。

「だめ。もどって」

ぼくはかぶりをふりふり、いいかけた。

「あの怪物が……」

「あれはね、いきたいところへはどこにでもいけるの」アイネイアーのまなざしと口調は真剣そのものだった。「あれがわたしを……あなたを……どうにかするつもりなら、いまこの瞬間にでも、この絨毯の上に現われることだってできるのよ」

ぼくは思わず周囲を見まわした。

「もどりましょう」とアイネイアー。

ぼくは嘆息し、上流に向きをもどすと、絨毯の速度をすこし落としてから、リュックの上からプラズマ・ライフルをはずし、ストックをふりだしてカチリと固定した。

「どうも釈然としないな。いままでに、あの怪物がハイペリオンを離れたという記録はあるのかい？」

「ないと思う」

遮蔽フィールドが弱まるにつれ、勢いの強くなりだした風圧を避けるために、アイネイアーはぼくの背中にぴったりと顔を押しつけていた。

「じゃあ……どういうことだ？　あれはきみを追っかけてきたのか？」

「そう考えれば、筋は通るわね」

ぼくのシャツのコットンに口を押しあてているので、アイネイアーの声はくぐもって聞こえた。

「なんのために？」ぼくはたずねた。

アイネイアーはぼくの背中を押しやり、勢いよく身を引き離した。あまり急激な動作だったので、ぼくは本能的にうしろをふりむき、彼女が絨毯からころげ落ちないよう、さっと手を伸ばしかけた。アイネイアーはその手をはらいのけた。

「ロール、わたしにはまだ、その答えがわからないの。わかる？　あれがハイペリオンを離れるなんて、わたしは知らなかったの。できれば離れてほしくなんかなかった。信じて」

「信じるさ」

ぼくはうしろを向いたまま、絨毯の上に手をついた。となりに置かれたアイネイアーの小さな手、小さなひざ、小さな足とくらべると、自分の手がいかに大きいかがまざまざと実感できた。

ぼくの手の上に、アイネイアーは小さな手を重ねた。

「もどりましょう」

「わかった」

ぼくはライフルにプラズマ弾倉を装塡した。この弾倉は弾丸素材の集合体だ。一発撃つたびに、必要な分だけがチェンバーにとりこまれていく。一本の弾倉で撃てるプラズマ弾は五十発。最後の一発を撃ってしまったら、弾倉は消滅する。自衛軍時代に習ったように、ぼくは弾倉を手のひらでたたきつけるようにして押しこみ、セレクターを単発にセットすると、安全装置のロックをたしかめた。それから、ライフルをひざの上に乗せた。

アイネイアーが両手でぼくの肩につかまり、耳もとに語りかけてきた。

「そんなもの、シュライク相手に通用すると思う？」

ぼくはうしろをふりむき、アイネイアーを見つめ、答えた。

そのまま、沈む太陽に向かって飛びつづけた。

「いいや」

ぼくらが帰りついたとき、A・ベティックはせまい砂浜にひとりだけで立っていた。なにも異常がないことを示すため、アンドロイドは手をふってみせたが、ぼくは着陸するまえに、念のため、一帯の樹々の上をひとまわりした。太陽は真っ赤な球となり、いまにも西の樹海の彼方に沈もうとしている。

ぼくは絨毯を降下させ、巨大な宇宙船の陰の、砂浜に積みあげられたケースや装備の山のとなりに着陸すると、勢いよく立ちあがり、プラズマ・ライフルの安全装置をはずした。

「依然として、姿は見えません」A・ベティックがいった。

彼が船を出るまぎわに報告してきた状態のままだったが、見えないからといって気はぬけない。アンドロイドのあとについて、ぼくらは砂浜のなにもない部分へ歩いていった。そこに、一対の足跡があった。なにも知らなければ、とても足跡には見えなかっただろう。それはまるで、だれかが刃の生えたおそろしく重い農機具を、砂の上の二カ所に置いたような感じだった。

経験豊かなハンターのように、ぼくは足跡のそばにしゃがみこみ——それがいかに愚かな行為であるかに気がついた。

「いったんここに出現したあと、船内に現われて、また消えたって？」ぼくはいった。

「そうです」Ａ・ベティックがうなずいた。

「宇宙船——あいつをレーダーかカメラにとらえたか？」

「いいえ」ブレスレットが答えた。「ホーキング駆動装置の緩衝リング内には映像記録装置がありませんから……」

「じゃあ、どうしてそこにいるとわかったんだ？」

「各コンパートメントには質量センサーがあります。航行の必要上、船内の各セクションにどれだけの質量があるかを正確に把握しておかなくてはなりません」

「で、あいつの質量は？」

「一・〇六三メートル・トンです」

立ちあがろうとする途中で、ぼくは凍りついた。

「なんだと？　千キロ以上もあった？　そんなばかな」ぼくはもういちど一対の足跡に目をやった。「そんなこと、ありえない」

「しかし、事実です」宇宙船はいいはった。「あの存在がホーキング駆動装置の緩衝リングにいるあいだ、わたしは正確に、一〇六三キロを計測し……」

「なんてこった」ぼくはＡ・ベティックにふりかえった。「いままで、あの怪物の重さを量ったやつはいないのか」

「シュライクの上背は三メートルほどです」アンドロイドは答えた。「よほど高密度なのかもしれません。あるいは、必要に応じて質量を変えられるのかも」

「必要って、どんな必要だ？」

ぼくはつぶやき、森の縁に目をむけた。日没を間近に控え、森のなかは真っ暗だ。はるか高みにゆれる裸子植物の羽毛のような葉が、最後の陽光に赤く染まったのち、しだいに黒ずんでいく。ここへたどりつくまえの数分間、一帯には雲が流れてきていたが、いままで真っ赤に燃えていたその雲も、夕陽が薄れるにつれて輝きを失いつつあった。

「星の座標を決定する準備は？」ぼくはコムログにたずねた。

「準備は万全です」宇宙船は答えた。「ただし、この雲が晴れなくてはどうしようもありません。とりあえず、ひとつふたつ、必要な計算はすませておきましたが」

「たとえば？」アイネイアーがたずねた。

「たとえば――過去数時間における太陽の動きを基に算出したのですが――この惑星の一日は、十八時間六分五十一秒です。もちろん、旧連邦の標準時間でです」

「そりゃそうだろう」ぼくはいった。それから、A・ベティックに向かって、「テテュス河に組みこまれていた惑星で、一日が十八時間の惑星は載ってるかい？」

「いままで見たかぎりでは、載っていませんね、M・エンディミオン」

「そうか。ともあれ、今夜のことを決めてしまおう。この砂浜でキャンプするか、船内にとどまるか、装備をフライバイクに積んで、可及的すみやかにつぎのゲートをめざすか。ゴムボートを持っていってもいい。どうするか投票で決めよう。ぼくとしては、シュライクがそこらにいる以上、いつまでもこの惑星にぐずぐずしていたくはない」

A・ベティックが、授業中の子供のように、一本だけ指をあげた。

「さきほども無線で申しあげましたが……」当惑しているような口調だった。「EVAロッカーは、ごぞんじのように、あのときの攻撃である程度のダメージをこうむっていて、そのためか、ゴムボートは見あたりませんでした。船の記憶では、たしかにひとつ、目録に載っていたそうなのですが。フライバイクのほうも、四台中、三台は動きませんでした」

ぼくは眉をひそめた。

「まるっきりか？」

「はい」アンドロイドは答えた。「まったく動きません。船の見るところ、四台めは修理可能ですが、それには数日かかるそうです」

「くそっ」だれにともなく、ぼくは毒づいた。

「一回のチャージで、バイクはどのくらい飛べるの？」アイネイアーがたずねた。

「通常の使いかたでは、百時間です」コムログが答えた。

アイネイアーは話にならないというしぐさをした。

「それじゃ、どのみち役にたたないわね。一台だけ使えたって、たいしてちがいはないわ。

エネルギーを補充できる場所があるわけじゃないんだから」

ぼくは頬をなでた。無精ひげが生えている。興奮つづきの一日で、ひげを剃るのをわすれていたのだ。

「ぼくもその点は考えた。だけど、荷物を持っていくとなると、ホーキング絨毯だけでは荷が重い。三人と武器に加えて、必要な装備も載せていくのは、さすがにむりだ」

じゃあ、荷物を持っていくのはやめましょう――てっきり、アイネイアーがそういいだすのではないかと思ったが、かわりに彼女はこういった。

「荷物をぜんぶ持っていくのなら、飛んでいかなければいいのよ」

「飛んでいかない？」ぼくはいった。ジャングルを切り拓《ひら》いていくなんて、冗談じゃない。

「ゴムボートがないんじゃ、飛んでいくか、歩いていくしか……」

「筏を造ればいいでしょ？」アイネイアーはいった。「木で筏を組んで、それで河をくだればいいのよ。テテュス河のこのセクションだけじゃなくて、この先もずっとよ」

ぼくはふたたび頬をなでた。

「しかし、下流には滝が……」

「朝になったら、ホーキング絨毯で荷物だけ先に滝の向こうへ運んでおけば？　筏は滝の下流で造るの。筏を造れないんならべつだけど……」

ぼくは裸子植物を見た。丈が高く、丈夫そうで、筏にするには手ごろな太さだ。

「筏なら造れる」ぼくはいった。「カンズ河をはしけでくだるとき、余分の荷物は筏に載せて引っぱっていたからね」

「最高。じゃあ、今夜はここでキャンプしようよ。一日が十八時間なら、夜だってそんなに長くないはずだし。夜が明けたら、すぐに出発するの」

ぼくはしばらくためらった。十二歳の子供に三人全員の行動を決定させる習慣ができてしまうのはまずいが、いっていることには筋が通っている。ぼくはいった。

「船がこんなありさまなのが残念だな。ぶじでさえあれば、反発装置で浮かんで下流に向かえるものを……」

アイネイアーが声をたてて笑った。

「もともと、この船でテテュス河をくだるつもりなんてなかったのよ」そういって、少女は鼻をこすった。「宇宙船で河くだりなんて、ばかでかいダックスフントがクロッケーの鉄門《フープ》をくぐろうとするみたいで、めだってしかたがないでしょ？」

「ダックスフントってなんだ？」

「クロッケーのフープとはなんです？」これはA・ベティックだ。

「気にしないで。ともかく、ふたりとも、今夜はここでキャンプして、あしたになったら筏を造るの。賛成よね？」

ぼくはアンドロイドを見た。アンドロイドはいった。

「わたしには、非常に分別のある方針のように思えます。もっとも、この旅自体、分別とは縁のないものですが」

「それ、賛成票ね」とアイネイアー。「ロールは？」

「いいだろう――しかし、どこで寝る？　この砂浜にキャンプを張るのと、船のなかで寝るのと、どっちが安全だろう？」

宇宙船が口をはさんだ。

「船内でしたら、この状況にしては安全かつ快適に過ごせるよう調整できますよ。低温睡眠デッキのカウチ二台はまだベッドとして使えますし、ハンモックも……」

「わたし、砂浜のキャンプに一票」アイネイアーがいった。「シュライクがいるんなら、船内だってここより安全なわけじゃないわ」

ぼくは暗さを増していく森の奥を見やった。

「シュライクのほかにも、闇夜に出くわしたくない生物がいるかもしれない。船内のほうが安全だろう」

A・ベティックが小さなケースに手をふれて、

「小型の周辺警戒装置が見つかりました」といった。「これをキャンプの周辺にセットすればよいでしょう。寝ずの番には喜んで立ちます。正直にいうと、何日も船内に詰めていましたから、外で夜を明かすことに興味もあります」

ぼくはためいきをつき、折れた。

「わかったよ。ただし、見張りは交替でやろう。じゃあ、真っ暗になるまえに、そのガラクタをセットしちまうか」

〝ガラクタ〟のなかには、アンドロイドに運びだすようたのんでおいたキャンプ用品もはいっていた。極薄ポリマーのマイクロテントは蜘蛛の巣の影のように薄いが、丈夫で防水性も高く、それでいてポケットにいれて持ち運べるほど軽い。超伝導加熱キューブは、六面のうち底と側面は常温のまま、上の一面だけを発熱させ、その上に鍋を載せて加熱調理を行なうことができる。A・ベティックのいった周辺警戒システムは、かつて軍で使われていた動体センサーの猟師向けタイプで、直径三センチの円盤を裏面のスパイクで地面につきさして使うものだ。使用時はかならず複数を組みあわせ、警戒範囲は自由に調整でき、最大設定は二キロまで。そのほかの用品は、寝袋、いくらでも圧縮できるフォームパッド、暗視ゴーグル、通信機、携帯食器セットや調理器具などだった。

ぼくたちはまず、警戒装置のセットからとりかかった。複数の円盤を、林縁から河岸のほうへ、半円を描くようにして刺しこんでいく。

「あの大きな河鱏《マンタ》みたいなのが河からあがってきて、わたしたちを食べようとしたらどうする？」警戒装置のセットがおわるころ、アイネイアーがいった。あたりはもう真っ暗だったが、頭上は雲におおわれていて、星は見えない。そのせいか、そよかぜに高みの葉がさやぐ音は、さっきよりも邪悪に聞こえた。

「あれなり、ほかの動物なりが河からあがってきて、ぼくたちを食べようとしたら——さすがのきみも、今夜は船内で過ごすべきだったと悔やむだろうな」

ぼくはそう答え、最後の装置を河べりにセットしおえた。

テントは砂浜のまんなかの、動けなくなった船の船首からあまり離れていないところに張った。この極薄ポリマーのマイクロテントには、ポールも杭も必要ない。角にしたい部分の生地に二重の折り目をつければ、ハリケーンのなかでもその部分はぴんと張ったままになる。ただし、これを立てるにはちょっとしたコツがいった。勝手がわからず、じっと見まもるふたりのまえで、ぼくはまずポリマーを広げ、折り目をいれてドーム型に仕立てあげた。ドームの中央部分は、人が充分に立てるだけの高さを持たせた。それから、硬化した下端を砂につきたて、全体を安定させた。ポリマーの一端を大きく内側に折りこんだのは、テントの床にするためだ。入口にはメッシュを張った。A・ベティックはぼくの手ぎわに感心し、しきりにうなずいていた。テントができあがると、アイネイアーが寝袋を運びこみ、ぼくはそのかたわらで加熱キューブに鍋をのせ、そこに缶詰のビーフシチューをあけた。そこで、アイネイアーがベジタリアンであることを思いだした。この二週間、彼女は船内でサラダばかり食べていたのだ。

「気にしないで」テントから顔をつきだし、アイネイアーがいった。「わたしはA・ベティックが焼いてくれるパンを食べるから。チーズだってあるし」

見ると、A・ベティックは薪を拾い集めてきていた。石を組んで竈《かまど》も造ろうとしている。

「そんなもの、いらないぞ」加熱キューブの上でぐつぐついっているシチューを指さして、ぼくはいった。

「はい」とアンドロイド。「ですが、火があると心が安らぎますから。それに、明かりがあったほうがよろしいでしょう」

じっさい、たしかに明かりがあったほうが安心できた。ぼくたちは、ぼくがみごとに折りあげたテントの日よけの下にすわり、天に昇っていく火の粉を見つめた。空模様からすると、嵐が近づいているらしい。奇妙な嵐だった。雷のかわりに、天に踊るのは光の帯だ。かなりの速さで流れていく雲の下面から、強まりだした風にあおられる裸子植物の樹上十メートルあたりまでの空間を、淡い色にきらめく光の帯がしきりに踊っている。低く深く轟く雷鳴は、ぼくの神経をぴりぴりさせた。

ジャングルそのものの内部では、赤と黄色の蛍光を放つ淡い光球が小刻みに舞っていた。ハイペリオンの森に住む虹蜉蝣《にじかげろう》の華麗な舞とはちがって、神経質な、どこか敵意を感じさせる舞だった。ぼくたちの背後では、河が岸辺を洗う音がしだいに荒くなってきている。そんな状況で、焚火のそばにすわり、周辺警戒装置の周波数に合わせたヘッドセットをかぶり、プラズマ・ライフルをひざに載せ、なにかあったらいつでも使えるよう暗視ゴーグルを額にはめたぼくの姿は、はたからは滑稽に見えたにちがいない。だが、そのときのぼくにとっては、笑いごとではなかった。砂の上に残ったシュライクの足跡が、心にもくっきりと残っていたからである。

「シュライクは危害を加えそうなそぶりを見せたかい？」

ぼくはA・ベティックにたずねた。たずねたのは、いまから数分ほど前のことだ。そのときぼくは、十六番径の散弾銃をかかえているようにと、しきりにアンドロイドに働きかけていたのだが——この散弾銃ほど素人にあつかいやすい武器はない——彼は火のそばにすわり、横に置いたまま、けっして手にとろうとはしなかった。

「なにもしようとはしませんでした」そのときA・ベティックは、そう答えた。「ただ砂浜に立っていただけでした。薄闇のなかで、棘だらけの巨体に夕陽を映しこんで。その両目が爛々《らんらん》と赤く輝いていました」

「きみを見ていたのか？」

「見ていたのは東のほう——下流のほうです」

（まるで、アイネイアーとぼくがもどってくるのを待っていたみたいじゃないか）

ぼくはちらつく炎のそばにすわり、強風にざわつくジャングルの上で踊りきらめく奇妙なオーロラを眺め、森の暗闇で小刻みにゆれる鬼火の動きを目で追い、巨大で腹をすかした熊が発するうなりのような低い雷鳴に耳をかたむけ、いったいどうして自分はこんなところで夜営することに同意してしまったんだろうと考えながら、漫然と時間をつぶした。こうして阿呆のように焚火のそばにすわっているあいだに、ヴェロキラプトルや腐食性カリデルガの群れがジャングルから忍びよってきているかもしれない。あるいは、河が増水して——こうしているいまにも、水の壁が下流へと押しよせてくるかもしれない。ほんとうは、エアロックをしっかりと閉じ、船内で眠るほうがいいに決まってる。

アイネイアーは腹ばいになり、炎を見つめていた。

「ねえ、なにかお話、知ってる?」

「お話だって!」ぼくは思わず、険のある声を出した。

焚火の向こうでひざをかかえてすわるA・ベティックが、興味深そうに顔をあげた。

「うん」とアイネイアー。「怪談みたいなの」

ぼくはあきれはてたような声を出した。

アイネイアーは両手であごをささえている。その顔を、炎があたたかい色に染めていた。

「だって、おもしろそうなんだもん。わたし、幽霊話、大好き」

四、五通りの反応が頭をよぎったが、それをこらえ、やっとのことで、ぼくはいった。

「もう寝たほうがいい。一日十八時間という宇宙船の見積もりが正しければ、夜の時間も短いんだから……」神さま、どうかそのとおりでありますようにとぼくは思い、声に出してはこういった。「……眠れるうちに眠っておくことだ」

「わかったわよ」

アイネイアーはそういうと、焚火ごしに、風にあおられるジャングル、オーロラ、森のなかのセント・エルモの火などをもういちど見まわしてから、寝袋にもぐりこんだ。

ぼくはしばらく、A・ベティックとともに無言ですわっていた。ときどき、ブレスレットのコムログで宇宙船と話をした。河が増水しだしたらすぐ教えてくれ。質量異常を探知したらすぐ教えてくれ。それから……

「最初の見張りはわたしがやりましょう、M・エンディミオン」アンドロイドがいった。

「いや、先に眠っておいてくれ」

ぼくがそういったのは、青い肌の男がほとんど睡眠を必要としないことをわすれていたからだ。

「では、いっしょに不寝番に立ちましょう」A・ベティックはおだやかにいった。「ただし、必要でしたら、どうぞいつでもまどろんでください、M・エンディミオン」

じっさい、六時間後に熱帯地方の夜明けが訪れるまぎわ、ぼくはすこしうとうとしていた。ひと晩じゅう、空は雲のとばりにおおわれ、強風が吹きすさんでいた。結局、宇宙船には星の観測ができなかったわけだ。ヴェロキラプトルやカリデルガは襲ってこなかった。河も増水しなかった。嵐のオーロラで被害をこうむることもなく、森のなかの鬼火がさまよい出てきてぼくたちを火傷させることもなかった。

その晩のことでなによりも記憶に残っているのは、自分の偏執症じみた心配性と恐ろしいまでの退屈のほかは、ブロンドのメッシュがはいった茶色の髪を赤い寝袋の縁からこぼれさせ、親指を吸おうとする赤ん坊のように片手のこぶしを頬のそばに持っていっている、アイネイアーの寝姿だった。その晩、ぼくは自分を待つ仕事の——この子を奇妙で無頓着な宇宙の鋭い牙から護りぬくことの——大切さと困難さを、強く認識した。

親であるということがどういうものかをはじめて知ったのは、このときの、嵐が荒れ狂う異星の一夜でのことだったと思う。

払暁《ふつぎょう》とともに、出発準備をはじめた。その朝の記憶は、いやになるほどの退屈と、眠い目、無精ひげだらけの頬、痛む背中、キャンプの旅で最初の一夜を過ごしたあとにいつもいだく喜び、等々で渾然となっている。河で顔を洗うアイネイアーは、本来こんな状況でそうあるよりも、ずっと溌剌《はつらつ》として純粋に見えた。

A・ベティックがキューブでコーヒーを沸かしてくれた。そのコーヒーをふたりで飲みながら、ぼくらはしばらく、流れの速い河から立ち昇る朝靄《あさもや》を眺めていた。アイネイアーは船から持ってきたミネラルウォーターを飲んでいる。食事は携帯食料パックのドライ・シリアルですませた。

太陽がジャングルの天蓋の上に顔を出し、河や森から立ち昇る朝靄を払うころ、ぼくたちはホーキング絨毯で荷物一式を下流へ運びにかかった。きのうの午後はアイネイアーとぼくが飛行を楽しませてもらったので、今回はA・ベティックに絨毯での荷物運びをたのんだ。そのあいだに、ぼくは船内をあさり、必要なものは船外へ運びだし、ほかに持っていくべきものはないかをたしかめた。

問題は着替えだ。必要と思えるものはぜんぶリュックに詰めたが、アイネイアーはハイペリオンで着ていた服と、自分のリュックにいれてきた服、領事のワードローブから出して切り詰めたシャツ二、三着、これだけしか持っていない。あの老詩人も、アイネイアーを救うために二百五十年以上もの時間があったのなら、着替えを用意するくらい考えついてもよさそうなものなのに。アイネイアー本人は手持ちの服で充分と思っているようだが、いった先の惑星が寒かったり雨がちだったりしたら、とてもまにあうものじゃない。

EVAロッカーはここでも役にたった。宇宙服用のライナーが何組かあったのだ。そのうちのいちばん小さなものは、アイネイアーにちょうどいい大きさだった。ミクロ細孔の素材だから、極寒の地ででもないかぎり充分に体温をたもてるし、濡れても水が滲《し》みこむことはない。アンドロイドと自分用にもライナーを確保した。こんな熱帯性の気候で、気温もぐんぐんあがりつつあるというのに、冬物をリュックに詰めるのはばかげているようだが、この先どんな気候に遭遇するかは未知数なのだ。ロッカーにはほかに、領事のものらしい、アウトドア用のベストがあった。長くはあるが、ポケットが十以上もあり、クリップやDリングもたくさんついていて、外からはわかりにくいジッパー付ポケットもついていた。ロッカー内の惨状のなかからぼくがそのベストを掘りだしたとき、アイネイアーは歓声をあげ、さっそく身につけた。以後、彼女はほぼずっと、それを着つづけることになる。

ほかには、土壌サンプル用の、ショルダー・ストラップがついたバッグもふたつ見つけた。これなら旅行バッグにちょうどいい。アイネイアーはさっそくそのひとつを肩にかけ、船内で見つけた着替えや小物などを詰めた。

どこかにゴムボートがあるにちがいないという思いを捨てきれず、執拗にロッカー内をあさってみたが、結局、ひとつも見つからなかった。

アイネイアーにきかれたので、なにをさがしているかを説明したとたん、宇宙船がいった。

「M・エンディミオン——漠然とした記憶ですが……」

アイネイアーとぼくは作業を中断し、耳をかたむけた。宇宙船の声には、どこか奇妙な、なんだかつらそうな響きがあった。

「漠然とした記憶ですが、ゴムボートは領事が持っていったような気がします……それに乗って、わたしに手をふっていたような気が……」

「それはどこだ？　どの惑星でのことだ？」

「わかりません」宇宙船は依然として、困惑しているような、つらそうな口調で答えた。

「惑星ではなかったかもしれません……その河の下で、星々が光っていたような気がします」

「河の下で？」

墜落のショックで、宇宙船の思考機能は支障をきたしたのだろうか。

「この記憶は断片的なのです」宇宙船は、それまでよりもそっけない口調でいった。「しかし、領事がゴムボートで出発したのは憶えています。あれは大きなゴムボートでした。八人から十人が余裕で乗れるほどの」

「なるほど」

ぼくはロッカーの扉をたたきつけるように閉めた。それからは、アイネイアーといっしょに最後の仕事をした。金属製の折りたたみ梯子をエアロックの外に吊りさげたのだ。おかげで昇り降りは、まえほどたいへんではなくなった。

ほどなく、キャンピング用品と食料ケースを滝の下流に置いて、A・ベティックがもどってきた。ぼくは残っている荷物を見まわした。私物を詰めた自分のリュックがひとつ。アイネイアーのリュックとショルダーバッグがひとつずつ。予備の通信機とゴーグル、食料パックが少々、それと——ぼくのリュックの上のほうに大急ぎでつっこんだ——折りたたんだプラズマ・ライフルが一挺に、きのうA・ベティックが見つけておいてくれた山刀がひとふり。刃渡りの長いこの刃物は、革の鞘にはいっていて持ち歩くにはかさばるが、数分とはいえ、きのうジャングルのなかを歩いてみて、山刀の必要性は痛感していた。ほかに、斧一挺と、もっとコンパクトな折りたたみ式のショベルも――一千年のむかしから、歩兵部隊にはいるほど血迷った連中が、訓練で〝塹壕掘削用具〟と呼ぶことを教わるやつだ――掘りだしておいた。これをぜんぶ持っていくとなると、そうとうに場所をとってしまうが、やむをえない。

筏用の木を切り倒すのに伐採レーザーが使えるなら――むかしながらのチェーンソーなら申しぶんない――喜んで斧を置いていくところだが、ぼくの懐中レーザーには木を切るほどの出力はないし、船の武器庫には不思議なほど伐採に使えるものがなかった。いっそ、FORCEのアサルト・ライフルを持ちだし、樹々を吹きとばし、焼き切り、必要ならパルス・ビームで分断してやろうかとも思ったが、それはやめることにした。あまりにも騒々しいし、派手な跡が残るうえに、作業が粗くなってしまうからだ。やはり斧を持っていき、汗をかくしかないだろう。ほかには、ハンマー、釘、ドライバー、木ネジ、ボルトなど、筏造りに必要な工具一式のはいった工具箱も用意した。それと、防水シートをひと巻き。これを筏の上に敷けば、粗野だが防水機能のある床になる。工具箱の上には、合わせて数百メートルにおよぶナイロン・ザイル三巻きをのせた。それから、赤い防水ポーチに収めた、照明弾とプラスティック爆薬少々のほか――千年以上もむかしから畑の切り株や岩を爆破するのに使われてきたタイプと本質的に変わりはない――十個ほどの信管もだ。筏に使うような木を切り倒すには、たいして役にたつとも思えないが、ないよりはましだろう。以上の荷物に加えて、救急パックがふた箱に、大きなびんほどのサイズの浄水器がひとつ。

電磁浮揚ベルトについては、ハーネスやバッテリー・パックなどがかさばるので置いていくことも考えたが、必要になるかもしれないと思いなおし、自分のリュックの横に置いた。さらに、アンドロイドが荷物運びに持っていこうとはしなかった、十六番径の散弾銃も置いた。そのとなりには、弾薬箱三箱。フレシェット・ピストルも持っていくことを主張した。A・ベティックもアイネイアーも持とうとしないことはわかっていたが、用心に越したことはない。

ベルトには、四五口径を収めたホルスターと、むかしながらの磁気コンパスのケース、折りたたみ式暗視ゴーグルと昼間用の双眼鏡、水のボトル、プラズマ・ライフルの弾倉もう二個をぶらさげた。携行品を確認しているあいだ、ぼくはつぶやいた。

「ようし、ヴェロキラプトルでもなんでもこいだ！」

「え？」アイネイアーが自分のリュックから顔をあげた。

「なんでもないよ」

アイネイアーは、A・ベティックが砂浜に着地するまでに、新しく手にいれたショルダーバッグにきちんと必要品を詰めおえていた。まだ余裕があったので、アンドロイドの私物もいくつかそこに収めた。

キャンプというやつは、設営するときよりも、撤収するときのほうが好きだ。たぶん、すべてをきちんとかたづけるという行為が好きなんだろう。

「なにも忘れものはないかな?」せまい砂浜に立ち、武器や荷物を見おろしながら、ぼくはふたりに問いかけた。

「わたしです」手首のコムログから、宇宙船がいった。その声には、ちょっぴり悲しげな響きが聞きとれた。

アイネイアーは砂浜に乗りあげた宇宙船に歩みより、その金属の船体に手をふれた。

「どんな具合?」

「修理を開始しました、M・アイネイアー。気づかってくださってありがとうございます」

「やっぱり、修理には半年かかるのかい?」ぼくはたずねた。

頭上の最後の雲が晴れ、空はふたたびあの淡いブルーをとりもどしていた。裸子植物の緑と白の葉が、その青をバックにゆれている。

「はい、標準時間で、約六カ月。もちろんこれは、船内と船外の修理にかぎってのことです。マクロ・マニピュレーターがありませんので、壊れたフライバイクのたぐいは修理できません」

「それはいいわ」アイネイアーがいった。「フライバイクはみんな置いていくつもりだから。修理するのは再会してからにしましょう」

「それはいつのことになるのでしょう?」

宇宙船の声は、いつもコムログから出てくるときより小さくなっているような気がした。

アイネイアーはA・ベティックとぼくを見た。どちらもなにもいわなかった。しばらくして、彼女はいった。

「またあなたの力がいるときがくるわ、宇宙船。何カ月か……もしかすると何年か……この惑星のどこかに身をひそめて、自分を修理しながら待っていることができる？」

「できます。隠れるのは河の底でいいでしょうか？」

ぼくは水中から盛りあがる、巨大なグレイの船体を見あげた。このあたりでは、河幅が広く、たぶん深いのだろうが、損傷を負った宇宙船が水中に潜るのも妙な気がした。

「浸水の……心配はないのか？」ぼくはいった。

「M・エンディミオン」ぼくの耳には尊大に聞こえる例の口調で、宇宙船はいった。「わたしは恒星間宇宙船ですよ？　星間ガスを貫き、赤色巨星の外層のなかでも余裕綽々《よゆうしゃくしゃく》で存在していられるのですよ？　たかだか数年間、H_2Oのなかに沈んでいたからといって、浸水なんか――あなたのいうように――するはずがないでしょう」

「すまなかった」ぼくは詫びた。が、船にやりこめられたまま別れるのもしゃくだったので、最後につけくわえた。「水に潜るまえに、エアロックの扉を閉めるのをわすれるなよ」

宇宙船はなにもいわなかった。

「あなたのところへもどってきたときは」アイネイアーがいった。「どうやって呼びかければいいの？」

「コムログを使うか、汎用周波数九〇・一で呼びかけてください。呼びかけを受信するために、伸縮《バギー・ホイップ》アンテナを水上に伸ばしておきます」

「バギー・ホイップとは、大むかしの自動車用のアンテナですね」A・ベティックがつぶやいた。「これはまた、味のある名前だ」

「残念ながら、このことばの本来の意味は知りませんでした。わたしの記憶には、それがどんなものであったかが残っていないので」

「いいのよ、そんなことは」アイネイアーがいって、船体を軽くたたいた。「いままでよくやってくれたわね。ちゃんとよくなるのよ……もどってきたときには、最高の状態のあなたに会いたいから」

「はい、M・アイネイアー。あなたたちがつぎの転位ゲートをくぐるまでは、ずっと連絡をたもち、見まもっています」

A・ベティックとアイネイアーがホーキング絨毯の上にすわった。ふたりの荷物と装備や食料の箱を載せただけで、もう人がすわる余地はなくなってしまった。やむなくぼくは、かさばる浮揚ベルトで飛んでいくことにした。これは背中側に出っぱるため、リュックは腹側に抱いていかざるをえない。片手もライフルでふさがれてしまう。それでも、なんとかいけそうだった。電磁浮揚ベルトの使いかたは——ハイペリオンでは電磁反発が役にたたないので——本で読んで知っているだけだったが、操縦法はごく簡単で、直感的に操作できた。バッテリー残量の表示パネルはフル充電を示しているから、この短い飛行くらいで河に落ちてしまう心配はないだろう。

すでに絨毯は、ふたりを乗せ、十メートルの高さに浮かんでいた。ぼくは浮揚ベルトのコントローラーをぐっと握った。からだがななめに浮かびあがり、もうすこしで裸子植物にぶつかるところだったが、なんとかバランスを立てなおし、絨毯のとなりに寄って、その場に浮かんだ。パッド付のハーネスでからだを支えているのは、空飛ぶ絨毯と比べれば快適とはいいがたかったが、空を飛んでいるという感じはずっと強かった。コントローラーを握ったまま、ぼくはふたりに親指を立てて見せ、河にそって、東へ、昇りゆく朝陽へと進みだした。

宇宙船と滝のあいだには、砂嘴《さし》や砂浜はさほど多くなかったが、滝と急流を越えたすぐ向こうの、河幅が広がり、流れがゆるやかになったあたりまでいくと、南岸にちょうどいい場所があって、A・ベティックはそこにキャンプ用品その他の荷物を固めていた。滝の音が間近に轟くなかで、ぼくたちは残りの荷物を降ろし、積みあげた。それがすむと、ぼくはおもむろに斧をとりあげ、いちばん手近の裸子植物を見やった。

「不思議なのですが……」

A・ベティックの口調は静かだったので、滝の音にまぎれてほとんど聞きとれなかった。ぼくは斧を肩にかついで立ちどまり、その先を待った。陽差しはかなり強く、ぼくのシャツは早くも汗で肌にへばりついている。

「テテュス河は遊覧が目的であったはずですね」A・ベティックはつづけた。「遊覧船が、どうやってあんなところを乗りきれたのでしょう」

そういって、轟く滝に青い指を向ける。

「そうよね」アイネイアーもいった。「わたしもおなじことを考えてたの。浮きはしけを使ったにしても、テテュス河をくだる全員がそんなものに乗っていたはずはないし。恋人といっしょにロマンティックな河くだりに出て、あんな滝に出くわしたら困るでしょ」

ぼくは立ったまま、虹のかかった滝のしぶきを見つめ、はたして自分には、みずから思いこんでいたほどの知能があるんだろうかといぶかしんだ。こんなことを考えたのは、生まれてはじめてだった。

「テテュス河は三百年ちかく使われてないわけだろう？」ぼくはいった。「もしかすると、あの滝は新しくできたものかもしれないじゃないか」

「そうかもしれませんが」A・ベティックがいった。「わたしにはそうは思えません。あの滝は、ジャングルを南北に貫いて何キロも走る断層ぞいにできたもののように思えます——あそこの高低差が見えますか？　あれはかなり長期間にわたって浸蝕にさらされてきた形跡のようですよ。急流の岩の大きさに気がつきましたか？　あの滝は、おそらくこの河ができたときからあるのでしょう」

「きみのテテュス河ガイドブックには、そういうことは書いてないのかい？」

「ありませんでした」アンドロイドは答え、ガイドブックをさしだした。アイネイアーがそれを受けとった。

「これ、もしかしてテテュス河じゃないんじゃないか？」ぼくの疑問に、ふたりともこちらを見つめた。ぼくはつづけた。「宇宙船が星の観測をすませていないからなんともいえないが……ここが本来、テテュス河に組みこまれていなかった惑星だとしたら？」

アイネイアーがうなずいた。

「わたしもそれは考えたわ。通ってきたゲート自体は、いまもテテュス河の各セクションに残るものとおなじだけど、〈テクノコア〉がほかのゲートを用意していて……それをべつの河につないで、第二のテテュス河を造っていなかったとはだれにもいえないもの」

ぼくは斧を地面につきたて、柄にもたれかかった。

「そうだとすると、やっかいなことになるぞ。きみのいう建築家にも出会えないし、宇宙船や母星にももどれなくなる」

アイネイアーがほほえんだ。

「その心配をするのは早すぎるわ。なんといっても、あれから三世紀もたってるんだもん。テテュス時代以来、このセクションの流れが変わってしまったのかもしれないし。ほんとうは運河や岩場があるのに、その上に樹々が生い茂ってしまって、見落としただけかもしれないでしょ。いまから心配する必要はないわ。そんなことは気にせずに、下流のゲートをさがしつづければいいのよ」

ぼくは指を一本立て、

「ちょっと待った」といった。さっきよりもちょっぴり切れ者になった気がした。「苦労して筏を造るのはいいが、ゲートにたどりつくまえに、また滝があったらどうする？　滝が十以上もあったら？　昨夜は転位ゲートの位置をつきとめなかったから、どのくらい先にあるかわからないんだぜ」

「それはもう考えたわ」とアイネイアーはいった。

ぼくは斧の柄を指先でたたいた。この小娘がもういちどこのフレーズを吐いたら、マジでこの柄でひっぱたくかもしれない。

「じつは、M・アイネイアーから偵察をするようにいわれましてね」アンドロイドがいった。

「ここへ荷物を運ぶさい、すでに先のようすを見てきました」

ぼくは眉をひそめた。

「先の？　だって、百キロ以上も下流へいってもどってくるだけの時間はなかっただろう？」

「はい」アンドロイドはうなずいた。「そのかわり、絨毯の高度をうんと高くして、双眼鏡を使い、行く手のようすをさぐったのです。河は約二百キロにわたって、ほぼまっすぐにつづいているようでした。断言はできませんが、約百三十キロ下流にアーチらしきものがありました。ここからアーチまでのあいだには、滝もその他の大きな障害物もなさそうでした」

ぼくの眉間のたて皺はますます深くなった。

「そんな先まで見わたせたのか？　いったいどれだけ高く昇ったんだ？」

「絨毯には高度計がありませんでしたので、具体的には……」Ａ・ベティックがいった。「しかし、惑星のカーブの具合と空の暗くなりかたから判断すると――高度百キロといったところでしょうか」

「宇宙服を着ていったのか？」ぼくはたずねた。それほどの高度では、人間の血液は血管のなかで沸騰し、急激な減圧で肺がパンクしてしまう。「それとも、浸透マスクでも？」

あたりを見まわしてみたが、それらしき装備は、荷物の山の周辺にはなかった。

「いいえ」アンドロイドは背を向け、荷物を動かしにかかった。「息をとめていたのです、ずっと」

ぼくはかぶりをふり、木を伐りに森へ歩みよった。ひとりで黙々と木を伐る作業には、頭を冷やす効果があった。

筏ができあがったのは、日が暮れるすこし前のことだった。Ａ・ベティックが途中で木を伐る作業を交替してくれなければ、ぼくはそのままひと晩じゅうでも作業をつづけていたことだろう。できあがった筏は、見た目に美しくはなかったが、水に浮かぶことは浮かんだ。小さな筏で、全長は六メートル、幅が四メートル。後部には二股の支持架をとりつけ、そこに長い棹をとりつけて原始的な舵《かじ》とした。舵の座の前は一段高くなっており、そこにアイネイアーがマイクロテントを折って、前後の開放された日よけ小屋を造った。両側面にはオール受けも設け、長い棹をセットした。これらは流れがゆるやかだったり急流に巻きこまれたりして水をかく必要にせまられた場合を除き、ふだんは横にスライドさせ、筏の上に引きあげておく仕組みになっている。材質が水辺の木なので、水をよく吸いすぎ、大半が水中に沈んでしまって筏の用をなさないのではないかと心配だったが、二枚の筏を重ねあわせ、ロープでゆわえて要所要所をボルトどめしてやることで、筏はやすやすと水に浮かび、最上部は水面から十五センチの高さを維持できることもわかった。

アイネイアーは、極薄ポリマーでできたマイクロテントのあつかいにたいへんな才能を発揮した。ぼくも長年にわたってこのテントを使ってきたが、これほど手ぎわよく、これほど効率よく折りあげられたためしがない。折りあがったテント小屋は、舵の座からも出入りがしやすく、陽差しや雨に対するおおいとして充分でありながら、前方視界の妨げにならず、両脇には小部屋もついていて、そこに荷物を濡らさずに収容しておくことができた。アイネイアーは手まわしよく、床にはフォームパッドを敷きつめ、テント内の各隅には寝袋までならべてくれていた。テント内中央の、一段高くなった場所には——ここは前方の見晴らしがいちばんよかった——炉床にするつもりなのだろう、幅一メートルほどの河石がでんと置いてあり、その上に調理器具や加熱キューブがのせてあった。ハンドランプのひとつはランタン・モードにセットされ、中央ループにぶらさげられていた。認めざるをえないが、最終的に仕あがった内装は、じつにゆったりとくつろげるものだった。

もっともアイネイアーは、居心地のいいテントだけを折ってその日の午後を過ごしたわけではない。男ふたりが重労働に汗を流しているあいだ——陽が昇って一時間もすると、ぼくはあまりの暑さに上半身はだかになっていた——そばに立って見ているだけかと思ったら、すぐに手伝いをはじめ、組みたて場所まで丸太を引きずっていき、ロープでゆわえ、釘を打ち、ボルトや車軸関節をとりつけ、設計全般でもあれこれと知恵を出したのである。通常の舵のとりつけかたは非能率だから、支えの三脚の基部をもっと低くし、脚同士の間隔を広くとってはどうかというので、そのとおりにしてみると、長い棹がより軽く、より効率よくあやつれるようになった。筏の裏側のロープをくくるやりかたも、ふたとおりのやりかたを実地にやってみせてくれた。どちらも、ぼくのやりかたよりずっと固く、しっかりとゆわえられることがわかった。丸太を削らなくてはならないとき、山刀をふるうのはアイネイアーで、A・ベティックとぼくはうしろにさがり、飛びちる木片があたらないようにしているほかなかった。

もっとも、三人がかりで懸命に作業をつづけても、筏が完成し、荷物を載せられる状態になったのは、ようやく陽が沈むまぎわのことだった。

「今夜はここでキャンプして、明朝早々に漕ぎだそう」

そうはいったものの、ぼくも本心からそうしたいと思っていたわけではない。それはほかのふたりも同様だった。結局、ぼくらは筏に乗りこみ、流れがゆるくなったときの移動用に選んでおいた長い棹で岸を押しやった。舵をとるのはA・ベティックだ。アイネイアーは筏の舳先《へさき》ちかくに立ち、浅瀬や岩場に目を光らせている。

それから一時間ほどのあいだ、筏の旅は信じられないほど快適に進んだ。ジャングルの蒸し暑さと、一日がかりの重労働のあとだけに、ゆっくりと進む筏の上に立ち、ときおり河底を押しやりながら、暗くなりゆくジャングルの壁がうしろへと流れ去っていくのを眺めるのは、まるでパラダイスにいるような安らぎをもたらした。太陽はほぼまうしろに沈み、河面は数分ほど、融けた熔岩のように、真っ赤に燃えたった。両岸に連なる裸子植物の葉の下面も、落日に照らされて赤々と輝いている。やがて、灰色の薄闇は漆黒の闇へと移り変わった。そして、星空が見えたのもつかのま、昨夜とおなじく、東から雲が流れてきて、夜空を完全におおいつくした。

「宇宙船、星を読めたかしら？」アイネイアーがいった。

「呼びだしてたずねてみよう」とぼく。

たずねてみると、位置の特定はできなかったとのことだった。つづけて、手首のコムログは小さな声でこうつけくわえた。

「すくなくとも、ハイペリオンとルネッサンス・ベクトルでないことはたしかです」

「やれやれ。たいした情報だ。ほかにニュースは？」

「河底へ移動しました。しごく快適です。これから……」

宇宙船がいいかけたちょうどそのとき、北と西の地平線にカラフルな雷光がほとばしり、河沿いに突風が吹いてきた。携行品を吹きとばされまいと、ぼくらはそれぞれの目の前にある道具におおいかぶさった。白波が立ち、筏がぐいぐい河の南岸へ押しやられていく。コムログからはもうノイズしか聞こえない。ぼくはブレスレットのスイッチを切り、棹の操作に専念した。A・ベティックもふたたび舵をとっている。何分間か、高波と強風とで筏が分解しはしないかと気が気ではなかった。舳先がはずみ、大きく跳ねあがっては、がくんと沈みこむ。唯一の光源は、天にほとばしるマゼンタと真紅の電光だけだ。今夜の雷は音をともなっていた。だれかが巨大なスチール・ドラムを石の階段の高みからこちらへころげ落としているような、ドロドロというすさまじい轟きだ。昨夜のようにダンスを踊るのではなく、今夜の電光オーロラは夜空を引き裂いて荒れ狂った。マゼンタの雷撃が北岸を打ちすえるたびに、裸子植物が引き裂かれて炎上し、色彩豊かな火の粉を散らす。そのたびに、ぼくらは身をすくませる。船頭経験者として、ぼくはこんな広い河のただなかに——河幅はふたたび広がって、一キロほどになっていた——避雷針もゴムマットの用意もなく、不用意に筏を進めてしまった自分の愚かさをののしった。それからしばらくは、三人ともうずくまり、マゼンタ色の落雷が河の両岸や前方に連なる東の地平線を襲うたびに、顔をしかめて恐怖に耐えた。

唐突に雨が降りだし、雷はピークを越えた。ぼくたちは急いでテント内に駆けこんだ。アイネイアーとA・ベティックが前側の入口にうずくまり、なおも浅瀬や流木に目を光らせるいっぽうで、ぼくは後部に立ち、棹をあやつる。アイネイアーがうまくひさしを張りださせてくれていたおかげで、雨に濡れずに棹をふるうことができた。

カンズ河ではしけの船頭をしていたときにも、よく豪雨が降ったものだが――ポンコツはしけの雨漏りのする船首櫓《やぐら》の中でうずくまり、このままだと大量の雨の重みで転覆してしまうのではないかと戦々兢々としていたときのことを思いだす――これほどひどい雨ははじめてだった。

なにしろ、一瞬、筏が滝に――それも、まえのやつよりもはるかにでかい滝に――つっこんだのかと思い、反射的に渾身の力をこめ、棹をつっぱったほどだ。だが、筏はなおも下流へ進んでいた。それは滝ではなかった。かつて経験したこともない暴雨が、天の底がぬけたかのように、すさまじい勢いで降りそそいでいたのだ。

もっとも賢明な選択は、河岸に漕ぎよせ、このでたらめな豪雨が通りすぎるのを待つことだっただろうが、垂直な水の壁の向こうにはマゼンタ色の雷光しか見えず、河岸までどのくらい距離があるのか見当もつかないありさまで、これではたとえ漕ぎよせられても、岸辺に押しあげたり舫《もや》ったりできるかは心もとない。だからぼくは、舵をいちばん高い位置に引きあげ、艫《とも》がつねに後方を向いているようセットしてから、舵の座を離れ、子供とアンドロイドのそばにいき、天が裂けて、河を、湖を、大洋を満たすほど大量の水を吐きだしているあいだ、ふたりとしっかり抱きあって過ごした。これほどの豪雨に打擲《ちょうちゃく》されながら、テントがひしゃげもせず、筏との固定部分もゆるまなかったのは、ひとえにアイネイアーの、造形と連結における技術のたしかさと運のよさのおかげといっていい。

いまぼくは、ふたりと抱きあって過ごしたといったが、じっさいには、これはもうすこしあとのことで、最初は三人とも、荷物を押さえるのに必死だった。筏が縦揺れし、大波につきあげられ、荒々しく回転してうしろを向き、また半回転して前を向き、翻弄されつづけるうちに、荷物はひっくりかえり、収納場所から飛びだし、さんざんなありさまになっていた。もはや筏がどちらを向いているのか、とりあえず下流へ流されているのか、それとも急流のなかで岩の上に押しあげられているのか、河の屈曲部でいまにも絶壁にたたきつけられようとしているのか、なにひとつわからない。また、そんなことまで気のまわる余裕のある者はひとりもいなかった。三人とも、荷物を押さえ、河に放りだされないようにしながら、ほかのふたりに気をつけているだけでせいいっぱいだったのだ。

ある時点で——片手でリュックの山を押さえ、反対の手でテントから飛びだした調理器具をとりもどそうと身を乗りだすアイネイアーの襟をぐっとつかんだとき——日よけの下から前方を覗いてみると、テントを立てた部分、周囲より一段高くなった部分を除いて、筏が完全に水没していた。強風にあおられる白波は、そのとき閃く電光オーロラの色しだいで、赤や明るい黄色に染まった。このときぼくは、宇宙船内でさがしておくべきだったものに気がついた。ライフベスト——個人用の救命胴衣だ。

はためくテントの屋根の下にアイネイアーを引きもどし、嵐のなかでぼくは叫んだ。

「ゼロGじゃなくても泳げるか？」

「え？」と叫び返したのが、口の動きでわかったが、その声はまったく聞こえない。

「泳……げる……か⁉」

ゆれる荷物のあいだから、A・ベティックが顔をあげた。その禿頭も長い鼻もずぶぬれになっている。電光オーロラが炸裂したとき、ブルーの目はスミレ色に見えた。

アイネイアーは首をふった。だが、ぼくの問いに応えて首をふったのか、聞こえないという意味で首をふったのかはわからない。ぼくはアイネイアーをそばに引きよせた。たくさんポケットのある例のベストはびしょぬれになり、嵐に翻る濡れたシーツのように重くはためいている。

「泳……げる……か⁉」

ぼくは文字どおり、声をかぎりに叫び、しばらくあえぐように息を吸った。それから、両手を目の前にそろえ、泳ぐしぐさをしてみせた。筏が大きくゆれ、ぼくらはいったん離れたのち、またすぐそばに揺りもどされた。

アイネイアーの黒い瞳に理解の色が浮かんだ。テント内に吹きこんでくる雨だか水しぶきだかに長い髪をそぼ濡れさせながら、彼女はにっこりほほえむと——水しぶきで歯までもが濡れて見える——ぐっと身を乗りだしてきて、ぼくの耳もとにこうどなった。

「うん！……泳ぎ……たいけど……また……こんどね！」

だしぬけに、渦に巻きこまれたのか、それとも強風にあおられたテントが帆のかわりとなり、軸を中心に回転させたのか、いずれにしても、筏が大きくぐるんと回転し、いったんためらったのち、さらに回転をつづけた。それからあとは、もはや自分たちの身を護るだけでせいいっぱいで、ぼくたち三人は筏の高みのまんなかで身をよせあい、たがいにしがみつくばかりとなった。

そのとき——こんな状況だというのに、アイネイアーが叫びだした。いかにも楽しそうに、「ヒャッホウ！」と歓声をあげている。口を閉じろというまえに、気がつくと自分も歓声をあげていた。嵐と豪雨のなかでぐるぐる回転しながら叫ぶのは、一種の爽快さをもたらした。声など聞こえはしないが、頭蓋と骨を通じ、自分の叫び声が振動として感じられる。同様にして、雷鳴の轟きも伝わってきた。ふと右を見ると、真紅の雷撃が河全体を照らしだし、その赤い光のもとで、行く手に巨岩がそそりたっていた。すくなくとも、水上五メートルの高さはある。その巨岩に向かって、筏はユダヤの四角いコマのように、ぐるぐる回転しながら近づいていった。だが、それよりも驚いたのは、このときのA・ベティックの反応だった。両ひざをつき、頭を大きくのけぞらせ、アンドロイドの肺に出せるかぎりの声をふりしぼって、彼までもが叫びだしたのだ。「イーヤッホウ！」と。

嵐はひと晩じゅうつづいた。だが、夜明けも間近になるころ、雨はただの土砂降りに落ちついたらしい。電光オーロラと衝撃波をともなう雷鳴も、そのころにはおさまっていたようだ。じっさいのところはよくわからない。その時点で、ぼくは若い友人とアンドロイドの友人とおなじように、へとへとに疲れはてて眠りこみ、大いびきをかいていたからである。

目覚めると陽はすでに高く、雲はきれいに消え、河幅はぐっと広くなり、水はよどみなくゆるやかに流れ、両岸でつぎつぎに広がっていく継ぎ目のないタペストリーのように、ジャングルは後方へとなめらかに流れさり、空はおだやかで青く澄んでいた。

しばらくのあいだ、ぼくたちは陽光のもとでひざを抱き、ぼうっとすわりこんでいた。服はいまだにびしょぬれで、水がしたたっている。だれも口をきこうとしない。ぼくだけでなく、ほかのふたりの目にも昨夜の大嵐が焼きつき、網膜ではいまなお色彩の爆発がつづいていたせいだろう。

ややあって、アイネイアーがふらふらと立ちあがった。筏の表面は水浸《みずびた》しだが、河面より上に浮かんではいる。右端の丸太は消えてしまっており、結び目のあった場所にはちぎれたロープだけがただよっていた。だが、全体として見れば、筏は航行できる状態を維持していた。いや、河をくだれる状態というべきか。まあ、なんだっていい。ぼくらは荷物をチェックし、目録を作りなおした。ランタンのかわりにぶらさげておいたハンドランプは消えていた。小さいほうの食料カートンひとつもだ。しかし、それ以外のものは、みなぶじに残っていた。

「じゃ、ふたりともぶらぶらしてて」アイネイアーがいった。「わたしが朝ごはんを作るね」

加熱キューブを最大出力にすると、ケトルの湯は一分とたたずに沸いた。アイネイアーはその湯を、自分用にはティーポットに、ぼくらふたり用にはコーヒーポットに注いでから、ケトルをどけ、こんどはフライパンをキューブにのせて、ハムの細切りといっしょに、刻んでおいたポテトの細切りを炒めはじめた。

ジュージューと音をたてるハムを見ながら、ぼくはいった。

「きみ、ベジタリアンじゃなかったのか」

「ベジタリアンよ」アイネイアーはいった。「宇宙船から小麦チップとあのまずい合成ミルクも持ってきてあるの。でも、いまはわたしがシェフ。だから、たっぷり食べてね」

ぼくたちはテントのプラットフォームの端に腰をかけ、強い陽差しで肌と服を乾かしながら、たっぷりと食事をとった。しばらくして、ぼくは濡れたベストのポケットからたたんだ三角帽子をとりだし、ぎゅっと水を絞ってから、直射日光を避けるため頭にかぶった。それを見て、アイネイアーがまた笑いだした。ぼくはうしろをふりかえった。アンドロイドはいつものように、生まじめな無表情のまま立っていた——いっしょに「イーヤッホウ！」と叫んだことなどどうそだったかのように。

A・ベティックが筏の前部に棹を立てた。夜にランタンをかける場所がいるかと思って、自由に立てたり倒したりできるようにしておいた棹だ。だが、ランタンをかけるかわりに、アンドロイドはぼろぼろになった白いシャツをぬぎ、その棹に干した。みごとなブルーの肌が、陽光につやつやと輝いている。

「旗ね！」アイネイアーが叫んだ。「この探険に欠けてたのはそれだったんだわ！」

ぼくは笑った。

「だけど、白旗はいただけないな。白旗の意味は……」

ことばの途中で、ぼくはだまりこんだ。ちょうどそのとき、流れに乗る筏が大きな屈曲部をゆっくりとまわりこみ、ぼくたち三人の目の前に、巨大な転位ゲートが姿を現わしたからである。年月を経た巨大なアーチは、左右にも上にも、それぞれ何百メートルも伸びていた。広い側面は樹々でおおわれ、さまざまな模様からは何メートルもの蔦がぶらさがっている。

ぼくたちはそれぞれの部署についた。今回ぼくがついたのは舵の座だ。A・ベティックは岩や浅瀬をよけようと、長い棹のそばに立っている。アイネイアーは前部にしゃがみ、河の状態に気を配った。

見ただけで、ゲートが機能していないことはわかった。あの状態では、ちゃんと作動するとも思えない。ゲートの向こうには見慣れたジャングルと青空がつづき、おなじ河が流れている。巨大なアーチの真下にさしかかっても、その光景に変化はなかった。筏の十メートル前方で、魚がはねた。一陣の風がアイネイアーの髪をなびかせ、河面にさざ波を立てている。頭上を見あげれば、子供の描く橋の形そのままに、宙にかかる何トンもの古びた金属塊——。

「なにも起こら——」

ぼくがそういいかけたとたん、昨夜の嵐よりも唐突に、昨夜の雷雨よりも背筋を冷たくさせるなにかをともなって、だしぬけに電気が空気中を満たした。巨大なカーテンが、真上のアーチからまっすぐに降りてきたとでもいえばいいのか。そのカーテンの重さに押さえつけられるようにして、ぼくはがっくりとひざをついたが、そこで重みがふっと消え、一瞬——計測できないほど短い一瞬、きりもみ降下する宇宙船内で急に耐墜落フィールドが張られたような——羊膜につつまれてもがく胎児のような、そんな感覚をおぼえた。

その瞬間、転位が行なわれた。太陽が消えた。陽光も消えた。河岸もジャングルも、もはやそこにはない。どちらを見まわしても、水平線の彼方まで、満々の水が広がっているのみだ。星々の数も明るさも、ぼくの経験を——というより、想像を——はるかに超えており、あまりにも大きすぎる夜空一面をいっぱいに埋めつくしている。

まっすぐ前方には、三つのオレンジ色の月が昇り、オレンジ色のサーチライトのような月光を投げかけて、アイネイアーのシルエットを浮かびあがらせていた。ひとつひとつの月は、ゆうに惑星なみの大きさがあった。

本書は、一九九九年二月に早川書房より単行本として刊行された作品を文庫化したものです。

宇宙の戦士〈新訳版〉

Starship Troopers

ロバート・A・ハインライン

内田昌之訳

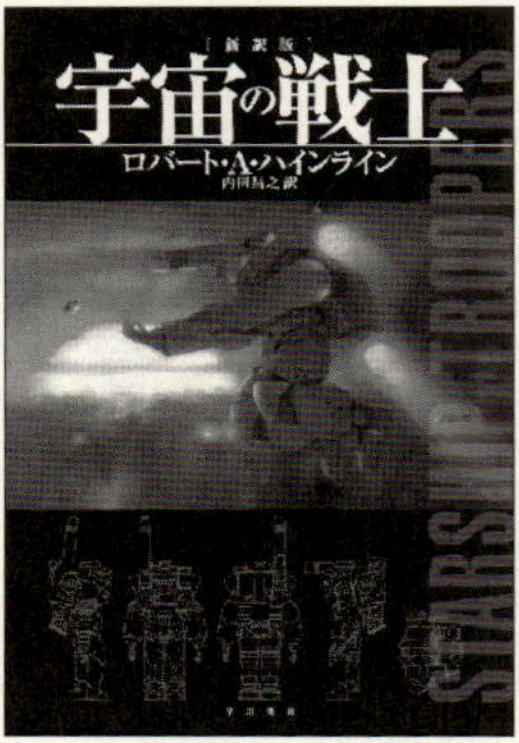

〈ヒューゴー賞受賞〉恐るべき破壊力を秘めたパワードスーツを着用し、宇宙空間から惑星へと降下、奇襲をかける機動歩兵。この宇宙最強部隊での過酷な訓練や異星人との戦いを通し、若きジョニーは第一級の兵士へと成長する……。映画・アニメに多大な影響を与えたミリタリーSFの原点、ここに。解説／加藤直之

ハヤカワ文庫

タイタンの妖女

カート・ヴォネガット・ジュニア

The Sirens of Titan

浅倉久志訳

すべての時と場所に波動現象として存在するラムファードは、さまざまな計画をたて、神のような力で人類を導いていた。その計画で操られる最大の受難者が、全米一の大富豪コンスタントだった。富も記憶も奪われて、太陽系を流浪させられるコンスタントの行く末と人類の究極の運命とは？　解説／爆笑問題・太田光

ハヤカワ文庫

デューン 砂の惑星〔新訳版〕（上・中・下）

Dune

フランク・ハーバート
酒井昭伸訳

〔ヒューゴー賞／ネビュラ賞受賞〕アトレイデス公爵が惑星アラキスで仇敵の手にかかったとき、公爵の息子ポールとその母ジェシカは砂漠の民フレメンに助けを求める。砂漠の過酷な環境と香料メランジの摂取が、ポールに超常能力をもたらし、救世主の道を歩ませることに。壮大な未来叙事詩の傑作！　解説／水鏡子

ケン・リュウ短篇傑作集1

紙の動物園

The Paper Menagerie and Other Stories

ケン・リュウ
古沢嘉通編・訳

泣き虫だったぼくに母さんが作ってくれた折り紙の動物は、みな命を吹きこまれて生き生きと動きだした。魔法のような母さんの折り紙だけがぼくの友達だった……。ヒューゴー賞／ネビュラ賞／世界幻想文学大賞という史上初の3冠に輝いた表題作など、第一短篇集である単行本『紙の動物園』から7篇を収録した、胸を震わせる短篇集

ハヤカワ文庫

円

劉慈欣短篇集

The Circle And Other Stories

劉 慈欣

大森 望・泊 功・齊藤正高訳

〔星雲賞受賞〕円周率の中に不老不死の秘密がある——十万桁まで円周率を求めよという秦の始皇帝の命を受け、荊軻は三百万の兵による人列計算機を起動した！『三体』の抜粋改作である表題作など、中国SF界の至宝・劉慈欣の精髄十三篇を収録した短篇集。文庫版ボーナストラック「対談・劉慈欣×大森望」収録

ハヤカワ文庫

訳者略歴　1956年生，1980年早稲田大学政治経済学部卒，英米文学翻訳家　訳書『オリュンポス』シモンズ，『NEXT―ネクスト―』クライトン，『都市と星〔新訳版〕』クラーク，『アッチェレランド』ストロス（以上早川書房刊）他多数

HM=Hayakawa Mystery
SF=Science Fiction
JA=Japanese Author
NV=Novel
NF=Nonfiction
FT=Fantasy

エンディミオン
〔上〕

〈SF1389〉

二〇〇二年二月二十八日　発行
二〇二三年九月二十五日　四刷
（定価はカバーに表示してあります）

著者　ダン・シモンズ
訳者　酒《さか》井《い》昭《あき》伸《のぶ》
発行者　早川浩
発行所　株式会社　早川書房
郵便番号　一〇一‐〇〇四六
東京都千代田区神田多町二ノ二
電話　〇三‐三二五二‐三一一一
振替　〇〇一六〇‐三‐四七七九九
https://www.hayakawa-online.co.jp
乱丁・落丁本は小社制作部宛お送り下さい。
送料小社負担にてお取りかえいたします。

印刷・製本　大日本印刷株式会社
Printed and bound in Japan
ISBN978-4-15-011389-6 C0197

本書は活字が大きく読みやすい〈トールサイズ〉です。